영원한 조연은 없다

영원한
조연은 없다
III
김로아 장편소설
D&C
BOOKS

차 례

22장

22장

새벽의 궁 초입. 마차 한 대가 조용히 멈춰 섰다. 바로 앞인 새벽의 궁을 방문하려는 목적은 아닌 듯, 마부는 마차를 더 이상 몰지 않았다. 투레질하는 말들을 낮은 소리로 달랠 뿐이었다.

스르륵하는 작은 소리와 함께 마차의 창문이 열렸다. 한 쌍의 갈색 눈동자는 그 작은 창문을 통해 무언가를 바라보기만 할 뿐, 아무런 말이 없었다. 한 줄기 바람이 뒤로 쓸어 넘긴 은색 머리칼을 간질였다.

"가주님."

검은 색 말 위에 올라탄 기사가 창문 옆으로 다가왔다.

"짧게 인사라도 하시는 것은 어떻습니까."

넌지시 제안하는 말투가 매우 조심스러웠다.

"……아니다. 지금 나와 말을 섞어서 저 아이에게 좋을 것이 없겠지."

언뜻 단호한 듯한 말이었지만, 윈터힐 백작은 멀리 떨어진 한 무리의 사람들에게서 눈을 떼지 못했다. 볕이 좋은 날을 즐기기 위해 정원으로 나온 엘레나와 티토였다.

거리가 있어서 정확히 무슨 말을 하는지 들리지는 않았지만, 엘레나는 즐거워 보였다. 청명한 웃음소리가 높이 울렸다.

"잘 지내는 것 같아 다행이로군."

지척에 딸을 두고도, 그것도 오랜 세월 끝에 살아 있다는 것을 알게 된 딸을 두고도 마음대로 찾아가 얼굴도 보지 못한다는 것은 무척이나 괴로운 일이었다.

당장에라도 달려가 못난 아비로서 용서를 구하고 그동안 주지 못한 모든 것을 주고 싶은 마음이 사무쳤다. 그러나 백작은 그런 마음을 스스로 몇 번이고 동여맸다.

베르너가에서 보낸 자들이 윈터힐 저택을 상시 감시하고 있었다. 저들 마음대로 윈터힐 영지로 돌려보내지 못하자 시작된 일이었다.

저택에 드나드는 인물이 누군지 지켜보고, 백작이 저택을 나서기라도 하면 그 뒤에는 여지없이 미행이 붙었다. 뻔뻔할 정도로 노골적인 조처에 웃음이 날 정도였다.

귀찮은 벌레를 쫓는 일이야 그중 하나를 잡아 본보기로 만든 다음 베르너가로 돌려보내면 그만인 일이었다. 그러나 윈터힐 백작은 그들을 모른 척했다.

저들이 백작을 손안에 두고 있다고 착각하도록 내버려 두는 것이었다. 적어도 그러는 동안은 쓸데없는 곳을 들쑤시고 다니지는 않을 테니, 엘레나를 보호하는 방책으로 쓰기에 그들의 오만은 이용하기 적당했다.

"가주님, 이제 슬슬 출발해야 합니다."

오늘은 스스로 칩거를 깨고 황제의 도시인 아발론에 발을 디뎠을 때부터 각오한 날이었다. 오늘만큼은 그동안 엘레나의 앞에 아버지로 서고 싶은 간절함을 참아 낸 것이 참 다행이라고 생각했다.

오늘 일이 잘못 흘러간다면, 윈터힐의 혈통은 모두 사라지게 될 것이다. 거리를 두는 것이야말로 백작이 딸을 지킬 수 있는 가장 좋은 방법이었다.

"가자."

긴 말은 필요치 않았다. 윈터힐 백작의 그 말 한 마디에 마차가 다시 움직이기 시작했다.

멀어지는 차창 밖 풍경을 보는 눈이 깜박임도 잊었다. 그 탓인가. 밝게 웃는 딸의 모습에 유독 눈이 시렸다.

황궁 경비대의 제1대 대장, 윌리엄은 멀리서 다가오는 마차를 굳은 얼굴로 지켜봤다. 마차 전면에 커다랗게 아로새겨진 두 개의 창과 포효하는 늑대의 문양은 말로 형용할 수 없는 불길한 기운을 내뿜으며 꾸준히 가까워졌다.

"내가 직접 내려가지."

곁에 서 있던 부관은 아무 말 없이 앞장서서 문을 열어 주었다.

그가 중앙궁 앞 초소로 내려오는 사이 마차는 조금 전보다 훨씬 가까워져 있었다. 털에서 윤기가 흐르는 검은 말 네 마리가 이끄는 마차와 그 뒤를 따르는 호위 기사 여섯의 말이 일으킨 먼지가 주변을 뿌옇게 메웠다.

"말을 멈추시오."

달가닥, 달가닥.

윌리엄 대장의 모습을 본 마부가 서서히 말의 속도를 줄였다. 황궁 소속의 마차와 상시 중앙궁 통행을 허가받은 극소수 가문의 마차가 아닌 이상, 모든 마차는 경비대 앞에서 꽤 까다로운 입궁 절차를 밟아야 했다.

물론 천편일률적인 절차는 아니었다. 마차가 어느 가문의 것이냐에 따라서 그 절차가 간소화되기도 했고, 때로는 안에 타고 있는 사람에 따라 달라지기도 했다.

"짐칸을 모두 열어라."

그리고 창과 늑대의 가문, 윈터힐 백작가는 경비대가 가장 주의하고 경계해야 할 대상 중 하나였다.

대원들이 재빠르게 움직이며 마차의 부수적인 공간들을 확인했다. 그와 동시에 윈터힐 백작가 기사들의 시선 또한 경비대의 움직임을 하나도 놓치지 않았다.

"아무것도 들어 있지 않습니다."

"마차 밑도 이상 없습니다."

그리고 호위 기사들 중 가장 선두에 서 있던 자가 다가와 바크란 1세의 인장이 찍힌 통행 허가서를 내밀었다.

일반적으론 경비대의 임무는 여기서 끝났다. 하지만 그 정도라면 윌리엄 대장이 직접 내려올 이유도 없었을 것이다.

"실례하겠습니다."

무표정한 얼굴로 부하들의 보고를 들은 대장은 짧은 양해를 구하는 말과 함께 마차의 객실 문을 열었다.

"어딜 감히……!"

그에 마차 뒤에 서 있던 윈터힐의 기사들이 반응했다. 거칠게 말을 몰아 윌리엄 대장을 뒤로 물러나게 하기 위해 위협적으로 다가왔다.

"두어라."

마차 안쪽에서 낮은 음성이 흘러나왔다. 아무리 황궁 경비대의 대장이라고 한들 이런 상황에 긴장이 되지 않을 수는 없었다. 동행한 기사들의 기세가 얼마나 날카로운지 피부가 다 따가울 정도였다.

"가주님……!"

가장 먼저 달려온 기사가 분한 듯 윈터힐 백작을 불렀지만, 백작은 아무런 말도 하지 않았다.

"……실례했습니다. 들어가십시오."

윌리엄 대장이 직접 마차 안에 백작 혼자 앉아 있다는 것을 확인한 후 이야기했다.

"수고가 많군."

"동행한 윈터힐 기사들은 이곳에서 대기하시오. 궁 안으로는 백작만 들어가실 수 있습니다."

예상은 했지만, 백작을 혼자 중앙궁 안으로 들여보내야 하는 상황에 기사들의 얼굴이 딱딱하게 굳었다.

"다녀오마."

백작은 짧은 인사만 할 뿐이었다.

마차의 문이 다시 닫히고, 마부가 서서히 말을 다시 몰기 시작했다. 중앙궁 초소 앞에 남겨진 윈터힐의 기사들은 마차의 뒷모습을 우두커니 서서 바라봤다. 거대한 이빨을 드러낸 늑대가 낯선 풍경 속으로 점점 멀어졌다.

그렇게 조용히 쭉 뻗은 대로를 따라 움직이던 마차는 거대한 중앙궁 건물 앞에 멈추어 섰다.

"저택으로 돌아가 기다리게."

윈터힐 백작은 마부에게 그렇게 이르고 마차에서 내렸다.

"가주님……."

마부가 침통한 얼굴로 백작을 불렀다. 굳이 고용인을 백작가로 돌려보내는 이유를 잘 알고 있었기 때문이다.

"윈터힐 백작."

계단 앞에서 기다리고 있던 시종장 휴고가 백작에게 다가와 조용히 인사를 했다.

"들어가시죠."

"오랜만에 뵙소."

백작의 말에 휴고는 답 없이 희미하게 웃어 보였다.

"여전하시군."

늙은 시종장은 그 주름 속에 황궁의 모습만큼이나 오랜 세월을 담고 있었다.

휴고의 뒤를 따라 백작은 중앙궁의 계단 위로 첫발을 내디뎠다. 황궁은 기지개를 펴고 싶을 만치 고요했다. 알현실로 가는 복도는 인적이라곤 찾아볼 수 없을 정도로 텅 비어 있었다.

"여기서 잠시 기다리십시오."

알현실은 족히 수백은 되는 사람이 한 번에 황제를 알현할 수 있을 정도로 거대했다. 반투명한 휘장이 내려진 황좌 앞에 윈터힐 백작이 홀로 섰다.

"고맙소."

알현실의 문을 닫는 휴고에게 한 말이 웅웅 하고 메아리쳤다. 덜컥, 커다란 문이 닫히는 소리와 함께 백작은 이제 정말 혼자가 되었다.

지금쯤 마부는 다시 황궁 문밖으로 나가 윈터힐가의 기사들과 합류했으리라. 편의를 위한다면 마부 하나쯤은 중앙궁 밖에서 기다리게 하는 것이 좋았겠지만, 백작은 마부를 돌려보냈다.

'황제가 모든 것을 알고 나를 이 자리에 부른 것이라면, 나는 살아

나가지 못할 것이다.'

이 알현이 잘못 흘러갔을 경우를 대비한 것이다.

만약 백작이 황궁에서 나가지 못하는 상황이 생기면 아무 죄 없는 마부의 목숨은 아무도 장담할 수 없었다. 그것은 문밖에서 기다리고 있는 기사들도 마찬가지였다.

그들에게 죄가 있다면 척박한 윈터힐에서 태어난 죄, 그 영주에게 검의 맹세를 한 죄, 그리고 백작에게 충성을 바친 죄가 전부였다. 그들은 무고했다.

윈터힐 백작은 선 자리에서 알현실을 둘러보았다. 사자의 아가리는 이렇게 생겼군. 백작은 비릿하게 웃었다.

실로 맹수의 이빨 아래에 목을 들이밀고 있는 형국이었다. 그 아무리 훌륭한 대군을 가진 윈터힐의 가주라고 하더라도, 결국은 이렇게 황제의 부름 한 번에 제 발로 사자 굴에 들어와야 하는 처지였다.

제국의 황제. 이 얼마나 절대적인 권력인가.

자신의 부인과 아이를 죽인 여자와 그 오라비에게 복수를 하려던 과거의 백작을 막았던 것도 바로 이 권력이었다. 무슨 일이 있었는지, 그자들이 어떤 짓을 저질렀는지 모두 알면서도 자신의 세력을 지키기 위해 끝까지 정당한 결투를 막았던 바로 그 힘이었다.

황제의 말 한마디에 제국 전역에서 수십만의 병사가 일어나고, 손짓 한 번에 귀족 가문 몇쯤은 우습게 사라진다.

그가 가진 부는 또 어떤가. 이페른 왕국에서부터 수백 년을 내려온 황제의 부는 상상을 초월할 것이다. 매년 제국 전역의 귀족에게서 거둬들이는 공물만 하더라도 얼마인지 가늠할 수 없었다.

엄밀히 말하자면 제국의 땅에 귀속되어 있는 모든 것들은 황제의 것이다. 군사력과 부, 가장 강력한 힘을 양손에 틀어쥔 존재가 바로 황제였다.

그래서 저 자리를 더욱 탐내는 것이겠지. 황좌에 대한 추잡할 정도의 집착을 버리지 못하는 베르너 공을 떠올리며, 백작은 단상 위에 희미하게 보이는 거대한 의자를 올려다보았다.

드르륵, 등을 곧게 세우고 서 있던 백작의 귀에 휘장 너머의 작은 소음이 들려왔다.

뚜벅뚜벅, 간격이 길고 여운이 남지 않는 발걸음 소리가 황좌에 다다를 때까지 쭉 이어졌다.

백작의 갈색 눈동자가 금빛 휘장 너머의 인영을 좇았다. 옷감과 가죽이 부대끼는 소리와 함께, 황좌가 주인 바크란 1세를 맞았다. 그 과정을 고요히 지켜보던 백작이 뒷짐 진 손에 힘을 주어 주먹을 쥐었다.

바크란 1세가 자리에 앉았으나 응당 걷혀야 할 휘장이 꼼짝도 하지 않았다. 백작에게 자신의 얼굴을 보여 주지 않겠다는 것이다.

나에겐 그 얼굴을 볼 자격이 없다는 것인가. 목 언저리로 날아올 검날은 짐작했을지언정, 이런 치욕은 생각지도 못했다.

"윈터힐의 가주, 체이서 폰 윈터힐이 제국의 태양, 제국의 기둥, 황제 폐하를 뵙습니다."

하지만 아무리 치욕스럽다고 한들 황제 앞의 신하된 예를 하지 않을 순 없었다. 백작이 인사를 하며 투기를 불태웠다.

이런 식으로 모욕감을 준다고 한들, 흔들리지 않겠다. 어디 한번 해 보거라. 백작은 자신의 인사를 무시하고 조롱하기 위해 이어질 긴 침묵을 대비하며 그렇게 생각했다.

"이렇게 만나게 되어 기쁘군, 윈터힐 백작."

하지만 바크란 1세는 바로 답을 주었다. 젊지만 매우 낮고 울림이 깊은 목소리였다.

"황도엔 얼마 만의 방문이지?"

"20년입니다."

"긴 시간이었군."

의미 없는 인사치레였다. 그 어느 황제보다 치밀하다는 바크란 1세가 백작이 칩거에 든 지 20년이 지났다는 것을 모르고 있었을 리 없었다.

"황궁에도 오랜만이겠군."

"그렇습니다, 폐하."

백작은 최대한 겉으로 아무런 감정도 드러내지 않으려 간결하게 대답했다.

"오랜만에 본 황궁은 어떤가?"

"전과 달라진 것이 없어 보입니다."

"아발론은 어떻지. 달라진 게 있던가?"

"……없습니다."

"흥미롭군."

단조로운 젊은 황제의 말투 어디에도 '흥미' 따위의 감정은 비치지 않았다.

윈터힐 백작은 가만히 고개를 숙였다. 뭔가 이상하다. 고개를 들지 않은 채로 눈을 돌려 주변을 살폈다. 기척을 숨기고 은신해 있을 기사들을 파악하기 위함이었다.

하지만 백작의 예민한 기감에도 문밖을 지키고 있는 일상적인 경비 인원 외의 다른 움직임은 느껴지지 않았다.

'무슨 속셈이지.'

당장 황제가 황실 기사단을 시켜 이 알현실 주변을 포위하지는 않은 것 같았지만, 윈터힐 백작은 경계심을 풀지 않았다.

지금은 성군 소리를 듣고 있는 바크란 1세지만, 어린 나이에 직접 3국을 정복하며 대륙을 피로 물들였던 자였다. 절대 만만하게 볼 수 없었다.

“짐이 오늘 그대를 부른 이유를 알고 있나?”

휘장 너머의 바크란 1세가 백작에게 하문했다. 백작은 황제에게 보이지 않게 주먹을 더욱 꾹 말아 쥐며 평상심을 가장했다.

“……알지 못합니다.”

윈터힐 백작은 그렇게 대답하면서도 주변의 경계를 늦추지 않았다. 황제라면 백작이 기척을 감지할 수 없을 만큼의 고수 한둘을 곁에 두어도 이상하지 않았기 때문이다.

그러나 아무리 백작이 기감을 집중해 보아도 이상한 징후는 포착되지 않았다. 마치 이 알현실에는 정말로 황제와 백작 둘만 있는 것처럼.

“궁금했다.”

지금 내게 농을 하는 것인가? 백작은 휘장 건너편의 젊은 황제를 물끄러미 바라보았다.

“호기심이라고 해 두지.”

“황공합니다.”

“제국의 창의 위명은 아주 어릴 적부터 익히 들어 왔다. 짐은 황위에 올라 그대를 중히 쓸 날을 기대했다. 다만, 그대의 칩거가 스무 해나 지속될 줄은 몰랐지.”

“송구합니다, 폐하.”

“그래서 장장 20년의 칩거를 깬 이유가 무엇인가.”

몇 번이나 곱씹어야 의중을 파악할 수 있도록 하는 것이 황실의,

황족의 화법이었다. 하지만 젊은 황제는 그런 허례허식에는 조금도 관심이 없다는 듯, 직설적으로 물었다.

"……때가 되었을 뿐, 다른 뜻은 없습니다."

"다른 뜻은 없다라. 짐이 그 말을 어찌 받아들여야 하나."

손가락 끝이 툭툭, 가죽의 표면을 때리는 둔탁한 소리가 조용한 알현실 내부에 울렸다.

"그렇다면 다른 질문을 하지. 아발론에 온 목적이 무어냐."

황제 아드레이가 물었다.

아발론은 황제의 직할령. 백부와 함께 반역을 일으킬 꿈을 꾸고 있는 자가 절대 발을 들여서는 안 되는 곳이었다. 아드레이는 그동안 다수의 위스퍼를 파견해 윈터힐 백작이 제 발로 황도에 들어와 이곳에 머물고 있는 이유를 찾았다.

"……가문의 일입니다."

아마 그쯤은 백작도 예상하고 있을 것이다. 그러니 완벽히 거짓말을 하지 못하고 가문의 일이라 얼버무리는 것이다.

'죽은 줄 알았던 딸을 찾기 위해서라…….'

윈터힐 가문의 보안은 유독 철통같아서 최근에야 한 조각의 정보를 입수할 수 있었다.

조금 더 자세한 이야기를 캐 보려고 했으나, 그마저도 벽에 막혀 버렸다. 그만큼 백작 휘하의 기사와 고용인들이 입을 함부로 놀리지 않고 가문에 대한 충성도가 높다는 말이었다.

바보 같은 결정이었다. 아드레이는 그렇게 생각했다.

수만의 영지민의 목숨을 보호해야 하는 의무가 있는 영주가 반란을 준비하는 가운데 딸을 찾으려고 아발론에 들어와 머물고 있다니.

매우 이기적이고 어리석은 결정이었다. 무책임했다. 아드레이 본인이었다면 절대로 내리지 않았을 결정이었다.

제아무리 죽은 줄 알고 살았던 딸이 중요하다고는 하나, 영주 하나만을 믿고 절대적 충성심을 내보이는 수많은 영지민보다 중하지는 않았다. 딸을 찾고 싶은 그 마음이 애틋하다고 해도 그 개인적인 감정의 무게가 수많은 생명의 무게보다 무거울 수는 없었다.

아드레이는 알 수 있었다. 그 여식이야말로 윈터힐 백작의 역린이자 잔뜩 곪은 상처였다. 윈터힐의 늑대가 가진 최대의 약점이었다.

지금 이 자리에서 그것에 파고든다면 어떨까. 백작의 평정심을 깰 수 있는 것은 물론이고, 조금 더 심술을 부려 딸에 대해 조금이라도 아는 식으로 이야기를 한다면 윈터힐의 목줄을 쥐게 될 수도 있었다.

그 목줄을 쥐고 윈터힐을 결국 타오르는 불구덩이 속으로 던지게 되더라도, 매우 매력적인 기회이지 않을 수 없었다.

"아주 중요한 일인가 보군."

하지만 아드레이는 그 상처를 건드리지 않고 넘어가기로 했다. 아직은 때가 아니었다. 윈터힐 백작은 결국 단두대 아래에 서게 될 것이지만, 지금은 아니었다.

"그대에게 행운이 따르기를 빌겠네."

그러나 시기가 무르익으면 북방의 설원에서 더 이상 은빛 늑대를 찾아볼 수 없으리. 아드레이의 눈동자가 파랗게 빛났다.

"……감사합니다, 폐하."

황제가 자리에서 일어나는 듯, 천과 가죽이 부대끼는 소리가 들려왔다. 짧디짧은 알현이었다. 하지만 백작은 긴장을 늦추지 않았다. 바크란 1세가 황좌에서 일어났으니 예법에 따라 고개를 숙였지만, 자신의 정수리로 와 꽂히는 시선만큼은 느낄 수 있었다.

다음 순간, 백작은 이를 악물었다. 그를 제압하듯 쏟아지는 기세가 매서웠다.

황제가 알현실에 들어온 이후로 처음 느껴 보는 무지막지한 중압감이었다. 그동안 이런 기운을 갈무리하고 있었단 뜻이었다.

백작은 아예 무릎을 꿇고 머리를 조아리고 싶은 본능과 철저하게 싸워야 했다. 말 그대로 굴복시키고 그 위에 군림하는 황제의 힘이었다.

'얼토당토않은 선택을 한 것인가, 나는.'

베르너 공의 제안을 받아들이고 난 뒤 단 한 번도 느낀 적 없던 깊은 회의감이 백작을 덮쳤다.

말 한 마디 없이 이런 기운을 뿜어내는 황제를 상대로 거사가 성공할 확률이 얼마나 될 것인가. 베르너 공이 묘사했던 바크란 1세는 '패기는 넘치지만 먼 미래를 볼 줄 모르는 전쟁광'이었다.

헛소리. 자신을 꾀어내기 위해 거짓을 말했거나 황제의 진짜 모습을 한 번도 보지 못한 것이 분명했다. 그렇지 않고서야.

머릿속이 복잡해졌다. 감추어 두었던 기운을 자신의 앞에서 풀어버린 이유가 무엇일까. 짧은 시간 수많은 생각이 백작의 머릿속을 메웠다.

"아발론에는 언제까지 머물 생각이지."

어느 순간 여상스러운 황제의 질문과 함께 백작을 짓누르던 모든 기운이 사라졌다. 자기도 모르게 헉 하고 작게 숨을 내쉰 백작이 어쩔 수 없이 떨리는 목소리로 대답했다.

"……당분간은 아발론에 있을 생각입니다."

"그렇군. 떠나기 전에 한 번 더 보지."

한마디로, 아발론을 떠날 때는 허락을 받고 떠나란 말이었다.

"명을 받들겠습니다, 폐하."

이윽고 무겁고 일정한 발소리가 난 뒤, 백작은 자신이 알현실에 홀로 서 있음을 알았다. 무너지지 않기 위해 잔뜩 굳어 있던 어깨와 뒷짐을 진 채 마디마디가 아프도록 꽉 쥐었던 주먹이 뒤늦게 고통을 알려 왔다.

바크란 1세는 끝끝내 백작을 잡아들이지 않았다. 정말로 황제를 알현하러 온 신하처럼 다루었다.

두 사람의 대화는 특별한 것이 없었다. 오랜 칩거 생활을 끝내고 밖으로 나온 늙은 신하에게 젊은 황제는 안부를 묻고, 칩거를 깬 이유와 바로 아발론으로 행한 이유를 물었다.

굳이 황제가 아니더라도 누구나 백작에게 물을 법한 질문들이었다. 실제로 그런 것들을 백작에게 물어보는 사람들도 있었다. 그리고 백작은 그들에게 답했던 것과 똑같은 대답을 황제에게 주었다.

바크란 1세는 더 이상 묻지 않았다. 가족사가 정확히 무엇인지 캐묻지도 않았다. 다만, 아발론을 떠나기 전 한 번 더 알현할 것을 명했다. 그 역시도 황제가 중신에게 흔히 할 만한 요구였다. 신임의 표현으로 볼 수도 있는 처사였다.

귀족들은 모두 황제의 직할령을 드나들 때 그 땅의 통치자인 황제의 허락을 필요로 했다. 수백의 귀족들 중 직접 황제를 알현할 만큼 가치를 지닌 자들이 극히 드물었을 뿐.

그러나 끝까지 황제는 자신의 얼굴을 보이지 않았다. 어째서일까.

백작이 원한다면 황제의 생김새를 수소문하는 것은 어렵지 않았다. 그러니 오늘 바크란 1세의 행동은 상징적인 행동이 분명했다. 불신의 증거였다.

그렇게 황궁 밖에서 기다리고 있던 휘하의 기사들과 합류할 때까지 백작은 깊은 생각에 잠겨 있었다. 아드레이가 얼굴을 보일 수 없었던 진짜 이유를 알 리 없는 그의 고민은 꼬리에 꼬리를 물었다.

백작이 무사히 궁을 빠져나온 것에 기분이 한껏 고조되었던 윈터힐의 기사들은 점점 깊어 가는 가주의 시름에 잔뜩 긴장했다. 아무 말 없이 고심에 잠겨 있는 윈터힐 백작의 모습을 확인한 기사는 저택으로 향하는 말 위에서 황궁을 돌아보았다.

"대체 저 안에서 무슨 일이 있었던 것인가."

그 해답은 윈터힐의 가주만이 들려줄 수 있을 것이다. 눈썹 사이의 주름이 깊어진 기사는 일행의 선두로 옮겨 가 말을 몰았다. 저택으로 돌아가는 길을 서두르기 위해서였다.

"메이 형, 괜찮아?"

"예? 아, 예. 괜찮습니다."

머리를 흔들어 무언가를 떨쳐 내려는 메이나드를 바라보며 티토가 고개를 갸웃했다.

"얼굴이 많이 안 좋은 것 같은데. 무슨 일 있어?"

"아닙니다. 그저 조금 피곤할 뿐입니다."

빈말은 아닌 듯 메이나드의 눈 밑이 검었다.

"요즘 잠을 못 자나 봐?"

"……아닙니다. 오늘 수업은 여기까지 하겠습니다."

"흐음, 알았어."

티토는 어깨를 으쓱하며 대수롭지 않게 대답했지만 여전히 메이나드에게서 눈을 떼지 않았다.

갑작스러웠던 티토의 발작 이후 상태가 호전되자마자 가장 먼저

한 일은 다시 검술 수업을 받는 일이었다. 일리야도, 엘레나도, 심지어는 메이나드마저도 아직은 너무 이르다 말렸지만 티토의 황소고집을 이길 사람은 없었다.

그렇게 다시 검술 수업을 시작했지만 일종의 타협안으로, 다른 사람 없이 티토 혼자서 수업을 받기로 했다.

그런데 정작 병상을 떨치고 일어난 티토는 전에 없이 진중한 자세로 수업에 임하는데, 선생님인 메이나드의 상태가 영 이상했다. 언제나 깔끔하고 단정한 기사의 표본이었던 그가 어깨의 견장을 빼먹고 입궁을 하는가 하면, 밥은 제대로 먹고 다니는지 걱정이 될 정도로 볼이 홀쭉해졌다.

"저기, 메이 형."

그리고 이렇게 누군가가 불러도 그 혼자 어딘가 먼 곳에 있는 것처럼 반응이 느렸다.

"……예. 말씀하십시오."

이렇게 말이다. 티토는 목검을 내려놓으며 한숨을 푹 쉬었다.

"어디가 아픈 것도 아니라고 하고, 무슨 일이 있냐 물으면 아무 일도 없다고 하잖아. 그럴 거면 좀 괜찮은 척이라도 해야 하는 거 아니야?"

"죄송합니다."

"그런 말 들으려고 한 말은 아니야. 나는 형이 걱정된다고."

티토의 말에 메이나드는 결국 웃었다. 겨우 여덟 살밖에 되지 않은 티토의 진심 어린 걱정을 들으니 '내 꼴이 그 정도인가.' 싶었다. 그러나 그것조차도 금방 바스스 사라져 버릴 것 같은 힘없는 미소였다.

"걱정해 주셔서 감사합니다, 전하."

메이나드가 티토의 머리를 쓰다듬으며 말했다.

"고마우면 나랑 같이 가서 달달한 간식 먹고 가."

기분이 좋지 않을 때에는 달콤한 음식을 먹는 게 제일이었다. 평소 메이나드의 디저트 사랑을 알고 있어 주방장에게 말해 특별히 공들인 다과를 준비해 놓았다.

"……그건 조금 어렵겠네요."

메이나드가 망설이다가 대답했다. 그 공백에서 수상함을 느낀 티토는 눈을 가늘게 떴다.

"왜?"

조금이라도 당황할 줄 알았던 메이나드는 아무 말 없이 새벽의 궁 쪽을 응시하고 있었다.

"……이제 단 음식, 잘 안 먹습니다."

"나이가 들면 입맛이 변한다더니, 그런 거야?"

"비슷합니다."

덤덤히 대답했지만, 메이나드의 얼굴은 어두웠다. 마치 누군가에게 달콤한 케이크를 빼앗긴 사람처럼. 이번만큼은 더 이상 캐물을 수 없어서 티토는 입을 꾹 다물었다.

"내가 해 줄 수 있는 건 없어?"

"네?"

"메이 형이 다시 기운 차릴 수 있게 내가 해 줄 수 있는 일은 없냐고."

말하기 퍽 쑥스러운지, 티토의 귀 끝이 붉었다.

"무슨 일인지는 모르겠지만, 다른 사람에게 말할 수 없는 고민도 있는 거니깐."

힘든 일은 나누면 반이 되고, 고민은 다른 사람에게 상담하는 것이 지혜롭다지만 모두 그런 것은 아니었다.

가끔 어떤 일은 입 밖으로 뱉어 내기엔 너무나 크고 고약해서, 혼자서 가슴속에 묻어 두고 언젠가 말할 수 있게 되기를 기다리는 수밖에 없다. 그 전에 섣불리 옆의 사람과 나눴다간 반이 되기는커녕 배가 되어 버리니까 말이다.

"그러는 넌 괜찮은 거니."

다정한 메이나드의 물음에 티토의 눈이 동그래졌다. 메이나드가 아주 어렸을 때처럼 편하게 말해 주었다.

티토가 어느 정도 나이가 들자 황족에게 반발을 할 수는 없다며 존칭을 사용하기 시작했던 메이나드였다. 그러나 지금만큼은 티토를 어린 동생 대하듯, 전처럼 대해 주었다.

"메, 메이 형……."

"나도 그날 네가 무슨 일을 겪었는지 알 수 없지만, 네가 갑자기 자라 버린 것 같아서 기쁘면서도 걱정이 되는데."

"나야 뭐……."

아직 때를 기다리고 있는 것은 티토도 마찬가지였다.

턱 밑에 자국이 날 정도로 입을 꾹 다물어 합죽이가 되어 버린 어린아이의 모습에 메이나드는 쓰게 웃었다. 그리고 머리를 쓰다듬어 주었다. 자신이 해 줄 수 있는 일은 그것밖에 없었으므로.

황족의 아이는 빨리 자란다. 그 이유가 어깨에 진 제국의 무게 때문인지 아니면 지켜보는 수많은 시선 때문인지는 몰랐다.

새벽의 궁 밖으로 나오지 못하는 황제의 하나뿐인 남동생 때문에 대신들이 걱정을 할 때, 메이나드의 부친인 어네스 백작은 그렇게 말했다. 아직 때가 되지 않았을 뿐이라고. 그리고 근래의 티토를 보며 메이나드는 그 말의 의미를 알 수 있었다.

다시 전처럼 깊숙이 숨어 버릴 것이란 모두의 예상과는 달리 너무나 빨리 자리를 털고 일어선 티토는 훌쩍 자라 있었다. 반짝반짝 빛나는 눈동자는 여전했지만 소년의 눈은 더욱 깊어졌다.

"내가 힘이 되어 줄 수 있는 일이면, 언제든 말해라."

그 말에 몇 번 입술을 달싹인 티토였지만, 결국엔 다시 꾹 다물어 버렸다.

"아, 달달한 게 필요해."

내려놓았던 목검을 잡아서 크게 휙 휘두르며 티토가 소리쳤다. 그리고 여전히 그 자리에 있는 메이나드를 돌아보며 물었다.

"형은 정말로 안 올 거야?"

"예, 공작 전하."

또 돌아가 버렸네. 티토는 입을 삐죽였지만 별말을 하진 않았다. 메이나드도 자신의 고민을 모른 척해 주었으니, 저도 그렇게 해 줄 생각이었다.

"그럼, 내일 봐."

망설임 없이 새벽의 궁으로 향하는 티토가 시원하게 손을 흔들어 보였다.

더위가 한풀 꺾이긴 했지만 여전히 해가 뜨기 무섭게 공기가 덥혀졌다. 뜨거운 바람에 메이나드의 머리칼이 엉망이 되었다. 땀 때문에 얼굴에 엉망으로 달라붙는 그것들을 떼어 낼 생각조차 없이 메이나드는 한참을 새벽의 궁만 바라보며 서 있었다.

"선생님을 새로 구한다구요?"

너무 놀란 엘레나가 입으로 가져가던 쿠키 조각을 떨어뜨렸다. 티토가 '아깝게, 쯧.' 하며 혀를 차는 것이 들렸지만, 엘레나는 여전히 충격에서 헤어나지 못했다.

"아니…… 왜요?"

"글쎄, 개인적인 문제라던데."

"로, 로잘…… 아니, 프란시스 영애가요? 직접 그렇게 말했어요?"

"그랬다니까. 왜 자꾸 물어? 그동안 미운 정이라도 들었어?"

"하, 하지만 어떻게……."

엘레나의 등장으로 이미 세상은 『로잘린느 황후』의 줄거리에서 크게 벗어난 지 오래이긴 했다. 로맨스 소설에서 가장 중요한 로맨스가 주인공인 로잘린느와 엮이지 않고 조연에 불과한 그녀에게 모조리 엮였으니 말이다.

하지만 그래도 그렇지, 로잘린느가 궁을 떠난다는 건 상상 밖의 일이었다.

"그래서 보내실 거예요?"

물론 서브 남자 주인공인 르니에와 메이나드가 삐딱선을 타긴 했지만 아직까지 로잘린느에겐 황제가 남아 있었다. 진짜 남자 주인공인 황제가.

어차피 로잘린느는 두 사람의 사랑을 뿌리치고 황제를 선택하지 않았던가. 그런 황제가 아직 눈 시퍼렇게 뜨고 있는데, 어째서!

로잘린느가 떠나는 것은 완전히 미래가 틀어지는 것을 의미했다.

"그럼 어떻게 해. 남아서 날 가르쳐 달라고 사정이라도 해야 해?"

"그런 건 아니지만요……."

"엘레나가 떠난다고 하면 또 모를까. 난 그럴 생각 없어."

티토는 말만 그런 게 아니라 정말로 관심이 없는 듯했다. 로잘린느의 이야기보단 당장 입에 들어가는 달콤한 음료에 더 집중하고 있었다.

"그래도 그러면 안 되는데…… 노총각 되면 안 되는데……."

이제 와서 로잘린느가 황후가 되는 모습을 봐야겠다는 마음은 아니었다. 하지만 왠지 미안했다. 황제인 바크란 1세에게 말이다.

마치 로잘린느와 결혼하는 사람에게서 그 기회를 빼앗는 셈이 되어 버렸다. 지금도 여자에겐 통 관심이 없고 검만 끼고 산다고 신하들의 걱정이 많은 황제인데, 여기서 로잘린느마저 궁을 나가 버리면…….

황제가 정말로 결혼할 때를 놓치고 노총각이 되어 버리면 어떻게 하지. 졸지에 이페르 제국의 대를 끊기게 만든 주범이 되는 게 아닐까 고민이 깊어졌다.

"제가 한번 이야기를 해 볼게요."

엘레나의 말에 티토는 그녀를 이상하게 바라봤다.

"둘이 그렇게 사이가 좋은 줄은 또 몰랐네."

"사이 안 좋아요."

"그런데 왜 잡아?"

"……업보가 두려워서요."

엘레나가 한숨을 퍼지게 쉬며 대답했다. 남자 주인공을 위한 살신성인의 정신이 아닐 수 없었다.

그날 저녁, 엘레나는 조심스럽게 로잘린느의 방문을 두드렸다.

곧 방문이 열렸다. 로잘린느는 엘레나를 보자마자 인상을 찌푸렸다.

"무슨 일이죠?"

로잘린느는 엘레나를 방 안으로 들일 생각이 조금도 없다는 듯이 문간에서 팔짱을 끼고 말했다.

키가 큰 로잘린느와 키가 작은 엘레나. 신장의 차이는 어쩔 수 없다지만, 아래로 내려다보는 로잘린느의 시선은 굳이 그런 이유만은 아닌 것 같았다.

순간적으로 '잘 가라고 인사하려고 왔어요.'라는 말이 턱 끝까지 차올랐지만, 엘레나는 초인적인 힘으로 인내해 냈다.

'업보. 업보를 생각하자.'

뿌린 대로 거둔다는 카르마의 법칙을 떠올리며 그녀가 파들파들 떨리는 입꼬리를 끌어당겼다.

"황궁을 나가신다는 이야기를 듣고 가만히 있을 수는 없어서요."

"잘 가라고 인사라도 하러 왔나요?"

"……아니요. 다시 한번 생각해 보시라고 말씀드리려고 왔어요."

참았다, 참았어! 엘레나는 로잘린느의 질문에 '그렇습니다!'라고 외치지 않은 자신을 기특하게 여기며 말했다.

"하, 참."

그런데 로잘린느의 반응이 조금 의외였다. 잠시 눈을 가늘게 뜨고 엘레나를 째려보던 그녀는 어이가 없다는 듯 헛웃음까지 터뜨렸다. 얘 왜 이래.

"그렇게 안 봤는데, 의외로 눈치가 빠르네?"

이제 반말까지 한다. 엘레나는 그런 로잘린느를 이해할 수 없으면서도, 본능적으로 한 발자국 뒤로 물러났다. 머리채를 보호하려는 본능이었다.

"무슨 말씀이신지 모르겠는데요."

"누가 말해 줬어?"

"뭘요?"

"완전 두 얼굴이구나?"

진짜 두 얼굴이 누군데! 두 얼굴의 대명사인 로잘린느에게서 그런 말을 들으니 욕인지 칭찬인지 헷갈렸다.

"그렇게 말씀하셔도 전혀 이해가 안 되거든요. 뭔가 오해가 있는 것 같은데, 제대로 설명을 좀 해 주시면……."

"끝까지 순진한 척, 아무것도 모르는 척을 하시겠다?"

"그러니까 '척'이 아니라니까요? 저는 정말로 프란시스 영애가 교사 일을 그만두신다고 해서 말리려고 왔어요."

엘레나가 억울해서 반쯤 소리쳤지만, 로잘린느는 오히려 그럴수록 더 매섭게 엘레나를 노려봤다.

"내가 궁을 나가서 자유롭게 르니에 님을 만날까 봐 꽤 두려운가 봐?"

"네? 르니에 님이요?"

갑자기 로잘린느의 입에서 튀어나온 그 이름에 당황한 엘레나가 반문하자 로잘린느의 의기양양한 미소는 한층 짙어졌다. 마치 자신이 이겼다는 듯한 얼굴이었다.

"이제야 네 신분의 한계를 좀 알겠어? 평민은 결국 평민일 뿐이지."

그놈의 신분. 로잘린느는 언제나 마치 신분의 차이가 하늘과 땅의 차이인 것처럼 말했다.

귀족인 그녀는 하늘, 평민인 엘레나는 저 아래의 땅. 지금도 그 차이를 엘레나에게 보여 줄 수 있어서 매우 기뻐하고 있었다.

"베르너 공께서 날 어여삐 보셨다는 말에 네가 안달이 났나 본데, 다 소용없어. 이쪽은 이미 내 부모님까지도 베르너 공과 안면을 튼 사이니까."

그렇게 말하며 웃는 로잘린느는 아름다웠지만, 그녀의 눈은 우월감으로 일렁였다.

기뻤다. 언제나 눈엣가시 같은 존재였던 이 평민 신관에게 본때를 보여 준 것 같아 기뻤다. 제 분수를 모르고 기어오르더니, 어리석은 계집.

멍하니 자신을 올려다보는 엘레나의 눈동자에 웃음이 터져 나올 것 같았다.

"설마 정말로 네가 베르너가의 사람이 될 수 있을 거라고 생각했던 거니?"

'풋!' 하고 로잘린느가 결국 웃음을 터뜨렸다.

"아아, 세상에. 안쓰러워라."

얼마나 충격을 받았으면 말도 하지 못할까. 하지만 정말로 안타까운 마음 따위는 조금도 들지 않았다. 더 기분이 좋아졌다면 또 모를까.

"르니에 님도 지금은 네게 관심이 남아 있으실지 모르셨시만, 일딘 혼인이 결정되고 나면 다시 정신을 차리시겠지. 그렇게 되면 넌……."

로잘린느는 여전히 멍하니 서 있는 엘레나를 향해 쯧쯧 하고 혀를 두어 번 찬 뒤, 방문을 닫았다. 아직 채 닫히지 못한 문틈 사이로 로잘린느의 커다란 웃음소리가 새어 나온 것이 우연만은 아닌 듯했다.

"와, 소름……."

엘레나는 자신의 방으로 돌아가며 팔을 쓱쓱 문질렀다. 로잘린느의 웃음소리가 어릴 적 보던 만화에 나온 마녀의 웃음소리와 얼마나 흡사한지, 닭살이 다 돋았다.

굳이 눈으로 보지 않아도 허리를 꺾고 박장대소하는 로잘린느의 모습이 선명했다. 아무래도 오늘 밤은 꿈자리가 사납겠지 싶었다.

여전히 웃음을 멈출 생각이 없는 것 같은 로잘린느의 방에서 자신의 방으로 도망치듯 걸어가며 엘레나가 중얼거렸다.

"그러면 르니에랑 로잘린느의 사이가 잘되어 가고 있다는 말인가?"

로잘린느의 이야기만 듣자면 이미 양가 상견례까지 마친 것 같은 분위기였다. 그게 가능한가 잠시 생각을 해 보다가 엘레나는 고개를 끄덕였다.

베르너 공이 마침 아발론으로 와 있었고, 새벽의 궁 안에 있는 자신이 모르는 사이 어떤 일들이 생겼는지는 알 수 없었다. 로잘린느가 저렇게까지 말하는 것을 보면 완전히 허풍은 아닐 테다.

자신의 방으로 돌아온 엘레나는 간단하게 몸을 씻고 편안한 옷으로 갈아입은 후 일찌감치 침대에 누웠다. 점점 어두워지는 방 안을 멍하니 보던 그녀는 문득 생각했다.

"일어날 일은 결국 일어나는 걸까?"

어디까지나 가정일 뿐이었고, 머리를 스친 단편적인 생각일 뿐이었다. 하지만 로잘린느와 르니에 사이에서 혼담이 오간다는 말은 무언가 경종을 울렸다.

책 속에서 두 사람의 사이가 결혼 이야기가 나올 정도로 가까워졌던 적은 없었다. 어디까지나 르니에가 로잘린느를 혼자 좋아했고, 로잘린느도 그런 르니에에게 흔들렸지만 결국은 황제를 선택해 황후가 되었다.

그럼에도 불구하고 엘레나는 로잘린느와 르니에를 묶는 어떤 힘이 있을지도 모른다는 생각을 했다.

어쨌든 로잘린느는 여자 주인공이었다. 예를 들어 책의 내용대로 흘러가는 것이 '운명'이고, 사람의 힘으로 사소한 변화를 만들 수는 있지만 어쨌든 '운명'은 정해진 대로 다가오는 것이라면.

정말로 그런 힘이 작용하는 것이라면 엘레나는 오히려 두 손을 들고 반겨야 할 입장이었다. 본의 아니게 잔뜩 꼬아 버린 이야기가 저절로 알아서 제자리로 돌아간다는 뜻이니 말이다.

하지만 베개에 얼굴을 묻은 엘레나의 얼굴은 밝지 못했다.

"그러면 안 되는데……."

별일 없이 흘려보내려던 내일이었지만, 엘레나는 꼭 해야 할 일정 하나를 추가했다. 그 뒤로도 한참을 잠들지 못한 그녀는 결국 새벽이 되고 나서야 지쳐 잠이 들었다.

황궁 안에 자리 잡은 라한 신전은 오늘따라 유독 조용했다. 언제나 소란스러움과는 거리가 먼 공간이었지만, 오늘은 더욱 그랬다. 아침을 맞이해 새들이 밝게 지저귀고 있었지만, 신전 내부에서는 발소리 하나 들려오지 않았다.

똑똑, 쟁반 위에 투명한 잔 가득 물을 담아 온 젊은 신관 하나가 무거운 얼굴로 노크를 했다.

"들어오거라."

이 침실 주인의 익숙한 목소리가 아니었지만, 신관은 조용히 문을 밀고 들어갔다.

밝고 쨍쨍하도록 해가 뜬 밖과는 달리 두꺼운 커튼을 꼼꼼히 내려놓은 방 안은 아직 한밤중과 같았다. 여름의 막바지에 접어들어 더욱 기승을 부리는 더위가 이 침실 안으로는 숨어들지 못한 듯, 서늘한 기운마저 느껴졌다.

"이리 주고 나가 보아라."

"예, 제프리 추기경."

명받은 대로 조용히 물잔을 내려놓고 나가는 신관은 끝까지 발소리 하나 경솔하게 내지 않으려 주의를 기울였다.

문이 닫히고 나자 커다란 침실에 정적만이 가득했다. 방의 주인이 침대 위에서 잠들어 있지만, 그 숨소리는 너무 가늘고 미약해서 마치 그대로 시간이 멈춘 듯했다.

제프리 추기경은 심장이 철렁하는 것을 느끼고 잠든 존재의 호흡을 확인했다. 수초 뒤 실낱같이 이어지는 날숨에 그는 떨리는 숨을 내뱉었다.

"성하……."

추기경이 괴롭게 일그러진 얼굴로 잠든 이를 불렀다.

대륙 유일교, 이페른 제국의 국교인 라한교의 교황이자 라한의 대리자이건만, 눈을 감은 노쇠한 몸은 너무나도 작았다. 교황이 몸을 누인 침대가 터무니없이 커 보였다.

제프리 추기경은 버석하게 마른 자신의 얼굴을 쓸어내렸다.

"죄송합니다."

연로한 교황 성하이기에 제자로서 건강에 각별히 주의를 기울여왔다. 그러나 한 해, 한 해가 넘어갈수록 세월은 쌓여만 갔고, 결국 라한교의 업무 전반에서 손을 뗀 교황 성하는 요양하며 이따금 신관들을 가르치는 일과 기도식을 이끄는 것에만 집중했다.

그래서였다. 자연스레 모든 업무가 교황 성하의 가장 가까운 제자이자 다음 교황으로 손꼽히는 제프리 추기경에게 돌아왔다.

그리고 그는 바쁜 업무에 치이다 보니 가장 중요한 업무를 소홀히 했다. 그것은 바로 교황 성하의 건강을 돌보는 일이었다.

"어리석었다, 어리석었어."

교황 성하께서 쓰러진 것은 이틀 전 아침이었다.

당시에 성하를 보좌하던 신관의 말에 따르면 처음에는 그저 현기증이려니 했다고 했다. 힘이 없어 잘 거동을 하지 못하는 성하를 황급히 침실로 옮겼고 조금 휴식을 취하면 나아질 것이라 기대했다.

하지만 몸이 스스로를 보호하듯 깊은 수면에 빠진 성하는 잠에서 깨어나는 것을 어려워했고, 소식을 듣고 달려온 제프리 추기경에게 한 가지 말만 반복했다.

'엘레나를 부르지 말거라.'

스스로를 치유할 수 없는 신성력 탓에 또 다른 신성력의 소유자를 부를 것을 너무나 잘 알았던 것이다.

다 괜찮다며 금방이라도 꺼질 듯한 미소를 짓는 스승의 얼굴에 제자는 억장이 무너지는 듯했다. 만인의 만병을 고칠 수는 있어도 정작 스스로는 보살필 수 없는 힘을 내려 주신 라한이 원망스럽기도 했다.

똑똑, 누군가가 침실 문을 재차 두드리는 소리가 들려왔다.

"엘레나예요."

그래서 제프리 추기경은 이번 단 한 번만 스승의 명령을 듣지 않기로 했다.

"들어오거라."

문이 열리고 엘레나가 침실로 들어왔다.

"어, 어떻게……."

방 안의 분위기가 심상치 않다는 것을 깨달은 엘레나는 침대 곁으로 다가오는 발걸음을 서둘렀다. 그리고 죽은 듯 누워 있는 교황을 보고는 놀라 말을 잇지 못했다.

"성하께서 쓰러지신 지 오늘이 3일째다. 너를 귀찮게 하지 말라는 말씀에 회복하시기를 기다렸지만, 다른 방도가 없다."

비통한 제프리 추기경의 말에 엘레나는 오히려 소리치고 싶었다. 왜 자신을 진작 부르지 않았냐고.

처음 만났을 때부터 한없이 자애로운 미소를 잃지 않았던 얼굴에 생기가 없었다. 금방이라도 눈을 뜨고 마주 웃어 줄 것 같은데, 굳게 감긴 두 눈은 열릴 기미가 없었다.

"왜 이러시는 거예요? 혹시 나쁜 일이라도……."

"못하는 말이 없구나!"

엘레나에게 제프리 추기경이 매섭게 꾸짖었다.

그녀가 의미한 나쁜 일이란 것은 누군가가 고의적으로 교황을 해하는 일을 의미했고, 단순히 추측뿐이라고 해도 매우 위험한 말이었다. 소문만으로도 어마어마한 파장을 불러일으킬 수 있었다.

"죄, 죄송해요."

엘레나는 자신이 말실수를 했다는 것을 깨닫고 즉시 사과했다. 하지만 교황을 보는 두 눈에 어린 걱정은 사라지지 않았다. 제프리 추기경 또한 그녀의 마음을 모르는 것이 아니었기에 화를 가라앉혔다.

"건강에 문제가 생긴 것은 이미 오래전의 일이다. 그동안은 실력 좋은 의원들의 힘을 빌려 버텨 오셨지만……."

제프리 추기경이 얼굴을 일그러뜨렸다. 그리고 교황의 한쪽 손을 보듬는 엘레나를 바라보았다.

그나마 다행이었다. 이런 상황에 이 아이마저 없었다면, 이대로 성하의 생명이 꺼져 가는 것을 지켜보고 있을 수밖에 없었을 것이다.

"부탁하마."

제프리 추기경의 말에 엘레나가 작게 고개를 끄덕였다.

그녀는 가죽밖에 남아 있지 않은 교황의 손을 꼭 잡았다. 그리고 조심스레 신성력을 불어넣기 시작했다.

어째서인지 그녀의 얼굴이 잠시 어두워졌지만, 이내 치유에 집중하며 눈을 감았다. 교황의 신체가 워낙 약해져 있어 한꺼번에 많은 신성력을 사용하는 것조차 조심스러웠다.

치유의 시간은 길었다. 은은한 빛이 왜소한 교황의 몸 전체를 감쌌다. 엘레나의 눈꼬리가 미세하게 떨렸다.

힘이 들었다. 마치 크게 들이켠 숨을 누구에게도 들리지 않도록 아주 조금씩 천천히 내뱉는 것과 같은 과정이었다.

결국 그녀의 이마에 맺힌 땀 한 방울이 얼굴선을 타고 또르르 떨어지고 나서야 엘레나는 잡고 있던 교황의 손을 놓으며 눈을 떴다.

"흐아아……."

절로 앓는 소리가 났다. 메이나드의 어머니를 치유했을 때처럼 신성력을 모두 사용한 것도 아닌데 머리가 지끈거리고 오래달리기를 한 것처럼 온몸이 아팠다.

잠시 침대에 몸을 기대 숨을 고르던 엘레나의 귀에 그리운 목소리가 들렸다.

"으음, 엘……레나더냐?"

마치 긴 잠을 자고 일어난 사람처럼 그녀를 보며 푸근히 웃어 주는 성하의 모습에 엘레나는 울컥했다.

"성하! 정신이 좀 드세요?"

방금 전에 놓았던 손을 그녀가 다시금 잡았다. 힘없이 축 처져 있던 손이 자신의 손을 마주 잡아 오자, 그녀의 눈에 눈물이 고였다.

"나는 괜찮다."

지난 3일간 성하가 가끔씩 정신을 차릴 때마다 들었던 말에 제프리 추기경은 목이 메어 왔다.

"크흠."

볼썽사나운 모습을 보이지 않으려 매듭이 생기는 목을 가다듬는 소리에 교황이 제프리 추기경을 바라보았다.

"제프리……."

"죄송합니다, 성하."

엘레나를 부르지 말라던 당부의 말을 어겼다. 하지만 이 나이 많은 제자는 스승의 뜻에 어긋나는 것을 알면서도 그를 도울 수 있는 단 한 사람을 부르지 않을 수가 없었다.

그 간절함을 다 안다는 듯 교황의 나머지 손이 제프리 추기경의 손등을 토닥였다.

“고맙다, 제프리.”

“크흠.”

제프리 추기경은 다시 한번 헛기침을 하며 고개를 옆으로 돌려 얼굴을 숨겼다.

“목이 마르구나. 따듯한 차를 한잔 가져다주지 않겠느냐, 제프리.”

“……예, 알겠습니다.”

시종을 시키면 될 일을 자신에게 부탁하는 데에는 다른 생각이 있으시리라. 제프리는 엘레나를 한 번 보고는 묵묵히 자리에서 일어나 직접 차를 만들기 위해 침실을 나갔다.

성하와 둘만 남겨진 엘레나는 신관복 소매에 눈물을 쓱쓱 닦았다. 더 이상 눈물을 보이는 것은 아픈 사람에 대한 실례였다.

“엘레나, 고맙다. 내가 눈을 뜬 것은 네 덕분이겠지.”

교황 성하의 목소리가 잔잔했다.

“아니에요. 당연히 해야 할 일이었는걸요.”

“신성력을 사용했다면 너도 알고 있겠구나.”

교황의 말에 엘레나의 눈동자가 조용히 떨렸다.

“무슨 말씀이신지…….”

“내 생명력이 얼마 남지 않았다는 것을 말이다.”

엘레나는 부정하지 못했다.

언제고 교황 성하에게서 그런 말을 들은 적이 있었다. 계속 사람들을 치유하다 보면 단순히 병을 낫게 하는 것뿐만 아니라 그 사람의 신체 상태에 대해서도 알 수 있다고.

실제로 그랬다. 엘레나는 어느 순간부터 신성력을 불어넣고 있는 사람의 전반적인 몸 상태에 대해 느낄 수 있게 되었다.

그리고 조금 전 교황 성하를 치유할 때도 마찬가지였다.

그녀는 절망했다. 그리고 깨달았다. 성하의 상태는 특정 병 때문이 아니라, 말 그대로 노환이라는 것을. 세월을 이기지 못한 몸이 조금씩 생명력을 잃어 가는 상황이라는 것을 즉시 알 수 있었다.

엘레나는 고개를 숙였다. 어젯밤, 이 이야기의 수순 중 가장 먼저 떠오른 것이 바로 교황 성하의 일이었다.

책에서 교황 성하의 장례식을 읽었다. 정확한 날짜는 나오지 않았지만, 막 나무들이 옷을 갈아입기 시작하는 가을이라고 했다.

정해진 대로 흘러간다는 가설을 확신하는 것은 아니었지만, 만약 자신의 짐작이 맞는다면 적어도 성하의 운명만큼은 그녀가 바꿀 수 있는 것이었으면 하고 간절하게 바랐다.

아침이 되면 교황 성하를 찾아뵈어야지 다짐하며 잠이 들었다. 그런데 그녀가 아침 식사를 시작하기도 전에 제프리 추기경이 그녀를 호출했다.

"죄송해요……."

자신이 조금이라도 일찍 눈치를 챘다면, 자주 찾아뵙고 꾸준히 신성력을 나눠 드렸다면 이런 상황을 막을 수 있지 않았을까. 후회가 컸다.

"모두 라한의 뜻이거늘, 어째서 네가 미안해하느냐. 그런 생각 말거라."

"하지만……."

"늙어 감에 따라 지니고 태어났던 생명의 불이 약해지는 것은 세상의 이치니라. 그리 슬퍼 말거라."

그런 교황의 다독임에도 엘레나의 얼굴은 점점 흐려져만 갔다.

성하와 함께할 수 있는 시간이 오래 남은 줄 알았다. 이 세상에 떨어져서 힘들고 고통스러울 때 처음으로 온정 어린 손길을 내밀어 준 사람이었다.

언제나 다정하고 따듯하게 그녀를 반겨 주는 덕에 할아버지라는 존재가 있다면 이런 느낌일까 싶었다. 엘레나의 친모가 성하께서 아끼던 제자 중 하나였다는 말을 들었을 때, 무엇보다 교황 성하가 정말로 할아버지처럼 느껴져 기뻤다.

스스로 엘레나가 아니라는 생각 때문에 어머니와 아버지라는 존재에 대해선 단단히 엉킨 실타래를 받은 양 복잡한 감정이 들었지만, 성하에 대해서만큼은 순수하게 기쁜 마음이 앞섰다.

그래서였다. 성하의 몸 안에서 너무나 작게만 느껴지는 생명의 불꽃을 감지했을 때, 엘레나는 자신의 생명력이라도 쏟아붓고 싶었다. 나눠 줄 수만 있다면 얼마든 그렇게 하고 싶었다.

"엘레나."

"예, 성하."

"아직 우리에게는 시간이 남아 있단다."

교황 성하의 말에 잠시 멍하니 있던 엘레나는 이내 고개를 끄덕였다.

그랬다. 비록 서서히 사그라드는 생명력이었지만, 작은 불빛이라고 해도 여전히 타오르고 있었다. 신성력의 도움을 받으면 더 오래 지속될지도 몰랐다. 슬퍼만 하는 것은 너무나 일렀다.

"네, 성하."

때마침 제프리 추기경이 엘레나의 몫까지 세 사람분의 차를 가지고 침실로 돌아왔다. 예상치 못했던 추기경의 호의에 엘레나가 놀라며 찻잔을 받아 들었다.

찻물은 성하의 상태를 고려해 미지근한 온도였지만, 그녀가 마셔

본 그 어떤 차보다 가슴을 따듯하게 만들었다.

제국에서 검을 든 자라면 누구나 한 번쯤 꿈꾸는 집단, 황궁 내에 위치한 제국 기사단은 오늘도 훈련하는 기사들의 기합 소리와 검이 부딪치는 쇳소리가 끊이질 않았다.

소리의 진원지인 제1연무장은 기사단 내에서 가장 큰 연무장으로, 1년차 신입 기사들이 단체 훈련을 수행하는 곳이기도 했다.

"핫!"

"하앗!"

구령에 맞춰 수십의 젊은 기사들이 날카로운 기세를 뿜어냈다. 그들을 모두 내려다볼 수 있는 단상 위에는 세 사람이 있었다. 의자에 앉아 있는 한 사람과 그의 부관으로 보이는 두 명의 기사였다.

"저어, 부단장님?"

"……."

"어네스 경."

"……."

메이나드의 등 뒤에 시립해 있던 부관 둘이 조용히 눈빛을 교환했다. 그리고 먼 곳 어딘가를 응시하고 있는 메이나드의 어깨를 조용히 짚었다.

"부단장님."

"……음?"

그제야 생각에 빠져 있던 메이나드가 부관을 돌아봤다.

"뭐지?"

그의 물음에 부관이 조용히 대답했다.

"1차 훈련이 끝나 갑니다. 계속 보시겠습니까?"

수습 기사와 신입 기사의 훈련을 책임지는 것은 메이나드의 중요 업무 중 하나였다. 그는 정기적으로 단체 훈련을 직접 살피고 훈련의 진행을 점검해야 했다.

그러나 오늘 메이나드는 평소와 달랐다. 몸은 훈련 장면을 보고 있지만 정신은 다른 곳에 있는 듯했다.

"오늘은 이만하는 게 좋을 것 같군."

메이나드가 낮은 목소리로 말했다. 두 부관은 놀라서 다시 한번 서로를 바라봤다. 어네스 경답지 않은 발언이었다.

그는 제국의 검이라고 불리는 어네스가의 장남으로 태어나 아주 어린 나이일 때 검에 재능을 보였고 제국 역사상 최연소로 제국의 기사가 되었다.

게다가 불과 열일곱 살 때부터 정복 전쟁 내내 폐하의 곁을 지키며 생긴 수많은 이야기들은 책으로 엮여 나올 정도였다.

그뿐만이 아니었다. 어네스 경은 근무 태도 또한 타의 귀감이 되었다. 어느 정도냐 하면, 다른 기사들이 어네스 경 밑에서 일하는 부관들을 안타깝게 생각할 정도였다. 상사가 저렇게 바르고 성실한 만큼 그 밑의 사람들은 더욱 열심히 일해야 했으니 말이다.

그런데 요즘 어네스 경이 이상했다. 여전히 정시에 출근하고 업무를 수행하기는 했지만 실수하는 구석이 있었다.

어네스 경을 걱정하는 기사들은 그 이유를 찾기 위해 머리를 굴렸다. 기사단의 자랑인 분이 도대체 왜 저러실까.

여러 이야기가 나왔지만, 그중 가장 유력한 것은 그와 엘레나 신관의 사이가 틀어졌다는 추측이었다.

어네스 경과 그의 친우인 베르너 후작의 삼각관계는 소문이 느린 편인 기사단에서도 모르는 이가 없었다. 물론 모두 어네스 경이 베르너 후작을 이기고 엘레나 신관과 잘되기를 바라고 있었음은 두말할 것도 없다.

어네스 경이 이렇게 급격한 심경의 변화를 보이고 있으니, 그 이유는 아무래도 '사랑' 말고는 없지 않을까 했던 것이다.

"어네스 경."

부관의 부름에 메이나드가 조용히 고개를 돌렸다.

"무슨 일 있으십니까?"

"근래 들어서 그렇게 생각에 잠기시는 일이 잦습니다."

두 부관이 걱정을 담뿍 담아 말했다.

"……내가 그랬나?"

스스로 깨닫지도 못한 채로 많은 시간을 상념에 잠겨 있던 메이나드는 지난 며칠을 돌이켰다. 그가 고운 미간을 옅게 찌푸렸다.

자신의 사적인 감정이 업무에까지 지장을 주고 있었다. 기사로서 가장 경계해야 할 일 중 하나였다.

"면목이 없군."

메이나드의 말에 두 부관은 손을 크게 내저었다.

"며, 면목이라뇨! 그런 의미로 말씀드린 것은……."

"저희는 그저 부단장님이 걱정돼서요."

부록 부단장으로 모시고 있지만 어네스 경의 나이는 고향에 있는 그의 막냇동생보다도 어리다. 그러니 갑자기 침울해 보이는 모습에 마음이 쓰일 수밖에.

"혹시 저희가 도와드릴 수 있는 일입니까?"

다른 부관이 조심스레 물었다. 정말로 부단장의 고민이 연애에 관련된 것이라면, 아무래도 연애 경험이 있는 데다 기혼자인 자신들이 도움이 될 수 있을지도 몰랐다.

"가끔은 혼자 고민하기보단 다른 사람에게 털어놓는 게 현명한 방법일 때도 있습니다."

강철 같은 몸으로 오러 소드를 만들어 내며 신체의 한계를 넘어선 제국의 기사들이었지만, 결국은 사람이었다. 인생의 희로애락이 그들을 비켜가지는 않았다.

"고민……."

메이나드는 잠시 부관의 말을 되짚어 보다가 고개를 저었다.

"처음부터 고민할 거리는 없었을지도 모르겠어."

"예?"

되묻는 질문에 메이나드는 재차 고개를 저었다.

"부단장님……."

"폐하께 가 볼 시간이다. 2차 훈련은 경들에게 맡기도록 하지."

메이나드가 앉았던 자리에서 훌쩍 일어나며 말했다.

"살펴 가십시오."

부관들의 배웅을 받으며 메이나드는 기사단을 나섰다. 평소라면 마차나 말을 이용했을 테지만, 오늘은 걸어서 이동했다. 황제 폐하의 집무실이 있는 중앙궁으로 향하는 잘 닦인 길은 유난히 인적이 드물었다.

자신의 목적지를 잘 아는 메이나드의 거침없는 발걸음이 딱 한 번 멈춰 섰다. 새벽의 궁으로 가는 갈림길 앞에서였다.

그러나 머뭇거림은 길지 않았다. 잠시뿐이었다. 이내 메이나드는 다시 자신의 본분을 향해서 걸었다.

잠시 뒤, 중앙궁의 집무실에 도착한 메이나드는 조용히 안으로 들어섰다. 손님이 아니라 호위 기사의 신분이므로 노크를 하지 않는 관례를 따랐다.

조용한 집무실에서 가장 먼저 메이나드를 반겨 준 것은 휴고의 말없는 눈인사였다. 막 회의가 끝난 것인지 휴고는 테이블 위의 찻잔 몇 개를 정리하고 있었다.

메이나드는 그에게 묵례를 한 뒤 집부실 한쪽에 섰다. 집무 중인 황제 폐하의 시야에 방해가 되지 않으면서도 유사시 가장 효과적으로 폐하를 보호할 수 있는 자리였다.

아드레이는 메이나드를 돌아보지 않았다. 메이나드가 들어오기 전과 마찬가지로 읽고 있던 서류를 계속해서 읽고 있었다. 메이나드 또한 주변을 경계하고 이따금 창밖을 내다보며 경비 태세를 확인할 뿐, 아드레이를 바라보지 않았다.

그렇게 메이나드가 점점 이 공간에 동화되어 갈 때, 찻잔을 모두 수거한 휴고가 집무실을 나섰다. 그나마 작은 소음을 만들어 내던 휴고가 없어지자 집무실엔 정말로 정적만이 남았다.

"메이나드."

아드레이가 서류에서 눈을 떼고 메이나드를 부른 것도 그때의 일이었다.

"예, 폐하."

메이나드가 부름에 대답하며 고개를 숙였다. 그 바람에 엘레나가 강아지 같다고 했던 결 좋은 곱슬머리가 앞으로 흘러내렸다.

"무슨 일이지."

"……예?"

아드레이의 물음에 메이나드는 당황해 되물었다. 황실 예법에 어긋나도 한참 어긋난 행동이었다. 메이나드의 짙은 녹색 눈동자가 잘게 떨렸다.

"……아무 일도 없습니다."

메이나드는 더욱 고개를 깊이 숙이며 얼굴을 감췄다. 그렇게 하면 높게 파도치는 마음까지도 숨길 수 있을 것이라고 생각했다.

탁. 그러나 아드레이는 손에 쥐고 있던 서류 다발을 집무 책상 위로 단호히 내려놓았다.

"메이나드."

"예, 폐하."

그저 이름을 부른 것뿐이었지만, 메이나드는 허리를 바로 세웠다.

"어네스 백작이 겨우 성인이 된 너를 내 옆으로 보낸 뒤, 네가 이런 모습을 보이는 것은 처음이다. 그러니 무슨 일이 있었던 것이겠지."

아드레이가 메이나드를 빤히 바라봤다. 마치 '그렇지 않은가?'라고 묻는 듯했다.

"폐하."

나의 폐하. 감히 인간의 몸으로 다 돌아볼 수도 없는 광활한 제국의 주인인 존재. 어네스가의, 메이나드 자신의 무조건적인 충성의 대상.

맹세코 단 한 번도 어째서 그래야 하는지 의구심을 가진 적이 없었다. 메이나드는 감히 자신이 존재하는 이유라고도 할 수 있는 황제 폐하, 아드레이를 눈에 담았다.

아직도 기억이 생생했다. 첫 검술 수업 때의 일이.

이제는 리바이 공작의 것이 된 그 오래된 목검을 물려주시던 날, 아버지는 메이나드를 데리고 입궁했다. 그리고 책에 열중한, 그때 막 열 살이 된 황태자 전하를 멀찍이서 뵐 수 있도록 해 주며 말씀하셨다.

—저분이 바로 네가 검을 잡는 이유이자 앞으로 네가 살아가는 이

유가 되실 분이다.

메이나드는 아직 어렸지만, 부친의 말씀은 하나도 어렵지 않았다. 그는 마치 첫 숨을 들이켜는 것처럼 자연스레 받아들였다.

이후 시간이 흘러 몸이 자라나고 점점 한 사람의 어엿한 기사가 되어 갈수록 곧 자신의 주군을 모실 수 있을 거란 사실이 기뻤다. 모두가 천재라 칭송해 마지않은 개인적 성취보다도.

그래, 그랬다. 메이나드에게 황제 폐하는, 바크란 1세는, 아드레이란 존재는 그런 것이다. 단 한 번도 의문해 보지 않았던 가장 순수한 의지였다.

"……송구합니다."

그러나 메이나드는 그 견고한 것에 금이 가게 하고 말았다. 완전무결한 것이었던 그 마음에 흠집을 내었다.

"폐하께 불온한 마음을 품었습니다."

불온한, 순응하지 못하는. 기사가 주군에게 절대 가져서는 안 되는 마음을.

메이나드는 차마 더 자세히는 설명하지 못했다. 그 마음이 미움, 질투, 분노였노라고.

아드레이에게서 커다란 노성이 터져 나오거나 하는 일은 없었다. 오히려 그의 목소리는 더욱 낮아졌다.

"베르너가의 가면 축제에서였나."

"……."

메이나드는 아랫입술을 굳게 다물었다. 침묵이 흘렀다.

베르너가에 모인 이들의 신상을 확인하려고 폐하와 함께 직접 움직인 날이었다. 메이나드는 갑자기 사라진 아드레이를 찾아 움직였고, 그곳에서 목격했다.

"엘레나 신관과 함께 계신 모습을…… 보았습니다."

처음에는 자신의 눈을 의심했다. 그 뒤엔 자신이 지금 악몽을 꾸고 있는 것인가 하고 생각했다.

악몽이라면 정말로 고약한 악몽이구나 싶었다. 가면을 쓰고 머리를 다른 색으로 바꾸었으나 한눈에 알아볼 수 있었던 엘레나와 그토록 찾아 헤매었던 주군이 함께 있는 모습은.

"감히 한 가지 여쭤 보아도 되겠습니까."

메이나드가 떨리는 목소리로 물었다.

"언제부터……였습니까."

자신의 허리춤에 매인, 기사 서약을 할 때 친히 하사하신 검이 당장 제 목에 드리워져도 할 말이 없을 질문이었다. 그러나 그것을 각오하고서도 알고 싶었다.

주인 없는 땅을 봤을 때처럼 먼저 말을 달려 깃발을 꽂아 제 것으로 만들려 하는 것이 아니었다, 사람의 마음은.

모두 머리로는 잘 알고 있는 사실이었지만, 엘레나와 폐하의 모습을 목격한 그 순간부터 계속해서 메이나드를 괴롭히고 있는 질문이기도 했다.

"그녀가 입궁을 했던 즈음이었다."

아드레이의 대답에 메이나드는 이를 악물었다. 나와 비슷한 시기. 그토록 궁금해했고, 답을 알고 싶었던 의문이 풀렸지만 그에게 남은 것은 더 큰 좌절뿐이었다.

내가 무엇을 잘못했던 것인가. 내 마음이 부족했던 것일까. 새로 솟아난 질문들이 가슴을 아프게 헤집었다.

"어째서……."

겨우 조각에 불과한 한 단어를 입 밖으로 밀어내는 것이 메이나드의 최선이었다. 어째서 내가 아닌가.

가슴속 덩어리 가장 깊숙한 곳에 자리 잡은 질문은 바로 그것이다. 어째서 내가 아니라, 폐하인가.

어디선가 축제의 소란스러움이 들려오는 듯했다. 눈앞에 그날 목격했던 광경이 생생하게 펼쳐졌다.

보는 순간 알 수 있었다. 그녀가 마음에 품은 사람이 누구인지.

그녀는 소리 내어 웃었다. 자신 앞에서는 한 번도 보여 준 적 없는 본연의 미소는 눈이 시리도록 아름다웠다.

메이나드는 오른손을 단단히 움켜쥐었다. 검을 뽑아 휘두르고 악에 받친 소리를 지르며 묻고 싶었다.

왜 하필, 왜 하필 그녀여야 했냐고.

끓어오르는 감정에 눈앞이 흐려졌다. 검을 겨누려는 상대가 황제 폐하라는 것도, 검을 뽑은 순간 반역자가 된다는 것도 모두 잊었다.

결국 메이나드는 오른손을 검집을 향해 뻗으며 한 걸음 크게 다가섰다.

스르릉, 하는 차가운 금속 소음과 함께 은빛 검신을 드러내고, 그 날카로운 검 끝이 폐하를 향하도록 할 생각이었다. 모든 것을 잃은 듯한 지독한 상실감에 자신의 몸을 맡기리라.

"크윽."

그러나 그는 그리하지 못했다. 꽉 다문 잇새로 괴로운 신음만이 흘러나왔다. 무언가를 기다리듯 자신을 주시하는 검푸른 눈동자 앞에서 괴롭게 울부짖지 않았다.

메이나드의 입술이 느리게 열렸다. 그리고 괴롭고도 무거운 말을 뱉어 냈다.

"저는 폐하의 기사입니다."

잊으려 해도 잊을 수 없다. 모른 척 분노하려 해도 분노할 수 없다. 눈앞이 번쩍이도록 이성을 잃어 가는 와중에도 메이나드 폰 어네스는 황제 폐하께 충성을 맹세한 기사였다.

"나를 원망하고 미워해도 좋다."

아드레이가 그렇게 말했다.

짐을 미워해도 좋다. 피붙이보다도, 사랑하는 연인보다도 충성을 서약한 주군의 명을 받들어야 하는 기사를 위한 최대의 배려였다.

하지만 이내 메이나드는 괴롭게 얼굴을 찌푸리며 고개를 저었다.

"그리할 수만 있다면 좋겠습니다."

서글프지만 이것이 바로 메이나드의 길이었다.

"며칠 쉬다 와도 되겠습니까."

조금 지친 목소리로 메이나드가 말했다. 아드레이는 묵묵히 고개를 끄덕였다.

"다녀오겠습니다."

그렇게 집무실을 떠나려는 메이나드를 향해 다시 한 손에 서류를 쥔 아드레이가 말했다.

"메이나드 폰 어네스, 돌아올 때는 다시 네가 되어 돌아와라."

황제 폐하의 지엄한 명이었다. 동시에, 기다려 주겠다는 위로이기도 했다. 여러 말이 필요 없는 군신君臣 간의 대화였다.

그에 메이나드는 머리를 깊이 숙이며 대답했다.

"황명을 받듭니다."

매일 아침마다 신전에 들러 교황 성하와 차 한잔을 마시는 것은 이제 엘레나의 일상이 되었다. 벌써 며칠째 부지런히 신전과 새벽의 궁을 오갔다.

오늘도 마찬가지였다. 차를 마시면서 별것 아닌 소소한 이야기를 나누고 최대한의 신성력을 성하에게 전달했다. 여전히 침대에서 벗어나진 못했지만, 그래도 전보다 기력을 차린 듯한 성하의 모습에 엘레나의 발걸음이 가벼웠다.

산책 겸 걸어서 새벽의 궁으로 향하며 엘레나는 아드레이에 대한 생각에 빠졌다.

가면 축제에서 우연히 마주친 뒤로 두 번의 비밀 회동 날이 있었지만 만남은 성사되지 못했다. 한 번은 교황 성하의 상태가 갑자기 나빠져 엘레나가 그 옆에 붙어 있어야 했고, 또 한 번은 교황 성하에게 신성력을 모두 쏟아부은 그녀가 몸져누웠기 때문이었다.

어쩌면 다행일지도 몰라. 그날을 떠올리며 엘레나가 얼굴을 붉혔다. 도대체 그게 무슨 의미였는지 물어보고 싶은 것이 산더미였지만, 아직은 마음의 준비가 되지 않았다.

하지만 피하는 것도 이제 끝이었다. 돌아오는 날에는 꼭 얼굴을 보고 그에 대한 타당한 설명을 듣고야 말겠다는 강력한 의지가 섰다.

그렇게 의욕을 불태우며 막 새벽의 궁의 현관에 다다랐을 때, 누군가가 엘레나를 잡아 빙글 돌려세우더니 온몸으로 안았다.

"보고 싶었어."

달콤한 말이었고 달콤한 목소리였다. 놀란 엘레나의 몸이 딱딱하게 굳자 상대는 그녀를 놓아주며 말했다.

"나야."

"르니에 님?"

덥석 자신을 껴안은 상대가 적어도 신원 불명의 치한이 아니라는 것에 안도한 엘레나였다. 하지만 그녀는 르니에에게 날카롭게 말했다.

"갑자기 나타나서 무슨 짓이에요. 이러지 말아요!"

"너의 이 목소리가 너무 그리웠어."

분명 그녀는 화를 내고 있었지만, 르니에는 조금도 신경 쓰지 않았다.

"저 지금 르니에 님한테 화내고 있어요."

"알아."

"모르는 것 같은데요. 누군가가 화를 내면 그렇게 웃으시면 안 돼죠. 화가 더 나거든요."

"화내는 모습도 예뻐서 그래."

엘레나는 결국 한숨을 크게 내쉬었다. 뒤로 한 발짝 크게 물러나 르니에와의 거리를 만드는 것도 잊지 않았다.

"저번에 분명히 말씀드렸어요. 저는 따로 좋아하는 사람이 있다고."

"나도 분명히 말했지. 그럼 그자에 대해서 내게 말해 보라고."

말하지 않을 것을 알면서. 엘레나가 아랫입술을 깨물었다.

"그 전엔 존재하지 않는 것으로 간주할 거야. 설사 그자가 정말 존재하더라도 말이야."

아름다운 외모를 더욱 빛나게 하는 예쁜 미소였지만 엘레나는 오히려 눈살을 찌푸렸다.

"왜 오신 거예요?"

그녀가 대화의 방향을 돌리자 르니에가 싱글거리며 고개를 끄덕였다.

"줄 게 있어서."

그렇게 말한 르니에는 자신이 타고 온 베르너 후작가의 마차 문을 열고 무언가를 꺼냈다.

"너를 닮았더군, 그래서 샀어."

그것은 엘레나가 양팔로 들기 버거울 만큼 아주아주 커다란 꽃다발이었다. 아니, 차라리 꽃 더미 쪽이 더 정확한 표현이었다.

"이걸 다 샀다고요?"

"응."

"어, 어디서요?"

"가문에 퍼킨스 상단의 상단주가 찾아왔는데, 내게 선물로 두 송이를 가져왔더군."

두 송이. 엘레나는 자신의 품에 안겨 있는, 적어도 백 송이는 될 듯한 꽃을 바라봤다. 두 송이가 백 송이로 증식한 이유는 도대체 뭘까.

"설마 상단이 가지고 있던 꽃을 다 사신 건 아니죠?"

엘레나의 물음에 르니에가 더욱 짙게 웃었다.

"널 닮은 꽃을 다른 누군가가 가지게 할 순 없지."

"하아……."

이 정도 집착은 병이었다. 그녀를 닮은 꽃조차도 모두 소유하겠다는 그 말이 진심이란 것이 전해졌다.

"굉장히 비싸 보이는 꽃이네요."

"희귀한 종이라고 하더군. 아름답지만 생존력과 번식력이 약해서 원산지인 옛 산크레스트 왕국령을 벗어나는 경우도 거의 없고 말이지."

장미와 모란이 섞인 모양새의 크고 화려한 꽃은 티끌만큼의 흠도 없이 새하얬다. 부드러운 곡선을 그리며 우거진 꽃잎은 너무나 고아해 보여서 잘못 건드렸다 자국이 생겨 버릴까 싶어 향을 맡는 것도 조심스러웠다.

도대체 이 꽃의 어디가 날 닮았다는 걸까. 엘레나는 얼굴을 간질이는 꽃송이를 내려다보며 생각했다.
"저랑 전혀 닮은 구석이 없는 꽃이네요."
"어째서 그렇게 생각하지?"
르니에는 고개까지 갸웃했다. 그녀의 말이 정말로 이해가 가지 않는 듯했다.
"한눈에 보기에도 고급스러워 보이는 꽃이잖아요. 아름다워요. 르니에 님의 시선을 사로잡은 것도 이해가 갈 만큼 완벽한 꽃이에요."
"그렇지."
"그래서 저랑은 닮지 않았어요. 저는 이렇게 진한 향을 퍼뜨릴 만큼 매력적이지도 않아요. 그런 걸 좋아하지도 않고요. 주목받는 게 별로거든요."
이 꽃은 자신이 아니었다. 차라리 로잘린느에 가까웠다. 그렇게 생각하자 피식 웃음이 새어 나왔다.
"하지만 르니에 님의 취향이 어떤 건지는 알겠네요."
마치 책 속에서 르니에가 로잘린느에게 한눈에 반하던 그 순간을 읽은 것처럼 말이다.
"넌 지나치게 스스로를 과소평가해. 뭐, 그런 점이 못 견디도록 좋은 것이지만."
르니에는 고개를 저으며 웃었다.
"내가 어째서 이 꽃에서 널 봤는지 아나?"
르니에가 엘레나 품 안의 꽃다발에서 느슨하게 빠져나온 한 송이를 뽑아내 아찔하도록 진한 향을 음미했다.
"내가 그동안 봐 온 꽃 중 가장 특별했기 때문이지."
꽃의 이름은 라네이너스. 상단주의 말에 따르면 이 꽃은 기후가 가장 온화한 대륙 동쪽의 옛 산크레스트 왕국령에서만 자라나는 품

종으로, 그곳의 귀족들 사이에선 단 한 송이가 화폐를 대신하기도 할 정도로 가치 있는 꽃이라고 했다.

무사히 꽃을 피울 확률이 매우 낮은 종인데 드물게 올해에 크게 번성하였다고 했다.

"원래대로라면, 이 귀하디귀한 꽃은 황실이 독차지했을 거야. 점령당한 왕국령에서 단 몇 송이만 이페른 황실에 진상했을 테니 나의 눈에 띄는 일은 일어나지 않았겠지."

매년 산크레스트 영지는 바크란 1세에게 라네이너스를 진상한다. 워낙 개체 수가 적어 옛 왕국령의 밖으로 나가는 라네이너스는 그게 전부였다.

그러나 올해는 예외적인 상황으로 인해 퍼킨스 상단이 독점적으로 사들여 제국의 귀족들에게 팔기 위해 가져왔다.

그래서였다. 평생을 신전 안에서 사는 평민 출신의 신관인 그녀가 그의 눈에 들어올 확률은, 그리고 이토록 깊이 새겨질 확률은 매우 희박했다.

그런데 여러 우연이 겹치고 겹쳐 르니에는 그녀를 발견했다. 이제 그에게 엘레나는 이 꽃처럼 가장 완벽하고 화려하며 아름다운 존재였다.

"그래서 더 특별한 것 아니겠어."

르니에는 그렇게 말하며 크게 한숨을 쉬었다.

눈앞의 그녀를 당장이라도 마차에 태워 오로지 자신만 아는 장소에 가둬 놓고 마음껏 소유하고 싶은 본능이 괴롭게 몸부림쳤다.

하지만 이 안달 난 상태마저도 즐거웠다. 가장 좋아하는 간식을 맨 뒤로 미루는 달콤한 고문이었다.

"이대로 너와 계속 시간을 보내고 싶지만, 애석하게도."

르니에는 들고 있던 꽃의 긴 줄기를 짧게 잘라 냈다. 그리고 느리게 웃으며 엘레나의 한쪽 귀 위에 꽂았다. 여린 꽃줄기가 머리카락 속을 파고드는 것이 여실히 느껴졌다.

"폐하를 뵈러 가야 하는 몸이라."

중앙궁의 대신 회의는 이미 시작된 뒤였다. 엘레나에게 꽃을 전하느라 회의에 늦게 되었지만, 초조한 기색 따윈 없었다.

저 꽃을 품에 안은 그녀의 모습을 본 것만으로도 시간도, 돈도 모든 것이 가치 있는 낭비가 되었다.

"꽃이 고맙다면 편지라도 한 통 써 주면 기쁘겠어."

그 말을 하는 르니에는 평소와 조금 달랐다. 웃음기는 남은 얼굴이었지만 눈빛은 장난기 없이 진지했다. 엘레나가 손수 쓴 편지 한 통이면 세상을 가질 사람처럼.

르니에는 바로 마차에 올라탔다. 발을 동동 구르고 있던 마부는 마차의 문이 닫히자마자 바로 말을 몰았다.

저 멀리로 멀어지는 베르너 후작가의 문양을 멍하니 보던 엘레나는 고개를 저었다.

"하아……."

죄책감일까. 방금까지 아드레이에 대한 생각으로 나뭇잎처럼 가볍게 살랑이던 마음이 잔뜩 무거워졌다.

그녀는 침울한 눈으로 품 안의 꽃 무더기를 내려다봤다. 그냥 귀찮기만 하던 묵직한 꽃다발 위로 방금 스친 르니에의 눈빛이 겹쳤다.

"결혼을 하면 자연스럽게 해결되겠지. 프란시스 남작가와 맺어지는 게 어떤 이득이 있는지는 몰라도."

아무리 르니에여도 정식으로 결혼을 약속한 사람이 생기면 마음을 정리할 테다. 귀족 간의 혼인이란 가문과 가문의 약속이라 하니.

지금이야 자신을 좋아하는 마음이 앞서겠지만, 결국엔 베르너 후작가를 우선으로 생각하는 때가 오지 않을까.

엘레나가 그렇게 생각하며 새벽의 궁 안에 들어섰을 때였다.

또각, 또각.

차갑게 굳어진 얼굴로 자신에게 다가오는 한 여자를 본 엘레나는 속으로 외쳤다. 젠장!

이를 악문 로잘린느가 엘레나 품 안의 꽃을 태워 버릴 듯 이글이글 타오르는 눈으로 다가오고 있었다.

로잘린느가 모든 것을 봤을 거라 추측하긴 어렵지 않았다. 눈빛으로 누군가를 죽일 수 있다면 바로 저런 눈빛이 아닐까. 분명 아직 더운 여름인데 서리가 내릴 것처럼 공기가 싸늘했다.

당장이라도 엘레나를 향해 세상에 존재하는 온갖 욕설을 퍼부을 것 같았던 로잘린느였으나 이상하게도 아무 말이 없었다. 고고한 자세로 가만히 서서 엘레나를 찢어 죽일 듯 노려볼 뿐이었다. 그 무시무시한 눈빛을 받은 피부가 찌릿할 정도였다.

"프란시스 영애, 아무래도 오해가……."

"너 따위가, 너 따위가……."

엘레나의 말을 차갑게 잘라 낸 로잘린느의 목소리는 분노에 잘게 떨렸다. 그녀의 시선은 엘레나가 들고 있는 꽃다발에 꽂혀 있었다.

"이리 내놔!"

"읏!"

로잘린느가 엘레나의 어깨를 뒤로 밀치며 그녀의 품에서 꽃다발을 거칠게 빼앗아 갔다.

"네 주제도 모르고 르니에 님에게서 꽃을 받아?"

주제를 아는 것과 꽃의 상관관계는 도대체 뭘까. 엘레나는 자신을 향해서 분노를 쏟아 내는 로잘린느를 보면서 엉뚱하게 그런 의문이 생겼다.

"르니에 님에게서 떨어져."

잠깐, 나 이 장면 본 적 있어! 흔히 드라마에서 악녀 역할을 맡은 남자 주인공의 약혼녀가 가난하지만 캔디 같은 여자 주인공에게 자주 하는 말이다.

그리고 엘레나는 문득 깨달았다. 지금 이 상황이 텔레비전에서 본 상황과 완전히 판박이라는 것을! 물론 여자 주인공은 로잘린느고 자신은 그저 조연일 뿐이라는 것만 빼고.

"지난번에 내가 말했지, 나와 르니에 님은 이미 가문끼리 혼약이 오가는 사이라고."

"저도 알아요. 그래서……."

하지만 로잘린느는 엘레나의 이야기를 들어 줄 생각이 없었다.

"그게 전부라면 별거 아니라고 생각했니? 르니에 님의 마음을 가진 네가 더 유리하다고? 그런데 이걸 어쩌지? 그 뒤로 내 부모님은 아예 베르너 후작가에 머물고 계시거든."

꽃다발이 마치 자신의 것인 양 한 팔로 꼭 감싸 안고 위협적으로 한 걸음 다가오며 로잘린느가 말했다. '이 정도일 줄은 몰랐지?' 하는 얼굴이었다.

"너 같은 평민이 뭘 알지는 모르겠지만, 그건 이미 우리 프란시스 남작가가 베르너 후작가가 인정한 손님이라는 뜻이야."

비록 공사다망한 베르너 공의 일정 때문에 그녀의 부모님은 그 뒤로 베르너 공을 만나지 못했지만.

딱히 머물 곳이 없어 블룸버그 백작가의 신세를 지려 했던 프란시스 남작 내외의 사정을 들은 베르너 공은 그들을 손님으로 청했다.

베르너 공이 후작이었던 시절부터 오랫동안 모셔 온 베르너가의 집사가 그의 너그러운 제안을 전하자 프란시스 내외는 감사히 받아들였다.

그러니 초조할 이유가 없다. 부모님이 그 댁에 손님으로 들어앉아 있으니 기회가 닿으면 언제든 다시 혼사에 대해서 논의해 볼 수 있을 터였다.

"이미 사교계엔 나와 르니에 님이 약혼할 거란 소문이 퍼지고 있는 상황이고."

그 소문을 내기 시작한 것이 자신이란 말을 로잘린느는 굳이 하지 않았다.

"지금 사람들이 널 얼마나 비웃고 있는 줄 아니? 모두들 어네스 경과 르니에 님을 양손에 놓고 저울질하다 꼴좋다고 얼마나 고소해하는지."

베르너 후작은 단 한 번도 결혼에 대한 소문이 돈 적 없다. 그렇다 보니 엘레나에 대해 숙덕이는 만큼 로잘린느에 대한 뒷말도 많았지만 로잘린느는 미처 알지 못했다.

"그러니까 더 꼴사나워지기 전에 르니에 님에게서 떨어져."

그것은 협박이었다. 그렇게 하지 않으면 무슨 일이든 하겠다. 지금 로잘린느의 눈빛은 그렇게 말하고 있었다.

"떨어지고 싶네요, 정말."

"뭐, 뭐?"

엘레나에게서 완전히 다른 반응이 나올 거라 생각했던 로잘린느는 당황하는 모습을 숨기지 못했다.

"떨어지고 싶다고요, 나야말로."

엘레나의 말에는 짜증이 배어 있었다. 로잘린느 덕에 작게나마 르니에에게 미안했던 마음이 싹 가셨다.

"왜요? 내가 절대 못 떨어진다, 르니에 님은 나를 사랑한다. 이럴 줄 알았어요?"

정말 엘레나가 그렇게 말할 거라고 예상했던 것인지 로잘린느의 눈이 한 번 꿈틀했다.

"저는 르니에 님한테 관심 없어요."

"거짓말!"

"……안 믿으시면 어쩔 수 없고요. 하지만 진짜예요. 그 꽃, 프란시스 영애가 가지세요. 그 김에 르니에 님도 가지시고요. 다 가져요, 다."

너 다 가져. 다 먹고 살쪄라, 이 기지배야. 어떻게 해서든 르니에를 멀리 밀어내려고 하는 중인데 그건 뜻대로 안 되고, 그 때문에 로잘린느에게서 비웃음까지 받아야 하는 이 상황이 싫었다.

도대체 내가 뭘 그렇게 잘못했는데? 물론 본의 아니게 이야기에 끼어들어 여자 주인공과 남자 주인공들의 러브 라인을 꼬이게 했지만, 어디까지나 실수였다.

두 남자가 워낙 잘생겼다 보니 잠시 혹한 건 사실이었다. 내가 좋다고 하는데 정말 잘해 볼까 하는 생각도 했다. 하지만 그거야 르니에와 메이나드가 먼저 좋아한다고 고백하고 나서의 이야기이고, 엘레나 자신이 의도한 것이 아니었다.

"너, 너 따위가 감히. 너 따위가 감히!"

엘레나가 한 말이 자존심을 건드렸는지, 로잘린느는 이제 품에 안은 꽃의 꽃잎이 함께 떨릴 정도로 몸을 부들거렸다. 등 뒤로 활활 불꽃이 일 것 같았다.

"듣자 듣자 하니까 정말."

꽤 화가 난 건 엘레나도 마찬가지였다. 잘 말려서 조금의 흐트러짐도 없는 로잘린느의 긴 금발 머리카락을 확 잡아채고 싶은 생각에 손가락이 다 간질거렸다. 이왕 이렇게 된 거 드라마 한 편 제대로 찍어 봐?

"후우."

짧고 굵은 한숨으로 화를 겨우 가라앉힌 엘레나는 좋게 좋게 이 상황을 마무리 짓기로 마음먹었다. 어쨌든 그녀는 로잘린느에게 약점이 잡힌 몸이었으니까. 하지만 말끝에 힘이 들어가는 선 어쩔 수 없었다.

"방금 말씀드렸다시피 저는 르니에 님께, 아니 베르너 후작님께 관심이 없어요. 그건 후작님이 멋있는 분이 아니어서도 아니고, 제가 그분을 우습게 봐서도 아니에요. 저는 그냥 다른 사람을 좋아하는 것뿐이라고요. 그러니까 저는 신경 쓰지 마세요, 프란시스 영애."

그녀는 할 수 있는 한 최선을 다해 좋은 말을 골라 가며 말했다. 잠시 서서 겨우 몇 마디 나눴을 뿐인데 기운이 빠지고 정신력이 고갈되다니. 정말이지 로잘린느와는 성격이 맞지 않았다.

조금 전만 해도 아주 활기찬 하루를 보낼 수 있을 것 같았는데, 로잘린느가 모두 망쳐 버렸다. 이제는 그냥 침대에 누워서 엉망이 된 기분을 추스르고 싶을 뿐이었다.

"그럼 저는 이만 올라가 볼게요. 저녁에 뵙죠, 프란시스 영애."

엘레나는 그래도 끝까지 예의를 지키려 치맛자락을 잡고 공손히 인사했다. 여전히 현관문 앞에 서 있는 로잘린느를 등 뒤에 두고 계단을 오르는데.

퍽.

뭔가가 뒤통수를 굉장히 세게 때렸다. 뒤돌아보니 그녀의 머리를 맞히고 바닥으로 떨어진 것은 르니에가 주고 간 꽃다발이었다.

"그따위 거짓말을 내가 믿을 것 같아?"

르니에 님을 두고 다른 남자를 좋아한다고? 말도 안 되는 말이었다. 로잘린느는 어설픈 거짓말로 자신을 속이려고 했던 평민 신관 계집이 어이없어 또다시 분노했다.

"날 얼마나 우습게 봤으면 감히 평민 따위가."

그리고 그 말에 엘레나의 뚜껑이 열려 버렸다. 뒷일에 대한 걱정은 사라져 버리고 이제 로잘린느가 말문이 막혀 바들바들 떠는 모습만이 보고 싶을 뿐이었다.

때마침 머릿속에 딱 그 모습을 만들어 낼 수 있는 말이 떠올랐다. 여유롭게 승자의 미소를 지은 엘레나가 말했다.

"영애가 제 주제를 어떻게 생각하시는지는 모르겠지만, 귀한 꽃을 다발로 받을 만큼은 되나 본데요. 르니에 님에게 말이에요."

일부러 후작님으로 고쳤던 호칭도 르니에 님으로 바꾸고 엘레나는 일그러지는 로잘린느의 얼굴을 감상했다.

"프란시스 영애는 르니에 님에게 꽃다발 받아 본 적 있으세요?"

물론 없겠지. 가문에서 무슨 말이 어떻게 오가고 있는지는 모르겠지만, 아직까지 르니에는 자신에게 빠져 있으니 말이다.

원하던 대로 이를 악물고 노려보는 것밖에 할 수 없는 로잘린느를 마지막으로 한 번 더 쏘아봐 준 후, 엘레나는 계단을 밟았다.

그런데 한 계단 한 계단 올라갈수록 제정신도 조금씩 돌아오기 시작했다. 마침내 자신의 방에 다다랐을 때, 엘레나는 더 이상 웃지 않았다. 서둘러 방에 들어가 문을 닫았다.

"아, 저질러 버렸다."

그동안 잘 참아 왔는데, 잠깐 욱하는 감정을 참지 못하고 저질러 버렸다. 이 멍청이.

쿵. 엘레나가 머리를 벽에 박았다. 큰 소리가 난 만큼 이마가 찌릿

했다.

억울하기도 했다. 화낼 만한 말을 듣고 화를 냈는데 왜 내 마음이 불편한 걸까. 그것은 아마도 조금 전 로잘린느의 눈동자에서 보았던 시퍼렇게 날 선 눈빛 때문일 것이다.

천장이 높은 식당에 조용히 식기 부딪치는 소리만 들렸다. 네 사람이나 식사를 하고 있지만, 지나치게 조용했다.

"흠흠."

어색한 분위기를 참다못한 일리야가 작게 헛기침을 해 분위기를 환기하려 했다.

로잘린느의 송별회를 겸한 저녁 식사였다. 그녀가 새벽의 궁에 대해 좋지 않은 소문을 퍼뜨리는 것은 일리야도 잘 알고 있었다. 그래서 로잘린느가 사의辭意를 표했을 때, 말리지 않았다.

하지만 어쨌든 이 자리는 로잘린느의 새벽의 궁 생활을 마무리하는 자리였고, 대화가 끊이지 않고 흘러가게 하는 것은 만찬을 주최한 사람의 의무였다. 그러나 가장 상석에 앉은 티토는 그런 책임을 질 생각이 없어보였다. 결국 일리야는 자신이 대화를 시작하기로 마음먹었다.

"내일이면 떠나신다니 많이 아쉬워요."

"감사합니다, 자작 부인. 저도 아쉬운 마음을 감출 길이 없네요."

로잘린느가 기다렸다는 듯 말을 받았다. 일리야는 내심 가슴을 쓸어내렸다. 그 옆에서 엘레나는 조용히 스테이크를 썰어 입 안에 넣었다.

내일 로잘린느는 새벽의 궁을 떠난다. 이게 바로 엘레나의 믿는 구석이었다.

"거처는 어디로 옮기시는 건가요?"

"일단은 블룸버그 백작 부인의 신세를 다시 지려고 해요."

"먼 친척뻘이라고 하셨죠? 백작 부인은 참 마음이 넓으시네요."

"제겐 은인 같은 분이세요."

입을 가리고 웃는 얼굴이 오늘 아침 꽃다발을 집어 던진 사람과 동일 인물이라고 생각할 수 없어 엘레나는 얼른 시선을 돌렸다. 계속 봤다간 정신에 타격을 입을 것 같았다.

"물론 백작가의 신세를 오랫동안 지지는 않겠지만요."

로잘린느가 짧게 덧붙였다. 그러자 순간 일리야의 표정이 어색해지고 옆에서 식사 시중을 들던 하인들이 모두 엘레나를 흘끔 바라봤다. 아무래도 소문이 새벽의 궁 안까지 퍼진 듯했다.

르니에와 엘레나는 제국이 떠들썩한 삼각관계의 주인공이었다. 르니에는 엘레나를 보러 새벽의 궁에도 자주 출입했다. 그것은 다들 아는 사실이었다.

그런데 갑자기 리바이 공작의 또 다른 교사인 로잘린느와 르니에의 혼담이 기정사실인 것처럼 사교계에서 퍼지기 시작했다.

"그, 그러시군요. 나 물 좀 더 주겠어요?"

일리야는 당황하며 아직 반쯤 차 있는 자신의 잔에 물을 더 따라 줄 것을 하녀에게 부탁했다.

"오늘따라 스테이크가 아주 부드럽고 맛있네요. 그렇죠, 전하?"

"응? 뭐, 그러네. 고기는 언제나 옳지."

어색한 일리야의 물음에 티토가 대충 대답한 뒤, 고기를 우물거렸다. 아이는 만찬이 시작될 즈음에 영혼 없는 얼굴로 로잘린느에게 궁을 나간 뒤에도 행운을 빈다는 식의 이야기를 건넨 게 전부였다.

티토는 로잘린느를 송별하는 이 자리 자체에 별 관심이 없었다. 지금도 로잘린느와 일리야의 대화보단 앞에 놓인 스테이크에 더 집중하는 것을 보면 알 수 있었다.

"흠, 흠."

로잘린느가 작게 헛기침을 하며 우아한 몸짓으로 입가를 닦았다. 누군가의 시선을 끌려는 그 행동에 엘레나는 일부러 그쪽을 바라보지 않았다. 로잘린느가 바라보는 시선이 느껴졌지만 최대한 빨리 식사를 끝내고 방으로 올라가려고 음식에 집중했다.

"녹스 자작 부인."

로잘린느가 일리야를 불렀다.

"조만간 제가 청첩장을 돌리게 될 것 같은데, 받아 주시겠어요?"

대화 주제를 돌리려 했던 일리야의 노력이 모두 물거품으로 돌아갔다. 로잘린느는 작정하고 르니에와의 혼담 이야기를 테이블 위로 꺼내고 있었다.

"물론 다른 분들께도 드리고 싶지만, 공작 전하께선 궁 밖으로 출입을 하시기가 힘드시니 드리면 오히려 폐가 될 것 같고. 엘레나 신관은……."

로잘린느가 일부러 말을 줄였다. 일리야의 얼굴이 희게 질렸다. 그리고 아무 말 없는 엘레나를 보며 발을 동동 굴렀다.

다들 자신의 눈치를 보는 상황에 엘레나는 속으로 한숨을 쉬었다. 아무래도 다들 소문을 믿고 있는 것 같았다. 친우와 척을 질 정도로 엘레나를 열렬히 사랑하는 르니에와 그런 르니에의 마음을 용인한 그녀가 집안끼리 오가는 혼담에 어쩔 수 없이 헤어지게 되었다고 말이다.

그런 거 아니라고, 그렇게 안타까운 눈으로 바라보지 말라고 하고 싶었지만 그래 봤자 긁어 부스럼이 될 게 뻔했다. 오히려 이 자리에 있는 로잘린느 탓에 소문만 더욱 거창하게 퍼지겠지. 그냥 이 자리를 조용히 넘기는 것이 엘레나의 목표였다.

그러나 그런 바람은 이뤄지지 않았다. 엘레나와 마찬가지로 조용히 스테이크만 먹고 있던 티토가 한마디 툭 던졌다.

"그만 좀 하지 그래?"

꽤 짜증이 배어 있는 말투였다. 짤각하고 포크를 내려놓는 소리가 식당의 높은 천장에 울렸다.

"영애는 내가 생각하는 것보다 훨씬 무례한 사람이었나 봐."

"저, 전하."

로잘린느의 얼굴이 모욕감으로 물들었다. 하지만 티토는 아랑곳하지 않았다. 눈꼬리가 위로 솟은 것이 단단히 화가 난 듯했다.

"혼담이 도대체 어디까지 진행됐는지 모르겠지만, 그대의 태도는 마치 이미 후작 부인이라도 된 듯하군. 매우 불쾌해."

언뜻 들으면 어린애의 투정 같은 말이었지만 결코 투정으로 들을 순 없었다. 티토는 황제의 형제이자 공작이었다.

로잘린느는 급히 사과의 말을 하려고 했지만, 티토는 그런 그녀의 말을 막았다.

"베르너 공께선 영애의 그런 성격에 대해서 알고 계시나?"

만약 모르고 계신다면 자신이 직접 알리기라도 할 것처럼 보였다. 결국 로잘린느는 고개를 숙였다.

"소, 송구합니다. 새벽의 궁에서 마지막 밤이라고 생각하니 감상에 젖어 제가 실언을 했어요."

"나한테 사과할 게 아닌 것 같은데."

티토의 마지막 말 한마디에 로잘린느의 얼굴이 아예 딱딱하게 굳어 버렸다. 엘레나에게 주려고 했던 모욕이 치욕으로 돌아오는 순간이었다.

로잘린느는 금방이라도 자리를 박차고 일어날 것처럼 심상치 않은 기세를 뿜어냈으나, 미동도 없이 그대로 자리를 지켰다. 그래서 더 아슬아슬했다.

위험해. 좋지 않아. 엘레나는 옆자리의 로잘린느를 보면서 생각했다. 타이밍이 좋지 않았다. 오늘 아침, 그녀는 로잘린느가 내일이면 떠날 것을 믿고 일을 쳐 놓은 상태였다.

"저는 괜찮아요, 티토 님. 정말로요."

엘레나가 웃으며 손을 내저었다. 하지만 티토는 단단히 화가 난 듯, 로잘린느를 노려봤다.

로잘린느는 강한 사람에게 약하고 약한 사람에겐 강했다. 티토가 아무리 나이가 어려도 로잘린느보다 모든 면에서 강했다.

그러니 평소였다면 티토가 자기 대신 로잘린느를 혼내는 것을 쌍수를 들고 반겼을 엘레나였지만, 시기가 좋지 않았다. 엘레나가 재차 웃으며 말했다.

"굳이 사과하실 필요까지는 없……."

"죄송하지만, 공작 전하. 그건 좀 어려울 것 같습니다."

로잘린느가 싸늘한 얼굴로 엘레나를 바라보며 말했다. 아, 끝났다. 로잘린느의 표정에서 그녀가 어떤 생각을 가지고 있는지 알 수 있었다.

"프, 프란시스 영애……."

시중을 들던 하녀들과 일리야가 헉 하고 숨을 삼켰다. 아무리 선생과 학생 사이라지만, 같은 귀족끼리라지만 로잘린느와 티토 사이엔 하늘과 땅 같은 차이가 존재했다. 지금 로잘린느의 행동은 티토의 권위를 무시한 것이나 다름없었다.

“지금 내 말에 따를 수 없다고 하는 건가?”

티토의 말투는 더욱 서늘해졌다. 아이같이 떼를 쓰거나 버럭버럭 소리를 지르는 일은 잦아도, 이렇게 진심으로 화를 내는 모습은 처음이었다.

이미 식당 안의 사람들의 움직임은 멈춘 지 오래였다. 다들 마법에라도 걸린 것처럼, 동작을 멈춘 채 숨을 죽이고 상황을 지켜봤다.

“정당한 이유가 있으니까요.”

“이유?”

이대로 일어나서 도망쳐 버릴까. 엘레나는 그래도 아무 소용없다는 걸 알면서도 그런 생각을 했다.

“제가 엘레나 신관에게 사과할 수 없는 이유는.”

엘레나는 결국 눈을 질끈 감았다.

“그녀가 평민이기 때문입니다.”

23장

23장

잔잔한 물에 작은 돌멩이 여러 개를 톡 던져 놓은 듯했다. 누구 하나 큰 소리를 내는 사람은 없었지만, 소곤소곤하는 작은 소리들이 여기저기서 산발적으로 들려왔다.

"평민……?"

"귀족이 아니었어?"

하녀 몇은 너무 놀라 엘레나를 빤히 쳐다보기까지 했다. 휘둥그레 커진 눈들이 푹 고개를 숙인 엘레나에게 몰렸다.

순식간에 그들의 시선에 배신감이 섞여 들었다. 높으신 분이라 생각하고 모셔 왔는데 자기들과 다름없는 평민이라니.

"귀족법상 귀족이 평민에게 고개를 숙이는 일은 없습니다. 그것은 계급 간의 명백한 귀천과 제국의 질서를 어기는 일이 될 것이니, 아무리 공작 전하의 명이라고 해도 따를 수가 없습니다. 용서하시어요."

로잘린느가 티토를 향해 고개를 깊이 숙여 보였다.

"차라리 공작 전하께 몇 번이고 용서를 빌고, 벌을 내리시면 그 벌을 달게 받겠습니다."

눈꼬리를 내리고 울먹이는 목소리가 처연하기까지 했다. 로잘린느가 처연히 고개를 떨궜다.

고개를 숙이고 있는 것은 엘레나도 마찬가지였다. 아니, 고개를 들 수 없다는 것이 더 정확한 표현일 것이다. 도저히 고개를 들고 티토를 바라볼 용기가 나지 않았다.

결국 이 날이 오고야 말았다. 티토가 자신이 평민이라는 것과 그동안 귀족인 척했다는 사실을 알아 버렸다. 눈물을 보일 자격이 없다는 것은 알지만 그래도 눈가가 뜨거워지는 것을, 입술을 꽉 깨물고 버티는 것이 최선이었다.

"언제부터 알고 있었지?"

티토의 질문에 로잘린느는 옅은 한숨을 섞어 대답했다.

"새벽의 궁에 도착한 뒤 얼마 지나지 않아 알게 되었습니다. 풀네임을 소개하지 않는 엘레나 신관의 태도에 의문이 생겨 신전에 직접 문의해 본 결과, 그녀가 평민임을 알게 되었습니다."

"그런데?"

"하지만 계속 귀족인 척할 수 있도록 해 달라는 엘레나 신관의 간곡한 요청에 어쩔 수가 없었어요."

거짓말! 엘레나는 커다란 소리로 외치고 싶었다. 로잘린느는 지금 마치 자신이 의도적으로 작정하고 모두를 속인 것처럼 교묘하게 말을 바꿨다.

엘레나가 로잘린느에게 부탁한 것은 그저 평민인 것을 말하지 말아 달라는 것이다. '계속 귀족인 척할 수 있게' 도와 달라고는 말한 적 없었다.

사소한 차이라고 볼 수도 있었지만, '아' 다르고 '어' 다른 어감상의 차이는 극명했다. 그 증거로 티토의 말투가 한층 흉흉해졌다.

"귀족인 척할 수 있게 해 달라?"

정말로 화가 난 듯했다. 엘레나는 결국 자리에서 일어났다. 드륵 하고 의자 다리가 바닥에 끌리는 소리가 났다. 예법에 어긋나도 한참 어긋난 행동이었지만, 아무도 그것을 지적하는 사람은 없었다.

더 이상 견딜 수가 없었다. 이 자리에 앉아서 로잘린느가 마음대로 자신을 비웃으며 작정하고 자신을 파렴치한으로 만드는 것이나, 그 이야기에 티토가 점점 돌아서는 것을 지켜볼 수 없었다. 엘레나는 그대로 밖으로 나가려 했다.

"엘레나 신관."

로잘린느가 뒤에서 부르지만 않았다면.

찰싹! 날카롭고 커다란 소리가 조용한 식당 안을 쟁쟁하게 울렸다.

"프, 프란시스 영애!"

일리야가 놀라서 자리에서 일어났다. 하지만 로잘린느는 더욱 당당한 얼굴로 금세 붉어진 한쪽 뺨을 부여잡고 서 있는 엘레나에게 호통쳤다.

"여기가 어디라고!"

따갑고 얼얼하고 무엇보다 너무 놀라서 가만히 굳어진 엘레나가 두 눈을 크게 떴다. 뺨을 맞았다. 그것도 로잘린느에게. 멍한 머리로는 이 상황을 이해하는 것도 벅찼다.

"평민 주제에 감히 공작 전하께 허락을 구하지도 않고 멋대로 자리를 떠나려 해?"

이제 평민인 것을 모두가 알았으니 철저히 평민으로 대하겠다는 것이다. 동시에 수군거리는 소리도 커졌다. 엘레나가 이를 악물자 로잘린느가 보란 듯 고소를 머금었다.

그때, 티토의 목소리가 들려왔다.

"가 봐."

단 한마디였다. 평소 말이 많은 티토가 단 한 마디만 뱉었다. 먼저 자리를 벗어나려고 했던 것은 엘레나 그녀였지만, 축객령을 들은 듯 마음이 선득했다. 엘레나는 서둘러 식당을 벗어났다.

도망치듯 새벽의 궁에서 나온 엘레나는 여전히 왼쪽 뺨을 감싼 채였다. 얼마나 작정하고 때렸는지 입 안 살이 터져 비릿한 맛이 가시질 않았다.

방에 올라가지 않은 이유는 간단했다. 새벽의 궁에서 최대한 멀리 떨어지고 싶은 마음에서였다.

하지만 막상 밖으로 나오니 밖은 어두웠고 갈 곳이 없었다. 멀리 벗어난다고 해 봤자 황궁의 담장 안이었다.

북쪽에 위치한 황제의 영역엔 함부로 발을 들였다가 내일 아침을 볼 수 없을지도 모르므로 갈 수 없었다. 그렇다고 기사단이나 이미 문을 닫은 황궁 도서관에 갈 수도 없었다.

문득 신전이 떠올랐지만, 그곳도 마찬가지였다. 교황 성하께선 언제든 그녀를 반겨 주실 테지만, 이런 모습을 보일 수는 없었다. 안 그래도 몸이 편찮으신 분에게 걱정을 끼칠 수는 없는 일이니까.

"거기밖에 없네……."

엘레나가 익숙한 숲길에 발을 들이며 혼잣말했다. 차갑고 습한 공기가 닿자 로잘린느에게 맞은 뺨이 더욱 화끈거리고 따가웠다.

굳이 거울을 보지 않아도 얼굴이 엉망인 것을 알 수 있었다. 이미 달이 높이 뜨고 깜깜해진 밤, 누구도 그녀를 볼 사람이 없지만 엘레나는 계속 고개를 푹 숙인 채로 걸었다.

그리고 잠시 후, 텅 빈 내원의 연무장이 그녀를 맞이했다. 곳곳에 켜진 마나 등이 은은하게 주변을 밝혔지만, 인기척은 완벽하게 전무했다. 자칫 을씨년스러울 수 있는 이곳이 오히려 반가웠다.

언제나 아드레이를 만나는 회랑 밑에 자리를 잡은 엘레나는 웅크리고 앉았다. 무릎을 꼭 끌어안고 그 위에 턱을 괴었다.

"하아……."

그제야 참고 참았던 깊은 한숨이 크게 터져 나왔다.

몇 번 느리게 눈을 깜박이던 그녀가 아예 고개를 숙여 무릎에 이마를 댔다. 세상이 보지 못하게 어둠 속에 묻었다. 그리고 오래 지나지 않아 성이 난 볼을 타고 눈물이 흘러내렸다.

만약 누군가가 왜 우느냐고 묻는다면 그녀는 제대로 대답할 자신이 없었다. 맞은 게 억울하고 자존심 상해서이기도 했고, 사람들을 속였던 게 미안해서이기도 했다. 그리고 무엇보다 자신을 향한 티토의 싸늘한 얼굴이 가장 마음 아팠다.

처음이었다, 티토의 그런 표정은. 처음 새벽의 궁에 들어왔을 때도, 싸가지 없게 틱틱 댈지언정 그 얼굴엔 언제나 감정이 있었다. 화가 나거나 지루하거나, 아이다운 모습이었다.

친해진 이후에는 더 말할 것도 없었다. 티토는 속이 깊은 아이였다. 어렵게 마음에 들인 대상에게는 완벽한 신뢰를 보이는 아이였다.

얼마나 상처받았을까. 그렇게 생각하니 또 울컥 울음이 났다.

하지만 엘레나는 신관복의 소매로 눈을 문질러 닦아 냈다. 눈꺼풀이 붉게 부어오르는 것이 느껴졌지만, 신경 쓰지 않았다.

어렸을 때, 엉엉 울고 있으면 고아원의 선생님은 이렇게 물었다. '네가 뭘 잘했다고 우니?' 어린 마음에는 꽤 상처를 받았지만, 엘레나는 지금 그 질문을 스스로에게 물었다.

네가 잘못해 놓고 뭘 잘했다고 우냐. 그렇게 다그치며 우는 것을 멈췄다.

지금 울 사람은 그녀가 아니라 그녀를 신뢰했던 티토였다. 필요에 의해서긴 했지만, 제프리 추기경의 말에 따른 것이긴 했지만 분명 평민인 것을 밝히지 않는 결정은 그녀 자신이 내린 것이다. 신전에서 차출한 공작의 신학 교사가 평민인 것이 밝혀지면 문제가 생길 수 있다는 말에 그렇게 했다.

더 이상 노역을 하기 싫어서, 하루 종일 빨래와 청소와 씨름하며 흉하게 갈라진 손과 고단한 몸을 견딜 수가 없어서, 궁에 들어가 편하게 살고 싶어서 귀족이 아닌 것을 밝히지 않았다.

마음 한구석에선 '이 정도는 괜찮지 않나?'라는 뻔뻔한 생각도 분명 있었다. 모두들 자신을 귀족이라고 생각하고 행동한다는 것을 뻔히 알면서도 그렇게 하도록 내버려 뒀다.

물론 그걸 약점으로 잡아 괴롭히고 이용하고 마지막엔 모두들 앞에서 까발린 로잘린느는 미웠지만, 그런 약점을 만든 건 다른 누구도 아닌 자신이었다. 잘못을 해 놓고 마치 피해자인 양 우는 것은 염치없는 행동이라고 생각했다.

"차라리 잘된 것일지도 몰라."

멍하니 중얼거린 말이 회랑에 쓸쓸하게 울렸다. 그래, 나쁜 점만 있는 것은 아니었다.

그동안 마음 한구석을 묵직하게 만들던 것이 들켜 버려 후련해졌다. 자의는 아니었지만, 모두에게 들통났으니 이제 더 이상 사람들을 속이지 않아도 된다는 안도감도 들었다. 우습지만 정말로 그랬다.

그리고 동시에 앞으로의 일에 대한 걱정이 일었다. 어떻게 해야 하지.

엘레나는 나오기 전, 식당에서의 분위기를 떠올려 봤다. 사람들의 눈에서 느껴지던 그 실망감과 배신감. 그것은 그들이 그만큼 엘레나라는 신관을 믿었다는 증거였고, 그녀가 한 행동이 그들의 신뢰를 저버리는 행동이었다는 증거이기도 했다.

"미안하다고 하면 받아 줄까?"

새벽의 궁 사람들, 특히 티토에게 사과하는 것은 어렵지 않았다. 자신이 백번 잘못한 것이 맞으니. 그러나 그들이 과연 사과를 받아 줄지는 미지수였다. 특히나 티토의 상처받은 얼굴을 떠올리자 코끝이 또 시큰해졌다.

"안 돼, 안 돼. 울면 안 된다고."

어린이 동요 같은 말이었지만, 엘레나는 진지했다. 그렇게 말하며 억지로 울음을 삼켰다.

다행히 눈물도 마르고 후끈거리던 볼도 그저 따갑기만 할 뿐, 더 이상 열기가 오르지는 않았다. 시원한 밤공기가 마음의 열도 상처의 열도 모두 앗아 간 것 같았다.

이제 새벽의 궁으로 돌아갈 시간이었다. 잠을 잘 수 있을지는 모르겠지만, 어쨌든 잠자리에 들었다가 내일 아침이 되면 모두에게 제대로 사과를 해야 했다. 그 뒤 엘레나가 계속 궁에 머물 수 있을지 없을지는 전적으로 티토에게 달린 일이었다.

그렇게 생각한 그녀가 자리에서 일어났다. 마음을 굳게 먹었다. 쫓겨날 때 쫓겨나더라도 제대로 사과는 하고 나가야지. 그리고 울더라도 그때 울어야지. 그렇게 다짐했다. 그런데.

"……엘레나?"

낯익은 낮은 목소리가 들렸다. 엘레나는 목소리를 따라 뒤로 돌았다.

그 순간이었다. 후두두. 눈앞에 보이는 한 남자의 모습에 그녀의 눈에서 굵은 눈물방울이 떨어져 내렸다.

미소 짓는 얼굴에 속이 울컥하고 치밀었다. 미처 참을 새도 없이 벌어진 일이었다.

"레, 레이……."

왜일까. 왜 간신히 눌러 내렸던 울음이 이 남자를 보는 순간 봇물 터지듯 쏟아져 나오는 걸까.

실낱같이 남아 있던 이성이 포근하게 안아 주는 레이의 온기에 결국 휩쓸려 내려가 버렸다. 눈꼬리를 타고 떨어지는 눈물에, 엉엉 아이처럼 터져 나온 울음소리에 저 멀리로 떠내려갔다.

"엘레나, 어째서……!"

엘레나의 눈에서 눈물이 쏟아지자 아드레이의 얼굴은 점점 굳어 갔다. 잠이 오지 않아 독한 술을 마시는 대신 애검 가이아를 들고 내원의 연무장을 찾은 참이었다.

그런데 저도 모르게 잠들어 꿈을 꾸는 것인가 싶었다. 회랑 밑에 엘레나의 뒷모습이 보였다.

그저 반가운 마음에 활짝 웃으며 그녀의 이름을 불렀는데, 그를 돌아본 엘레나의 눈에서 하염없이 눈물이 흘러나오기 시작했다.

"흑, 흐윽…… 어헝……."

처음에는 소리도 없이 눈물만 떨구던 그녀는 점점 서럽게 울기 시작했다. 아드레이는 심장이 저 아래로 쿵 떨어지는 것 같아 말문이 막혔다.

그는 놀란 마음에 본능적으로 엘레나를 품에 안았다. 그러나 엘레나의 울음소리는 더욱 커져 버렸다.

"흡! 흑! ……흐어엉!"

들썩이는 어깨가, 바르르 떨리는 몸이 안타까워 견딜 수가 없었다. 엘레나의 눈물을 본 순간부터 사고가 멈춰 버린 그가 할 수 있는 것이라곤 그녀를 안은 팔에 힘을 주는 것뿐이었다.

키는 작지만 한 번도 엘레나를 작다고 느껴 본 적은 없었다. 언제나 웃는 밝은 성격 때문이리라. 하지만 그의 품에 안겨 하염없이 눈물을 흘리는 지금 이 순간, 품에 쏙 들어오는 그녀의 몸이 한없이 여리게만 느껴졌다.

"엘레나, 쉬이. 그만 울어라. 그만 울……."

그녀가 계속 이렇게 울다가 어떻게 될까 두려웠던 아드레이는 어렵사리 품에서 엘레나를 떼어 냈다. 우는 얼굴을 숨기려는 것인지 그의 옷자락을 꼭 잡은 손 때문에 쉬운 일은 아니었다.

눈물로 흠뻑 젖은 엘레나의 얼굴을 닦아 주려 두 손을 그 얼굴로 올릴 때였다.

"누가 이랬지."

그녀의 한쪽 볼이 붉게 부어오른 게 보였다. 워낙 하얀 피부를 가진 엘레나라 희미한 마나 등과 달빛 아래에서도 확연히 눈에 들어왔다.

아드레이의 눈이 전에 없이 차갑게 가라앉았다. 온갖 감정이 치솟았다.

"누가 감히 그대를……."

분노한 나머지 그의 속에 갈무리되어 잠자고 있었던 엄청난 마나가 순식간에 밖으로 흘러나오자 주변의 마나 등이 빠르게 깜박였다.

여전히 정신없이 울고 있는 엘레나는 눈치채지 못했지만 쉴 새 없이 울던 풀벌레도 노래를 멈췄고, 주변을 뛰어다니던 작은 짐승들도 모습을 감췄다.

"레이……."

엘레나가 그의 이름을 부를 때 또다시 흘러내린 눈물을 그가 말없이 닦아 냈다. 높게 뜬 달빛을 고스란히 담은 눈물방울이 자취를 감췄다. 슬픔에 젖은 그녀의 신비로운 눈동자가 그를 바라봤다.

"말해라. 누가 그대를 이렇게 만들었는지."

"그게 있잖아요……."

훌쩍, 엘레나가 소매를 들어 올려 눈물을 닦으려고 했다. 하지만 아드레이가 한발 빨랐다. 그는 딱딱하게 굳은 얼굴로 말없이 그녀의 눈물을 훔쳤다.

그 다정한 손길에 그녀의 속에서 또 무언가가 울컥했다. 평생 눈물이라고는 모르고 살았던 강단 있는 자신의 마음이 잔뜩 물러진 게 틀림없었다.

"크흠, 그러니까 어떤 일이 있었냐면요."

그녀의 이야기는 길지 않았다. 아드레이는 그녀가 평민이란 사실을 비롯해 자질구레한 그녀의 속마음까지 모두 알고 있는 유일한 사람이었다. 하지만 그런 아드레이도 몰랐던 사실이 하나 있기는 했다.

"그러니까 그 남작가의 여식이 협박을 했다는 말이군."

"말 잘 듣지 않으면 다 까발리겠다는 거였죠, 뭐."

"그래서 그대가 빨래도 하고 대신 티토의 책을 필사하기도 했다는 건가?"

"네. 그런데 어느 순간부터 그런 걸 안 시키긴 했어요. 이유는 모르겠지만."

풀리지 않은 의문이었다. 말려 죽일 듯이 이것저것 심부름을 시키던 로잘린느가 어째서 어느 순간 그런 행동을 하지 않았는지는 여전히 알 수 없었다.

"그리고 오늘 모두의 앞에서 그대의 뺨을 때렸단 말이지."

중요한 것은 로잘린느가 엘레나가 평민인 것을 밝혔다는 것이었지만, 아드레이의 말도 맞는 말이었다. 엘레나는 고개를 끄덕였다.

"많이…… 아픈가?"

조심스레 붉게 부어오른 뺨을 쓰다듬는 그의 눈이 살짝 찡그려졌다. 마치 제 볼이 쓰라린 듯한 모습이었다.

"지금은 괜찮아요. 그리고 진짜 아픈 건 볼이 아니니까."

엘레나가 침울하게 말했다. 그런데 그 말을 들은 아드레이가 별안간 그녀의 얼굴 여기저기와 손과 드러난 팔 주변을 살폈다.

"레이, 지금 뭐 해요?"

"진짜 아픈 게 맞은 뺨이 아니라니, 그 남작가의 여식이 다른 곳도 건드렸나?"

그의 푸른 눈이 이글이글했다.

"아뇨. 진짜 아픈 건 내 마음이라는 뜻이에요. 마음이 아프다고."

"마음……?"

"다들 나한테 많이 실망했을 거 아니에요. 속였으니까."

아드레이는 그제야 엘레나의 말을 이해했다. 엘레나가 새벽의 궁 사람들과 가진 유대는 조금 독특한 것이다. 황제인 아드레이의 눈에는 특히 그랬다.

황족과 귀족은 자신을 바로 곁에서 보필하는 시녀나 시중이라면 몰라도 돈을 주고 고용한 평민 고용인들과는 거리를 두었다.

같은 계급이 아니니 당연한 일이었다. 고용인을 부릴 만큼의 신분과 부를 가진 이에게 그들은 언제든 대체 가능한 일꾼일 뿐이었으니. 제 곁에서 수십 년을 일해도 이름도 모르는 경우가 대부분이었다.

고용인들에게도 모시는 분이 멀고 먼 사이인 것은 피차 마찬가지였다. 평민 하녀나 하인들에게 저들을 고용한 귀하신 분은 눈조차 마주치면 안 되는, 말 한마디에 자기들의 생사와 자식들 먹이고 입힐 일자리를 쥐고 있는 그런 존재였다.

그러니 정이 붙기보다는 어려움과 두려움이 먼저였다. 간혹 너그러운 고용주를 섬기는 경우에도 감사히 여겨 극진히 떠받들고 모시는 것 이외의 관계는 없었다.

하지만 엘레나는 그렇지 않았다. 신성력 때문인지, 혹은 그녀 특유의 밝고 친근한 성격 때문인지는 몰라도 새벽의 궁의 사람이라면 신분의 고하를 막론하고 모두 엘레나를 아끼고 애정 했다.

"그들에게 미안한 건가?"

아드레이가 조심스레 물었다.

"당연하죠. 그걸 말이라고 해요? 진짜 미안해서 얼굴을 못 들겠더라고요."

그 말에 아드레이는 피식 웃어 버렸다. 엘레나다웠다. 그런 상황에서 스스로의 자존심이나 체면보다는 자신에게 실망했을 사람들에 대한 걱정이 앞서는 것이 너무나 그녀다웠다.

그래서 그녀의 머리카락을 꾹꾹 눌러 쓰다듬었다. 그러면서도 그는 흰 볼에 남은 붉은 자국에서 눈을 떼지 못했다.

"손찌검을 하다니."

조금씩 식어 가던 그의 눈에 또다시 불길이 번졌다. 푸른 눈이 조용히 이글거렸다.

과거, 귀족들이 평민들 위에 완벽히 군림하던 시절이 있었다. 그러나 그것은 이미 몇백 년 전의 이야기.

이미 귀족세를 내지 못해 몰락한 귀족이 수두룩하고, 귀족을 능가하는 부를 축적한 평민이 한둘이 아니었다. 그런 이들이 돈을 주고 귀족 위를 매매하기까지 하는 시대니 이미 귀족과 평민 간의 높은 벽은 허물어지고 있었다.

그러나 언제나 느리고 뒤처지는 이들은 있기 마련. 감히 엘레나에게 손을 댄 그 프란시스 남작가의 여식도 그런 이들 중 하나이리라. 세상이 변화하는 것을 깨닫지 못하고 자신의 알량한 이익을 위해 시대의 흐름을 거스르는 꿈을 꾸고 있는 자들.

아드레이는 그런 이들을 차라리 애처롭고 불쌍하게 여기는 군주였다. 그래서 황제가 되자마자 귀족들의 평민 즉결 처분권을 없앴다. 철모르고 날뛰는 아이에게서 위험한 물건을 빼앗는 형상이었다.

그러나 귀족들에 대한 직접적인 제한은 하지 않았다. 그저 평민들이 다닐 수 있는 학교를 세우고 관직에 능력 있는 평민들을 고용하는 등, 보다 온건하고 유연한 정책을 펼쳤다.

귀족들의 권한을 줄이기보단 평민의 권한을 키우는 쪽을 선택했다. 그 나름의 배려였다. 하지만 이번만큼은 그의 아량도 바닥을 보였다.

"내가 어떻게 해 주면 되나."

조용하지만 힘이 담긴 물음이었다. 아드레이의 머릿속에 몇 가지 선택지가 떠올랐다.

"당장 프란시스가의 여식을 쫓아내고 다시는 아발론에 발을 들일 수 없도록 해 줄까."

아발론은 황제의 직할령. 제국의 그 누구도 그가 원하지 않는다면 들어오지도, 나가지도 못했다. 그것은 황제의 지극히 당연한 권리 중 하나였다. 같은 황족도, 대귀족도 예외는 없었다. 하물며 시골 남작 따위의 여식은 두말할 것도 없다.

"그걸로 그대의 분이 풀리지 않는다면, 프란시스가를 없애 버릴 수도 있다. 그리해 줄까."

이편이 좋겠군. 아드레이는 차분히 엘레나의 대답을 기다리며 그렇게 생각했다.

그녀의 뺨을 때린 대가가 고작 아발론에서의 추방이라니. 너무 가벼운 처벌이지 않은가. 황제의 분노는 깊었다.

"푭……."

그런데 그의 귓가에 이상한 소리가 들려왔다. 잔뜩 부풀어 오른 볼과 입을 한 손으로 가린 엘레나가 보였다.

"푸하하하!"

이윽고 귀가 지잉 할 정도로 큰 웃음소리가 고개를 젖힌 그녀에게서 터져 나왔다.

"엘레나?"

"아하하, 푸흐흐흐!"

영문을 모르는 아드레이가 그녀를 불렀지만, 배를 잡고 웃느라 정신이 없는 엘레나는 연신 눈물만 훔치느라 바빴다.

그렇게 한참을 웃던 그녀는 그제야 자신을 바라보고 있는 아드레이를 보고 말했다.

"미안해요. 아, 너무 웃겨. 레이가 갑자기 그렇게 진지한 얼굴로 농담을 하니까 웃음이 터졌잖아요!"

아직도 잔웃음이 남아 흐흐거리는 그녀의 모습에 아드레이는 다소 뚱하게 반응했다.

"어째서 웃지? 내 말이 우스운가?"

"아니, 그런 게 아니라. 레이가 농담하는 거 처음 본단 말이에요. 그것도 그렇게 살벌한 농담을!"

처음에 엘레나는 아드레이의 말에 흠칫했다. 평소 예쁜 남색으로 반짝거리는 그의 눈동자는 색을 알 수 없을 만큼 검었고, 얼굴도 마치 처음 만났던 그날처럼 딱딱하게 굳어 있었으니.

게다가 로잘린느를 아발론 밖으로 쫓아낸다느니, 그녀의 가문을 없애 버린다느니. 너무나 살벌한 말들이 아닌가.

"아, 그래도 실컷 웃었더니 정말 기분이 나아졌어요! 고마워요, 레이."

하지만 그게 자신을 달래 주기 위한 그의 어설픈 농담이라고 생각하니 웃음이 나와 참을 수 없었다. 그렇게 울어도 체한 것처럼 꾹 뭉쳐 있던 뭔가가 커다란 웃음과 함께 사라져 버린 것 같았다.

"농담이 아니다. 진심으로 한 이야기야."

"에이, 진짜. 농담 이제 그만해요, 레이. 여기 주름도 좀 펴고요."

엘레나가 아드레이의 잘생긴 미간에 접힌 주름을 꾹 눌러 없애며 말했다. 아드레이의 가문은 남작가다. 그도 전도가 유망하긴 하지만, 현재는 수습 기사에 불과하다.

"나는 무슨 레이가 황제님이라도 되는 줄 알았잖아요, 순간."

흠칫. 그의 건장한 몸이 한 차례 크게 움찔했다.

"고마워요, 레이. 말만이라도 이렇게 내 편을 들어 주는 사람이 있다는 게 진짜로 기쁘고 듬직하고 그래요."

진심이었다. 혼자 울고 있을 때만 하더라도 세상 외롭고 마음이 텅 빈 것 같았는데, 지금은 등 뒤에 든든한 벽이 하나 생긴 것 같았다. 엘레나가 된 뒤로, 아니 태어나서 처음이었다, 이런 기분은.

"정말로 이대로 둘 건가?"

"아, 프란시스 영애요? 어차피 내일 나갈 사람이에요. 그럼 두 번 다시 마주칠 일 있겠어요? 그 여자 말대로 나는 평민 신관일 뿐이고, 그쪽은 벌써 후작 부인 다 된 것 같이 굴던데."

"후작 부인?"

"네. 르니에 님이요. 가문 간에 혼담이 오간다고 하던데요?"

"흐음."

“베르너 공이 아발론에 오셨으니 겸사겸사 정말로 며느리로 들일 만한 사람을 직접 고르셨을 수도 있죠.”

가볍게 어깨를 으쓱하며 말하는 엘레나와는 달리, 아드레이의 생각은 조금 더 길었다.

베르너 공은 그의 백부. 그리고 그가 아는 베르너 공은 그렇게 별 볼 일 없는 가문의 여식을 며느리로 들일 사람이 아니었다.

시기상으로도 좋지 않았다. 북부의 윈터힐과 서부의 귀족들을 중심으로 세력을 모았다고는 하나, 반역은 성공할 때까지 살얼음 위를 걷는 일이었다.

결혼으로 세력가의 딸을 며느리로 맞아 그 결속을 더욱 공고히 할 목적이 아니라면, 지금 베르너 후작가의 안주인을 맞는 일은 적당하지 못했다.

“확실한 소문인가?”

“로잘린느, 아니 프란시스 영애가 나한테 직접 한 말이에요. 내가 르니에 님을 좋아하는 줄 착각하면서 ‘주제를 알아라. 르니에 님 옆에서 떨어져라.’ 막 이러더라고요. 내가 그런 장면의 당사자가 될 줄이야. 진짜 드라마 보는 줄 알았다니까요.”

“드라마가 뭐지?”

“연극 같은 건데, 그런 게 있어요. 아무튼 난 더 이상 신경 쓰고 싶지도 않고, 그 여자랑 엮이고 싶지도 않아요. 내일 궁을 나가면 그 여자가 르니에 님이랑 결혼을 하든 말든 내가 알 게 뭐예요?”

그녀는 흥 하고 콧방귀를 뀌어 주는 것도 잊지 않았다.

“아주 바람직한 태도군.”

르니에에 대한 그녀의 담백한 태도에 아드레이가 만족스레 고개를 끄덕였다.

"게다가 누굴 탓해요. 로잘린느한테 약점을 잡힌 것도 나고, 귀족인 척해서 그 약점을 만든 것도 난데요."

그녀가 작게 한숨을 쉬었지만 전처럼 땅이 꺼지고 옆의 꽃이 시들어 버릴 것 같은 한숨은 아니었다.

"처음부터 내 자의는 아니었지만, 그래도 사람들이 나를 귀족으로 생각하도록 행동했고 귀족이 아니라고 부인하지도 않았어요. 아니, 그렇게 오해하길 바랐죠. 그리고 무엇보다, 나를 믿어 준 리바이 공작 전하에게도 거짓말을 했어요."

티토의 얼굴이 떠오르자 다시 침울해지는 것은 어쩔 수 없었다.

"그러니까 제대로 사과를 하고 용서를 빌어야죠. 용서해 주지 않는다면……."

"용서해 주지 않는다면?"

여전히 묻기 힘든 질문이었지만, 엘레나는 이제 답을 알고 있었다.

"용서해 주지 않는다면 용서해 줄때까지 사과해야죠."

사실 처음부터 답이 나와 있던 문제였다. 엘레나는 퉁퉁 부은 눈으로 평소처럼 씨익 웃으며 말했다.

"거짓말한 주제에 좀 염치없는지 모르겠지만, 공작 전하를 잃고 싶지 않아요."

엘레나가 주변을 휘휘 둘러보았다. 그녀와 아드레이 말고는 아무도 찾지 않는 곳이었지만 그래도 확인하고 싶었다.

그녀는 발뒤꿈치를 들고 아드레이에게 손을 까딱까딱했다. 그가 몸을 기울이자 귀에 대고 작은 목소리로 속삭였다.

"누가 들으면 큰일 날 말이긴 한데. 공작 전하, 제 동생 삼았거든요. 물론 혼자서."

"동……생?"

"네. 나이 차이 많이 나는 막냇동생처럼요. 정도 정대로 들어 버렸고, 귀여워서 어쩔 수 없더라고요!"

평민 신관이 황족이자 공작인 티토를 동생처럼 여긴다는 말은 다른 사람이 들었다간 경을 칠 일이었지만, 그게 엘레나의 본심이었고 티토를 향한 애정이었다.

"어디 가서 절대로 이야기하면 안 돼요! 알았죠?"

엘레나가 신신당부했다. 아드레이는 느리게 고개를 끄덕이면서도 기분이 묘했다.

그녀가 티토를 많이 아낀다는 것은 일찍이 알고 있었지만, 정말로 이 정도일 줄이야. 놀라웠고 또 고마웠다.

"하긴 레이가 어디 가서 함부로 말할 사람도 아니고. 우리 사이에 비밀이 한두 개인 것도 아닌데, 그쵸?"

엘레나는 장난스럽게 아드레이의 어깨를 툭 밀며 이야기했다.

"아마 많이 화났겠죠? 공작 전하 말이에요."

물어서 무엇 하리. 식당에서 나오기 전에 보았던 티토의 얼굴은 정말이지 무시무시했다. 당장 기사들을 불러서 그녀를 끌어내지 않은 것만으로도 고마울 정도였다.

"글쎄."

아드레이가 아는 티토는 신분에 구애받아 사람을 가리는 아이는 아니었다. 엘레나가 귀족이고 아니고는 그리 신경 쓰지 않을 터였다.

하지만 티토가 괜찮을 거라 쉽게 장담하지 못하는 것은 이 일이 신뢰의 문제였기 때문이다. 쉬이 마음을 열지 않는 티토라, 곁을 내준 엘레나가 자신에게 솔직하지 않았다는 사실을 어떻게 받아들일지 아드레이도 알 수 없었다.

"일단 부딪쳐 봐야 알겠죠."

"혹 내가 도와줄 수 있는 일이 있다면 얼마든지 말해."

"으음……."

"무엇이든 힘이 닿는 대로 도와주지."

아드레이는 정말로 무엇이든 들어줄 생각으로 그녀를 바라봤다.

"그럼, 레이. 나 부탁 한 가지만 해도 돼요?"

"얼마든지."

엘레나에게 무언가를 해 줄 수 있다는 기쁨에 그의 눈동자가 반짝였다. 무엇을 해 줄 수 있을까. 기대감까지 일었다.

"그러면……."

그녀의 발가락이 꼼지락거렸다. 마지막까지 망설이고 있는 것이다.

"엘레나?"

조바심이 난 아드레이가 그녀를 불렀다. 반사적으로 고개를 든 엘레나는 가까이 서서 자신을 내려다보고 있는 그의 얼굴을 보게 되었다. 그녀는 자기도 모르게 '아, 예쁘다!'라고 생각했다.

어느새 하늘 높게 뜬 달이 주변을 밝게 비췄다. 아드레이의 검은 머리카락 위에도 달빛이 내렸다. 앞으로 흘러내린 머리카락과 긴 속눈썹 끝에 그 반짝임이 맺혀 눈앞의 광경을 마치 한 폭의 그림같이 만들었다.

"정말로 해요, 나?"

엘레나의 물음에 아드레이가 재차 고개를 끄덕였다.

"눈 감아 줘요."

"눈? 그게 부탁인가?"

"네, 얼른요."

어리둥절해하던 아드레이는 이내 순순히 눈을 감았다.

참 묘한 기분이었다. 아드레이처럼 크고 단단한 검사가 자신의 말을 고분고분하게 따른다는 것은. 신기하기도 하고, 어깨가 으쓱하기도 했다.

엘레나는 잠시 그의 눈 감은 모습을 감상했다. 그동안 아드레이와 많은 시간을 보냈지만, 이렇게 눈을 감은 모습은 처음이었다. 흡사 잠든 것 같은 얼굴에, 문득 그가 자는 모습을 보고 싶다는 충동이 널뛰었다.

꿀꺽. 한 번 건너면 돌이킬 수 없는 다리였다.

이건 다 레이가 너무 잘생겨서야. 누가 이렇게 예쁘래. 그를 탓하는 마음도 들었다. 그리고 이건 레이가 먼저 시작한 일이라고. 지난 가면 축제에서의 일을 떠올리며 엘레나가 중얼거렸다.

그러나 어떤 이유를 가져다 붙이든, 가장 큰 동기는 결국 '이 남자가 너무나 좋다'는 것이다. 비록 경쟁자가 있는 모양이지만, 아무래도 좋았다. 이마에 와 닿았던 그의 입술은 그도 자신에게 마음이 있다는 증거였다. 조금 용기를 내어도 되지 않을까.

마침내 결심한 엘레나는 양손을 뻗어 아드레이의 옷을 잡고 살짝 아래로 당기며 있는 힘껏 까치발을 들었다.

쪽.

작은 소리와 함께 입술에 와 닿는 부드러운 촉감에 그의 눈이 번쩍 뜨였다. 그리고 그대로 굳어 버렸다.

겨우 몇 초에 지나지 않는, 그러나 결코 짧지 않았던 시간이 흐르고, 얼굴을 붉게 물들인 엘레나가 후다닥 멀어졌다.

"나, 나 그럼 가요!"

차마 아드레이의 얼굴을 보지 못하고 고개를 푹 숙인 그녀가 뛰어가는 발걸음 소리가 회랑에 크게 울렸다. 그의 푸른 눈이 그런 엘레나의 뒷모습을 오롯이 담았다.

그가 문득 시선을 내렸다. 엘레나가 사라진 쪽으로 뻗어진 자신의 오른손이 보였다. 어느새 한 걸음 앞으로 나아간 발도 보였다.

하지만 그는 오른손을 거두어들였다. 아래로 툭 떨군 손은 힘겹게 주먹을 쥐었다.

그대로 굳어 버린 듯, 한참 동안 회랑에 우두커니 서 있었다.

잠시 시간이 흐른 뒤, 아드레이는 태양의 궁으로 향했다. 밤이 깊었지만, 궁은 여전히 불을 밝힌 채 단 한 명의 주인을 기다리고 있었다.

"오셨습니까."

마치 아드레이가 올 때를 알고 기다렸던 것처럼 휴고가 다가와 아드레이의 손에서 검을 받아 들었다.

"휴고."

"예, 폐하."

식사를 하시려는 것인가. 그리 짐작했던 휴고는 아드레이의 입에서 나온 명에 눈을 동그랗게 떴다.

"티토를 데려와라."

엘레나가 무작정 식당에서 뛰쳐나간 뒤, 그 뒤에는 소란스런 정적만이 남았다. 모두들 웅성거리며 아직 채 닫히지 않은 문을 바라보는 가운데 로잘린느만 웃었다.

'하찮은 계집.'

로잘린느는 올라간 입꼬리를 감출 생각도 하지 못했다. 줄곧 눈엣가시 같았던 평민 신관 계집에게 새벽의 궁에서 보내는 마지막 날에나마 본때를 보여 줄 수 있어 기뻤다.

얼굴이 조금 반반한 것 말고는, 잔뜩 부풀려진 게 뻔한 알량한 치유력을 가진 주제에 제 세상인 듯 설치는 꼴이 얼마나 거슬렸던지.

로잘린느는 의자에 도로 앉으며 슬쩍, 리바이 공작의 눈치를 살폈다. 그러고는 훗 하고 다시 고소를 머금었다.

리바이 공작의 안색이 잔뜩 어두운 것이 꽤 충격을 받은 듯했다. 특유의 쓴맛이 강한 술이 어찌 이리 달게만 느껴지는지.

이제 저 계집은 끝났다고 봐도 과장이 아니었다. 그동안은 어린 리바이 공작에게 빌붙어 제가 무엇이라도 된 것처럼 방자하게 굴었지만 이제 그 연줄이 끊어졌으니까.

화가 난 리바이 공작이 엘레나를 당장에 내쫓을 것은 누가 봐도 뻔한 일이었고, 그렇게 내쳐진 평민 신관을 라한교에서 고분고분히 받아들여 줄 리 없었다.

그동안은 신분보다 신관이란 직책이 먼저라는 식의 궤변을 늘어놓으며 그녀의 뒤를 봐주는 듯했지만, 일이 이렇게 되었으니 체면을 세우기 위해서라도 엘레나를 처벌하려 할 것이다.

사교계에 엘레나 신관이 평민이란 소문이 빠르게 퍼져 나갈 것이고, 더 이상 지금처럼 그녀를 마치 성녀처럼 떠받드는 사람은 없을 테다.

몇 달 안에 사람들은 베르너 후작과 어네스 경과 얼토당토않은 소문이 있었던 신관이 존재했다는 것도 잊어버릴 것이다. 로잘린느는 그 점이 가장 마음에 들었다.

"모두들 놀라셨나 보군요."

로잘린느가 아무것도 묻어 있지 않은 입가의 미소를 냅킨으로 닦아 낸 뒤 말했다.

"그동안 제게 따듯하게 대해 주신 새벽의 궁 여러분과 리바이 공작 전하께 마지막으로 엘레나 신관에 대한 진실을 알려 드리고 싶었답니다."

이 말만 듣자면 엘레나의 신분을 밝히고 그녀의 뺨을 때린 것이 모두를 위한 이타적인 행동이었던 것이 된다. 실제로 그녀의 말에 감화되어 고개를 끄덕이는 사용인들도 있었다.

사교계에서 매일 상대하는 능구렁이 같은 귀족들에 비하면, 저런 평민 고용인들은 로잘린느에게 너무나 무지하고 어리석었다.

이 지긋지긋한 새벽의 궁에서의 마지막 날 밤을 이렇게 자신의 뜻대로 마무리할 수 있어서 로잘린느는 너무나 만족스러웠다.

"즐거워 보이는군?"

그렇게 완벽한 것 같았던 기쁨은 리바이 공작의 한마디로 깨졌다.

"예? 기쁘다니요, 공작 전하. 저는 단지……."

"또 거짓말."

분명 무표정한 얼굴인데 비웃음이 잔뜩 담긴 듯한 말이었다.

"거짓말이 습관인가?"

리바이 공작의 파란 눈이 그녀를 빤히 바라봤다. 황족의 상징이라고는 하지만, 유난히 맑은 눈동자에 로잘린느는 인상을 굳혔다. 고작 여덟 살인 어린아이에게 속이 모두 읽히는 듯한 느낌이 들었다.

"프란시스 영애, 그대도 알겠지만 나는 엘레나를 아주 좋아해."

"하나 그녀는 전하를 속였습니다!"

"웬 줄 알아?"

로잘린느의 반문 따위 신경 쓰지 않는 듯 리바이 공작이 물었다.

"엘레나는 거짓말을 하지 않거든."

거짓말을 하지 않는다니. 지금껏 그녀가 신분을 숨겨 왔다는 폭로를 듣고도 저리 말하는 리바이 공작이 로잘린느는 이해가 가지 않았다.

"그동안 평민에게 기만당하신 그 충격이 얼마나 크실지 짐작은 가오나……."

"이젠 나를 정신이상자 취급하는 건가."

"저, 전하. 절대 그런 의도가……!"

"또 거짓말. 영애가 처음부터 나를 그런 식으로 봐 왔다는 건 이미 알고 있어."

로잘린느의 얼굴이 새하얗게 변했다. 자신이 새벽의 궁 사람들이 모인 자리에서 리바이 공작에 대해 험담을 한 적이 있던가.

그녀는 명석한 머리를 빠르게 굴렸다. 사교계 사람들의 환심을 사기 위해 그리한 적은 있었지만, 고작 몇 번이었다. 공작을 대할 때에는 언제나 속마음이 드러나지 않도록 노력했다.

로잘린느는 애써 평정심을 유지하며 변명을 하려 입을 열었다. 하지만 리바이 공작은 그 시도마저도 한 손을 가볍게 저어 버리는 것으로 저지시켰다. 그녀의 변명에는 관심이 없다는 뜻이었다.

"게다가 그대는 엘레나가 평민이라는 것을 오래전에 알았다면서. 그걸 도운 그대도 내게 거짓말을 한 게 아닌가?"

"더, 더 일찍 말씀드리지 못한 건 제 불찰입니다. 하지만 저는 어디까지나 엘레나 신관의 부탁을 들어준 것뿐……."

"그렇다면 왜 이제 와서 이야기한 거야? 내일이면 궁에서 나가는데, 그냥 끝까지 비밀을 지켜 줄 수도 있었잖아?"

"그것은…… 제국 귀족으로서의 의무감과 공작 전하에 대한 제 양심 때문이었습니다."

아주 잠깐의 공백 뒤에 로잘린느가 말했다.

"그러니까, 같은 귀족인 내가 평민인 엘레나에게 속는 것을 차마 더 이상 두고 볼 수가 없었다 이 말이지?"

"예, 전하."

"그래. 그렇다면 내가 고마워해야 하는 건가."

리바이 공작이 중얼거렸다. 동시에 로잘린느도 조금 안도했다.

그렇다. 리바이 공작은 황족이면서 동시에 귀족의 가장 위에 선 공작이다. 애초에 타고나기를 평민 신관보다 로잘린느와 가깝게 태어난 사람이었다.

"프란시스가는 오래전부터 귀족세를 내는 것도 버거워 귀족회의 선처를 구한 적도 여러 번이라지?"

"그, 그걸 전하께서 어떻게……."

로잘린느의 얼굴이 수치심으로 붉어졌다.

"베르너 후작가와 사돈이 될지도 모른다는 소문이 도는 프란시스 남작가에 대해서 다들 무척이나 궁금해하나 봐. 이 새벽의 궁에 처박혀 있는 내 귀에도 들어올 정도라면 말이야."

로잘린느가 스스로 판 구덩이였다. 제 입으로 그렇게 베르너 후작 부인이 될 것이라며 떠들었으니 저마다 그녀에 대해 수군거리는 것이 당연했다. 그 소문의 중심에는 겨우 로잘린느 따위가 그럴 리 없다며 격분한 블룸버그 백작의 딸, 데이지가 있었다.

"엘레나 신관이 단지 평민이기 때문에 조금 전과 같은 모욕을 당해도 된다고 생각하나 본데."

리바이 공작이 불쾌한 표정을 지으며 말했다.

"그런 논리라면, 내가 보기에 프란시스 남작가나 평민이나 그리 다를 게 없는데?"

"전하, 그런 말씀은!"

로잘린느가 발끈했다. 구차한 살림은 그녀의, 프란시스 남작가의 치부였다.

하지만 주먹을 꽉 쥐고 부르르 떠는 로잘린느를 바라보는 리바이 공작의 눈은 사과의 기색 없이 싸늘하기만 했다.

"지금 감히 내 앞에서 목소리를 올리는 건가?"

로잘린느는 자신의 실수를 깨달았지만, 이번에는 사죄하지 않았다. 아무리 시골의 가난한 남작이어도 평민과는 분명 그 근본이 다르거늘. 그 차이를 무시하는 공작의 말을 인정하는 것은 자존심이 허락하지 않은 것이다.

"어째서 저를 이리 핍박하십니까?"

그녀가 고개를 저으며 소리쳤다.

"저는 오로지 공작 전하와 이 새벽의 궁 사람들을 위하는 마음으로 엘레나 신관의 만행을 고발했을 뿐입니다. 전하께서 마음이 상하셨을 줄은 압니다만, 제게 고맙다 인사는 하지 못하시더라도 제 가문을 욕보이시며 이리 몰아붙이시는 것은 너무한 처사이십니다!"

로잘린느는 이제 냅킨으로 눈물이 그렁그렁한 눈을 찍어 내고 있었다. 잘게 떨리는 목소리가 절절했다. 정말 억울해하는 모습이었다.

그러나 지금 당장이라도 귀족원에 달려가 부당함을 알리기라도 할 것 같은 그녀의 태도에도 리바이 공작은 흔들림이 없었다. 오히려 웃어 보이기까지 했다.

그 해맑은 웃음에, 이상하게도 로잘린느의 심장이 덜컥 내려앉았다.

"아무래도 내가 프란시스 영애에게 대단히 얕잡아 보인 모양인데……."

리바이 공작은 정말로 화가 나기 시작했다. 자신의 앞에서 엘레나의 뺨을 때린 일로 기분이 상하기는 했지만, 이미 새벽의 궁을 떠나기로 한 로잘린느에 대한 분노보단 엘레나에 대한 걱정이 더 컸다. 하지만 이제 로잘린느에게 불쾌감이 일었다.

"여기엔 그대가 억지로 눈물을 찍어 내며 부추겨 봤자 그대의 편이 되어 줄 사람은 없어. 오로지 나, 황제 폐하께서 허락하신 이 궁의 주인인 리바이 공작뿐이지.”

그 말에 냅킨으로 눈꼬리를 더듬던 로잘린느의 어깨가 움찔했다.

이렇게 먼저 눈물을 흘리며 일방적으로 부당한 처사를 당한 피해자인 척하면 사람들은 당황하며 로잘린느의 편을 들어 주었다. 그러니 어리고 사교계 경험이 없는 리바이 공작에게는 당연히 통할 방법이라고 생각했던 것이다.

“저, 전하, 저는 그런 의도가 아니라……!”

“아니. 더 이상 거짓말을 해서 나를 더 화나게 하지 마.”

앉아 있는 의자가 크게 느껴질 정도로 작은 여덟 살의 어린 공작. 힘이 되어 줄 외가도 친척도 없는 허수아비. 괴상한 정신병조차 이겨 내지 못할 정도로 유약한 황족의 수치. 그것이 귀족들 사이에 공공연한 리바이 공작에 대한 평이었다.

그러나 지금 경고의 의미를 담아 그녀를 노려보고 있는 리바이 공작은 전혀 다른 존재였다. 그동안 교사라는 직위를 유지하기 위해 어쩔 수 없이 가르쳤던 그 아이와 동일 인물이라고 느낄 수조차 없었다.

‘무언가가 변했다.’

그것이 무엇인지는 알 수 없지만 얼마 전의 리바이 공작과는 확연히 달랐다. 마치 알을 깨고 나와 자신의 자리를 찾은 것처럼.

“프란시스 남작가의 여식 로잘린느, 그대는 엘레나 신관을 파견한 라한 신전의 권위와 엘레나 신관을 내 신학 교사로 임명하신 황제 폐하의 권위, 그리고 엘레나 신관의 제자이자 그녀의 고용주이기도 한 나의 권위를 무시했어.”

멍하니 앉아 있는 로잘린느에게 선고가 내려졌다. 그리고 그녀는 자신이 잊고 있던 사실을 하나 떠올렸다.

공작은 황제 바로 아래에, 그리고 귀족의 가장 위에 서는 자. 공작에겐 하위 귀족을 처벌할 수 있는 권리가 있다. 그 명령은 즉각적인 실효성을 가지지만, 처벌에 대한 문제 제기는 귀족회를 통해서만 가능했다.

"나는 이에 따라 그대의 출궁을 허락했던 것을 취소하고 무기한 연기한다. 출궁의 재허가는 그대가 엘레나 신관에게 정식으로 사과하고 엘레나 신관이 이를 받아들였을 때 다시 고려해 보지."

"그, 그런 말도 안 되는……."

"정말로 출궁해서 자유의 몸이 되고 싶다면 엘레나 신관에게 진심을 담은 사과를 하면 될 일이야. 물론 그것을 받아 주고 말고는 전적으로 엘레나 신관에게 달린 일이겠지만."

로잘린느의 얼굴이 사색이 되었다. 이럴 수는 없었다. 겨우 평민의 뺨 한 번 때렸다고 자신에게 이런 벌이 내려진 것은 부당했다.

당장 궁을 나가서 해야 할 일이 많았다. 베르너 공은 그녀의 부모에게 시간을 잘 내주지 않지만, 그녀가 직접 찾아간다면 다를 것이라고 믿어 의심치 않았다. 하루라도 빨리 베르너 공을 만나 혼담을 확정 지어야 했다.

"그리고 웬만하면 황궁 밖 출입이나 사교 활동은 취소하도록 해. 벌을 받는 중이니까 말이야."

리바이 공작은 마치 그녀의 마음을 읽기라도 한 것처럼 말 한마디로 모든 계획을 무산시켰다. 지금 이 자리에서 그녀가 이 처벌에 항거할 수 있는 방법은 없었다. 리바이 공작의 말대로 그녀는 그저 남작가의 여식에 불과했으니까.

"엘레나는 한 번도 내게 자신이 귀족이라고 한 적이 없어."

리바이 공작이 담담하게 말했다.

"단지 자신이 평민이라는 이유로 곤란한 상황이 일어나지 않기를 바랐던 것이지, 귀족 대우를 받길 원했던 게 아니었으니까."

티토는 이제 웃는 얼굴은 벗어던지고 이를 악문 채 자신을 노려보고 있는 로잘린느를 피하지 않았다.

"내가 같은 귀족인 그대의 편을 들지 않았다 너무 섭섭하게 생각하지는 마. 내가 비록 어리고 아직 공작 구실을 하지 못하고 있지만, 웃는 얼굴 뒤로 나를 업신여기고 조롱하는 자와 진심으로 나를 아껴주는 내 사람 정도는 구분할 줄 알거든."

리바이 공작이 로잘린느를 향해 한 손을 내저어 보였다. 자리에서 일어나라는 뜻이었다.

로잘린느는 일부러 큰 소리가 나도록 자리에서 일어났다. 출궁과 황궁 밖 출입이 제한된 상황에서 끝까지 예법을 지킬 이성은 남아 있지 않았다.

조금이라도 빨리 방으로 돌아가 부모님에게 편지를 쓸 생각이었다. 자신의 부당함을 알리고 도움을 요청해야 했다.

처벌을 무효화할 수 있는 귀족회는 제프리 추기경의 타른 후작가가 꽉 잡고 있기에 시도해 본들 소용이 없을 터였다. 그러나 베르너 공은 달랐다. 그 정도 영향력이 있는 분이라면 자신을 이 상황에서 구해 줄 수 있을 테니까.

"아, 그리고."

등을 돌리는 로잘린느에게 리바이 공작이 덧붙였다.

"만약 백부님을 설득해 어찌해 볼 생각이라면, 애초에 하지 않는 게 좋을 거야. 이미 베르너가의 사람이라면 모를까, 고작 이런 일로 귀찮은 일을 하실 분이 아니거든. 설사 그대의 요청을 들어주려 하더라도 말리는 게 좋을걸."

이제야 본래의 모습대로 돌아온 것일까. 리바이 공작이 옴폭한 볼우물을 드러내며 웃었다.

"그분은 내게 빚이 많은 분이시거든."

어째서일까. 그 웃음에 로잘린느는 소름이 오싹 돋았다.

"그러니까 잘 생각해서 결정하라고. 엘레나에게 사과할 건지, 아니면 계속 이 새벽의 궁에 나와 갇혀 있을 건지 말이야."

여유로운 미소를 지으며 티토는 식당을 나섰다. 그러나 어두운 복도를 걸어 자신의 침실로 향하는 길에는 얼굴이 점점 어두워졌다.

뒤따라온 일리야가 기분을 풀어 주려 몇 마디 건네 보았지만, 별 성과는 없었다.

결국 목욕을 끝내고 잠옷으로 갈아입은 뒤 침대에 누울 때까지 티토는 채 열 마디도 입 밖에 내지 않았다. 화가 난 것도, 그렇다고 슬픈 것도 아닌 것 같은 오묘한 표정의 티토가 막 잠이 들려 할 때였다.

똑똑.

"이 시간에 누가……."

티토의 목 밑까지 이불을 올려 주던 일리야가 침실 문을 두드리는 작은 소리에 놀라 문을 열었다.

"폐하께서 리바이 공작을 찾으십니다."

문 앞에 서 있는 것은 허리춤에 검을 차지 않은 중년의 기사였다.

"폐하께서요?"

영문을 모르는 일리야는 덜컥 겁이 났다.

"태양의 궁으로 모시겠습니다."

"폐하께서 어찌 이런 시간에……."

"다녀올게, 일리야."

당황하는 일리야의 등 뒤에서 티토가 말했다. 그리고 잠옷 위에

겉옷을 걸쳐 입었다.

폐하를 뵙는 데 의관에 문제가 있는 것은 아닌가 일리야는 걱정했지만, 티토는 신경 쓰지 않았다. 그저 졸음이 가득한 눈을 비볐다.

기사와 함께 태양의 궁에 도착한 티토는 그가 안내하는 대로 가장 중앙에 위치한 침실에 들어섰다. 아드레이는 창가에 위치한 테이블 앞에 앉아 기다리고 있었다. 티토가 그 맞은편에 앉자 금세 따듯한 우유 한 잔이 앞에 놓였다.

아드레이는 잠시 우유를 홀짝이는 티토의 얼굴을 살폈다. 언뜻 평소와 다름없는 듯 보이지만 조금 달랐다. 자신과 눈도 마주치지 않았다.

티토가 단단히 화가 났다더니 엘레나가 했던 말이 맞는 듯했다.

아드레이가 이 밤중에 티토를 불러들인 이유는 다른 것이 아니었다. 티토가 화가 많이 났다며 울먹이던 얼굴이 자꾸만 떠올라 조금이라도 거들고자 하는 것이었다.

이 화를 어찌 풀어 주어야 하나. 아드레이의 미간에 깊은 주름이 잡혔다.

만약 티토가 정말 화가 많이 나서 엘레나를 덜컥 출궁이라도 시켜버린다면 매우 곤란했다. 아드레이의 제국이기는 했지만, 새벽의 궁은 엄연히 티토의 영역이니 그럴 권한이 있었다.

"티토."

고심 끝에 아드레이가 동생을 불렀다.

"네, 형님."

입가에 하얗게 우유 수염을 묻힌 티토가 대답했다.

"저녁에 있었던 일은 들었다."

티토의 작은 머리통이 끄덕거렸다.

"엘레나에게 화가 난 네 마음은 알겠지만……."

아드레이가 겨우 말을 꺼냈을 때였다. 화를 내거나 불만을 토로할 줄 알았던 티토의 반응이 뭔가 이상했다. 콧수염 같은 우유 자국 밑의 빨간 입술이 삐죽삐죽 씰룩이더니 오리 입이 되어 버렸다.

"엘레나 정말 너무해요."

비죽이 튀어나온 입술을 오물거리며 티토가 말했다.

"티토?"

"어떻게 저한테 비밀이 있을 수 있어요. 우리가 어떤 사이인데."

순간 아드레이는 자신의 짐작이 조금 빗나갔을 수도 있다는 생각이 들었다.

"엘레나가 평민이란 사실에 화가 났던 게 아니었니?"

"그런 건 신경 안 써요. 애초에 엘레나는 저에게 자기가 귀족이라고 말한 적도 없고요. 저는 그냥……."

시무룩한 강아지처럼 티토의 눈꼬리가 축 떨어졌다.

"저를 믿고 미리 말해 줬다면 좋았을 텐데. 그럼 오늘 멋있게 지켜 줄 수 있었을 것 같아요. 뺨 맞은 데 엄청 아파 보이던데……."

아드레이의 입가에 은근한 미소가 멋지게 번졌다. 아무래도 엘레나도 자신도 티토를 오해한 모양이었다.

"엘레나 만나 보셨어요? 괜찮아요?"

"걱정했나 보구나."

"우는 것 같았어요. 자존심이 상했을 거예요."

이제야 한시름 놓은 아드레이가 티토를 안심시켰다.

"잘 추스르고 새벽의 궁으로 돌아갔으니 너무 걱정하지 말거라."

사실 단순히 마음을 추스르는 것 이상의 회복력을 보였지만, 아드레이는 크흠 하고 헛기침을 하며 애써 생각을 다른 쪽으로 돌렸다.

"티토."

"네, 형님."

"사람은 가끔 다른 사람에게 말하기 힘든 것들을 마음에 담고 살아간다."

그것이 아픈 상처이기 때문에, 누구에게도 알리고 싶지 않은 비밀이기 때문에. 혹은 그저 두려워서. 이유는 다양하다.

"어쩌면 엘레나는 바로 오늘 같은 일이 벌어질까 봐 자신의 비밀을 아무에게도 말하지 않은 것 아니겠니."

티토는 양손으로 우유가 담긴 잔을 꼭 쥐고 아드레이의 말을 경청했다.

"그러니 나는 네가 그런 엘레나의 마음을 조금 헤아려 보면 좋겠다는 생각이 드는구나."

아드레이의 말투가 조심스러웠다. 작은 아이가 받아들이기엔 아직 너무 이른 말일 수도 있었다.

"이해할 수 있어요."

티토는 또 한 번 아드레이를 놀라게 했다.

"엘레나는 어쩌면 제게 말하고 싶었을지도 몰라요. 거짓말이라곤 조금도 못하는 성격이잖아요."

티토의 얼굴이 조금 밝아졌다. 아직 때가 되지 않아 말하지 않은 비밀 하나쯤은 자신에게도 있었으니까.

골똘히 생각에 잠긴 티토를 아드레이는 흐뭇한 눈으로 바라봤다. 아이는 이렇게 크는 것인가.

그러다 문득 시간이 많이 늦었다는 것을 깨닫고 사람을 불러 티토를 돌려보내려 했을 때였다. 티토가 머리를 번쩍 들며 물었다.

"형님, 그런데 신전이나 귀족회에서 엘레나를 내보내라고 하면 어떻게 하죠?"

겨우 밝아졌던 얼굴에 다시 먹구름이 꼈다.

물론 새벽의 궁의 일은 전적으로 티토에게 달린 일이었지만, 귀족회에서 강하게 반발하기라도 하면 그들의 의견을 완전히 무시하기는 힘들었다. 게다가 엘레나는 라한교의 신관이었다. 라한교에서 돌아오라고 하면 티토는 엘레나를 놓아주어야 했다.

"그 점에 대해선 걱정 말거라."

아드레이가 대답했다.

"내가 알아서 하마."

든든한 형님의 말에 티토가 두 주먹을 불끈 쥐었다.

"네, 형님만 믿을게요!"

소란스러운 밤이 지나간 다음 날 이른 아침, 새벽의 궁도 잠에서 깨어나고 있었다.

가장 먼저 아침을 맞이한 것은 식사를 준비해야 하는 주방이었다. 주방장 제이크의 칼이 도마 위에서 바쁘게 움직였고, 식사 때마다 갓 구운 빵을 책임지는 주방의 안주인 마지가 열심히 반죽을 했다.

따로 아침 식사 시간이 없는 하인들은 저마다 일어나는 대로 주방 한쪽에 모여, 전날 남은 빵과 음식으로 간단하게 아침을 먹고는 했다. 그것은 오늘도 마찬가지였다.

그런데 주방의 입구에서 하녀 몇이 작게 언쟁을 벌이기 시작했다.

"항상 내가 했잖아. 오늘은 네가 가!"

"싫어. 원래 네가 맡아서 했던 일이잖아."

"맡아서 하다니. 네가 안 하니까 내가 했던 거지!"

급기야 서로를 주방 문밖으로 밀어내려고 하는 와중에 선반 위에 올려놨던 국자가 떨어질 뻔하는 일이 벌어졌다.

"뭐야! 도대체 무슨 일이야!"

바쁜 시간에 신경이 예민해진 제이크가 사고를 칠 뻔한 하녀 둘을 노려보며 물었다.

"그, 그게……."

"칸나가 자꾸 안 가려고 하잖아요."

"오늘만 네가 가라고 하는 거잖아."

"그러니까 어딜?"

제이크가 다시 한번 버럭 하고 묻자 하녀가 우물쭈물 대답했다.

"에, 엘레나 님한테……."

"문에 작게 노크를 하면 일어나시는데……."

아침 식사가 준비되면 새벽의 궁 하인들은 위층으로 향한다. 아침을 거르는 로잘린느는 해당되지 않지만, 일리야와 엘레나를 깨우러 가는 것이다. 그런데 서로 그 일을 하지 않으려고 미루는 모양이었다.

비단 그 하녀 둘뿐만이 아니었다. 이미 식사를 마친 다른 고용인조차 괜히 차를 한 잔씩 더 마시고 눈을 슬쩍 피하며 모른 척했다.

"도대체 뭐 하는 짓들……."

탕!

한 소리를 하려던 제이크가 갑자기 들려온 커다란 소리에 놀라 말을 멈추고 뒤를 돌아봤다. 한쪽에서 빵을 만들고 있던 마지가 반죽을 세게 내리치며 난 소리였다.

"거참, 너무들 하네!"

원만하고 이타적인 성격으로 새벽의 궁 고용인들의 엄마 역할을 하는 중년 여성 마지가 허리에 손을 얹고 씩씩거렸다.

"지금 여기 있는 사람들 중에 엘레나 님의 도움을 한 번이라도 받지 않은 사람 있어?"

언제나 웃는 얼굴인 마지답지 않게 그녀의 얼굴이 붉으락푸르락했다.

"너, 칸나! 빨래하다가 손등이 다 트고 갈라졌을 때 엘레나 님께서 손도 고쳐 주시고 직접 빨래도 도와주시지 않았어?"

마지가 손가락으로 칸나를 가리키며 물었다. 칸나는 아무런 대답 없이 고개만 숙였다.

"그리고 미리암! 넌 한밤중에 열병이 나서 끙끙 앓고 있을 때, 엘레나 님이 자다 말고 오셔서 치유해 주시지 않았니?"

칸나의 옆에 있던 하녀, 미리암도 슬그머니 시선을 피했다.

"다들 마찬가지야. 엘레나 님이 허리 고쳐 주시고 무릎 고쳐 주실 땐 그렇게 성녀님이 따로 없다고 하더니. 다들 해도 해도 너무한 거 아냐?"

마지의 말에 크흠 하고 민망해서 헛기침을 하는 이들이 꽤 있었다. 그때, 테이블에 걸터앉아 빵과 치즈로 아침을 때우고 있던 한 남자 하인이 말했다.

"누가 엘레나 님한테 받은 거 없대요?"

퉁명스러운 목소리에는 불만이 한가득 담겨 있었다.

"그런데 우리랑 같은 평민이라잖아요! 우린 그것도 모르고 신관님, 신관님 하면서 귀족 영애 대우를 해 드렸는데, 이제 와서 평민이라니. 속은 것 같고, 우리도 기분이 좀 그렇다고요."

그 말에 상황을 지켜보던 이들이 고개를 끄덕거리며 동의했다.

"직접 말하기 그러셨으면 슬쩍 귀띔이라도 해 주던가."

"얼마나 우스웠겠어. 같은 평민인 줄도 모르고 떠받들어 주는 우리가."

테이블에 함께 앉아 있던 이들 몇몇이 은근슬쩍 덧붙이기도 했다.

그중 하나가 빵 한 덩이를 더 먹으려 바구니에 손을 뻗을 때였다. 어깨 너머에서 손 하나가 불쑥 들어오더니 바구니를 통째로 들어 가져가 버렸다.

"제, 제이크 아저씨?"

주방장인 제이크였다.

"나가."

"네?"

"내 주방에서 나가라고 했다."

방금까지 투덜거리던 이들이 영문을 몰라 어리둥절하게 앉아 있자 제이크의 얼굴이 한층 더 사나워졌다.

"은혜도 모르는 배은망덕한 것들에게 먹일 빵 따위 없어. 그러니까 나가. 내 주방에 다시는 발도 들이지 마라."

이제야 상황 파악이 되자, 처음에 불만을 이야기했던 남자가 발끈해 외쳤다.

"제이크 아저씨, 너무한 것 아니에요?"

"너무하긴 뭐가 너무해! 너희들이 너무한 거다!"

당장이라도 손에 든 빵 바구니를 던져 버릴 것처럼 제이크가 씩씩거렸다.

"너희들은 엘레나 님이 귀족이라고 생각해서 어쩔 수 없이 도움을 받은 거였냐? 받을 때는 그런 생각 없이 그저 좋다가 같은 평민이라고 하니 만만해 보여? 그래서 그렇게 함부로 입을 놀리는 거냐?"

언제나 온갖 소음으로 시끄럽던 주방이 전에 없이 적막했다. 보글

보글 물 끓는 소리만 들려왔다.

"너희들도 머리가 있다면 생각해 봐라. 평민이라는 이유로 어제 엘레나 님이 프란시스 영애에게 뺨을 맞았어. 그때 우리들이 뭘 했지? 엘레나 님은 올리비아가 남작 영애에게 고초를 겪고 있을 때 나서서 대신 싸워 주셨어. 올리비아가 맡았던 심부름까지 대신 해 주셨지."

글을 모르는 올리비아가 로잘린느의 심부름을 제대로 하지 못해 뺨을 맞았던 일은 새벽의 궁 사람이라면 누구나 아는 일이었다.

"평민이라고, 배우지 못했다고 그렇게 무시당하는 일이 옳지 않다고 말씀해 주셨다고. 그리고 그렇게 서로를 감싸는 게 바로 우리들이 어제 했어야 하는 일인 거다. 그런데 그렇게 하지 못했으니 사람이라면 부끄러운 줄 알아야지!"

제이크가 바구니를 툭 던져 내려놓으며 손을 탈탈 털었다.

"같은 평민이라고? 그렇게 훌륭하신 분과 네놈의 공통점은 그야말로 똑같은 평민인 것밖에 없다, 이놈아! 나가!"

제이크의 서슬 퍼런 외침에 어깨를 축 늘어뜨린 몇몇이 주방을 나갔다. 평소라면 사람들의 수다로 시끌벅적했을 주방에 텅, 텅 하고 마지의 반죽 내리치는 소리만 울려 퍼졌다.

"눈이 엉망이네."

침대에서 일어나 바로 거울 앞에 선 엘레나는 자신의 모습을 보면서 중얼거렸다.

"하긴 어제 그렇게 울었으니까."

그렇게 엉엉 울어 본 것도 처음이었다. 속은 시원해졌지만 이런 후유증은 어쩔 수 없다.

"노크 소리…… 없었지?"

습관적으로 이 시간에 일어난 것뿐, 오늘 아침에는 그녀를 깨우는 노크 소리가 없었다. 엘레나는 씁쓸함을 담아 웃었다.

사람 관계의 기본은 역지사지. 입장을 바꿔 생각해 본다면, 충분히 화날 만하고 서운할 만했다.

"어서 내려가서 사과해야지."

사과는 늦어질수록 하기 힘들어지고, 감정의 골도 그만큼 깊어진다.

엘레나는 서둘러 준비를 하고 방을 나섰다. 식당으로 향하는 그녀의 어깨는 긴장으로 잔뜩 굳어 있었다.

아침 식사 시간만큼 궁의 고용인들이 한 장소에 모이는 시간도 없다. 하루 일과가 본격적으로 시작되면 각자 일할 곳으로 흩어지기 때문이다.

식당의 문을 열고 들어가니 주방에서 부지런히 음식을 내어 오고 있던 사람들이 그녀의 등장에 멈칫하는 것이 보였다. 평소보다 조금 늦었다고 생각했는데, 티토의 자리는 아직 비어 있었다.

'혹시 아침 식사도 같이하기 싫은 걸까?'

그런 생각이 드니 절로 한숨이 나올 것 같았다. 하지만 허리를 세우고 어깨를 폈다. 지금은 이 자리에 있는 사람들에게 사과를 하는 것이 그나마 사죄할 수 있는 방법이었다.

"엘레나 님, 오셨어요?"

모두가 그녀와 눈을 피하는 와중에, 고맙게도 레이첼이 다가와 인사를 했다. 하루에도 몇 번이나 하는 사소한 행동이었지만 지금 엘레나에겐 그 어떤 때보다 고마움이 컸다.

"레이첼……."

"지금 바로 식사하시겠어요?"

레이첼은 마치 아무 일도 없었던 듯 평소와 다름없이 대해 주었다.

"배가 많이 고프네요."

엘레나도 평소처럼 대답했다. 그러나 언제까지고 아무 일도 없었던 척 할 수는 없었다. 엘레나는 레이첼에게 조용하게 부탁했다.

"레이첼, 나 모두에게 하고 싶은 말이 있는데."

그러자 레이첼은 알겠다는 듯 고개를 끄덕이더니 주방으로 사라졌다.

그리고 얼마 지나지 않아 주방 안에 모여 있던 사람들이 하나둘 모습을 보였다. 그중에는 레이첼처럼 엘레나를 보고 웃어 주는 사람도 있었지만, 시선을 피하거나 굳은 표정을 숨기지 않는 사람도 있었다.

"……바쁜 시간에 죄송해요. 꼭 드리고 싶은 말씀이 있어서요."

첫 말을 떼는 것이 쉽지 않았다. 잔뜩 긴장한 나머지 가늘게 나오는 목소리가 엘레나 스스로도 마음에 들지 않았다.

"예, 말씀하세요."

언제나 맛있는 빵을 만들어 주는 마지가 푸근한 얼굴로 말했다. 그녀의 미소가 마치 자신에게 힘내라고 응원을 해 주는 것 같아, 엘레나는 소매 속에 감춘 주먹을 꽉 쥐었다.

"제대로 사과하고 싶어요. 다들 나한테 많이 실망했을 거라고 생각해요."

조금 떨어진 곳에 서 있는 한 사람, 한 사람의 눈을 보며 말했다.

쉽지 않은 일이었다. 사람들의 눈에 비친 자신에 대한 좋지 않은 감정을 하나하나 대면한다는 것은. 하지만 이 모두가 제대로 사죄하는 과정이라고 생각했다.

"제가 이렇게 사과를 한다고 해서 모두 없던 일이 되지는 않겠지만, 그래도 모두에게 정말로 죄송해요."

엘레나가 허리를 깊이 숙였다. 긴 머리카락의 끝이 땅에 스칠 만큼 진중한 사과였다.

"에, 엘레나 님!"

"그러지 않으셔도……."

말리는 목소리가 들려왔지만 엘레나는 쉽게 고개를 들지 않았다. 모두에게 자신의 미안하고 또 미안한 마음이 전해졌으면 했다.

"사과를 받아 달라 부탁드리는 것 아니에요. 그럴 자격 없으니까요. 하지만……."

순간 코끝이 찡해졌지만 엘레나는 짧게 헛기침을 한 뒤에 말을 이었다.

"실망하신 분들, 서운하신 분들, 그리고 화가 나신 분들에게 정식으로 죄송하다 말씀드리고 싶었어요."

어떤 말을 할까 밤새 고민도 많이 했고 연습도 했는데, 막상 사람들 앞에 서니 그런 것들은 모두 까맣게 잊어버렸다. 그래서 할 수 있는 한 진심을 담아 사과하며 그 마음이 전해졌으면 좋겠다 간절히 빌었다.

사람들은 조용했다. 엘레나의 사과에 대한 대답도 없었고, 그렇다고 화가 섞인 말들이 쏟아져 나온 것도 아니었다.

차라리 욕이라도 해 주었으면 마음이 덜 무거울 텐데. 그녀를 신뢰했던 만큼 깊게 파였을 상처가 아물기엔 하룻밤은 턱없이 짧았을지도 몰랐다.

"아니에요, 제가 더 죄송해요."

작은 목소리가 들려온 것은 그때였다.

"저, 저도요……."

앞서와 비슷하지만 조금 더 큰 목소리가 동조했다.

"칸나? 미리암?"

뒤쪽에서 마지가 놀라서 그들의 이름을 불렀다. 오늘 아침, 서로 엘레나를 깨우러 가지 않으려고 싸우던 두 하녀의 예상 밖의 행동에 놀란 것이다.

"제이크 아저씨와 마지 아줌마의 말을 듣고 생각해 봤는데……."

칸나라고 불린 하녀가 모두의 시선이 집중되자 빨개진 얼굴로 말했다.

"엘레나 님이 어떤 분이신데. 그동안 저희한테 어떻게 해 주셨는데요."

칸나는 감정이 북받쳤는지 결국엔 말을 더 잇지 못하고 울먹거렸다. 대신 그 옆에 서 있던 나이가 지긋한 하인이 말을 이었다.

"엘레나 님이 아니었다면 진작에 내려앉았을 허리가 이렇게 멀쩡합니다. 덕분에 궁에서 계속 일을 할 수 있어 손자 녀석을 새로 생긴 글자 학교에 보낼 수 있는 이 은혜를 모르면 사람이 아닙죠."

그 뒤에 입을 연 것은 레이첼이었다.

"황궁에 들어오기 전에 귀족가에서 일했을 때요, 몇 년을 모셔도 저희 이름 한 글자 모르시는 분들이 대부분이었어요. 빨래하는 하녀에 불과한 제 이름을 먼저 기억해 주시고 불러 주셨을 때 얼마나 기뻤는지 몰라요."

그때 레이첼은 이름 대신 '거기, 빨간 머리!'라고 불렸다.

"그리고 그게 엘레나 님이 평민이어서가 아니란 것도 잘 알아요. 그저 상냥한 분이시란 것도요."

사람들의 얼굴에 저마다 미소가 피어올랐다.

"물론 평민이시란 소리에 조금 놀라기는 했지만…… 아, 왜요! 다들 그랬잖아요!"

이제 웃으며 농담을 하는 사람도 있었다. 어수선하고 불편했던 공기가 순식간에 증발해 버렸다.

"어떻게 들릴지는 모르겠지만, 저는 신관님이 더 좋아졌어요. 정말로요."

"어? 나, 나도…… 전보다 더 가깝게 느껴지고……."

"저도 마찬가지예요."

방금 전까지는 쥐 죽은 듯 조용하던 식당 안이 순식간에 시끌벅적해졌다. 그런 사람들을 보면서 엘레나는 결국 손에 얼굴을 묻었다. 눈물이 왈칵 쏟아졌던 것이다.

"정말…… 정말 너무 죄송하고…… 감사해요."

엘레나는 고개를 들 수가 없었다. 무거운 바위를 얹어 놓은 것 같았던 가슴이 모두를 향한 고마운 마음으로 따듯하게 차올랐다. 결국 미리암이 식탁 위에 놓여 있던 새 냅킨을 손에 쥐여 줄 때까지 엘레나는 몇 번이고 눈물방울을 떨궜다.

"다들 뭐 해?"

"고, 공작 전하……."

엘레나 주변에 와글와글 모여 있던 사람들이 식당 안으로 들어선 티토를 보고 서둘러 물러났다.

자기들이야 사과를 받으면 그만이었지만, 공작 전하의 분노는 차원이 다른 이야기였다. 당장에 신관님이 쫓겨나실 수도 있겠구나 생각하자, 웃고 있던 사람들의 얼굴이 잔뜩 굳어졌다.

"저희는 그럼 이만……."

"바로 식사를 준비해 드리겠습니다."

우르르 사람들이 빠져나간 식당에 엘레나와 티토 둘만 남았다. 티토는 우두커니 서 있는 엘레나의 옆을 스쳐 지나가 언제나와 같은 자리에 앉았다.

엘레나가 조금 다가섰지만, 티토는 그녀를 바라보지 않았다. 조금 살 것 같았던 숨통이 긴장으로 다시 꽉 조여 왔다.

"저어, 티토 님……."

조심스레 티토를 부른 뒤, 엘레나는 아차 싶었다. 더 이상 그녀에게 허락된 이름이 아닐 수도 있었다. 초조함에 입이 바싹 말랐다. 그때였다.

"뭐 해? 밥 안 먹어?"

"네?"

"밥."

엘레나는 잠시 망설이다가 얼른 자리에 엉덩이를 붙였다.

"아, 배고파. 어제 저녁을 부실하게 먹어서 그런가. 검술 수업하는데 죽는 줄 알았다고."

티토의 투덜거림이 이렇게 반가운 날이 올 줄이야. 엘레나는 또 주책맞게 눈물이 고이는 눈을 앞이 다시 보일 때까지 몇 번이고 깜박였다.

"저, 티토 님. 식사 전에 드릴 말씀이 있어요. 정말로……."

"평민인 거 말 안 해서 미안하다고?"

티토가 주스를 한 모금 마시며 심드렁하게 물었다.

"애초에 나한테 귀족이라고 한 적 없잖아? 따로 성을 지어 내서 말한 적도 없고."

"그래도, 그래도 제가 귀족이 아니라고 제대로 말씀드렸었어야 했어요. 티토 님이 그렇게 오해하실 것을 다 알고 있었으니까요. 거짓말이나 다름없어요."

"나도 애초에 물어본 적 없어."

"네?"

엘레나의 반문에 티토가 예쁜 눈썹을 구겼다.

"엘레나가 귀족인지 아닌지 궁금했다면 처음부터 물어봤겠지. 안 그래?"

"그, 그렇죠."

"그런데 그런 궁금증이 한 번도 들지 않았다는 건, 내가 엘레나가 귀족이든 아니든 신경 쓰지 않았다는 거야."

티토가 엘레나 앞으로 꿀이 가득 담긴 작은 그릇을 밀어 주며 말했다.

"처음부터 신경 쓰지 않았고 궁금해하지도 않은 문제를 가지고 이제 와서 실망했네 어쨌네 할 생각 없어. 그럼 그거야말로 거짓말일 테니까 말이야."

"화…… 안 나셨어요?"

엘레나가 조심스레 물었다.

"화?"

눈을 한 번 데굴 굴리며 생각해 보던 티토는 이내 고개를 저었다.

"아니."

"티토 님……."

"신전 쪽이나 귀족원 쪽은 신경 쓰지 마. 말이 나오면 내가 알아서 할 테니까. 내가 인정한 선생님이라고, 엘레나는."

작은 목소리로 '내가 좋다는데, 어디다 감히.'라는 말이 붙어 나왔다. 형님의 듬직했던 모습을 떠올리자 저도 어깨에 힘이 들어갔다.

궁을 나갈 만반의 준비, 그리고 마음의 준비까지 다 했다. 그런데 티토는 예상과는 너무나 다른 반응을 보였다. 엘레나는 어디선가 스르륵 긴장이 풀리는 소리가 들리는 것 같았다.

울먹울먹하며 자신을 바라보는 시선을 느낀 티토가 인상을 쓰며 말했다.

"밥이나 먹어."

"네, 티토 님."

마침내 평소처럼 엘레나가 배시시 웃자 티토도 남몰래 슬쩍 웃었다.

"아, 그리고 프란시스 영애는 새벽의 궁에 조금 더 머물게 될 거야."

잘그락, 엘레나가 쥐고 있던 포크가 접시 위에서 한 번 미끄러졌다.

"어째서요?"

"그냥 그럴 일이 좀 있어. 정 궁금하면 직접 물어봐."

이제 다시는 그 얼굴을 안 봐도 된다고 생각했는데. 엘레나는 앞으로도 로잘린느와 마주쳐야 한다고 생각하니 행복이 마구 빠져나가는 것 같았다.

"그건 싫네요."

오다가다 마주칠 수 있다는 것이 싫기는 했지만, 제 발로 직접 로잘린느를 찾아가는 것은 더더욱 싫었다.

그때 칸나가 주방에서 빵 바구니를 들고 나왔다. 큼지막한 바구니에는 방금 오븐에서 나온 것 같은 김이 모락모락 나는 빵이 먹음직스럽게 담겨 있었다.

고소하고 따듯한 향기에 잊고 있었던 허기가 몰려왔다. 로잘린느 때문에 스트레스를 받는 것은 그녀의 손해였다. 눈앞에 이렇게 맛있는 빵이 있는데!

엘레나는 따끈따끈한 빵을 양손으로 찢어 입 안에 넣었다.

"응?"

원래도 마지의 빵은 맛있지만, 오늘은 무언가가 달랐다. 버터도 꿀도 필요 없었다. 빵만으로도 두 눈이 휘둥그레질 정도로 맛이 좋았다.

"오늘따라 빵이 더 부드럽고 차지네요."

"그러게."

이미 티토는 두 번째 덩이를 향해 손을 뻗고 있었다.

"마지 아주머니가 오늘은 반죽을 다르게 했나?"

결국 그날 아침, 엘레나와 티토는 둘이서 빵 한 바구니를 모두 비웠고 마지는 우연찮게 더 맛있는 빵을 만드는 비법을 알게 되었다.

24장

24장

윈터힐 백작가의 황도 내 저택에서는 높은 담장과 굳건한 철문을 지나 고요한 마호가니 바닥의 복도를 따라 걷다 보면 가주의 집무실이 나온다. 별다른 장식은 없지만 윈터힐 영지에서 직접 공수해 온 윈터 아이언으로 만든 두터운 먹빛 철문은 겉에 얼음을 발라 놓은 것처럼 은은한 광택을 내뿜었다.

마침 저택 내 순찰을 돌며 그 앞을 지나가던 기사 하나가 깜짝 놀라 집무실 문을 바라보았다.

"가주, 안 됩니다!"

"비켜라!"

굳게 닫힌 윈터힐 백작의 집무실 너머에서 큰 목소리가 터져 나왔다.

"마지막 경고다, 그레이 경. 비켜라!"

순찰 돌던 기사는 눈을 껌벅였다. 누군가가 가주에게 맞서는 상황이라니, 흔치 않은 광경이었다.

적어도 윈터힐에서 가주의 명령은 절대적인 것이었다. 옳다고 생각하든, 그르다 생각하든 개인의 생각은 중요하지 않았다. 가주의 명은 언제나 최우선이었고, 윈터힐의 사람들은 그것을 따르기 위해 최선을 다하면 그만이었다.

"제 말 좀 들어 주십시오, 가주!"

하지만 윈터힐 백작의 오른팔, 그레이 경은 지금 백작의 앞을 가로막고 서 있었다.

이 사건의 발단은 아침 일찍 들어온 소식이었다.

새벽의 궁에서 소문이 흘러나왔다. 리바이 공작의 신학 교사인 엘레나 중급 신관이 사실은 평민이란 내용이었다.

이 사실은 동료 교사인 프란시스 영애의 양심 고백으로 밝혀질 수 있었다는 것과, 그로 인해 많은 사람들이 충격과 배신감을 느끼고 있다는 내용도 딸려 왔다. 화제의 인물이었던 엘레나 신관의 불명예스런 구설수에 사교계가 크게 술렁이고 있다고 했다.

하지만 이러한 소식을 들을 때까지만 해도 평온하게 차를 마시고 있던 백작이 난폭하게 찻잔을 던지듯 내려놓은 것은 그 뒤로 읊어진 귀족계의 실질적인 반응 때문이었다. 엘레나에 대한 원색적인 비난 여론이 읊어졌던 것이다.

그리도 염문을 뿌리더니, 천한 신분은 어쩔 수 없다. 자신의 평민 신분을 벗어나려 베르너 후작과 어네스 경을 작정하고 꼬신 게 틀림없다. 베르너 후작은 미리 이 사실을 알았기 때문에 마음을 바꿔 남작가의 딸과 혼인하려 하는 것이 아니겠느냐 등등의.

그리고 윈터힐 백작은 이성을 잃었다. 언제나 싸늘하고 고요한 북풍 같았던 백작은 사라졌다. 그는 당장 손에 쥘 검을 찾듯 손아귀를 쥐었다 폈다 했다.

그러고는 새벽의 궁으로 갈 채비를 하라며 근처에서 대기 중이던 그레이 경을 불러들였다. 한술 더 떠 엘레나 신관에 대해서 감히 악랄하게 입을 놀리는 귀족들의 명단을 가져오라고도 했다.

상황을 파악한 그레이 경은 새파랗게 이글거리는 윈터힐 백작의 눈을 바라보며 침음을 삼켰다. 가주의 저런 모습은 처음이었다. 그래도 이를 악물고 내뱉었다.

“송구하지만 명을 받들 수 없습니다.”

“그레이.”

수족처럼 부리는 부관의 항명에 백작의 기세가 한층 더 매서워졌다. 피부가 따가울 정도로 쏟아지는 살기에 결국 두 눈을 질끈 감으면서도 그레이 경은 결사코 버텼다.

“안 됩니다.”

“이유를 말해라.”

그레이 경의 가까이로 다가온 백작이 으르렁거리듯 명했다.

“그 이유가 날 설득하지 못한다면, 아무리 너라도 베겠다.”

진심이었다. 그레이 경은 알 수 있었다.

오랜 시간 목숨을 바쳐 모셔 온 주군이 자신을 베겠다니. 충격과 배신감이 들 수도 있었지만 그레이 경은 담담했다. 아니, 오히려 주군의 분노에 공감하고 있었다.

그레이 경은 지금 격노한 가주의 모습이 그전보다 훨씬 낫다고 생각했다. 아내와 아이를 한날한시에 잃고 텅 빈 가슴으로 살았던 것보다야.

지난 세월, 백작은 마치 아무런 감정이 없는 것 같았다. 살다 보면 응당 때때로 찾아오는 소소한 행복의 순간조차 자신의 과오로 떠나보낸 사랑하는 이들에 대한 죄책감이 되는 듯했다.

점점 부흥하는 영지와는 반대로 서서히, 그렇게 스스로를 죽여 가며 살아왔다.

"지금 당장 엘레나의 이름을 윈터힐의 족보에 올리고, 감히 내 딸을 욕보인 놈들을 모조리 잡아들이겠다."

저것은 부성이었다. 그리고 잃었던 심장을 되찾은 이의 보호본능이었다.

강인한 무인인 백작의 기세에 금방이라도 질식당할 것 같았지만, 그레이 경은 그 분노를 이해할 수 있었다.

"그게 진정 아가씨를 위한 최선의 길이라고 생각하십니까."

"뭐라?"

"아직은 때가 아닙니다. 잊으셨습니까. 윈터힐의 목줄을 쥐려면 무엇이든 할 자들을?"

호시탐탐 기회만 노리고 있는 자들의 면면을 떠올린 그레이 경의 눈매도 매서워졌다.

"지금 밝히게 되면, 아가씨가 위험해지십니다."

어쩌다 그 신분이 이토록 공개적으로 밝혀졌는지는 모르겠지만, 시기가 지나치게 좋지 않았다.

지난 베르너가에서의 연회 때문에 반란 진영의 대귀족 여럿이 아발론에 체류하는 중이었다. 그들의 장대한 계획이 얼마나 철저하게 윈터힐의 군사력과 무기 보급률에 의존하고 있는지는 그들 자신이 제일 잘 알았다.

"때가 되면 제가, 이 그레이가 앞장서겠습니다. 가주께서 한마디만 하시면 제 손으로 직접 오늘 아가씨를 욕되게 한 자들을 대령하겠습니다. 하지만 때가 오는 그날까지는 오늘의 분노를 잠시 묻어 두십시오."

그레이 경이 절절한 목소리로 충언했다.

"아직 그들은 평민 신관이 윈터힐의 유일한 상속자임을, 가주와

이 윈터힐의 유일한 약점임을 알아서는 안 됩니다."

백작의 머릿속에 베르너 공의 위험한 눈이 떠올랐다.

"명단을 가져와라."

"가주!"

그레이 경이 절박한 얼굴로 외쳤다.

"당장 움직이겠다는 것이 아니다."

털썩, 윈터힐 백작이 의자에 앉는 소리가 크게 울렸다. 동시에 그레이 경의 안색이 밝아졌다.

"그레이 경."

평소와 다름없이 차분하게 돌아온 백작의 목소리가 그레이 경을 불렀다.

"차를 한 잔 더 가져오라 일러라."

마지막까지 조마조마하던 그레이 경이 머리를 숙였다.

"그리고 한 가지 더."

"하명하십시오."

"귀족원 장로회의 일정을 알아 와라."

"예, 가주!"

그레이 경은 그 명단에 오를 사람들을 애도했다. 윈터힐의 분노는 그 땅의 겨울만큼이나 매섭고 또 집요하기로 유명했다.

그러나 조용히 집무실을 빠져나온 그레이 경의 얼굴에는 뿌듯한 미소가 서려 있었다. 그도 어쩔 수 없는 윈터힐의 사람이었다.

"휴우……."

들릴 듯 말 듯 한 작은 한숨과 함께 엘레나가 신성력을 거둬들였다. 동시에 교황의 몸에 은은하게 퍼지던 빛도 사라졌다.

"어쩌지……."

잠든 교황의 얼굴을 바라보는 엘레나의 눈에 걱정이 담뿍 담겨 있었다.

교황은 점점 약해지고 있었다. 하루하루가 달랐다. 마치 노쇠한 육체에서 생명력이 새어 나가고 있는 것 같았다. 처음에는 실금 같았던 그 틈새는 점점 커져서 매일 쏟아붓는 신성력으로도 그것을 막을 수 없었다.

"이러시면 안 돼요. 힘내세요, 교황 성하."

엘레나가 안타까운 마음에 그렇게 중얼거렸지만, 감긴 눈은 뜨이지 않았다.

"이제 피곤하지도 않네."

좋은 일이었지만 그녀의 얼굴은 더욱 울상이 되었다. 아주 오랜 시간 동안 공들여 신성력을 사용했음에도 불구하고 아직까지 자신이 멀쩡하다는 것은 그만큼 사용된 신성력이 적다는 뜻이었다.

교황의 몸은 이제 신성력마저도 거부하고 있었다. 아무리 순수한 신성력을 부어 넣으려고 해도 자꾸만 밖으로 넘쳐흘렀다. 마치 교황의 몸이 더 이상의 회복을 바라지 않는 것처럼.

정신이 깨어 있는 시간도 점점 줄어들었다. 오늘도 마찬가지였다. 그녀가 왔을 때만 해도 웃으며 맞아 주었지만, 치유를 하던 도중 잠들어 버리고 말았다. 그리 길지 않은 시간인데도 깨어 있을 만한 기력이 없는 것이다.

"푹 주무세요, 교황 성하."

엘레나는 힘없이 가벼운 교황의 손등에 입을 맞추고 조심스레 자리에서 일어섰다. 그리고 행여나 교황이 곤한 잠에서 깰까, 잔뜩 발소리를 죽이고 침실에서 빠져나왔다.

달칵.

옷 스치는 소리까지 조심하며 문을 닿는 엘레나의 등 뒤에서 낮은 목소리가 그녀를 불렀다.

"엘레나."

너무나 놀란 그녀는 본능적으로 '악!' 하고 소리를 지르려 했지만, 교황 성하를 깨울 수도 있다는 생각에 얼른 한쪽 손으로 자신의 입을 막았다.

"제, 제프리 추기경님?"

자신을 부른 사람을 확인하고 엘레나가 놀라 중얼거렸다.

"따라와라."

인사도 없었다. 특유의 바늘도 들어가지 않을 듯한 빈틈없는 얼굴로 한 마디를 남긴 후 먼저 앞장서서 걸어갈 뿐이었다.

'아, 맞다. 이 사람이 있었지.'

로잘린느 때문에 평민이라는 것이 밝혀졌지만, 새벽의 궁 사람들도 티토도 잘 받아들여 주어서 잠시 잊고 있었다. 처음 궁에 들어왔을 때부터 평민이란 것을 들키지 말라 누누이 경고했던 제프리 추기경의 존재를 말이다.

잔뜩 주눅이 든 엘레나는 조용히 추기경의 뒤를 따라 걸었다. 목적지는 멀지 않았다. 교황 성하 침실 근처의 빈방이었다.

제프리 추기경은 들어서자마자 창가에 서서 밖을 바라보다가 그녀가 등 뒤의 문을 닫자 빙글 돌아섰다. 그 눈빛이 무시무시했다.

큰일 났다. 엘레나는 얼른 시선을 피하며 고개를 숙였다.

"언제 들켰나."

서슬 퍼런 물음에 본능적으로 '얼마 되지 않았다.'라고 거짓말을 하려던 엘레나는 다시 입을 다물었다. 제프리 추기경의 차가운 눈이 경고를 보내고 있는 것 같았다. 여기서 거짓말을 했다간 정말로 큰 일 난다고.

'그래, 차라리 다 털어놓자.'

엘레나는 그렇게 결심했다.

"새벽의 궁에 입궁한 첫날에 프란시스 영애가 눈치를 챘습니다."

제프리 추기경이 버럭 소리라도 지를 것을 각오했던 그녀는 의외로 아무런 표정 변화 없이 잠잠한 추기경의 눈치를 봤다. 기분이 좋아 보이지 않았지만, 예상했던 것처럼 화가 나지는 않은 것 같았다. 마치 전부터 이런 상황이 올 것을 알고 있던 사람처럼.

"프란시스 영애가 아무런 대가도 없이 그동안 입을 다물어 줬을 리 없을 텐데."

"그걸 어떻게 아셨어요?"

엘레나는 너무 놀라 물었다. 사람들은 로잘린느의 성격이 외모만큼이나 천사 같은 줄 안다. 적어도 다른 귀족들은 말이다.

"다 아는 수가 있다."

하지만 제프리 추기경은 마치 그녀의 진짜 성격을 다 알고 있는 듯 말했다.

"제가 평민이란 걸 알게 된 직후 귀족원을 통해서 신전에 항의하겠다고 했어요. 한동안은 청소, 빨래나 책을 필사하는 것 같은 심부름을 해 주는 조건으로 비밀을 지켜 줬고요."

귀족원과 신전이라는 단어가 나오면서 추기경의 얼굴은 한층 더 험악해졌다.

"그런데 교사 일을 그만두고 새벽의 궁을 나가는 참에 터뜨린 것 같아요. 그녀와 다툼이 있었는데, 제가 화를 참지 못하고 먼저 터진 탓도 있고……."

어쩔 수 없이 한숨이 나왔다. 분명 르니에와의 일로 모함을 받은 게 화가 나 던진 말들이 한몫 단단히 했을 테다. 그때 자신이 조금만 더 참았다면 그냥 조용히 지나가지 않았을까.

"어리석은 녀석."

다시 한번 한숨을 푹 쉬는 그녀에게 제프리 추기경이 혀를 차며 말했다.

로잘린느가 귀족원에 찾아와 엘레나에 대한 일을 폭로하려다 그에게 저지당했던 날 이후, 추기경은 사람을 동원해 로잘린느의 뒷조사를 시작했다.

조사는 로잘린느 본인에 대한 것은 물론, 그녀의 가문인 프란시스 남작가에 대한 정보들도 포함할 정도로 대대적이었다. 로잘린느가 그리 멍청해 보이지는 않았으나, 자신의 경고를 알아듣지 못하고 함부로 입을 놀릴 때를 대비한 것이었다.

"감히."

그 남작 가문의 여식이 엘레나를 그런 식으로 착취하는 것을 진작 알았다면 그동안 추기경이 모은 정보들은 빛을 보았을 것이다. 그것도 아주 제대로.

"너는 어째서 그리 당하고만 있었느냐."

분명한 힐난의 어조에 엘레나는 억울함을 감추지 못했다.

"귀, 귀족원을 통해서 정식으로 항의가 들어가면 저는 그대로 신전으로 돌아가 다시 노역을 해야 할 테니 저로서는 그 방법밖에는……."

"너는 자존심도 없더냐. 이 궁에 넘치는 것이 하녀들인데 청소와 빨래라니."

처음부터 평민인 걸 들키면 도와주지 않겠다고 선을 그은 게 누군데! 엘레나가 울컥해서 불퉁한 말투로 중얼거렸다.

"신전에서 차가운 물에 손 터 가며 수백 명분의 빨래를 하는 것보단, 남작 영애 한 명의 빨래를 하는 게 더 나으니까요."

말을 하고선 바로 아차 싶었다. 상대는 제프리 추기경이었다. 고생하던 날들이 떠올라 잠시 이성을 잃었다.

로잘린느 때도 그랬고 요즘 자꾸만 말실수를 한다는 생각과 함께 그녀가 사과를 하려 얼른 눈치를 살폈다. 그러다 제프리 추기경과 시선이 딱 마주쳐 버렸다.

"죄, 죄송합니다."

추기경은 화를 내지 않았다.

"……닮았군."

이해할 수 없는 말을 혼자서 중얼거릴 뿐이었다.

"네?"

고고한 타른 후작가 일원으로서의 세월이 그대로 담긴 제프리 추기경의 깊은 눈이 엘레나를 담았다.

실비아의 아이. 교황 성하의 명에 따라 자신의 손으로 조사했지만, 여전히 믿을 수가 없다. 이 아이가 실비아와 닮은 구석이라곤.

"그래, 눈뿐이군."

지금도 자신을 말갛게 올려다보는 저 두 눈뿐이었다. 그 외에는 욕지기가 나올 정도로 윈터힐의 망나니를 빼다 박았다. 그래서 한눈에 알아보지 못했다. 제프리는 그렇게 스스로에게 변명 아닌 변명을 읊조렸다.

어찌 그리 한눈에 알아보셨냐 묻는 추기경의 질문에 교황은 '웃는 얼굴이 실비아가 어렸을 적과 쏙 빼닮았다.'라고 대답했다. 하지만 추기경은 엘레나의 웃는 얼굴을 한 번도 보지 못해 알 수 없었다.

한편, 엘레나는 제프리 추기경이 계속해서 자신을 노려보자 낙담했다. 이제 다 틀렸구나. 새벽의 궁에서 나가야 되나 봐.

기품 있는 귀족이라서 고함을 지르거나 겉으로 많이 티를 내진 않아도 추기경은 매우 화가 난 게 틀림없었다. 아무래도 추기경은 그녀가 스스로 죄를 인정하고 궁을 나가겠다 말하기를 원하는 것 같았다.

"며칠만 말미를 주시면 안 될까요?"

쫓겨나는 마당에 염치없지만, 그래도 엘레나는 한 가지 부탁을 했다.

"많이 바라지 않아요. 정말로 며칠이면 돼요."

뜬금없는 엘레나의 말에 추기경의 한쪽 눈썹이 하늘로 향했다.

"그동안 신세 졌던 분들에게 인사도 해야 하고, 교황 성하께 드릴 포션도 만들어야 하고요. 그리고 아무래도 리바이 공작 전하께도 제대로 설명을 드려야 해서 그래요."

언젠가 궁에서 나가게 되는 날이 올 거라고 생각은 했지만, 그날이 이렇게 빨리 올 줄은 몰랐다. 그래서 막상 나간다고 생각하니 할 일이 한두 가지가 아니었다.

"아직 다 못해 드린 옛날이야기, 아니 라한교 이야기도 책으로 만들어 드리고 싶어요. 나중에 혼자서라도 읽어 보실 수 있게요. 그리고, 그리고……."

엘레나의 머릿속에 아드레이의 얼굴이 가득 떠올랐다. 궁에서 나가면 다시 레이를 볼 수 있을까. 그녀의 얼굴이 잔뜩 흐려졌다. 티토 말고도 제대로 작별 인사를 해야 할 사람이 하나 더 있었다.

"지금 무슨 말을 하는 거냐?"

"신전으로 돌아가서 노역을 이어 가기 전에 새벽의 궁에서의 생활을 정리할 수 있는 말미를 달라고 부탁드리는 거예요."

"네가 돌아가는 일은 없다."
"네?"
엘레나가 퍼뜩 고개를 들었다.
"다시 아발론 신전으로 돌아가는 일 없이 계속 새벽의 궁에 머물게 될 거란 말이다."
"평민인 것을 들켰고 많은 사람들이 알게 되었으니, 귀족원에서 가만히 있지 않을 텐데요?"
엘레나의 추측은 맞았다. 지금도 꽤 많은 귀족들이 엘레나의 신분에 대해서 쑥덕거리고 있었고, 일각에서는 그녀를 출궁시켜야 하지 않느냐는 말도 나왔다.
"어느 정도 뒷말이 있기는 하지만 내가, 아니 라한교가 감당하지 못할 정도는 아니지."
"저를 위해서 신전에서 나서 주시는 건가요?"
사실 티토와 새벽의 궁 사람들이 자신의 사과를 받아 준 것에 안도하긴 했지만 후폭풍이 걱정되었던 엘레나였다.
공작을 가르치는 교사가 평민이란 것을 알게 된 귀족들이 항의를 하면, 라한교에선 상황을 무마하기 위해 자신을 쫓아내거나 다시 하급 신관으로 강등시킬 것이라 생각했다. 어느 쪽이든 더 이상 새벽의 궁에 있지 못하게 되는 것은 마찬가지였다.
"너는 이미 라한교의 신관으로 세간에 알려졌다. 그런데 귀족들이 수군거린다는 이유로 네가 교사 자리를 내놓으면, 그건 라한교가 물러서는 것과 마찬가지. 교의 위신이 달린 문제다."
"제가 평민인 게 그렇게 복잡한 문제라니……."
"그러니 누가 뭐라고 하든 고개 숙이지 마라. 절대로."
엘레나는 멍하니 고개를 끄덕였다. 어째서인지 자신의 신분이 라한교와 귀족들 간의 알력 다툼의 희생양이 된 것 같았지만, 그래도 좋았다. 새벽의 궁을 떠나지 않아도 된다는 결론이었으니까.

"다행이에요, 정말로."

앞으로도 계속 여기에 있을 수 있어. 그렇게 생각하니 온몸의 긴장이 풀리는 것 같았다. 엘레나가 안도의 한숨과 함께 웃었다. 아직 제프리 추기경의 앞이라는 것도 잊고서.

'정말로 닮았군.'

그 웃는 얼굴을 바라본 제프리 추기경의 눈동자가 흔들렸다. 교황 성하의 말씀이 맞았다. 웃는 얼굴이 무척이나 닮았다. 분명 조금 전까진 윈터힐 그자의 얼굴을 쏙 빼닮았다고 생각했던 엘레나에게서 이제는 실비아의 모습밖에 찾을 수 없었다.

그 미소가 추기경의 가슴에 아프게 파고들었다. 이렇게 아무도 모르게 자신의 조각 하나를 이 세상에 남겨 두고 라한의 곁으로 가 버린 그리운 얼굴이 떠올랐다.

'실비아.'

엘레나의 얼굴에서 눈을 떼지 못하며, 제프리 추기경은 그리운 누이를 불렀다.

새벽의 궁으로 돌아오는 길, 엘레나는 기분이 이상했다. 분명히 조금 전까지는 새벽의 궁에서 나가지 않아도 되어 안도하는 마음뿐이었는데.

한구석에 언제나 자리하고 있던 불안감이 사라지니 싱숭생숭하기도 했고, 걱정이 사라진 자리를 이유를 알 수 없는 불안감이 채우는 듯했다. 이러다 갑자기 짐 보따리 들고 쫓겨나는 건 아닐까.

그래서 그녀는 제프리 추기경이 해 줬던 말을 조용히 곱씹어 보았다.

절대 고개 숙이지 마라.

묘하게 용기를 주는 말이었다. 살가운 구석이라고는 조금도 없는 사람이지만, 그 말을 떠올리자 기운이 나는 것 같았다.

엘레나는 일부러 더 힘차게 걸었다. 일이 잘 풀렸는데 기운 내야지. 무릎을 높이 올리며 척척 걸으니 기분이 나아지는 것 같기도 했다.

저 멀리에 새벽의 궁이 보이기 시작하자 엘레나는 억지로라도 입꼬리를 위로 끌어 올렸다. 교황 성하께 다녀오는 길에 표정이 좋지 않으면 모두들 오해를 할지도 몰랐다.

"이제 돌아가서 티토랑 일리야 님이랑 차를 한잔 마시고……."

그러나 그 말을 다 끝맺지 못한 채 길 위에 우뚝 서 버렸다. 반대편에서 걸어오는 익숙한 여자의 모습 때문이었다. 햇빛을 받아 반짝이는 그 화려한 금발을 보자 소름이 오소소 돋는 것 같았다.

"……튈까?"

엘레나가 중얼거렸다. 이대로 잽싸게 몸을 날려서 숲속으로 몸을 숨기면 괜찮지 않을까 하는 생각이 들었지만, 고개를 저었다. 이미 상대방은 그녀를 발견한 듯 무시무시한 눈으로 노려보고 있었다.

요 며칠 밖에도 다니지 않고 궁에만 처박혀 있더니, 오늘은 산책이라도 나온 모양이었다. 이제 더 이상 수업도 하지 않으면서 도대체 왜 새벽의 궁에 계속 붙어 있는 것인지 알 수 없다. 엘레나는 그녀가 모쪼록 빨리 눈앞에서 사라져 줬으면 했다.

"눈에서 레이저 나오겠네."

언제나와 같이 교양이 흘러넘치지만 그만큼 살기도 흘러넘치게 뿜어내는 로잘린느가 치켜뜬 눈으로 다가왔다. 그 모습에 움찔하고 뒷걸음질을 치려던 엘레나는 스스로의 모습에 멈칫했다.

내가 왜? 난 잘못한 게 없는데?

잘못이라면 오히려 로잘린느가 했다. 모두의 앞에서 일부러 자신을 곤경에 빠뜨린 것도 모자라 뺨까지 때렸다. 근데 내가 왜 쫄아야 해!

엘레나는 분한 마음에 애써 고개를 당당하게 들고 허리에 힘을 줬다. 하지만 거리가 가까워질수록, 평생 소시민으로 살아온 그녀의 어깨는 자꾸만 움츠러들려고 했다.

"비켜."

어느새 바로 앞까지 도착한 로잘린느가 엘레나를 내려다보며 고압적으로 말했다.

"안 비켜?"

"길 넓은데, 그냥 옆으로 지나가셔도 될 것 같은데요."

엘레나는 주눅 드는 목소리에 일부러 더 힘을 주고 말했다.

숲속 길이라지만 황궁 안에 있는 잘 닦아 놓은 보행로라 여자 둘이 지나가기에 충분했다. 그런데 일부러 정중앙으로 걸어와서는 한편으로 걷던 이에게 비키라고 하는 것은 또 무슨 경우인가.

"뭐야?"

평민 신관 따위는 기가 죽어서 눈도 마주치지 못하고 비킬 것이라고 생각했던 로잘린느는 엘레나를 향해서 눈을 부릅떴다. 괘씸했다. 주제를 모르고 감히 고개를 빳빳이 들다니.

얼마 전까지 제 심부름을 하고 옷이나 빨던 주제에 굽신거리지 않는 태도가 모욕감을 주었다. 로잘린느는 붉은 입술을 비틀며 엘레나를 내리깔아 보았다.

"아무것도 모르는 어린 공작이 네 편을 들어 주니 다 괜찮은 것 같아? 이제 네가 평민이란 걸 모두 알게 된 게 어떤 의미인지 그 아둔한 머리로는 파악이 안 되나 본데."

로잘린느는 손가락 끝으로 엘레나의 머리를 툭 밀었다.

"이제 연회 초대장을 받을 일도, 멋모르는 사람들이 성녀라 치켜세우는 일도 없을걸? 풋, 평민이라니. 다들 얼마나 황당할까."

로잘린느는 앞으로 엘레나에게 닥칠 일을 생각하니 웃음이 났다.

그녀는 귀족원 장로회에 직접 편지를 써서 보내고 온 참이었다. 리바이 공작이 자신에게 내린 처분이 얼마나 부당한 것인지, 또한 평민 출신인 것을 숨겨 모두를 기만했던 신관이 공작의 교육에 얼마나 부정적인 영향을 끼칠지 하나하나 자세히 써 내려간 간절한 서신이었다.

다른 누구도 아닌 어린 공작에 대한 일이니 장로회의에서 최우선적으로 다뤄질 것이고, 빠른 시일 내에 좋은 소식을 들을 수 있으리라 기대하고 있었다. 타른 후작가의 입김이 걱정되기는 했지만, 일단 회의 안건으로 올라간 이상 무시할 수는 없을 것이다.

이것은 베르너 공의 덕이 컸다. 사건이 일어난 날, 로잘린느가 억울함에 치를 떨며 보낸 서신에, 답장 대신 친히 인편을 보내 이 모든 해결책을 제시해 준 것이 바로 베르너 공이었다. 본인은 장로회의에 참석하지 않지만, 다른 이를 통해 그녀가 고발한 내용이 반드시 회의의 안건으로 제의되도록 힘써 주겠다는 약조도 받았다.

그러니 로잘린느는 더 이상 타른이 두렵지 않았다. 베르너 공이 뒤에 있는데 그따위가 무서울 리 없었다.

계획대로 흘러가게 되면 엘레나는 응당 궁에서 쫓겨날 것이고, 저 하찮은 것에게 심정적으로 많은 것을 기대고 있는 어린 공작은 큰 타격을 받을 것이다. 어쩌면 전처럼 다시 미쳐 버릴지도 모르지.

로잘린느는 고소를 머금었다. 그 정도는 자신에게 함부로 대한 벌이라고 생각했다.

"그러게 주제를 모르고."

그렇게 말하며 엘레나를 위아래로 훑는 것이 정말로 벌레를 보는 듯했다. 전에는 사람들의 눈을 의식해서 그나마 사람대접은 하더니, 이제 평민이란 것이 다 밝혀지자 그럴 필요도 없다는 태도였다.

그 경멸 섞인 시선에 엘레나는 너무 열이 받으면 웃음이 나온다는 것을 깨달았다.

"어이가 없네, 진짜."

그녀가 앞으로 흘러내린 앞머리를 후 하고 불어 올리며 말했다. 이젠 못 참아.

뼛속 깊이까지 파고든 소시민 의식은 이런 상황에서도 발동하여 '네가 참아! 똥이 무서워서 피하냐, 더러워서 피하지!'라고 속삭였지만, 엘레나는 무시했다.

참을 만큼 참았고, 갈 데까지 갔다. 엘레나는 팔을 걷어붙였다.

생각해 보니 더 이상 애한테 주눅 들 이유도, 절절 맬 이유도 없다. 처음에는 여자 주인공이라서 미워도 도와주려고 했고, 약점을 잡혀서 어쩔 수 없이 참아 왔지만 이제 그녀는 자유였다.

성격 더럽고 이중적이고 전형적인 '강약약강'의 비겁자에게 무시당할 이유가 없었다. 그동안 로잘린느의 완벽한 금색 머리칼을 잡아 뜯고 싶은 충동에 시달렸는데, 마침내 그날이 왔구나 싶었다.

"그게 부러웠나 봐요?"

엘레나는 주먹을 다부지게 쥐었다.

"내가 그쪽보다 연회 초대장을 많이 받고 사람들에게 관심을 받는 게 그렇게 싫었어요? 그래서 그렇게 사람들이 보는 앞에서 내가 평민이라고 말해 버린 거예요?"

로잘린느의 눈빛이 갈수록 살벌해졌지만, 엘레나는 신경 쓰지 않고 말을 이었다.

"어차피 본인은 새벽의 궁에서 나갈 거고, 그럼 더 이상 날 이용할 일이 없으니까. 그래서 그렇게 사람들이 보는 앞에서 내가 평민이라고 말해 버린 거 맞죠?"

엘레나는 의도적으로 로잘린느가 더 열받도록 한 단어씩 곱씹어 가며 말했다.

"진짜 사람 참 비겁하고 치사하네요."

로잘린느의 부들부들 떨리는 어깨가 이토록 통쾌할 줄이야. 엘레나는 보란 듯이 비웃었다.

"비겁하고 치사? 네가 이제 아주 눈에 뵈는 게 없구나! 미치지 않고서야 귀족인 내게 이따위 망발을 해?"

로잘린느가 위협적으로 아주 가까이로 다가왔다. 그리고 이를 악물고 악담을 퍼부었다.

"궁에서 나가면 그게 끝인 줄 아나 본데, 그 뒤의 일은 생각해 보지 않았나 보지? 분란을 일으켜서 쫓겨난 신관 하나 따위, 어찌 되어도 누가 신경이나 쓸 것 같아?"

귀족다운 모습은 전부 꾸며진 거짓이라는 것을 알았지만, 이제 아예 시장 깡패 같은 저급한 협박을 하고 있는 로잘린느를 보자니 엘레나는 혀를 찰 수밖에 없었다. 그리고 점점 더 배짱이 생겨났다. 착한 캔디 같았던 로잘린느는, 동경했던 여자 주인공은 생각보다 정말로 별 볼 일 없는 사람이었다.

"누가 나간다는 말이죠?"

엘레나도 지지 않고 얼굴을 맞서 들이밀며 말했다.

"난 새벽의 궁에서 나가지 않아요! 앞으로도 쭉, 계속 리바이 공작 전하를 가르칠 거예요. 방금 그렇게 확답을 받고 온 참이니까!"

"하! 그럴 리가!"

로잘린느는 엘레나가 자존심을 지키려고 무리한 거짓말을 한다고 생각하는 듯했다. 그래서 엘레나는 로잘린느의 특유의 표정인 턱 치켜들기를 따라 하며 큰 소리로 말했다.

"난 평민이기 이전에 라한교의 신관이더라고요."

많은 설명이 생략된 말이었지만, 로잘린느는 잠시 생각하더니 눈을 가늘게 떴다. 짚이는 구석이 있는 모양이었다.

"그러니까 나가려면 그쪽이나 빨리 빨리 짐 빼시죠!"

방 빼란 말이야!

엘레나의 마지막 말이 도화선이 된 것인지, 로잘린느의 아름다운 얼굴이 흉측하게 일그러졌다. 그리고 한쪽 손을 높이 치켜들었다.

이제 보니 손버릇이 나쁜 모양이었다. 지난번엔 워낙 경황이 없어서 맞았지만, 이번에는 아니다. 엘레나는 얼른 뒤로 물러섰다.

"네까짓 게, 네까짓 게 감히!"

엘레나를 때리지 못하고 공연히 손만 휘두른 게 꽤나 분했던지 로잘린느가 크게 씩씩거렸다. 그렇게 귀족 타령을 하더니 화가 나면 예절이나 예법 따위 저 멀리로 던져 버리고 손찌검을 하려는 모습이 평민과 다를 바 없어 보였다.

"전부터 자꾸 '네까짓 게'라고 하는데."

비록 지금은 소설 줄거리와 매우 달라져 버려 책의 내용을 알고 있다는게 별 소용은 없지만, 그래도 독자를 우습게 보면 안 된다. 왜냐하면.

"자기 혈통에 콤플렉스가 있다고 남한테 그런 식으로 하면 안 되는 거거든요."

아무에게도 말하지 않은 주인공의 비밀스런 집안 사정을 알고 있는 것도 독자거든.

엘레나는 적진 한가운데로 폭탄을 던져 넣은 심정으로 로잘린느를 지켜봤다. 화가 나서 잔뜩 붉어진 그녀의 얼굴이 순식간에 백짓장처럼 하얗게 변해 갔다.

"자꾸 그렇게 예민하게 굴면 너무 티 난다고요."

로잘린느가 남의 속 뒤집을 때 어떻게 웃었더라. 엘레나는 일부러 로잘린느가 자주 보이는 미소를 흉내 내었다.

"네, 네가 그걸 어떻게……."

어떻게긴 어떻게야, 읽었지.

로잘린느가 저렇게 금방이라도 숨넘어갈 듯이 구는 데에는 이유가 있었다. 사실 그녀의 아버지는 가문을 이어받을 수 없는 사생아였다. 그것도 평민 하녀의.

다른 말로 하자면, 로잘린느의 몸에도 그녀가 그토록 경멸해 마지않는 평민의 피가 흘렀다. 로잘린느가 저토록 '귀족다운 것'에 집착하고 평민을 혐오하는 이유는 아마도 본인이 평민과 그리 다르지 않다는 것을 누구보다 잘 알아서가 아닐까.

하지만 그렇다고 해서 그동안 로잘린느가 새벽의 궁 하녀들과 자신에게 해 왔던 행동들이 정당화되는 것은 아니다. 엘레나는 그런 생각으로 어깨를 으쓱했다. 그러자 로잘린느는 엘레나가 자기를 비웃는다고 여긴 것인지 이성을 잃고 달려들었다.

"너, 너!"

엘레나도 지지 않고 눈을 부릅떴다. 팔의 소매도 더 척척 걷어붙였다.

탐스럽게 손질된 로잘린느의 긴 머리칼이 맛있는 먹잇감으로 보였다. 내가 키만 조금만 더 컸어도! 지금처럼 키가 작은 것에 열받은 적도 없다.

로잘린느와 엘레나 사이에 팽팽한 긴장감이 흘렀다. 여차하면 뛰어올라서라도 로잘린느의 머리채를 잡아채리라 마음먹은 엘레나가 신관복 속에서 손가락을 꼼지락거리고 있을 때였다.

"엘레나."

낮은 목소리가 두 사람 사이에 끼어들었다.

등 뒤에서 들려온 그 목소리에 로잘린느는 척추를 타고 오르는 전율을 느꼈다. 근사한 목소리이기는 했지만, 이상한 일이었다.

동시에 심장이 두근거리기 시작했다. 스스로의 가슴뼈가 들썩이는 게 보일 정도로 요동쳤다. 마치 오랫동안 그리워하던 사람의 목소리를 듣기라도 한 듯이.

어째서 이런 느낌인 거지? 로잘린느는 목소리가 들려온 곳을 돌아봤다.

숲길의 얕은 풀을 헤치고 한 남자가 걸어 나왔다. 큰 키에 검은 머리를 가진 남자였다.

도대체 뭐지, 이 남자는. 로잘린느는 자신의 손으로 가슴팍을 꾹 눌렀다. 그리고 멍하니 남자를 올려다보았다.

성큼성큼, 큰 보폭으로 다가오는 남자는 푸른 눈을 가지고 있었다. 청명한 푸른 하늘 같기도 하고 밤이 저무는 저녁 하늘 같기도 했다. 그 눈을 멍하니 바라보던 어느 순간, 꿈꾸는 듯하던 로잘린느의 눈이 와락 찌푸려졌다.

"레이? 여긴 어쩐 일이에요?"

남자는 단 한 번도 로잘린느를 보지 않았다. 눈길도 주지 않았다. 처음부터 끝까지 오로지 엘레나만을 바라보며 걸어왔다.

그것이 로잘린느를 못 견디게 불쾌하게 했다. 속에서 무언가 뒤틀리는 것 같았다.

"무슨 일이지?"

아드레이가 엘레나에게 물었다.

"아, 별일 아니에요. 그냥 동료분과 대화를 좀 하고 있었어요."

"동료?"

아드레이는 그제야 로잘린느를 돌아보았다. 그의 시선이 닿자 로잘린느는 어깨를 움찔하고는 반걸음쯤 뒷걸음질 쳤다. 아드레이에게서 은연중에 흘러나온 위압감에 몸이 반응한 것이다.

그녀를 더욱 당황스럽게 하는 것은, 이 와중에도 남자에게 시선을 뗄 수 없다는 점이었다.

"리바이 공작 전하를 가르치는 프란시스 남작 영애예요. 아니, 가르쳤던."

엘레나는 조심스럽게 덧붙였다. 아드레이의 얼굴이 딱딱하게 굳은 것을 봐서 자신과 로잘린느 사이의 언쟁을 들은 게 틀림없었다. 솔직하고 직설적인 아드레이라서 로잘린느에게 무슨 말을 할지 조마조마했다.

아드레이와 로잘린느의 눈이 마주쳤다. 키가 큰 편인 로잘린느를 훨씬 높은 곳에서 내려다보는 두 푸른 눈은 어떤 감정도 담고 있지 않았다. 남자들이 으레 로잘린느에게 보이곤 하는 열은 호감도 찾아볼 수 없었다.

그리고 그것마저도 그가 다시 엘레나를 돌아보며 등을 보이자 끊어지고 말았다. 마치 로잘린느 따위는 아무것도 아니라는 듯이 남자는 오로지 엘레나만을 바라보았다.

"하!"

로잘린느는 터져 나오는 헛웃음을 감출 수 없었다. 두근거리던 마음도 점차 사그라들었다. 자신을 앞에 두고도 저런 천한 신관 따위만 보는 남자가 제대로 된 사내일 리 없다.

그녀는 찬찬히 남자를 훑었다. 가장 먼저 눈에 들어온 것은 기사단의 수습 기사용 연습복이었다. 제대로 된 기사가 아닌, 변변찮은 수습생이란 뜻이었다.

아니나 다를까, 허리에 맨 철검은 허름하기 그지없었다. 아무리 수습이라고 하여도 지체 높은 집안의 자제들은 애용하는 검에서부터 티가 나는 법이었다.

기사들은 검을 목숨처럼 아꼈다. 가장 많은 돈을 투자하는 것도 검이었다. 그러니 아마 저 장식 하나 없는 싸구려 철검이 저 남자가 살 수 있는 가장 좋은 검이었으리라.

요즘은 평민들도 수습으로 기사단에 들인다더니, 저 남자는 엘레나와 마찬가지로 평민일지도 모른다는 생각이 들었다. 끼리끼리 만났군. 로잘린느는 엘레나와 아드레이를 번갈아 보며 비웃음을 숨기지 않았다.

"엘레나, 가지."

아드레이가 엘레나의 손을 덥석 잡고 숲 안쪽으로 걸었다. 로잘린느가 아드레이를 위아래로 훑어보더니 삐딱하게 웃는 것을 보고 울컥해 따지려던 엘레나는 '어어' 하는 사이에 그의 뒤를 따라가게 되었다.

그녀를 배려한 것인지 평소처럼 보폭을 크게 하지는 않았지만, 빽빽하게 자라난 풀 때문에 엘레나는 아드레이에게 붙들리지 않은 손으로 신관복의 치맛자락을 쥐어야 했다.

두 사람의 뒷모습을 보며 로잘린느는 이를 바득 갈았다. 질투심이 치솟아 배가 아팠다. 그 이유는 몰랐다. 그저 두 사람이 맞잡은 손이 미치도록 분노를 자아냈다.

로잘린느는 주먹을 꽉 쥐었다. 어찌나 세게 쥐었는지 손톱이 손바닥을 파고드는 것이 여실히 느껴졌다. 하지만 그녀는 엘레나의 길게 휘날리는 은발을 노려보는 것을 멈추지 않았다.

"더러운 계집……."

그래, 그 이유구나. 마침내 자신의 기분을 설명할 수 있는 이유를 찾아낸 로잘린느가 아랫입술을 씹었다.

르니에 님과 어네스 경도 모자라 또 다른 남자라니. 천한 것이 괜히 천한 게 아니지.

"불쌍한 르니에 님."

르니에와의 혼인이 정식으로 약속되는 날, 엘레나를 가만두지 않으리라. 아무것도 모르고 속고 계실 르니에 님을 위해서 내가 나서리라. 그녀의 머릿속에는 어서 혼사를 성사시켜 후작 부인이 되어 천한 계집에게 마땅한 벌을 내려 주자는 생각이 가득 찼다.

한편, 아드레이를 따라 숲속 길로 걸어 들어간 엘레나는 입을 꾹 다물고 자신의 손을 내려다봤다.

로잘린느와 싸우던 길에서 멀어진 지가 한참인데, 아드레이는 잡은 손을 놓아줄 생각이 없어 보였다. 묵묵히 앞으로 걸어갈 뿐이었다.

손을 놓아 달라고 말을 할까. 잠시 그런 생각이 들었지만 엘레나는 아무 말도 하지 않았다. 오히려 그가 자신의 손을 놓아 버리면 어쩌나 하는 조마조마한 심정으로 계속해서 걸었다.

그렇게 인적이 드문 숲속으로 더욱 깊이 걸어 들어갔다. 가을이 완연한 숲은 봄의 숲보다도 화려했다. 빨강, 주황, 노랑, 온갖 색의 낙엽이 나무와 숲길을 치장했다. 그 위를 한 걸음씩 걸을 때마다 자박자박하는 소리가 귀를 간지럽혔다.

두 사람은 어느 커다란 나무 밑에 멈춰 섰다. 자연스레 맞잡았던 손은 풀려 버렸고, 엘레나는 묘한 마음으로 자유로워진 손을 만지작거렸다.

"이쪽으로 앉지."

아드레이가 나무 밑의 한 곳을 가리켰다. 낙엽이 도톰하게 덮인 자리였다.

순순히 그의 말대로 엉덩이를 붙이고 앉은 엘레나는 가만히 눈만 깜박였다. 아, 미치겠네. 어색하기 짝이 없었다.

로잘린느의 일로 정신이 없어서 잊고 있었다. 마지막으로 아드레이를 봤을 때, 그녀는 그에게 도둑 뽀뽀를 하고 달아났었다.

"조금 전의 그자가 그 여자인가?"

차마 그를 쳐다볼 수는 없어서 열심히 주변 나무들과 바닥의 돌멩이들을 관찰하는 엘레나에게 아드레이가 물었다.

"그 여자요?"

"그대의 뺨을 때렸던."

"아, 맞아요. 그 사람."

"역시."

그가 고개를 끄덕였다.

"그대를 빼 오길 잘했군."

"그게 무슨 뜻이에요?"

엘레나가 고개를 갸웃하며 묻자 잠시 고민하던 아드레이가 진지한 얼굴로 대답했다.

"엘레나, 힘의 기본 원리는 체격이다. 기술, 경험 등 여러 변수가 있을 수는 있지만 기본적으로 체격이 큰 사람이 힘도 세지."

매우 엄숙한 얼굴로 설명을 해 주니 고개를 끄덕이긴 했지만 엘레나는 그게 자신과 무슨 상관인가 싶었다. 하지만 아드레이는 엘레나의 한쪽 어깨를 잡더니 진중하게 조언했다.

“나보다 덩치가 큰 사람에겐 덤비지 않는 게 상책이란 말이다.”

덩치가 큰 사람? 덤벼? 잠시 갸우뚱하던 엘레나가 눈을 가늘게 떴다.

“뭐라고요? 그럼 지금…….”

“그대가 그 여자에게 덤볐다가 지난번처럼 맞게 될 것 같아서 내가 서둘러 데려왔다.”

조금 전까지 가슴 설레던 그 행동의 의미가 결국 구출 대작전이었다니. 게다가 그녀가 질 것이란 추측은 또 뭔가.

“이 손 안 보여요? 이 팔뚝은요! 여차하면 그 머리카락을 확 뜯어버리려고 했는데. 가만두지, 왜 말렸어요!”

엘레나가 욱해서 소매를 걷어 보이며 외쳤다. 하지만 가냘프기 그지없는 그녀의 팔을 보며 아드레이는 큭큭 웃었다.

“그, 그래요. 내 팔뚝이 보기에는 빈약해 보이지만 그래도 힘은 세다고요! 만약 정말로 싸움이 붙었으면! 그랬으면!”

엘레나는 머릿속으로 자신과 로잘린느가 우당탕 치고받는 장면을 상상해 봤다. 그렇게 조용해졌던 그녀는 잠시 뒤 ‘에휴’ 하는 소리와 함께 고개를 끄덕였다.

“어떻게 했어도 내가 졌을 것 같긴 하네. 그래도 나도 가만히 맞고만 있지는 않았을 거라고요. 아우, 그 매끈매끈한 머리카락을 확 뜯어 버릴 수 있었는데!”

장전해 두었던 손가락이 근질거려 그녀가 발을 동동 굴렀다. 머리를 잡혀 어쩔 줄 모르는 로잘린느를 보면 그동안 쌓였던 것들이 쑥 내려갈 것 같았다.

“지금쯤 시무룩할까 봐 걱정했는데, 괜찮아 보여 다행이군.”

아깝다 아까워, 그렇게 중얼거리던 엘레나가 아드레이의 말에 고개를 획 돌려 그를 바라봤다.

"혹시 그래서 나 보러 오던 길이었어요? 새벽의 궁으로?"

그러고 보니 그런 숲속 길에서 우연히 아드레이를 마주친 것이 신기했다. 주변에는 온통 나무밖에 없는 작은 길은 새벽의 궁으로 가는 길목이었다.

엘레나의 설마 하는 질문에 그는 순순히 고개를 끄덕였다.

"그대는 괜찮아질 거라고 했지만, 그래도."

다행히 티토와 사용인들은 엘레나의 사과를 받아들였다고 휴고를 통해 새벽의 궁 소식을 접했다. 하지만 아드레이의 예상보다 귀족들의 반응이 날카로웠다.

처음에는 그저 귀족들 사이에서 말이 오가는 정도로 시작된 엘레나의 이야기가 빠르게 과장되고 와전되어 퍼져 나갔다. 외부와는 꽤 단절된 새벽의 궁에 있으니 별일은 없겠지만, 그래도 아드레이는 신경이 쓰였다. 그래서 수습 기사의 옷을 챙겨 입고 새벽의 궁을 찾아오는 길이었다.

그런데 아니나 다를까, 엘레나가 누군가와 다투는 모습을 목격하게 된 것이다. 자신이 우려했던 일이 벌어졌다고 생각한 아드레이는 결국 그 사이로 끼어들었다. 엘레나도 당당하게 맞받아치고 있었지만 잘게 떨리는 그녀의 어깨를 더 이상 두고 볼 수 없었기 때문이다.

"그런 일이 자주 있었나?"

비릿한 적대감을 드러내던 여자가 그동안 같이 일했던 남작가의 여식이었다니, 혹여 이번이 처음이 아닌가 싶어 그가 물었다.

"자주는 아니고 가끔 부딪친 적은 있었죠. 상관없어요. 오늘은 하고 싶은 말 다 퍼부었고, 또 나름 좋은 일도 있고요."

"좋은 일?"

"아침에 교황 성하께 갔다가 제프리 추기경님을 만났는데요. 나 새벽의 궁에서 나가지 않아도 된대요."

다시 한번 생각해도 천만다행인 일이었다. 하마터면 정들었던 모든 것과 헤어져야 할 뻔했다.

"그러니까 저 정도 일은 괜찮아요. 솔직히 말해서 평민 주제에 어쩌고 하는 말도 자꾸 들으니까 적응이 되나 봐요. 아무렇지도 않아요."

처음 로잘린느의 실체를 알았던 날을 떠올리며 엘레나가 씨익 웃었다. 그에 아드레이는 조용히 인상을 찌푸렸다.

"그래서 걱정이 된 거다."

어깨가 닿을 듯 가까운 곳에 앉은 그녀의 미소에 속이 상했다.

"그대는 힘들어도 이렇게 괜찮다고 말하면서 그냥 웃어 버릴 때가 많으니까."

그가 한 손을 뻗어 엘레나 눈 밑의 여린 살을 쓸었다. 마치 남들 눈에는 보이지 않는 그녀의 눈물을 훔쳐 내는 것처럼.

그의 손길이 닿음에 따라 엘레나의 속눈썹이 바르르 떨렸다. 오로지 자신만을 담고 있는 그의 깊은 눈에 시선을 어디에 둬야 할지 알 수 없었다.

"나, 나 그렇게 약한 사람 아니에요! 정말로 괜찮다고요."

괜히 그에게 심약한 사람으로 비쳐질까 싶어 엘레나는 얼른 말했다. 그러자 그가 희미하게 웃으며 고개를 끄덕였다.

"그래, 그대는 강한 사람이지. 하지만 언젠가 내게 말해 준 적이 있잖아. 지지대가 있으면 더욱 튼튼해질 수 있다고."

"그, 그건!"

엘레나도 물론 기억하고 있었다. 하지만 그건 아드레이의 어린 동생에 대해서 조언해 줬던 말이었다. 무럭무럭 자라나는 새싹 같은 어린이에게 해당하는.

이 남자는 나를 어린애로 보는 건가. 덩치는 작았지만 그래도 그녀는 어엿한 성인이었다. 엘레나의 얼굴이 불퉁해졌다.

아니나 다를까, 아드레이가 그녀의 머리를 쓰다듬기 시작했다.

"조금 전에 그 여자가 한 말은 하나도 맞는 게 없다. 그러니 다 잊어도 된다."

작고 동그란 머리를 쓰다듬는 손길이 여간 조심스러운 것이 아니었다. 마치 조금이라도 힘을 줬다가는 부서질 것처럼 대했다.

참 이상하게도 그것이 싫지 않았다. 어린아이 취급하지 말라고 버럭 화를 내야 하는데, 화가 나지 않았다. 오히려 가슴속에 꽁꽁 뭉쳐 있던 알 수 없는 무언가가 스르르 풀리는 느낌이었다.

"그대가 평민인 것을 알게 되었다고 해서 무시하고 폄하하는 이들은 신경 쓰지 마라. 세상에 나면서 거저 주어진 신분 이상의 가치를 모르는 아둔한 자들이고, 제 특권을 빼앗길까 두려워하는 겁쟁이들일 뿐이다."

다정한 말이었다. 너는 잘못한 것이 없어. 저들이 나빠. 가만히 듣고 있는 그녀의 낯이 붉어질 정도로 편을 들어 주는 말이었다. 그리고 그 한 마디 한 마디에서 그녀는 지금 아드레이가 자신을 달래 주려 매우 노력한다는 것을 알 수 있었다.

"……고마워요, 레이."

태어나 지금까지 이렇게 맹목적으로 나만을 위한 말을 해 주는 사람이 있었나.

"왠지 내 편이 생긴 것 같아서 든든하네요."

마음이 이상했다. 가슴 안쪽 깊숙한 곳이 간질거리는 묘한 기분이었다.

"만약 조금 전과 같이 누군가가 그대를 괴롭히는 일이 또 있으면 내게 말해라. 나는 덩치가 크니 내가 대신 혼쭐을 내 주지."

그 익살스러운 말에 엘레나는 결국 웃음이 터졌다. '덩치가 큰' 아드레이를 앞세우고 그 뒤에 서서 으스대는 자신을 상상하니 너무나 우스웠다. 결국 '푸하하!' 하고 크게 소리 내어 웃었다.

"이제 조금 기분이 나아졌나?"

"레이 덕분에요. 그리고 참 다행인 일이잖아요. 궁에서 나가지 않아도 된다니."

차라리 후련했다. 마음속에 있던 짐을 모두 훌훌 털어 버린 듯한 기분이었다.

"내가 얼마나 걱정했게요. 신전으로 돌아가게 되면 공작 전하도 못 보고 또……."

점점 작아지는 목소리로 그녀가 덧붙였다.

"그리고 레이도 더 이상 만나지 못하게 될까 봐서요."

그녀는 그가 자신의 얼굴을 볼 수 없도록 옆으로 돌렸지만, 귀가 붉어 소용없었다.

"흠흠, 아무튼 이제 새벽의 궁에 쭉 있을 수 있어요!"

엘레나는 앉아 있던 자리에서 번쩍 일어났다. 도톰하게 깔린 낙엽이 마치 양탄자라도 된 듯 푹신푹신했다.

그녀는 두 사람이 앉아 있던 곳에서 조금 떨어진 곳에 우뚝 섰다. 그리고 잠시 몸을 웅크리는가 싶더니 땅에 있던 낙엽을 모아 하늘 높이 뿌렸다.

"아, 예쁘다!"

훨훨 떨어져 내리는 낙엽 비를 올려다보며 엘레나가 소리쳤다. 햇살 아래 개개의 낙엽이 저마다의 색을 뽐내는 광경이 눈부셨다.

"그래, 아름답군."

그런 그의 낮은 목소리를 들은 엘레나의 미소가 한층 더 짙어졌다.

"그죠! 이것 봐 봐요!"

그녀가 낙엽을 한층 더 높이 던졌다. 공중을 유영하듯 떨어지는 낙엽 속에서 아름다운 여인이 그를 보고 웃었다.

이 작은 여인이 언제나 웃었으면. 자신의 세상을 온통 뒤흔들어 놓은 이 미소를 언제까지나 볼 수 있다면. 가만히 눈에 담고 있자면 다른 사람까지 절로 웃음 짓게 하는 그녀가 미치도록 사랑스러웠다.

"이리 와서 같이 해요!"

초대를 받은 그가 느릿하게 일어섰다. 사박사박, 그녀가 걸었던 길을 걸었다.

그러나 순식간에 가까워질 것 같던 두 사람의 거리는 어느 순간 더 이상 좁혀지지 않았다.

"거기서 뭐 해요! 어서 이쪽으로 와 보라니까요!"

엘레나가 갑자기 멈춰 선 아드레이를 보며 손짓했다. 그러나 그는 뒷짐을 진 채로 서서 그녀를 바라보기만 했다.

욕심이다.

아드레이는 스스로에게 그렇게 경고했다. 지금 이 순간 그녀를 덥석 품에 안고 싶은 것도, 그녀의 입술을 마음껏 머금고 싶은 것도 모두 욕심이었다. 치솟는 감정을 억누르려 그가 턱을 세게 다물었다.

이 반짝반짝한 여인에게 황궁은 감옥이 될 것이다. 세상에 당당히 두 발을 딛고 서서 스스로의 힘으로 빛을 내는 엘레나에게 황후로서의 삶은 독이 될지도 몰랐다.

그가 진정으로 엘레나를 위한다면, 이대로 돌아서는 것이 맞았다.

이 아름다운 여인이 계속해서 자유로이 살아갈 수 있도록.

그것을 너무나도 잘 알기에 아드레이는 그동안 몇 번이고 자신의 이기심에 제동을 걸어 왔다. 르니에와 메이나드가 거침없이 자신의 연심을 고백하는 동안, 그는 망설이고 또 망설였다. 그녀를 향한 마음을 억눌렀다. 하지만.

“왜 그래요? 무슨 일 있어요?”

그대로 동상이 되어 버린 듯 미동 없이 바라보기만 하는 아드레이의 행동에 엘레나는 고개를 갸웃했다. 그 말간 얼굴에 그는 이를 악물었다. 엘레나는 마치 그가 자신의 편이 되어 주는 것 같다며 좋아했지만, 실상은 그 반대일지도 몰랐다.

내 편을 갈구하고 있는 것은 그녀가 아니었다. 아드레이 자신이었다. 이 외롭고 적막한 황궁에 내 편을 두고 싶다. 그게 저라는 사내의 민낯이었다.

이 여인을 내 사람으로, 내 것으로, 내 소유로. 그래서 그녀가 자신만을 바라보며 평생 미소를 지어 주었으면 하는 치졸한 바람으로.

“레이?”

그녀가 그의 이름을 불렀다. 더 이상 누구도 입에 담지 않는 이름을 불러 주었다. 오직 그녀에게만 허락된 이름이었다. 아드레이는 결국 가슴을 터뜨릴 듯한 감정을 놓아 버리며 생각했다.

나는 언제고 오늘의 이 선택을 후회하게 될 것인가.

“엘레나.”

그는 더 이상 마음 한구석의 상념을 듣지 않기로 했다. 대신 그토록 전하고 싶었던 말을 하기 위해 목소리를 내었다.

“내가 감히 그대를 마음에 품었다.”

그 말에 반응하듯 엘레나의 눈이 한 차례 느리게 깜박였다.

"그대를 은애한다."

여전히 낙엽이 떨어져 내리는 가운데, 그녀는 우뚝 멈췄다.

"지금 뭐라고……."

대답 대신 아드레이는 그녀에게 다가갔다. 그리고 손 뻗으면 닿을 만한 곳, 꼭 그만큼의 거리를 두고 다시 멈춰 섰다.

"이미 그대도 알고 있겠지."

후웅 하고 바람이 불자 작은 낙엽 비가 내렸다.

"내가 그대를 깊이 사랑하고 있다는 걸."

사랑. 엘레나의 얼굴에 고운 단풍 물이 들었다.

그의 말이 맞았다. 문득문득 느껴지는 그의 깊은 시선이, 처음 만났던 날과는 너무나 다른 얼굴로 웃어 주는 그 미소가, 훔치듯 다가왔다 멀어지는 손길이 있었다. 그것들이 이 사람이 나에게 특별한 만큼, 나도 이 사람에게 특별한 존재가 되어 가고 있다는 것을 알려 주었다.

그래서 더욱 용기를 낼 수 있었다. 더 다가갈 수 있었다. 말하지 않아도 알 수 있었다. 그리고 지금, 그녀는 그가 조금만 더 다가와 주기를 바라고 있었다.

그런 마음을 읽은 것일까. 아드레이가 그녀에게로 손을 뻗었다.

그러나 애석하게도 그의 손끝은 그녀의 머리칼에서 노란 낙엽 하나를 떼어 내는 데 그쳤다. 바짝 마른 그것이 아드레이의 손안에서 바스러졌다.

"그대를 만나기 전, 내 모습이 이랬다."

생기 없이 건조한 하루하루의 연속일 뿐이었다.

"그리고 나는 그대도 이리 될까 겁이 난다. 나 때문에 그대가 낙엽이 될까 두렵다. 사랑을 고백하는 지금 이 순간에도."

그가 소복한 고엽枯葉 위에 자신의 마음을 고스란히 내놓았다. 사내의 자존심도, 은애하는 이의 앞에서 완전해 보이고 싶은 욕심도 없이.

잠시간 그의 눈을 들여다보던 엘레나는 마침 머리 위의 나무에서 떨어진 붉은 단풍잎을 하나 주워 들었다. 그리고 그를 향해 한 발짝 앞으로 다가갔다.

"이 단풍, 참 예쁘지 않나요?"

그 잎은 다른 것들보다 작아 마치 아기의 손바닥에 고운 빨간색 물감을 칠해 놓은 것같이 보였다.

"나는 봄에 새싹으로 태어나서 싱그러운 여름에 자라고, 가을에 완연해지는 이 낙엽이 참 사랑스럽다고 생각해요."

그는 과거의 자신을 부끄러워하는데, 그녀는 사랑스럽다고 한다.

"레이가 낙엽이라면, 나도 낙엽이 될게요."

아드레이는 경고하듯 말했다.

"나와 함께하면 힘이 들 거다."

"레이가 그런 나를 보면서 더 힘들어할 걸 알아요."

"더 이상 지금 같은 자유를 누리지 못할 수도 있어. 남을 위해 많은 것을 희생해야 할 수도 있어."

"그곳에 레이가 나와 함께한다면 상관없어요."

"내가 그대가 생각하는 사람이 아닐 수도 있다."

그녀의 황금색 눈이 조금의 의심도 없이 찬란하게 빛났다. 그녀가 말했다.

"지금 내 앞에 서 있는 당신에 대한 내 마음은 변치 않을 거예요."

바람에 긴 머리칼이 가볍게 날렸다. 그는 자기도 모르게 손을 다시 뻗었다. 손가락에 부드럽게 닿은 엘레나의 살결이 차가웠다.

"나를 허락해 주겠나?"

낮잠을 자며 꾼 꿈처럼 나른한, 가장 달콤한 말이었다.

"기다리고 있었어요."

그녀의 허락이 떨어지기가 무섭게 아드레이의 손이 허리를 단단히 감아 왔다. 그의 향기가 훅 끼쳤다. 그리고 그 끝에 입술이 느껴졌다. 그가 그녀의 얼굴을 두 손에 담뿍 담고 입을 맞춘 것이다.

가까이서 보이는 그의 얼굴이 그리웠다. 엘레나는 눈을 감았다.

온 세상이 깜깜한 와중에 다른 것들이 극대화되어 갔다. 그의 향기가, 그의 몸의 단단함이, 그리고 입술이 부딪치는 부끄러운 소리가 너무나 생생하게 전해졌다.

그는 성급하게 부딪쳐 왔다. 당장 모든 것을 앗아 갈 듯이. 당당한 침입자가 입 안을 가르고 들어왔다. 그리고 더 많은 것을 요구했다.

"으음."

그녀의 무릎이 한차례 휘청였다. 그러자 어느새 단단한 팔이 끼어들어 그녀를 지켰다. 이제 그녀는 완전히 그에게 둘러싸였다. 그는 그녀를 세상으로부터 지키고 있었다. 빈틈없이 전해져 오는 온기에 엘레나는 다시 한번 깨달아야 했다.

아아, 내가 이 남자를 정말로 좋아하고 있구나.

모든 것을 원하며 동시에 모든 것을 내주는 듯한 키스에 그녀는 아드레이의 목에 팔을 감았다. 그 바람에 순간 단단한 결합이 풀리며 밭은 숨이 새어 나왔다.

"하아."

하지만 그는 그것조차 용납하지 않겠다는 듯 그녀를 삼켰다. 물러섬 없이 몇 번이고, 몇 번이고. 그 폭풍 같은 접촉 속에서 엘레나는 어느새 자신의 몸을 완전히 그에게 맡기고 말았다.

한없이 계속될 것 같았던, 그러길 바랐던 입맞춤이 멈췄다. 다시 두 입술이 떨어지고 그 사이를 달뜬 숨소리가 채웠다.

그의 열기가 번져 붉게 물든 그녀의 두 볼과 입술에서 아드레이는 눈을 떼지 못했다. 다시 그 여린 살덩이를, 달콤한 숨을 삼키고 싶은 욕망을 억누르며 그가 낮은 목소리로 그녀를 불렀다.

"엘레나."

"……네?"

숨을 몰아쉬느라 정신이 없는 엘레나가 멍하니 되물었다.

"처음부터 그대였다."

아드레이는 사랑스러운 열기로 흐릿한 황금색 눈을 들여다보며 그녀의 손을 잡았다. 평소보다 더욱 자그마하게 느껴지는 그 손을 자신의 가슴 위로 올렸다.

두근두근, 빠른 박동이 그녀에게 전해지도록.

그것을 느낀 엘레나의 속눈썹이 바르르 떨렸다.

"처음부터 줄곧 그대였다. 다른 여자 따위는 존재하지 않았어. 처음부터 내 심장을 뛰게 하는 건 오로지 그대뿐이었다."

"처음……부터?"

"그래, 처음부터."

엘레나는 꿈을 꾸는 건가 싶었다. 사실 조금 전 키스를 하다가 기절해 버렸고, 이 모든 건 자신이 멋대로 꾸며 낸 상상일지도 모른다고 생각했다.

하지만 손바닥으로 여실히 전해지는 아드레이의 심장 박동은 그게 아니라는 말을 하고 있었다.

"그렇다면 그때 그 좋아하는 여인이 생겼다던 말은……."

처음으로 가슴의 욱신거림을 느꼈던 날을 떠올리며 엘레나가 물었다.

"설마 그대가 눈치채지 못할 줄은 몰랐지."

아드레이가 희미하게 웃으며 대답했다.

"짜, 짝사랑이라고……."

"그때는 그대가 날 좋아하기 전이었으니까."

"아아……."

엘레나는 두 손으로 얼굴을 가렸다. 불현듯 떠올랐다. 그녀에게 '혹시 아나, 주변에 그대를 좋아하는 사람이 있을지.'라고 하던, 은근한 기대감 서린 그의 얼굴이. 나는 그런 줄도 모르고.

그때 그의 손가락이 그녀의 턱 밑을 받쳐 자신을 보게 했다.

"엘레나."

그가 뭉근히 웃었다. 그래, 저 얼굴. 아드레이가 언제나 '좋아하는 그녀'에 대해서 말할 때면 짓곤 했던 바로 그 얼굴이었다.

"멍청이, 바보."

어떻게 지금까지 까맣게 몰랐을 수 있지. 눈치가 아무리 없어도 어떻게. 아드레이가 애쓴 보람도 없이 그녀가 다시 고개를 숙였다.

다음 순간, 엘레나가 고개를 들었다. 눈빛이 아까와 같지 않았다. 매서운 눈초리에 아드레이가 작게 움찔했다.

"왜 말 안 했어요."

"엘레나?"

음산함마저 느껴지는 목소리에 아드레이가 작게 그녀의 이름을 불렀다.

"왜 진작 사실대로 말하지 않았죠?"

"그건……."

아드레이도 할 말은 많았다. 그는 엘레나가 황후가 되었을 때를 생각해야 했다. 그녀는 자유를 비롯해서 많은 것을 잃게 될 것이고, 그것이 과연 엘레나를 위한 일인가 고민이 깊었다.

그녀는 그의 진짜 정체도 모르고 있다. 그렇다고 당장에 신분을 밝히고 자신의 마음을 고백하자니, 후작 부인도 백작 부인도 싫다며 고개를 휘젓던 얼굴이 발을 걸었다. 귀족들의 답답한 예법과 생활 방식이 끔찍하다며 진저리 치는 그녀를 보면 용기를 잃었다.

아드레이가 시원하게 대답하지 않고 묵묵히 입만 다물고 있자, 엘레나는 동그랗게 손을 말아 쥐었다. 그리고 힘껏 들어 올렸다. 당장이라도 그를 향해 힘껏 주먹을 날릴 것 같았다.

툭. 하지만 기세 좋게 위로 향했던 주먹은 맥없이 그의 가슴에 내려앉았다.

"그것도 모르고 내가 얼마나……."

커다란 황금색 두 눈에 그에 대한 원망이 가득했다. 아드레이는 다정히 웃었다. 그리고 한 손에 그녀의 주먹을 담았다.

하얗고 보드라운 그녀의 손등을 매만지던 아드레이는 그 위에 입술을 내렸다. 조금 전 나눴던 진한 키스와는 비교도 되지 않는 정중한 입맞춤이었지만, 그에 담긴 애정에 엘레나의 얼굴이 붉어졌다.

"미안하다. 용기가 없었던 내 탓이다."

이렇게 멋진 얼굴로 인정해 버리면, 화도 못 내잖아.

"……반칙이야."

그녀의 화가 누그러지는 것을 알아챈 아드레이는 조용히 입매를 늘이며 그녀의 머리를 끌어당겨 이마에 입을 맞췄다. 온전한 애정이 느껴지는 그 행위에 엘레나는 가슴이 찌르르 울렸다.

큰일이다. 그렇게 생각하며 아랫입술을 깨물었다. 이런 사소한 행동 하나하나에도 그에 대한 감정이 걷잡을 수 없이 커졌다. 말도 안

되게 빠르고 즉각적인 현상에 겁이 났다. 그녀가 본능적으로 반걸음 뒤로 물러서려 했다.

"이, 이번에만 봐주는 줄 알…… 어라?"

엘레나는 턱 하고 등에 뭐가 닿자 놀랐다. 곁눈으로 돌아보니 두터운 나무가 있었다. 어느새 그녀는 나무에 등을 기대고 서 있었다. 영락없이 그와 나무 사이에 갇힌 꼴이었다.

설마 의도한 건가? 그런 의문을 가지기가 무섭게, 아드레이가 나무 위쪽을 손으로 짚으며 가까이 다가왔다. 점점 가까워지는 그의 얼굴에 엘레나는 침을 꼴깍 삼켰다.

조금 전, 벼락같이 시작된 키스에선 볼 수 없었던 것들이 보였다. 예를 들면 그의 입가에 희미하게 매달린 미소나 점점 깊어지는 그의 눈빛 같은 것들이었다. 그것은 미세하고 은근했지만 동시에 너무나 치명적이었다.

게다가 그는 지금 그녀에게 여유를 주고 있었다. 마음의 준비를 할 여유, 그리고 가슴 졸일 여유를.

가까이서 보는 그의 얼굴은 평소보다 더 비현실적이었다. 벌써부터 무릎에 힘이 빠지는 것 같았다.

그렇게 그의 숨결이 느껴질 만큼 가까워졌을 때, 그가 우뚝 멈췄다. 곧 그의 입술이 느껴지기를 기대하고 있던 엘레나는 영문을 모르겠어서 살며시 눈을 떴다. 아드레이는 마침 두 사람의 머리 위로 떨어지는 낙엽 하나를 바라보고 있었다.

한참 분위기 잡다가 도대체 뭘 하는 거지? 엘레나가 의아해할 때였다. 춤추듯 떨어지는 그 낙엽을 낚아채 손가락 사이에 끼운 그가 그것에 입을 맞췄다. 그리고 특별할 것도 없는 잎사귀 하나를 가슴 안쪽 주머니에 조심스레 넣었다.

"이제 내 것이니 소중히 간직해야겠지."

"내, 내 것이라니……."

엘레나의 얼굴이 금방이라도 펑 하고 터질 듯 붉게 달아올랐다.

"그대는 내 것이다. 이제 어디에도 보내지 않아."

강렬한 소유욕을 조금도 숨기지 않고 그가 선언했다. 그에 지지 않고 엘레나가 맞받아쳤다.

"바라던 바거든요."

그 말이 떨어지기가 무섭게 그가 파도처럼 그녀를 덮쳤다. 한동안 헤어 나올 수 없는 긴 해일 같은 파도였다.

아발론 귀족원 장로회의 날이 되었다. 평소 한적하던 귀족원 건물은 높은 분들을 모시고 온 마차와 하인들로 붐볐다.

그런 귀족원의 중추에 위치한 대회의실의 분위기는 사뭇 평온했다. 시끌벅적하고 부산한 밖과는 달리, 차나 마시며 대화를 나누는 회의 참석자들의 모습은 퍽 여유로웠다.

"오늘따라 차향이 좋군."

가장 상석에 앉아 있던 타른 후작이 말했다.

"그렇군요."

그 오른쪽에 앉은 후작의 남동생, 제프리 추기경이 대답했다.

본래 각 가문에서 한 사람의 대표만 참석하는 것이 원칙이었으나 타른 후작가는 조금 상황이 달랐다. 제프리 추기경은 라한교에 소속된 귀족들을 대표해 장로회의에 참석하는 인물이었다. 그런고로 장로회의에서의 타른가의 영향력은 전무후무한 실정이었다.

"자, 그럼 오늘 회의를 시작하겠소."

의장인 타른 후작이 그렇게 말하자 좌중의 귀족들이 고개를 끄덕이며 동의를 표했다.

귀족원의 회의는 궁에서 벌어지는 정책회의와는 사뭇 달랐다. 모두들 이해관계가 대동소이하므로 목에 핏대를 세우고 소리를 치는 일은 벌어지지 않았다. 으레 있을 법한 이해의 충돌도 잘 있지 않았다. 오랜 세월 동안 서로 얽히고설킨 가문들이라 자연스레 공존하는 법을 깨우친 것이다.

오늘의 회의도 마찬가지였다. 의장이 준비된 안건을 차례대로 제시하면 모두들 한두 마디씩 하고는 언제나 해 왔던 방식에 따라 일을 처리했다.

"세 번째 안건은……."

타른 후작이 눈썹을 찡그리며 혀를 찼다. 고작 지방 남작가의 여식 하나가 올린 서신이 안건으로 채택되다니.

"새벽의 궁에서 작은 소란이 있었다던데, 그 일에 관한 것이 아니겠소?"

폰타넬 백작이 긴 수염을 갈무리하며 넌지시 물었다. 폰타넬 백작이 베르너 공의 사람인 것은 모두가 알았다. 그러니 의장인 타른 후작도 그의 의견을 무시할 수만은 없었다.

"그 건에 관해서는 우리 라한교에서……."

회의 내내 별말을 하지 않고 침묵하던 제프리 추기경이 반박하며 나섰을 때였다. 굳건히 닫혀 있던 대회의실 문이 벌컥 열린 것은.

"감히 누가……!"

불쾌감에 호통을 치려던 타른 후작은 문을 박차고 들어온 인물을 알아보곤 말을 멈췄다. 그러고는 짧은 헛기침을 한 뒤에 폭풍처럼 걸어 들어오는 자를 향해 인사했다.

"윈터힐 백작."

"타른 후작, 오랜만이오."

두 사람이 같은 공간에 있게 된 것은 실로 오랜만이었다. 마지막으로 마주했을 때, 한 사람은 막 작위를 계승한 젊은 백작이었고 한 사람은 아직 후작가의 후계자였다.

20년 만의 칩거를 깨고 나온 윈터힐 백작은 젊은 날의 모습 그대로였다. 아니, 더욱 커 보였다. 세월에 깎여 나간 젊음의 자리를 말로 형용할 수 없는 위압감이 대신한 모습이었다.

"여긴 어쩐 일이시오."

시종의 도움도 없이 직접 의자를 끌어다 앉는 윈터힐 백작을 보며 타른 후작이 물었다.

"그동안 개인적인 사정으로 장로회의 구성원으로서 의무를 행하지 못하였으니, 이제라도 그 의무를 다하러 왔소."

"크흠."

"나에게는 회의의 통지가 오지 않아 조금 늦었소만, 부디 양해 바라겠소."

타른 후작은 윈터힐 백작이 어깨에 두른 은빛 짐승 가죽을 잠시 못마땅하게 바라보다가 마지못해 고개를 끄덕였다.

"자, 그럼 회의를 속행하겠소. 폰타넬 백작."

"음? 아아, 그, 그렇지."

체면도 잊은 채 멍하니 입을 벌리고 윈터힐 백작의 모습을 보고 있던 폰타넬 백작이 그제야 정신을 차렸다. 비교적 어린 축에 속하는 폰타넬 백작은 지금까지 말로만 들었던 윈터힐 백작을 처음 본 것에 당황해 몇 마디 더 허우적대다가 겨우 말을 이었다.

"새벽의 궁에서의 일 말이오. 내가 보기엔 이대로 좌시해서는 아니 될 것 같소."

"좌시하지 않는다면 어쩌겠단 말이오?"

제프리 추기경이 날카롭게 되물었다. 그 바람에 윈터힐 백작의 눈이 추기경에게 향했고, 두 사람의 시선이 잠시간 어지럽게 얽혔다.

"아무래도 그 평민 신관을 교사 자리에서 해직하는 것이 라한교의 입장에서도 좋지 않겠소?"

하지만 제프리 추기경은 어림없다는 듯 코웃음을 쳤다.

"교의 입장은 다르오. 지금까지 엘레나 신관은 라한교의 신관으로서 리바이 공작의 신학 교육 업무를 우수하게 수행해 왔소. 그것은 아발론의, 아니 제국 사람이라면 모두 알고 있을 것이오."

"그, 그렇기는 하지만……."

"하지만 그렇다고 해서 평민이 공작을 가르치는 이 얼토당토않은 상황을 방치할 수는 없소."

평소 폰타넬 백작과 가까운 콘티보 자작이 거들었다. 그러나 콘티보 자작에게는 잘 알려진 단점이 하나 있었다.

"애초에 평민 신관을 리바이 공작 전하의 신학 교사로 추천한 라한교도 그 책임을 져야 할 것이오."

바로 멈춰야 할 적당한 때를 몰라 과도한 의견을 펼치는 경향이 있다는 것이었다.

쾅!

"감히…… 라한교에 책임을 묻겠다?"

이런. 한 손으로 테이블을 내리치며 활활 불타고 있는 동생의 눈을 본 타른 후작이 이마를 짚었다.

명석하고 유능하고 언제나 이성적인 제프리 폰 타른의 역린은 바로 라한교였다. 교황과 라한교를 건드리는 순간 그는 돌변하고는 했다.

"내, 내 말은 굳이 그런 뜻이 아니라……."

그 기세에 눌린 콘티보 자작은 얼른 말을 회수했지만 이미 때는 늦었다. 베르너 공께서 이 안건이 테이블 위에 오르도록 몇 마디 보태라고 하셨기에 그리하였다. 하지만 전언은 그것이 전부였으니 이쯤 뒤로 물러나도 될 것 같았다.

"라, 라한교의 입장이 그리 확고하다면 어쩔 수 없……."

"어찌하여 하나만 알고 둘은 모르시오들."

차가운 목소리가 끼어들었다. 윈터힐 백작이었다.

"교황 성하께서 대신전인 아발론 신전 대신 황궁에서 머무르시는 이유가 무엇이오. 바로 위급한 상황이 오면 폐하의 안위를 지킬 수 있도록 함이 아니오."

"그렇기는 하지만."

폰타넬 백작이 부언하려고 했지만, 윈터힐 백작은 한 손을 들어 보이는 것으로 막았다. 자신의 발언이 아직 끝나지 않았다는 뜻이었다. 마치 아랫사람을 대하는 듯한 태도에 폰타넬 백작은 울컥했지만, 항변할 도리가 없었다.

"처음부터 엘레나 신관이 평민이란 사실을 알았던 라한교에서 굳이 그녀를 공작 전하의 신학 교사로 입궁시킨 것은 그런 이유에서였겠지. 그녀의 월등한 신성력이 현재 유일한 황위 계승자이신 리바이 공작 전하의 신변을 지킬 수 있게끔 말이오."

자연스레 좌중의 시선이 제프리 추기경에게 향했다. 처음부터 의도한 것이냐는 물음이었다.

"……그렇소. 또한 엘레나 신관은 중급 신관이므로 황궁에 출입할 수 있는 자격을 갖추고 있었소."

추기경의 대답에 열 명 남짓한 장로회의 구성원들이 고개를 끄덕였다. 그렇다면야. 설사 반대 의견이 있다고 하더라도 저 타른과 윈터힐을 어찌 이긴단 말인가. 다들 잠자코 눈알만 굴렸다.

"하나 고작 평민이 가진 신성력이 얼마나 된다고! 애초에 그 신관에 대한 소문은 과장된 것이 틀림없소! 고작해야 포션이나 만들어내는 정도겠지."

신성력이란 모름지기 피에서 피로 전해지는 것. 현 교황이 대대로 많은 고위 신관과 교황을 배출한 유서 깊은 귀족 가문 출신이라는 것만 봐도 알 수 있었다.

그렇게 이죽거리던 폰타넬 백작은 테이블을 가로지른 싸늘한 대답에 입을 다물어야 했다.

"죽었어야 할 내가 이리 살아 있소만, 지금 엘레나 신관의 신성력을 의심하는 것이오?"

윈터힐 백작이 닭살이 오소소 돋아날 만큼 섬뜩한 기운을 뿜어냈다. 그제야 폰타넬 백작은 아차 싶었다.

귀족파의 대명사인 윈터힐 백작이 어찌하여 평민 신관을 저리 감싸고도는가 싶더라니, 백작은 그 평민 신관에게 목숨을 구명받은 처지였다. 소문에 직접 새벽의 궁까지 찾아가 은인으로 모셨다더니 그 말이 참말인 모양이었다. 그렇게까지 한 이상 이제 그 평민 신관의 불명예는 윈터힐의 불명예나 다름없었다.

타른과 윈터힐이라니. 한 번에 상대하기엔 버거워도 너무 버거웠다. 일이 어렵게 되었군. 그렇게 판단한 폰타넬 백작도 여기서 물러나기로 결정하고 입을 다시며 고개를 끄덕였다. 승복의 의미였다.

벌컥.

"또 뭔가?"

또다시 회의실 문이 열렸다. 두 번이나 회의가 중단되자 화가 난 타른 후작이 얼굴을 구겼다. 하지만 그것도 잠시, 후작을 비롯한 귀족들 모두가 자리에서 벌떡 일어나야 했다.

"제국의 태양, 황제 폐하의 명이오."

바크란 1세의 것이 분명한 서신을 두 손으로 받들고 걸어 들어온 시종장 휴고를 모두 얌전히 바라봤다. 황제의 늦이 남긴 서간은 황제의 분신이나 마찬가지였다.

시종장 휴고가 크고 명확한 발음으로 서간을 읽었다.

"리바이 공작의 신학 교사에 대한 소요는 짐도 익히 알고 있는 바다. 이에 리바이 공작의 의사를 물었는데, 중급 신관 엘레나가 아니면 신학 수업을 거부하겠다는 뜻이 확고하다. 이에 나 바크란 1세는 중급 신관 엘레나에 대한 해임 요구를 일절 수용하지 않을 것을 알린다. 그러니 경들은 귀중한 시간을 더 이상 낭비하는 일 없이 제국의 발전을 위해서 쓰도록 하라. 이는 황명이다."

한마디로 자르라고 해도 자르지 않을 것이니 쓸데없는 데에 힘 빼지 말라는 소리였다. 당혹감을 감추지 못하던 사람들은 시종장이 크흠 하고 못마땅해하자 그제야 입을 모았다.

"……명을 받들겠습니다."

그제야 만족스레 고개를 끄덕인 시종장 휴고는 그대로 몸을 돌려 나갔다. 회의실이 매우 조용해졌다.

"잠시 휴정하도록 하겠소."

모두들 혼란스러웠다. 겨우 평민 신관 하나 때문에 폐하께서 친히 황명을 내리시다니. 전대미문의 일이었다. 도대체 이 신관이 무엇이길래.

그중에서도 제프리 추기경과 윈터힐 백작의 고민은 깊었다. 하나

둘 자리를 뜨는 사람들 속에서 두 사람만은 자리를 지키고 앉아 생각에 몰두했다.

'어째서 황제가 엘레나의 일에 관여를 하는가.'

단순히 남동생인 리바이 공작에 대한 지극한 애정의 산물이라고도 볼 수 있겠지만, 개운치 않았다. 분명히 뭔가가 더 있다. 두 사람의 본능이 그리 말하고 있었다.

"아이고, 후작 각하."

르니에는 자신 앞에서 연신 굽신거리는 중년의 남자 때문에 치밀어 오르는 짜증을 겨우 감췄다. 비대한 몸으로 술 냄새를 풀풀 풍기는 이 비루한 남자를 당장 자신의 집에서 쫓아낼 수 없다는 사실이 슬프기까지 했다.

"프란시스 남작, 편히 머물고 있소?"

"예, 그러믄요. 각하께서 워낙 신경을 써 주신 덕에 아주 편안히 머물고 있습니다."

솔직히 말하자면 르니에는 여태까지 이자가 자신의 집에 머물고 있다는 사실도 알지 못했지만, 편안하다는 말은 사실인지 프란시스 남작의 얼굴에는 개기름이 흘렀다.

"영지에는 언제쯤 돌아갈 생각이오?"

"예? 그, 그것이……"

"집사에게 돌아가는 마차에 남작이 좋아하는 와인을 몇 통 실어 놓으라 일러두겠소."

축객령을 듣는 줄 알고 어쩔 줄 모르던 프란시스 남작은 술 이야기가 나오자 얼굴에 금세 화색이 돌며 기뻐했다.

"아이쿠, 은혜가 하늘과 같습니다. 한데 아직은 잘 모르겠습니다. 베르너 공께서 매우 다망하시어 제대로 된 이야기를 나누어 보지 못하여서……."

르니에도 자신과 로잘린느 사이에 혼담이 오간다는 소문은 익히 알았다. 그는 그게 매우 불쾌했다. 불쾌한 만큼 르니에의 아름다운 미소는 더욱 짙어져 갔다.

"그렇소. 아버님께서 바쁜 분이시기는 하지."

베르너 공은 요즘 서재에서 한가로이 책을 읽고 아발론 주변을 유람하곤 했다. 하지만 그런 유유자적한 시간이 겨우 이자를 만나는 시간보다 더욱 귀중하고 우선된다는 것은 이해할 수 있었다.

"그럼 편히 쉬시오. 나도 이만 업무가 있어서."

또다시 머리가 땅에 닿도록 굽신거리는 남작을 뒤로하고 르니에가 향한 곳은 저택의 서재였다. 그가 준비했던 방이 마음에 들지 않은 것인지 베르너 공은 서재에 머물며 그곳으로 사람들을 불러들이곤 했다.

문 앞에 도착한 르니에가 막 노크를 하려고 할 때였다. 살짝 열린 문틈 사이로 말소리가 흘러나온 것은.

"서쪽 체인 산맥 주둔지에 두 번째 물자가 도착했습니다. 검 3천, 창 4천, 기마병을 위한 방패 5천입니다. 그쪽에서 알려 온 바로는 세 번째는 이번 물자의 배가 넘는 규모가 될 것이라 합니다."

르니에의 고운 미간에 주름이 갔다. 체인 산맥은 로이드령과 베르너령을 나누는 높고 험한 산맥이었다. 그리고 로이드령은 황제 직할령의 서쪽에 위치한 영지였다. 그곳에 주둔지가 있다? 베르너가의 가주인 자신이 몰라서는 안 되는 일이었다.

"나머지는 어떻지?"

부친의 목소리였다.

"세콰이어 쪽에선 정해진 할당량이 너무 많다는 불평이 나오고 있으나 별 무리 없이 채울 것으로 보입니다. 다만 베랑이 조금 문제인데……."

보고를 하던 남자가 잠시 머뭇거렸다. 르니에는 귀를 문틈에 가까이 가져다 대었다.

"거사 후 자신을 백작이 아닌 후작으로 승작시켜 주길 요구하고 있습니다."

"이제 와서 골치 아프게 하는군."

"케인즈의 흉작으로 베랑이 더 많은 군량을 차출한 것을 들어 떼를 쓰는 듯합니다."

"버러지 같은 것들."

베르너 공의 목소리에 조소가 섞여 있었다.

"내가 황제가 되면 제국의 고혈을 빨아먹는 그 버러지들부터 없애겠다."

황제, 거사. 문 너머에서 대화의 실체가 드러나고 있었다.

"옳은 결정이십니다, 폐하."

그것은 반역이었다.

25장

25장

문이 제대로 닫혀 있지 않은 줄도 모르고 서재 안쪽에서 대화는 계속 이어졌다. 대체로 보고를 하는 남자가 이곳저곳에서 가져온 소식을 읊으면 베르너 공이 그것에 대해서 답변을 하거나 추가적인 명령을 내리는 형식이었다.

"베랑을 따르는 가문이 어찌 되지?"

"현재로선 가신인 네 가문이 가장 골치입니다. 재스퍼, 아반텔, 블랑크 그리고 마일로가 있습니다."

"그래, 정말 골치 아프군."

"베랑은 대대로 협곡 사이의 요새 같은 너른 평야에서 나온 곡식을 가신들의 상단을 통해 제국 전역에 팔아 이윤을 남겨 온 집안 아니겠습니까. 그들의 요구를 무시하시면 추후 어떤 반향이 있을지 우려됩니다."

남자의 첨언에 베르너 공이 쿵 하고 책상을 내리치는 듯한 소리가 울렸다.

"잇속만 챙기기에 급급한 것들. 더러운 장사치의 피는 속이지 못하는군."

"……."

"베랑을 비롯해 다른 가문들을 한 손에 틀어쥘 수 있을 만한 정보를 모아 오도록. 그들의 약점을 내 앞에 가져와."

"예, 알겠습니다. 한 가지 더 말씀드릴 것은……."

편하게 대화를 주고받던 두 사람이 자리에서 벌떡 일어났다. 제대로 닫힌 줄로만 알았던 문이 소리 없이 밀려나며 한 인영이 들어온 것이다.

"여기 계셨군요, 아버지."

꽃같이 아름다운 미소를 지으며 서재에 들어선 르니에는 베르너 공 앞에 서 있는 한 남자를 바라보며 인사를 건네었다.

"오랜만이군, 퍼킨스 상단주."

놀라서 딱딱하게 굳은 얼굴로 자신을 바라보는 중년 남자를 응시하며 르니에는 내심 고개를 끄덕였다. 그래, 상단이라면 가능하겠지. 사람들의 의심을 사지 않고 제국 이곳저곳을 돌아다니며 세력들 간의 이음새 역할을 했으리라.

마나 통신석石을 이용하는 원거리 대화 방식은 황실 소속 마법사들의 감시 대상이므로 사용할 수 없었을 것이다. 그러니 전서구나 전령을 사용했겠지만, 결국 가장 중요한 정보들은 이렇게 사람이 직접 나를 수밖에 없다.

르니에는 수고가 많다는 의미로 퍼킨스 상단주의 어깨를 한 손으로 툭툭 털어 주며 말했다.

"문단속을 조금 더 철저히 하셔야겠습니다, 아버지."

마치 걱정해 주는 듯한 다정한 말투였다.

"……나가 봐."

베르너 공의 명령에 퍼킨스 상단주는 한 번 허리를 깊이 숙였다 들고는 허둥지둥 꽁지를 뺐다. 여유롭게 그 뒷모습을 지켜보는 르니에의 귀에 베르너 공의 목소리가 꽂혀 들었다.

"언제부터 알고 있었느냐."

짐짓 차분한 척 유리잔에 술을 따르고 있었지만, 그 말끝의 시퍼런 날은 감추지 못한 기색이었다.

"무엇을요?"

르니에가 웃으며 반문했다.

"모르는 척하지 마라."

황금빛 액체를 삼키는 두 눈에 르니에를 향한 경계심이 역력했다. 어찌 보아도 아버지가 아들에게 보일 눈빛은 아니었다.

"끝까지 모르는 척해 드리려고 했는데. 그렇게 보시면 아들이 몸 둘 바를 모르겠잖습니까."

결국 웃으며 긍정하는 아들의 모습에 베르너 공의 눈꼬리가 파르르 떨렸다.

"설마 정말로 제가 모르고 있을 것이라고 생각하셨습니까?"

르니에는 고개를 절레절레 저었다.

"베르너 상단을 이용해서 윈터힐로 대량의 곡식을 넘기고, 베랑과 세콰이어의 세율이 올라간 것을 의심하는 황제 측의 경계를 잠재운 게 누구라고 생각하셨습니까, 아버지."

바크란 1세가 그를 의심하지 않기에 가능했던 일이었다. 황제는 서부의 귀족들이 윈터힐과 손을 잡고 작당하고 있는 것은 알았지만, 자신의 핏줄인 베르너가가 그 중심에 있다고는 생각하지 못했다.

바크란 1세다운 순진한 생각이었다. 믿는 이에게는 한없이 깊은 신뢰를 보이는 그 한결같은 성격 탓이었다.

"아버지께서 제게 말씀하셨던 '가뭄에 고통받는 영지민들을 위한 구휼'이란 변명을 저도 믿을 거라고 생각하신 건 아닐 텐데요."

상단 사업을 추진할 때, 베르너 공이 르니에에게 내놓았던 설명이었다. 황제를 비롯한 대신들은 그 말을 믿었지만, 르니에는 그 자리에서 웃음을 참느라 혼이 났다.

엄청난 일을 도모하면서 너무나 허술한 변명을 늘어놓는 아버지나, 그런 허술한 변명을 믿어 버리는 대신들이 웃겼다. 마치 한 편의 조잡한 연극을 보는 것 같았다.

"이래 봬도 베르너가의 가주는 저입니다. 아무리 이곳 아발론에 저를 허수아비로 세워 두고 영지로 돌아가 일을 꾸미셔도, 결국 다 제게 들어오게 되어 있죠."

베르너 공은 턱 근육을 딱딱하게 굳혔다.

"조금 섭섭합니다, 아버지. 정말로 제가 까맣게 모르고 있었다면 언제쯤 말씀해 주실 생각이셨습니까?"

방긋 미소 지었던 르니에의 얼굴이 점점 식어 갔다. 말을 마칠 때엔 이미 무표정한 얼굴이었다.

"이 거사는 오래전부터 준비해 온 것이다. 아들이라는 이유만으로 섣불리 포함시켰다가 일을 그르칠 수는 없지."

아들이라는 이유만으로. 르니에는 그 말에 비뚤게 웃었다.

"손가락 하나 까딱하지 않아도 가만히만 있으면 왕좌가 제 앞에 굴러 들어온다는데, 함부로 입을 놀릴 이유가 없죠. 아, 물론 아버지가 먼저 앉으시겠지만 말입니다."

순간 시퍼렇게 적의를 불태우는 베르너 공의 기세에 르니에가 어깨를 으쓱했다.

"아버지의 계획은 꽤나 성공률이 높습니다. 윈터힐을 끌어들여 병력과 무기를 충당하시다니."

대대로 부귀와 영화를 누려 온 서부와 남부의 귀족들의 치명적인 단점은 바로 군사력이었다.

기후가 온화한 곡창지대이다 보니 영지민이 아이를 많이 낳아 인구는 많았지만, 그것들은 통통하게 살찌운 돼지와 다를 것이 없었다. 손에 쥐어 본 것이라곤 농기구가 전부요, 제국 동부가 전화에 휩싸일 때에도 그 전쟁의 여파가 비껴간 곳이었으니 그들은 심약하기 그지없었다.

그에 비해 북부의 윈터힐은 검을 쥘 수 있을 만한 나이의 영지민 하나하나가 모두 전사나 다름없었다. 척박하고 잔인한 환경에서 살아남은 이들은 분열하지 않고 똘똘 뭉칠 줄 알았으며 신체적 조건도 월등했다. 이런 이들을 한 배에 태움으로써 서남부 귀족 세력은 유일한 약점을 보완했다.

"저라면 조금 다른 방법을 썼겠지만, 아버지의 방식은 타당하고 합리적입니다. 그러니 저는 이번 거사가 성공할 것이라 생각합니다. 조금만 더 주의를 기울이시면 말입니다."

"그게 무슨 말이냐?"

베르너 공이 불쾌하게 쏘아붙였다.

"말을 듣자 하니 결속력에 조금 문제가 있어 보입니다만."

강력한 통솔력의 부재. 믿고 따를 수 있는 지도자를 원하는 귀족들에게 베르너 공은 조금 역부족이었다. 이해관계가 맞아 함께 움직이고 있지만, 그들은 각자의 이익을 가장 우선시 하는 가문들의 연합에 가까웠다. 그것은 베르너 공의 고질적인 고민이었다.

"여기까지 온 이상 이제 와 문제될 일은 없다."

정곡을 찔린 베르너 공은 술을 한 모금 빠르게 삼키며 표정을 숨겼다. 동시에 스스로를 위안했다. 이미 오래전 한 배를 탄 상황. 내가 빠지면 저들도 빠진다. 그들은 그것을 잘 아는 자들이니 크게 신경 쓸 일이 아니다, 그렇게.

"그렇습니까."

르니에는 그런 아버지를 측은하게 바라보았다. 어린 시절, 언세나 두려움의 대상이었던 부친은 더 이상 그에게 아무런 위협이 되지 못했다. 아니, 빈틈이 너무 많아 어딜 공략해야 할지 곤란할 정도였다. 이것이 자신이 자란 탓인지, 아버지가 허술해진 탓인지는 알 수 없었다.

"뒤집어질 리 없는 배라 해도 배를 지휘하는 선장과 돛의 등을 미는 강력한 바람 없이는 그저 해류를 따라서 표류할 뿐이죠."

그리고 그의 부친은 절대 그런 선장이 될 수 있을 만한 사람이 아니었다.

"아버지께서 잘해 내시리라 믿습니다."

하지만 자신이 신경 쓸 일이 아니었다. 표류해 멀어지는 배는 아버지의 배. 그 배가 표류하든, 파도에 이리저리 휩쓸리든, 무사히 원하는 목적지로만 가면 자신의 안위엔 상관이 없었다.

"저는 오늘의 이야기를 못 들은 것으로 할 테니 아버지도 그리하십시오."

언제 그랬냐는 듯 웃으며 르니에가 말했다.

"그저 알맞은 때에 아발론에서 몸을 빼라고 언질만 해 주시면 됩니다. 챙길 것이 조금 있으니까요."

그가 부친에게 바라는 것은 맹세코 그것이 전부였다. 부자의 정도, 인간과 인간의 유대도 바라지 않았다. 미워하지도 애정하지도 않았다. 그저 어쩌다 보니 많은 것을 공유하게 된 타인, 그뿐이었다.

"경거망동해서 일을 그르치지 말고 내가 사람을 보내면 조용히 몸만 빠져나와라."

베르너 공이 경고했다. 여전히 조금도 아들을 신뢰하지 않는 게 드러났다.

"그런 걱정은 마십시오. 저는 단 하나만 챙기면 됩니다."

"그 평민 계집이냐?"

못마땅한 듯 쯧 하고 혀를 차는 소리에 르니에가 베르너 공을 바라봤다. 주름이 간 미간, 찡그린 얼굴. 하나뿐인 아들이 못미덥고 못마땅할 때에 보였던 얼굴이었다. 지난날 자신이 언제나 마주해야 했던 바로 그 얼굴.

적어도 한 가지는 변함이 없다는 점에 르니에는 웃음이 날 것 같았다.

"예. 제게 이 아발론에서 챙겨 떠날 만큼 귀중한 것은 그 아이뿐이라 말입니다."

"어리석은 것."

베르너 공이 결국 혀를 끌끌 차며 말했다.

"무슨 재미를 봐서 그리 옆구리에 끼고 놓지 않으려 하는지 모르겠지만, 적당히 해 두어라. 넌 베르너 후작이다. 고작 그런 계집을 너무 가까이 두었다가 다른 귀족가에서 제 딸을 베르너가의, 새 황실의 안주인으로 주지 않으려 하면 큰일이다."

르니에는 문득 앞에서 저런 말을 지껄이는 사람이 자신의 부친이라는 것이 안타까웠다. 부친만 아니었다면 엘레나를 '고작 그런 계집'이라고 지껄이는 그 입을 가만히 두지 않았을 텐데.

"그래서 겨우 붙이려 하는 것이 그 프란시스 남작가의 딸입니까?"

"누구?"

베르너 공은 르니에가 마치 잠꼬대라도 한 듯이 바라봤다.

"저와 혼담이 오간다고 항간에 소문이 도는 리바이 공작의 교사 말입니다."

잠시 골몰한 듯하던 베르너 공은 이윽고 크게 웃음을 터뜨렸다.

"하하하! 가당키나 할 소리를. 예나 지금이나 아발론의 귀족들은 참 떠들기를 좋아하는군."

"아버지께서 그리 만드신 것 아닙니까."

베르너 공의 웃음소리가 점점 잦아들었다.

"사람들이 그리 알도록, 프란시스 가의 여식이 그리 알도록. 아닙니까?"

"많이 컸구나, 르니에."

"아버지라는 훌륭한 본보기가 있었기에 가능했던 일이죠. 언제나 감사하게 생각하고 있습니다."

과장되게 머리를 숙여 보이는 르니에에게 베르너 공은 굵은 반지를 낀 손을 휘 털어 보였다.

"그 여식의 일은 신경 쓰지 말아라. 다 쓰일 곳이 있어서 내버려 두는 것이니."

"무엇이 되었든 상관없습니다만, 제 혼사를 더 이상 함부로 이용하지 말아 주십시오."

르니에와 베르너 공의 시선이 첨예하게 맞섰다. 르니에는 진심을 담아 부친에게 경고했다.

"베르너가의 안주인은 가주인 제가 정합니다. 아버지는 사소한 가문의 일은 신경 쓰지 마시고, 부디 대업을 이뤄 주십시오."

명백히 비꼬는 말이었다.

"네놈은 언제나 그게 문제였지."

베르너 공이 쥐고 있는 잔을 굴리며 말했다.

"사소한 것에 집착하고 가장 중요한 것에 대한 욕심은 없어. 그야말로 반쪽짜리지."

"황위에 대한 갈망에 눈이 먼 어른에게 아이가 원하는 애정과 관심은 사소한 것으로 보였을 법하죠. 이해합니다."

부친의 눈에 그가 반쪽짜리였다면, 그의 눈에 부친은 침을 흘리며 시뻘건 표적을 향해 달려드는 들소였다.

"그 자리는 원래 내 자리다."

차남에게 황위를 빼앗긴 장자의 원한은 이다지도 깊었다.

"원래대로였다면 지금 아드레이가 아닌 네가 황제가 되었겠지. 이 제국의 온당한 주인 말이다!"

베르너 공이 울분을 토해 냈지만 르니에의 눈은 차갑기만 했다. 이제 와서 부친의 분노에 동조할 만큼 공감할 리 없었다.

"예. 그러니 아버지께서 그 자리를 되찾길 바랍니다. 멀리서 진심을 다해 기원하죠."

점점 부친과의 대화가 피곤하고 지루해진 르니에는 그 말을 남기고 등을 돌렸다. 등 뒤에서 자신을 노려보는 부친의 눈빛이 느껴졌지만, 신경 쓰지 않고 그대로 서재를 걸어 나왔다.

"그러니 저를 가만히 내버려 두십시오."

한 가지 모순된 사실이 떠올라 르니에는 비릿하게 웃었다. 황위에 대한 무관심이야말로 어린 날의 자신을 부친의 야망으로부터 지켜 주었다.

저를 닮아 황위를 욕심내는 어린 아들을 부친이 살려 두었을 리 없다. 황좌는 오직 하나뿐이다.

내원의 연무장에 핑크빛 봄바람이 불었다. 이미 계절은 봄을 훨씬 지나 가을이 완연한 시기였지만, 적어도 엘레나와 아드레이 두 사람에겐 쓸쓸한 가을이 아니라 봄이었다.

그들은 언제나 앉는 회랑이 아닌, 연무장 한쪽의 풀밭에 커다란 천을 깔고 앉아 시간을 보내고 있었다.

커다란 소풍 바구니 가득 음식을 가져온 아드레이는 이미 보기에도 먹음직스러운 그것들을 펼쳐 놓고 엘레나의 반응을 기다렸다. 가장 먼저 자신이 좋아하는 케이크를 집은 그녀는 자신을 흐뭇하게 바라보는 아드레이의 눈빛에 실감했다.

'내 인생에도 봄이 왔구나!'

살다 살다 좋아하는 남자와 이렇게 아름다운 곳에 소풍이라도 온 듯 앉아서 맛있는 음식을 먹는 날이 오다니. 감회가 새롭다 못해 울컥하고 복받치기까지 했다.

"맛있나?"

몸을 반쯤 길게 누인 아드레이가 속으로 감동의 눈물을 흘리던 엘레나에게 물었다.

"정말 맛있어요! 여기 빵집 이름이 뭐예요? 나중에 공작 전하 사다 드려야지."

"이것도 먹어 보지."

아드레이는 곤란한 대답 대신 뽀얀 커스타드 크림을 엘레나에게 밀어 줬다.

"아, 이것도 맛있겠다. 근데 우리 여기 이렇게 있어도 돼요? 너무 잘 보이는 곳 아닌가?"

주변이 훤하게 트인 연무장의 잔디밭을 그녀가 조금 불안한 듯 둘러보았다. 몸을 숨길 곳도 없는 이곳은 혹시 누군가가 오기만 하면 한눈에 들킬 것 같았다.

"낮 시간에는 내원 안쪽을 순찰하지 않고 그 대신 외곽 초소의 경계를 강화하는 것으로 경비 방법이 최근에 바뀌었지."

"와아, 역시 기사단은 그런 정보가 빠른가 봐요."

엘레나가 아드레이를 대단하다는 눈으로 바라보며 말했다. 황제로서 명령해 그리 바꾸었을 뿐인 아드레이는 곤란한 미소를 삼켰다.

"아, 좋다. 이런 데 살면 정말 좋을 것 같아요."

아드레이의 말에 마음이 놓인 엘레나가 두 다리를 쭉 펴며 말했다. 몇 번이고 와서 익숙하다 못해 집같이 편해졌던 이곳 연무장이 색다르게 느껴졌다.

"이곳 내원에 살고 싶다는 말인가?"

아드레이의 눈이 반짝였다.

"네. 연무장만 봐도 이렇게 예쁜데. 안쪽은 더 예쁘겠죠?"

한 번도 가 본 적이 없는 연무장 건물 너머를 보면서 엘레나가 말했다. 내원은 원래 황후와 황제의 아이들을 위한 공간이니 어찌 보면 당연한 일이었다.

이 연무장도 검술 훈련만을 위한 장소라기보다는 널찍한 공원에 가까웠다. 고르게 펼쳐진 푸른 잔디밭, 그 주변을 둘러싼 키 큰 나무가 빼곡히 들어찬 숲과 아기자기한 꽃나무에 눈이 즐거웠다.

"이곳에 살면 무엇을 해 보고 싶지?"

그녀가 내원에 살고 있는 모습을 상상한 아드레이의 입가에 즐거운 미소가 번졌다. 이곳에서 그녀와 함께 눈을 뜨고 식사를 하고 같이 잠이 들고, 이따금 손을 잡고 산책을 해도 좋겠다.

아마 자신이 생활하는 태양의 궁은 잠시 폐쇄를 해야 할지도 몰랐다. 그는 엘레나의 곁을 떠나지 않을 테니 말이다.

"나는 아침에 여길 와 보고 싶어요."

"아침에?"

"네. 숲이 가까워서 공기도 신선할 것 같고, 또 레이랑 추억이 있는 곳이니까요."

"그대는 말도 참 예쁘게 하는군."

아드레이의 낯부끄러운 칭찬에 엘레나는 부끄러워서 딴청을 부렸지만, 그는 그런 그녀가 마냥 귀여울 뿐이었다. 그래서 조금 짓궂은 마음이 불쑥 고개를 들었다. 아드레이가 자못 심각한 목소리로 물었다.

"그런데 그대가 이곳 내원에 살면 나는 어디에 있지?"

"레이가 어디에 있느냐고요?"

"내원에 살 수 있는 사람은 오로지 황후와 그 자식들뿐이다. 그럼 그대는 황후가 되었단 건가?"

"화, 황후요?"

"정확히는 현 황제인 바크란 1세의 아내이지."

정말로 그녀를 놀려 주고 싶어서 물어본 농담일 뿐이었는데, 엘레나의 얼굴이 점점 심각해졌다.

"엘레나?"

"말이라도 그런 말은 하지 말아요, 레이! 으윽, 생각만 해도……."

아드레이는 그런 엘레나의 반응을 이해할 수가 없었다.

"전에 우연히 멀리서, 아주 멀리서 황제 폐하를 본 적이 있는데요."

자신을 본 적이 있다는 말에 아드레이가 어깨를 움찔했다.

"얼마나 멀리였지?"

그의 질문에 엘레나가 주변을 휘휘 둘러보더니 너른 연무장을 넘어 아주 멀리에 보이는 한 건물을 가리키며 말했다.

"저 정도요?"

"저 정도면 얼굴이 보였나?"

아드레이는 엘레나 몰래 조마조마한 심정으로 물었다.

"에이, 아뇨. 눈이 그렇게 좋은 편은 아니라. 근데 눈이 좋았어도 아마 폐하의 존안은 못 봤을걸요?"

"어째서?"

"그렇게 멀리서 보는데도 심장이 쿵쾅거리고 입이 마르던데."

"멋있어서?"

일말의 희망을 담은 질문이었다.

"무서워서요!"

엘레나가 그때를 떠올리며 몸을 부르르 떨었다.

"어쩜 그렇게 포스, 그러니까 분위기가 무시무시하신지. 더 가까이에 있었으면 고개도 못 들었을 거예요."

다른 것은 몰라도 그거 하나만큼은 장담할 수 있었다.

"분명히 폐하께서도 저와 같은 사람일 텐데. 도저히 그렇게 안 느껴지는 거 있죠."

잠시 뒷모습을 봤을 뿐이지만 그녀의 머릿속에 황제는 딱 그런 이미지였다. 많은 사람들이 머리를 조아리는 것이 당연한 존재. 커다란 검은 로브를 휘날리며 주변을 압도하는 존재.

"아무리 내원이 좋아도 그런 분이랑 살라니, 나는 그냥 안 할래요."

그녀의 말이 길어질수록 아드레이의 안색은 점점 어두워졌다. 그녀가 자신에게 저렇게 안 좋은 인상을 가지고 있을 줄은 몰랐다. 도대체 언제 어디서 봤길래 저렇게까지 말하는 건가.

"그때 폐하께서 화가 나 계셨나?"

혹시 기분이 좋지 않아 주변에 마나를 흩뿌리는 자신을 본 것인가 싶어 그가 물었다.

"글쎄요, 아닐걸요?"

"훈련하면서 누군가를 패고 있었나?"

그렇다면 하인즈 단장과 검의 대화를 나누는 모습이었나.

"아뇨. 그냥 마차에서 내려서 안으로 걸어 들어가셨어요."

"그런데……."

그런데 왜 그렇게까지. 아드레이는 절망감에 휩싸였다. 그가 막 한숨을 푹 쉬려고 할 때였다.

"그리고 거기엔 레이가 없다면서요. 그럼 난 싫어요. 내원에 안 살래요."

한껏 부풀었던 그의 어깨가, 가슴이 그대로 우뚝 멈춰 버렸다. 마치 방심하고 있다가 흉곽 안쪽을 깊숙하게 찔린 듯했다. 눈을 부릅뜬 채 그대로 굳어 버렸다.

"왜, 왜 그렇게 봐요?"

스스로 뱉어 놓고도 발가락이 오그라드는 말을 한 것을 후회하고 있었는데, 그의 반응까지 예사롭지 않으니 엘레나는 괜히 목청을 높였다.

"엘레나."

아드레이가 그녀와 눈을 맞춰 왔다. 서로 시선이 맞닿았을 뿐인데, 그 사이에서 뭉근히 무언가가 피어올랐다.

키스를 하려는 걸까. 엘레나가 그의 눈빛을 읽어 내며 그렇게 생각하던 그때, 아드레이가 조금씩 다가왔다. 어느새 짙어진 그의 눈동자에 엘레나는 마음의 준비를 하며 입술을 살짝 내밀었다.

나 방금까지 케이크 먹었는데 괜찮으려나. 이제 별게 다 신경 쓰인다. 잘게 떨리는 가슴을 억누르며 엘레나는 눈을 사르르 감았다.

머릿속에는 지난번 아드레이와 나눴던 진한 키스가 다시 재생되고 있었다. 이번에도 그때만큼 좋을까? 아니, 어쩌면 더 좋지 않을까?

그렇게 조금 낯부끄러운 생각을 하며 마음의 준비를 하고 있었다. 그리고 다음 순간, 그녀의 입술 끝에 무언가가 닿았다.

"엥?"

그의 부드러운 입술이 아니었다. 화들짝 놀라 눈을 뜨자 그녀의 입에는 까슬한 쿠키 하나가 물려 있었다.

"큭."

멀뚱하게 상황을 파악하고 있는데, 억눌린 그의 웃음소리가 들려왔다.

"레이!"

그제야 엘레나는 얼굴을 빨갛게 물들이며 버럭 소리를 질렀다.

"하하하!"

한 손으로 입을 가리고 웃음을 참고 있던 아드레이는 그 소리에 결국 웃음을 터뜨렸다. 커다란 웃음소리는 꽤나 오랫동안 이어졌다.

"지금 그렇게 웃음이 나와요?!"

울컥한 엘레나의 외침에 그는 애써 웃음기를 지워 냈지만, 자꾸만 입술 사이로 웃음이 새어 나왔다.

"뭘 기대했던 거지?"

"기, 기대하긴 뭘요. 그런 거 아니거든요."

엘레나는 아무렇지 않은 듯 뚱하게 대답하며 쿠키를 와구와구 씹었다.

"그렇게 크게 웃을 줄도 아는 사람이었네요. 그런 거 할 줄 모르는 사람인 줄 알았는데. 나를 놀려 놓고 그렇게 배꼽 잡고 웃다니. 열받아야 하는지, 기뻐해야 하는지 헷갈리게 정말."

오물오물 과자를 먹는 와중에도 작은 입이 쉴 새 없이 투덜거렸다.

"그렇군. 내가, 크게 웃었어."

아드레이의 손가락이 여전히 웃고 있는 자신의 얼굴과 입꼬리를 매만졌다.

"그대 때문이다. 그대가 날 바꾸고 있는 것이지. 좀 더 나은 사람으로, 사람 같은 모습으로."

조금 전 엘레나는 말했다. 황제도 분명 사람일 텐데 사람 같지 않았다고. 어쩌면 그 말이 정답일지도 몰랐다. 그녀를 만나기 전의 그는, 사람이 아니라 그저 이페른 제국의 황제였을 뿐일지도 몰랐다.

아드레이는 밝은 햇살 아래에서 더 찬란하게 빛나는 은발의 여인을 바라보았다. 그리고 그녀가 두 번째 쿠키를 집어 가는 손을 잡아 내리고 그녀에게 입을 맞췄다.

"읍!"

조금 놀라는 것 같던 엘레나도 이내 그를 반겼다. 그녀다운 솔직한 환영 인사에 아드레이의 입매가 조용히 웃었다.

부드럽고 따스한 그녀가 그의 마음을 녹였다. 아드레이는 자신의 가슴 안에 고인 온기를 고스란히 키스로 옮기기 시작했다.

엘레나는 순간 밤이 온 것 같다고 생각했다. 눈을 감았어도 밝은 햇살에 환하던 시야가 어느새 그로 인해 어두워졌다. 그의 검은 머리칼이 그녀에게로 쏟아지는 햇빛을 모두 삼켜 버린 듯.

엘레나는 어느새 그의 품안에 숨어 있었다. 그의 큰 손이 등을 길게 쓸어내렸다. 그 감미로우면서도 은밀한 촉감에 손에 들고 있던 쿠키가 툭 하고 떨어져 내리는 소리가 들렸다.

그가 아랫입술을 슬쩍 깨무는 바람에 그녀는 작은 신음 소리를 내었다. 아드레이는 그 기회를 놓치지 않고 파고들었다.

감미로운 혀가 깊이 파고들었다. 사람과 사람이 더 이상 가까워질 수 없을 거란 생각이 들 때마다, 그는 더욱 밀착해 들어왔다. 그러면서 조금 더 가까워지고 싶어 하는 욕망을 숨기지 않았다.

정말 이상했다. 얼마 전까지는 완벽한 타인이었다. 그런데 그런 그가 전혀 불편하지 않았다. 밀어내고 싶은 마음도 없었다. 오히려 더욱 그를 느끼고 싶었다.

엘레나는 손안에 쥐고 있던 그의 옷자락을 더욱 힘주어 잡았다. 깊숙이 찾아들었던 아드레이가 마지막으로 점잖은 이별의 인사를 하듯 입을 맞췄다.

그것을 깨닫자 그녀는 조바심이 들었다. 그래서 얼른 그의 목에 팔을 감고 자신의 몸을 바짝 붙였다. 떨어지기 싫다는 마음을 온몸으로 피력했다.

"으음."

엘레나의 몸짓에 아드레이가 낮게 신음했다. 땅을 짚은 손에 툭툭 핏줄이 불거졌다. 그는 지금 엄청난 인내심으로 스스로를 자제하는 중이었다. 다시 한번 강조하건대, 정말로 엄청난 인내심이었다.

가까스로 그녀에게서 입술을 떼어 내며 아드레이의 탄탄한 어깨 근육이 한차례 꿈틀거렸다. 이성의 끈을 놓아 버렸다간 그녀가 놀랄지도 모른다는 생각과, 이대로 그녀를 향해 내달리고 싶다는 생각이 첨예하게 부딪치고 있다는 증거였다.

"엘레나."

동그랗고 작은 이마에 자신의 뜨거운 이마를 가져다 댄 그가 그녀를 불렀다. 그의 목소리는 잔뜩 잠겨 있었다.

"많이 욕심 내지 않을 테니까. 조금만 더요, 레이."

엘레나가 반쯤 칭얼대는 목소리로 간절하게 말했다. 그리고 그 달콤한 목소리에 아드레이는 결국 더 이상 참지 못했다.

바로 그녀의 입술을 가르고 짓쳐 들었다. 그녀를 완전히 휘감으며 한 팔로 두 사람의 무게를 모두 지탱했다.

아래로 내려갔던 그의 큰 손이 그녀의 굴곡을 따라 느릿하게 위로 향했다. 잘록한 허리를 지나 반듯한 척추를 타고 느리게, 느리게.

"으응."

천천히 몸을 훑고 지나가는 큰 손에 엘레나가 맞물린 입술 틈으로 불만을 표시했다.

스스로도 자신이 무엇을 원하는지 정확히 알 수 없었지만 자꾸만 안달이 났다. 그의 손이 스칠 때마다, 입술이 부빌 때마다 그륵, 그륵 하고 부싯돌이 튀기는 듯했다.

점점 자신의 몸이 기울어지는 줄도 모른 채, 엘레나는 온전히 그에게 빠져들었다. 들숨이 날숨과 섞이고 신음 소리가 간간이 여백을 메꿨다.

뒤로 물러서는 그의 혀를 따라가서 그녀가 그의 입술을 먼저 맛봤다. 그가 해 주었던 것처럼 다정하게 인사하고 부리로 쪼듯 괴롭혔다. 그리고 용기를 내어 그의 혀에 자신의 것을 가져다 대려는 순간.

등 뒤에 단단한 바닥이 느껴졌다. 놀란 엘레나는 두 눈을 번쩍 떴다. 어느새 그녀 위에는 그의 큰 그림자가 드리워 있었다. 흘러내린 그의 머리칼이 그녀의 이마를 간지럽혔다.

그가 파고든 것은 입술뿐이 아니었다. 팔과 다리 할 것 없이 불꽃이 튀긴다고 생각했던 모든 곳에 그는 빈틈없이 소유권을 주장하고 있었다. 누워서 바라보는 하늘이 너무나도 어색했다.

"아……."

엘레나는 자기도 모르게 흠칫하고 몸을 굳혔다. 그러자 끝도 없이 이어질 것 같았던 그의 입맞춤이 멈췄다.

"오늘은."

거친 목소리가 귓가에서 말했다.

"오늘은 여기까지 하지."

아직까지도 열기가 진득하게 묻어나는 목소리였다. 그는 멈추고 싶어 하지 않는 것이다. 그가 여기서 멈추는 이유는 단 한 가지였다. 아드레이는 그녀가 원하지 않는다고 생각하는 것이 분명했다.

순간 엘레나는 아차 싶었다. 아닌데, 나는 싫은 게 절대 아닌데. 그저 본능적으로 놀랐을 뿐, 아드레이와의 스킨십을 여기서 멈추고 싶은 것이 절대 아니었다.

그러나 여전히 정염이 짙은 눈을 하고서도 흐트러진 그녀의 머리칼을 쓰다듬어 주던 그는 엘레나의 손을 잡아 몸을 일으켜 주기까지 했다.

"저기, 레이."

계속해도 되는데! 그렇게 외치려던 엘레나는 입을 다물었다. 그제야 주변 풍경이 들어왔기 때문이었다. 벽도 지붕도 없는 야외.

'여기서 더 해서 뭘 어쩌겠다는 거야.'

한숨을 폭 쉬었다. 하지만 아쉬운 마음은 갈 곳이 없었다. 그런 엘레나를 보며 아드레이는 작은 오해를 했다.

'내가 너무 성급했군.'

그는 그렇게 자책했다. 아직 그녀가 자신의 마음을 받아 준 지 얼마 되지도 않았는데 욕망에 못 이겨 너무 서둘렀다.

불쾌했을지도 모른다는 생각에 사과를 해야 하나 싶었지만, 막상 말을 하려니 마땅한 말이 떠오르지 않았다. 바닥에 눕혀서 미안하다? 짐승처럼 달려들어 미안하다? 결국 아드레이는 한숨을 푹 쉴 수밖에 없었다.

"근데 오늘은 왜 일찍 보자고 한 거예요?"

어색한 분위기를 타파해 보려 엘레나가 말을 꺼냈다. 원래 두 사람이 만나는 것은 해가 질 무렵. 이렇게 해가 쨍쨍한 한낮이 아니있다.

"오늘 저녁에는 만나야 할 사람이 있다."

아드레이는 부연 설명을 하지 않았다. 만나야 할 사람이 누굴까? 엘레나는 잠시 궁금증이 일었지만 애써 묻지는 않았다. 그가 굳이 말하지 않는 것을 말하게 하고 싶지는 않았다.

"그런데 나도 할 말 있어요. 우리 다음에 보는 날을 좀 미뤄야 할 것 같아요. 어쩌면 그다음 날도요."

엘레나의 갑작스런 말에도 아드레이는 고개를 끄덕이기만 했다. 그 이유가 무엇일지 짐작이 가기 때문이었다.

"왜 무슨 일이냐고 안 물어봐요?"

"그대가 이야기해 줄 것 같아 기다리는 중이다."

순한 대형견 같은 그의 말에 엘레나는 웃을 수밖에 없었다.

"교황 성하께서 궁을 나가셔서 아발론 중앙 신전으로 옮겨 가시거든요. 그래서 당분간은 성하 곁에서 보살펴 드려야 할 것 같아요."

"그렇군."

이미 아드레이는 그 일에 대한 보고를 받은 후였다. 교황은 궁 안 작은 신전에 기거했다. 하지만 건강이 점점 안 좋아져 아발론 신전으로 돌아가고 싶다는 요청이 있었다. 일종의 은퇴였다.

물론 아드레이는 바로 윤허했다. 그 일은 교황의 건강이 나빠지기 시작한 이후로 그가 줄곧 제안해 오던 일이기도 했다.

신전 쪽 하늘을 바라보는 그의 눈이 침잠했다.

"그럼 언제쯤 볼 수 있지."

"궁에 돌아오는 날, 내가 연락할게요. 그날 바로 봐요, 우리. 물론 레이가 시간이 괜찮다면요!"

아드레이가 그녀의 손등에 입을 맞추며 대답했다.

"그대를 위해서라면 언제든."

그의 눈을 피해 수줍게 웃어 보인 엘레나는 곧 입술을 삐죽였다.

"이 입은 뭐지. 날 유혹하는 건가?"

"아뇨!"

엘레나가 펄쩍 뛰었다.

"그냥…… 당분간 못 본다니까 아쉬워서요. 보고 싶을 거예요."

이번에는 아드레이의 눈썹이 한차례 꿈틀했다.

"그 눈은 뭐죠?"

엘레나가 그의 말투를 흉내 내며 물었다.

"어째서 그대는……."

그가 더욱 미간을 찌푸리며 말했다.

"그대는 이렇게 내 심장을 뒤흔드는 말만 하는 거지?"

엘레나는 그윽해지는 그의 눈빛에 눈을 반짝였다. 저 눈빛은!

"이번에는 내가 먼저 할 거예요."

그렇게 말한 그녀가 그의 목에 팔을 감았다.

"다음에 언제 보게 될지 모르잖아요. 그러니까……."

엘레나는 눈을 질끈 감고 자신의 도톰한 입술을 도장 찍듯 꾹 가져다 대었다. 아무런 기교도 없고 색기도 없는 그 입맞춤에 아드레이는 정신이 아찔해지는 것을 느꼈다.

아무래도 라한에게 단단히 밉보인 일이 있는 모양이다. 이건 그에게 내려진 시련이 틀림없었다.

그날이 밝았다. 동쪽에서 여명이 밝아 오는 것을 시작으로 황궁 내 라한 신전에서 부산스런 움직임이 시작되었다.

하나 함부로 소음을 내는 이는 아무도 없었다. 여럿이 동시에 움직인다고는 생각이 되지 않을 정도로 허투루 말 한 마디, 하품 한 번 하는 사람이 없었다.

"성하, 준비가 다 되었습니다."

오랫동안 교황을 바로 곁에서 섬겼던 한 젊은 신관이 조용히 다가가 그렇게 일렀다. 그러자 노쇠한 몸에 비해 지나치게 커다란 의자에 앉아 창밖을 바라보던 교황이 고개를 끄덕였다.

"그렇다면 이제 가야겠지."

지그시 웃으며 하는 그 말에 신관은 고개를 들지 못했다. 교황이 되고 난 뒤 수십 년을 지냈던 정든 곳을 떠나는 교황 성하께 감히 삿된 눈물을 보일 수 없었다.

"나를 좀 도와주련."

"예, 성하."

그런 신관의 마음을 다 헤아리듯 잠시 그의 어깨를 도닥여 준 교황이 작은 목소리로 부탁했다. 앞으로 내밀어진 그 주름진 손을 부축하여 잡는 순간, 신관은 또 한 번 눈물을 쏟을 뻔했다.

"어찌 이리 마르셨습니까."

텅 빈 공기만 들어찬 듯 몸을 기대어 오는데도 느껴지는 무게라곤 한 줌밖에 되지 않았다.

"정말 괜찮으시겠습니까."

얼마 전까지 침대를 벗어나지 못하고 누워 있던 교황의 상태를 걱정한 신관이 그렇게 물었지만, 교황은 고개를 저었다.

"마지막은 온전히 걸어 나가고 싶구나."

처음 이곳에 발을 들였을 때처럼. 젊었던 날의 자신을 기억해 보는 입가에 주름진 미소가 떠올랐다.

그렇게 조심스레 한 걸음, 한 걸음 발을 떼어 침실을 나서고 신전 초입으로 나오자 기다리고 있던 이들의 얼굴이 보였다. 중앙 홀에서 입구 밖까지 빼곡히 사람들이 들어차 있었다. 모두들 교황이 아발론 신전으로 돌아가는 길을 배웅하기 위해 모인 것이다.

"교황 성하."

그중에는 엘레나도 있었다.

"네가 나 때문에 아침 일찍부터 고생이 많구나."

"아니에요, 고생은요."

모두가 침울한 가운데 엘레나는 부러 밝게 말했다. 슬퍼해서는 안 될 것 같았다. 한 사람은 교황 성하의 곁에서 웃어 드려야 하지 않을까. 엘레나는 막연히 그렇게 느꼈다.

"엘레나 신관."

여태껏 교황을 부축하던 신관은 자연스레 자신의 자리를 엘레나에게 내주었다.

"예, 제가 모실게요."

엘레나도 기꺼이 교황의 손을 건네받아 조심스럽게 한 발씩 옮겼다. 잠시 뒤, 드디어 신전 건물 밖으로 나온 교황은 싱그러운 아침 공기를 반가워했다.

"오늘은 좋은 날이 되겠구나."

교황이 이제 제법 동이 튼 하늘을 올려다보며 말했다.

"네. 아주 맑을 것 같아요."

새벽빛에 비치는 구름 한 점 없었다. 무엇 하나 해를 거스르는 것 없이 말끔히 비워진 창공이었다.

"참으로 감사한 일이다."

이제 물러나는 늙은 종을 위해 맑은 날을 선사하신 라한의 은혜였다. 지팡이에 의지해 굽은 등을 펴고 그 선물을 잠시간 올려다보던 교황이 모인 사람들을 돌아보았다. 이곳 황궁 신전에서 직접 교황을 보필하던 신관들은 물론이고, 자주 신전에 드나들었던 독실한 황궁의 고용인들도 몇 보였다.

거창한 환송식은 없었다. 이곳에 들어오던 날과 같이 조촐하게, 그리고 조용하게. 그것이 교황의 바람이었다. 그래서 공식적으로 알리지 않았지만 소식을 듣고 찾아온 사람들이 하나둘 모여 이 인파를 이루었다.

신전 앞에는 이페른 황실의 문양이 크게 새겨진 마차가 한 대 서 있었다. 수십의 사람들의 침묵 속에서 인간의 속을 알 리 없는 말의 투레질만이 간간이 제 존재를 알렸다. 교황은 모인 사람들을 향해 조용히 인사를 건네었다.

"다들 고마웠소."

이제 다시 돌아오지 않을 길 앞에서 남길 말은 그것뿐이었다.

"라한께서 항상 여러분과 함께하시길."

진심을 담아 그들의 안녕을 비는 마음과 함께.

그리고 교황은 그대로 마차에 오르려는 듯 보였다. 하지만 마차까지 단 한 걸음을 남겨 놓은 자리에서 다시 신전을 돌아보았다.

"조금만 더 잘 보였다면 좋았을 것을."

다시 오지 못할 곳이었다. 살아서는 다시 보지 못할 풍경이었다.

가는 길에 무에 이리 욕심을 부리는가. 교황은 스스로를 타박했다. 눈이 보이지 않으면 마음으로 담으면 되는 것을. 이곳에서 보냈던 하루하루가 이미 그 안에 들어 있는 것을.

"그날도 이리 아름다웠지."

처음 이곳에 오던 날을 떠올리자 마른 얼굴에 빙긋이 미소가 피었다. 그날은 오늘과 꼭 닮은 날이었다. 막 봄이 오기 시작한 즈음, 그날도 신전은 바로 이 자리에 있었다.

하늘은 높고 맑았으며 바람은 길 위의 사람을 반겼다. 해는 여전히 동녘에서 밝았고, 때가 지난 달은 서녘으로 기울었다. 그러니 그 안에 변한 것은 사람뿐이라. 그날과 다른 것은 오로지 이 늙어 버린 종뿐이었다.

두고 가는 것들이 서러울 법도 한데 교황은 그것이 오히려 기꺼웠다. 이곳은 변함이 없을 것이란 사실이 위안을 주었다. 떠나는 이의 마음을 달래 주기에 그보다 더 좋은 것이 있으랴.

"가자꾸나."

교황은 그렇게 말했다. 어려운 듯 보여도 이별에 필요한 것은 그게 전부였다. 등을 돌리고 '가자'고 마음먹는 것.

그와 함께 마차에 오른 엘레나는 찬찬히 교황의 상태를 살폈다. 아발론 신전까지 그리 멀지 않은 거리였지만, 워낙 쇠약해진 교황 성하의 몸이 걱정이었다. 그동안 계속 침대에서 누워 계시던 분이 오늘 이렇게 무사히 걷는 것만으로도 기적이라고 할 법했다.

"성하, 잠시만요."

엘레나는 교황의 손을 잡고 신성력을 사용했다. 그리고 낙담했다. 침실에서 이곳으로 걸어 나오는 것만으로도 교황의 몸은 이미 대부분의 체력과 기력을 소진해 버린 게 느껴졌다.

오늘 새벽 일찍 도착해 성하께서 걸을 수 있도록 공들여 오랜 시간 치유를 했는데, 그게 모두 다 사라져 버렸다. 그래도 전체적인 상태가 어제와 비교했을 때 크게 나빠지지 않았다는 것에 애써 위안을 얻었다.

"왜 마차가 출발하지 않지?"

일단 마차가 출발하면 제대로 시간을 들여서 치유를 하려는 생각으로 급한 불만 끈 엘레나가 고개를 갸웃했다. 너무나 조용했기 때문이었다.

"어라, 움직이고 있네?"

그런데 어느새 마차는 목적지를 향해 가고 있었다. 그런데 널찍하다 못해 황량한 마차 내부에 있는 느낌은 정차해 있을 때와 별반 다를 게 없었다.

"어쩜 이렇게 흔들리지도 않지?"

"폐하의 마차라 그렇단다."

조금 기력을 회복한 교황이 엘레나를 보며 지긋이 웃었다.

"폐, 폐하의 마차요?"

어쩐지 엄청 크고 고급스럽더라. 그러니까 이게 황제 폐하가 평소에 타고 다니는 마차란 말이지? 엘레나는 새삼스러운 눈으로 마차를 둘러보았다.

평소에 그녀가 황궁 안에서 타고 다니던 이두마차와는 차원이 달랐다. 아예 집 한 채가 움직이는 듯한 느낌이었다.

하긴 그 황제라면 이 정도 마차는 필요하긴 하겠다. 엘레나는 고개를 주억거렸다. 정말로 체격이 큰 것인지는 모르겠지만, 멀리서 목격한 황제는 거대한 존재로 느껴졌다.

"그런데 마차까지 보내신 분이 직접 오시지는 않고."

듣기로 교황 성하와 황제 폐하는 꽤 가까운 사이라고 했다. 그런데 교황 성하의 은퇴식이나 다름없는 오늘 얼굴을 보이지 않는 것에 저가 다 서운했다.

"어제 저녁에 다녀가셨단다. 아주 오랜만에 식사도 같이하고 이야기도 나누었으니, 아주 좋은 작별 인사였지."

이야기를 하다가 교황이 중간중간 잠에 빠져도, 아드레이는 기다렸다. 침대 옆에서 책을 읽기도 하고, 밤하늘을 구경하기도 하며 다시 교황이 눈을 뜨기를 기다려 주었다. 그리고 언제 그랬냐는 듯 다시 이야기를 이어 갔다. 그는 아주 밤이 깊어서야 황궁 신전을 나섰다.

"아마 지금도 어딘가에서 보고 계실 게다."

"네? 그럼 어째서 직접 오시지 않고……."

"폐하께서 이 늙은이를 배려하시는 것이지."

황제가 움직이면 모든 것은 황제를 중심으로 돌아간다. 황제를 수행하는 이들과 호위하는 병력은 물론이고, 교황을 위해 나온 사람들은 고개를 들지 못한다. 교황 또한 예를 갖춰야 한다.

그런 번거로움 없이 교황이 원하는 대로 조용한 시간이 될 수 있도록 멀리서만 배웅하는 것이 황제의 방식이었다. 교황의 짤막한 설명을 들은 엘레나는 고개를 주억거렸다. 자신의 생각이 짧았다.

"참 좋은 분이시네요."

"또한 참으로 외로운 분이시지."

외롭다고? 의외의 말에 엘레나는 고개를 갸웃했지만, 교황은 그 뒤로 더 이상 입을 열지 않았다. 그녀도 더 이상 묻지 않고 조용히 교황의 손을 잡았다. 아발론 신전에 도착할 때까지 쉬지 않고 치유를 할 생각이었다.

두 사람의 숨소리만 담은 마차가 황궁을 빠져나가고 있을 때, 태양의 궁 첨탑에서 그 행렬을 지켜보고 있는 이가 있었다. 일견 무표정한 얼굴로 바람을 맞고 선 아드레이였다.

"성하께서 무사히 신전으로 돌아가실 수 있도록 조치를 취해 놓았습니다. 너무 걱정 마십시오, 폐하."

언제나처럼 곁에 선 휴고가 나직하게 말을 건네었다.

"엘레나 신관이 동승했다고."

"예, 폐하. 함께 아발론 신전에서 며칠 동안 머물며 교황 성하를 보필한다고 합니다."

"그렇군."

"행렬이 무사히 신전에 도착하면 가장 먼저 알리겠습니다."

아드레이와 교황의 돈독한 관계를 아는 휴고는 평소답지 않게 이런저런 말을 덧붙이며 그를 위로했다.

"눈에 띄지 않을 만한 거리에 기사 몇을 더 보내 후방을 호위하게 해라."

"예, 폐하."

"기사단에서 아발론 신전을 지킬 병력을 차출하고, 수비대는 그 근방의 순찰과 경계를 더 철저히 하라 전하도록."

"그리하겠습니다."

"그리고."

아드레이의 시선이 행렬의 뒤를 좇았다.

"수고가 많으셨다 전하라."

"……예, 폐하."

앞서가는 호위단과 마차가 마침내 황궁 문을 통과해 나가는 것이 보였다. 수비대가 미리 황궁 문을 열어 놓은 덕에 행렬이 멈추는 일은 없었다.

조촐한 무리 제일 뒤의 마차가 막 황궁을 나섰을 때였다. 거짓말처럼 해가 얼굴을 전부 내밀었다. 아직 푸르스름하던 하늘의 전면이 순식간에 주홍빛으로 물들었다.

그 빛은 높은 첨탑에 올라온 아드레이의 얼굴을 붉게 비췄다. 그 강렬한 빛만큼이나 짙은 행렬의 그림자는 자꾸만 길게, 길게 황궁 쪽을 돌아보았다.

아발론 신전까지의 그리 길지 않은 여정이 무사히 끝났다. 기다리고 있던 수백의 신관들과 신자들의 환영을 받으며 교황은 아발론 신전으로 돌아왔다.

누구보다 가장 앞서 교황을 맞이한 것은 제프리 추기경이었다. 그는 마차 앞까지 직접 나와 교황을 부축해서 모셨다.

아발론 신전은 워낙 거대해 마차에서부터 교황의 침실까지 꽤나 거리가 있어 교황은 한눈에 보기에도 힘들어 보였다. 그러나 추기경은 아무 말도 하지 않았다. 힘이 드시느냐, 차라리 안아 편안하게 모시겠다 같은 말도 하지 않았다. 그저 조용히 교황의 곁에서 부축할 뿐이었다.

마침내 침실에 입성한 뒤 엘레나는 남몰래 안도의 한숨을 쉬었다. 한 고비 넘긴 기분이었다. 그리고 그것은 제프리 추기경도 마찬가지였는지, 지쳐서 잠든 교황의 얼굴을 말없이 바라보았다.

"그래도 네가 있어 다행이구나."

긴장이 풀려서 멍하니 앉아 있던 엘레나는 그 말에 놀라서 추기경을 돌아봤다. 다정한 말을 하는 제프리 추기경이라니. 그러나 그녀가 돌아봤을 때는 이미 평소와 다름없이 차가운 모습만 남아 있었다.

"나는 밖의 상황을 정리하고 올 터이니 성하를 잘 뫼셔라."

이 말만 남기고 휙 나가 버리는 추기경을 보며 엘레나는 그럼 그렇지, 했다. 제프리 추기경이 살가운 소리라니.

그녀는 어깨를 으쓱하고는 침대 곁으로 다가가 교황의 상태를 살폈다. 괴로워하는 기색 없이 편안히 잠드신 얼굴이었지만 그래도 혹시나 모르는 마음에서였다.

"다행이다."

별일 없이 신전까지 왔다는 게 이렇게 기쁠 수 없었다. 엘레나는 잠든 교황의 손을 두 손으로 꼭 잡았다. 여러 번 반복된 치유로 조금 힘에 부치지만, 그래도 공을 들여 신성력을 모두 쓸 생각이었다.

은은한 빛이 뿜어져 나왔다. 눈을 감은 엘레나의 머릿속에 여러 장면들이 떠올랐다.

처음 뵈었던 날, 자신의 거친 손을 잡아 주며 웃던 교황 성하의 다정한 모습. 이따금 찾아가면 언제나 반겨 주며 신성력이 많이 늘었다 머리를 쓰다듬어 주던 손길. 그리고 그녀의 어머니인 실비아를 이야기하며 슬프게 웃던 얼굴까지.

점점 신성력이 바닥났지만 엘레나는 손을 떼지 않았다. 오히려 얼마 남지 않은 신성력을 끌어모았다.

그 과정은 꽤나 힘들고 고통스러웠다. 눈앞이 돌고 어마어마한 탈력감이 몸을 덮쳤다. 온몸이 땀으로 흠뻑 젖었다. 하지만 엘레나는 멈추지 않았다.

'어쩌면.'

조금만 더 쓰면 이제 바닥이 보일 것이다. 지난번 메이나드의 어머니를 치유할 때 경험했던 것을 떠올렸다.

생명력이라는 그 황금색 빛. 그 단 한 방울의 황금색 빛이 가진 좀 더 근본적인 힘을 그녀는 기억하고 있었다.

어쩌면 그 힘이라면 교황 성하를 도울 수 있지 않을까. 엘레나는 간절했다.

이렇게 무기력하게 하루하루 죽음에 가까워지는 교황 성하를 두고 볼 수만은 없었다. 치유 능력이 있으면 뭐 해. 소중한 사람을 지킬 수도 없는데.

교황은 그녀에게 분명히 경고했다. 메이나드의 어머니를 치유했을 때 거기서 멈출 수 있었던 것은 정말로 신이 도운 것이라고. 보통 생명력은 유리잔에 담겨 있는 물과 같아서 한 번 깨서 쓰기 시작하면 멈추거나 되돌릴 수 없다고.

엘레나는 신성력이 정말로 바닥을 보이며 이마에서 식은땀이 흐르기 시작한 것을 애써 무시했다. 이번에도 운이 좋다면, 그 황금빛 생명력을 조금만 나눠 드릴 수 있다면.

눈앞이 자꾸만 울렁이는 가운데, 오늘 황궁과 신전에서 교황을 기다리던 사람들의 얼굴을 떠올렸다. 그들에게 교황이란 존재는 단순한 종교의 지도자가 아니었다. 정신적인 지주였고 라한의 가장 가까운 대리인이었다.

'아니, 이건 내가 원하는 거야.'

남들을 위한 행동, 그런 거창한 게 아니었다. 엘레나는 교황을 조금이라도 더 오래 보고 싶었다. 조금만 더 이야기를 나누고, 조금만 더 함께 시간을 보내고, 조금만 더 곁에 계셔 주셨으면. 그것이 그녀가 바라는 것이었다.

마지막 남은 신성력을 모두 비우면서 엘레나는 눈을 질끈 감았다. 알 수 있었다. 이제 생명력의 차례라는 것을. 내 것을 조금만 덜어 드리면.

하지만 엘레나의 바람은 이루어지지 않았다. 그녀의 두 손안에 잡혀 있던 교황의 손이 스윽 빠져나가 버렸다. 그러자 신성력의 연결이 끊어져 버렸다.

놀란 엘레나는 눈을 떴다. 잠든 줄 알았던 교황이 눈을 뜨고 그녀를 바라보고 있었다.

"서, 성하……."

화를 내실까. 엘레나는 할 말이 많았지만, 할 수 있는 말은 없었다. 그런 엘레나의 손등을 가벼운 손이 토닥였다.

"괜찮다, 엘레나. 그리하지 않아도 괜찮아."

"하지만 성하."

"나는 이미 네게서 많은 것을 받았으니, 괜찮아."

엘레나는 고개를 저었다.

"아니요. 저는 아직 드린 게 없어요. 받기만 했고, 드린 것은 없어요. 가진 거라곤 이 치유의 능력 하나뿐인데. 이걸로는 성하를 다 낫게 해 드리지도 못해요."

할아버지라고 생각하는 교황을 보내고 싶지 않은 마음이 사무쳤다. 어째서 세상은 이렇게 가혹한 걸까. 처음에는 남들 다 가진 부모를 주지 않더니, 죽었다 깨어난 뒤에는 할아버지처럼 그녀를 보듬어 주고 깊은 애정을 나눠 준 교황 성하를 빼앗아 간다.

차라리 아예 가족의 정을 모르게 하든가. 그것이 얼마나 마음을 묵직하게 만드는 것인지 알게 한 뒤에 이렇게 빨리 헤어지게 하다니. 너무 잔인한 것 아닌가.

"엘레나."

눈물이 날 것처럼 다정한 목소리. 아랫입술을 꽉 깨문 그녀가 고개를 들 때까지 교황은 참을성 있게 기다려 주었다.

"오늘 네 덕에 모두에게 내 두 발로 서서 인사를 할 수 있었다."

그녀의 신성력 없이는 도저히 불가능했을 일이었다.

"너를 만난 뒤로 할아비의 마음이 이런 것인가 알았다. 네 덕에 많이 웃었고, 또 기뻤단다."

언제나 활기차고 심성이 착한 아이. 엘레나가 찾아와 조잘거리며 이야기를 할 때에는 작은 새가 지저귀는 것 같아 즐거웠다.

"네가 날 이렇게 생각해 주는 그 어여쁜 마음만으로도 나는 이리 기쁜 것을. 어찌 준 것이 없다고 하느냐."

"성하……."

엘레나는 고개를 숙여야 했다.

"너무 슬퍼 말거라, 엘레나."

결국 교황의 침실에서 걸어 나올 때까지, 엘레나는 아무 말도 할 수 없었다. 슬퍼하지 말라 하시지만, 그리하겠다 대답할 수 없었으니까.

축 처진 어깨로 밖으로 나왔는데, 날씨는 또 화가 날 만치 좋았다. 익숙한 아발론 신전의 풍경을 보며 그녀는 조금 걸어야겠다고 생각했다. 걷다 보면 기분이 조금 좋아지지 않을까.

그렇게 무작정 신전 정문 쪽으로 향하는데, 그녀의 이름을 부르는 목소리가 있었다.

"엘레나 님."

"메이나드 경?"

귀에 익은 다정한 목소리의 주인공은 메이나드였다.

"여긴 어떻게……."

황궁도 아닌 아발론 신전에서 그를 마주치게 될 줄은 전혀 생각지도 못했다.

"오늘 교황 성하의 호위단 지휘를 맡았습니다."

"아, 그러셨구나."

새벽같이 일어나 온통 교황의 상태에만 신경을 쏟은 그녀는 마차를 호위하는 기사들이 있는 줄도 몰랐다. 하긴 교황 성하의 행렬인데 아무런 호위도 없이 마차만 움직인다는 것은 말이 안 되었다.

"요즘 바쁘신가 봐요, 메이나드 경. 몇 번 기사단으로 찾아가도 안 계시던데."

메이나드를 만나기 위해 기사단을 방문했지만 '어네스 경은 휴가 중이다.'라는 대답만 줄곧 들었다. 덕분에 메이나드와 꼭 필요한 대화를 나누는 일을 여태껏 미뤄 두게 되었다.

"그런데…… 메이나드 경?"

엘레나가 그를 빤히 바라봤다.

"머리가 짧아지셨네요."

땀에 젖거나 하면 곱슬곱슬하게 흘러내려 귀를 덮고는 하던 갈색 머리칼은 목덜미를 산뜻하게 드러낸 짧은 머리로 변해 있었다.

"예, 좀 잘랐습니다."

메이나드는 짧은 머리카락이 쑥스러운지 머리를 쓸어내리며 대답했다.

"긴 머리도 예쁘셨지만 짧은 머리도 잘 어울려요, 메이나드 경."

"가, 감사합니다. 엘레나 님은……."

여전히 아름다우십니다. 하지만 메이나드는 그 말을 삼켰다. 그리고 대신 다른 말을 물었다.

"괜찮으십니까?"

"네?"

"안색이 조금……."

엘레나는 그의 말에 자신의 얼굴을 쓸어 보았다. 그렇게 얼굴이 안 좋아 보였나.

"피곤해서 그런가 봐요. 아침 일찍부터 움직이고 신성력을 여러 번 썼더니 그런 것 같아요."

지금 당장에라도 침대에 누우면 바로 기절하듯 잠이 들 것만 같았다. 하지만 엘레나는 메이나드를 보며 웃어 보였다. 이렇게 걱정이 담뿍 든 눈을 마주하면 오히려 힘든 티를 내기 미안해진다.

"조금 쉬면 금방 괜찮아질 거예요. 걱정해 주셔서 고마워요."

오랜만에 보는 그의 순한 얼굴이 엘레나는 반가웠다.

"엘레나 님, 시간 되십니까?"

"시간이요?"

"지금부터 엘레나 님과 하루를 보낼 수 있는 영광을 주시겠습니까?"

메이나드는 허리를 숙이고 그녀에게 한 손을 내밀며 싱긋 웃었다.

신전 밖으로 나온 두 사람은 메이나드가 이끄는 대로 걷기 시작했다. 그런 그녀의 곁에서 이것저것을 알려 주는 메이나드는 마치 자상한 오빠 같았다.

"다 제게 맡겨 주십시오."

그렇게 장담한 메이나드가 엘레나를 데리고 간 곳은 광장이었다.

잘 닦인 돌이 촘촘히 깔려 있는 너른 광장은 황도 아발론의 정중앙에 위치하고 있었다. 그곳을 중심으로 동서남북 각 방향으로 두 개씩의 대로가 뻗어 나갔다. 길이 합쳐지는 지점이라 활발한 상권이 형성되어 있었다. 광장의 가운데에는 커다란 분수가 있어 그 주변에는 가지각색의 사람들이 와글와글 모여 있었다.

입이 딱 벌어지고 눈이 주먹만 해진 엘레나는 연신 '우와' 하며 주변을 구경하느라 바빴다. 그런 그녀를 웃으며 지켜보던 메이나드는 이따금 그녀가 누군가와 부딪칠 뻔하거나 넘어지려고 하면 잡아 주며 곁을 지켰다.

"앗, 죄송해요. 너무 놀라서. 정말 멋진 곳이네요!"

전에 르니에와 오후의 안식 레스토랑에 갔을 때 높은 곳에서 아발론 시내를 내려다본 적이 있다. 그때는 그저 막연히 잘 정비된 도시라고만 생각했는데. 아발론에 이렇게 깔끔한 동시에 번화한 공간이 있다는 것에 엘레나는 적잖이 놀라는 중이었다.

그 가운데에 서 있자니 사람들의 활기가 그녀에게도 전해지는 듯했다. 바닥을 기던 기분이 눈에 띄게 좋아졌다. 메이나드는 그것을 보고 안심했다.

제법 길었던 휴가에서 돌아온 뒤, 그는 자원하여 교황 성하의 호위 업무를 맡았다. 그리고 신전에 도착한 뒤, 황명에 따라 신전 경계 업무를 부하에게 지시 내리며 그녀를 기다렸다.

그런데 마침내 만난 엘레나의 안색이 너무나 좋지 않았다. 언제나 활기찼던 그녀의 모습에 익숙한 그에게 그런 모습은 처음이었다.

"좋아하시니 다행입니다."

그래서 조용한 강가로 향하려 했던 원래의 계획을 틀어 광장으로 왔다. 밝아진 그녀의 안색을 보니 올바른 선택인 듯싶었다.

"동료에게 들은 적이 있는데, 저기 저쪽에 있는 레스토랑이 음식도 맛있지만 디저트가 그렇게 유명하다더군요."

메이나드가 광장에서 남쪽으로 뻗은 한 골목을 가리키며 말했다.

"정말요?"

두 사람의 눈이 마주쳤다. 더 이상 말이 필요 없었다. 엘레나와 메이나드는 서로를 바라보며 씨익 웃었다.

"갈까요?"

메이나드의 말대로 그 레스토랑은 음식이 아주 맛있었다. 신성력을 고갈한 탓에 생긴 두통이나 무력감이 사라지자 훨씬 살 것 같았다.

볼록해진 배를 만족스레 통통 두드리던 엘레나는 창밖을 내다보고 있는 메이나드를 보고 웃었다. 작게 웃는 그 소리에 돌아본 메이나드는 영문도 모르면서 그녀를 따라 웃었다.

"어째서 웃으십니까?"

"조금 마음이 놓여서요."

엘레나의 대답에 메이나드가 고개를 갸우뚱했다.

"메이나드 경의 기분이 조금 괜찮아진 것 같아 다행이에요."

"예?"

그는 잠시 멍한 얼굴을 하고 말았다. 그녀의 기분을 풀어 주기 위해 이곳에 왔다. 황궁을 떠나 있는 자신에게도 들려왔던 신분에 대한 논란이나 교황 성하의 건강 문제를 생각해 보면 당연한 일이었다.

그래서 맛있는 것을 먹으며 점점 전처럼 밝게 웃기 시작하는 엘레나를 보며 가슴을 쓸어내리고 있었던 것은 자신인데.

"메이나드 경의 분위기가 많이 달라져서 조금 놀랐거든요. 혹시 무슨 일이 있나 하고요."

자고로 남녀를 불문하고 머리를 자르거나 모양새를 확 바꾸는 데에는 언제나 심리적인 요인이 있었다. 그래서 그의 짧아진 머리에 마음이 쓰였다.

"그리고 고마워요. 메이나드 경도 내가 걱정되어서 여기에 데려와 주신 거잖아요."

"알고…… 계셨습니까?"

"중간에 눈치챘어요."

엘레나가 생긋 웃었다.

"메이나드 경은 착한 분이잖아요."

메이나드는 결국 엘레나를 끝까지 바라보지 못했다.

착한 사람. 자신은 그런 좋은 사람이 아니었다. 착한 사람은 내기의 상품을 놓고 다투듯 은애하는 여인을 두고 경쟁하지 않는다.

또 내 어머니를 치유하기 위해 그녀가 위험을 무릅쓰고 신성력을 사용하도록 두지 않았을 것이고, 그녀를 원하는 마음에 눈이 멀어 폐하에게 그런 증오를 품지 않았을 것이다.

그는 부끄러웠다. 맑은 눈으로 자신을 바라보는 엘레나를 보기가 너무나도 부끄러워 고개를 들지 못했다. 잠시간 두 사람 사이에는 대화가 없었다.

어째서인지 찻잔만 내려다보는 메이나드를 앞에 둔 엘레나는 조금 머뭇거렸다. 지금 말해야겠지.

엘레나는 여기서 메이나드의 고백을 정식으로 거절할 생각이었다. 더 이상 이렇게 공중에 붕 뜬 풍선처럼 위태위태하게 둥둥 떠다니도록 둘 수는 없었다.

"저어, 메이나드 경."

엘레나의 부름에 메이나드는 고개를 들었다. 그는 대답 대신 그녀의 눈을 들여다봤다. 그리고 말했다.

"노을이 지기 시작하면 안슬리 강변의 모습이 참 아름답습니다."

조금 뜬금없는 말이었다. 잠자코 듣고 있는 엘레나를 향해 메이나드가 미소 지었다.

"노을이 질 때까지만 엘레나 님과 함께 있고 싶습니다."

착하지 못한 이의 마지막 욕심이었다.

레스토랑에서 나온 엘레나와 메이나드는 아발론 시내 구경을 계속했다. 광장 분수대에서 산개하며 반짝이는 물방울을 멍하니 구경하기도 했고, 왁자지껄한 시장에도 들렀다. 그동안 두 사람은 스스럼없이 웃고 떠들었다. 처음으로 함께 제과점에 갔을 때처럼 편안했다.

시간이 지나자 노을이 지기 시작했다. 잠시 하늘을 올려다보던 메이나드는 엘레나에게 말했다.

"이제 출발하면 도착할 즈음에는 멋진 노을을 볼 수 있을 것 같습니다."

"그럴까요."

두 사람은 천천히 걷기 시작했다. 서두르거나 걸음을 다급하게 옮기는 사람은 없었다. 처음 신전에서 나올 때보다도 곱절은 느려진 걸음이었다.

마침내 안슬리 강변에 도착한 엘레나는 탁 트인 강의 모습에 숨을 크게 들이켜고 내쉬었다. 높은 강둑 위에 사람들이 앉을 만한 벤치가 드문드문 놓여 있는 것이 보였다.

그들은 그중 너른 강의 모습이 가장 한눈에 보이는 의자에 자리를 잡았다. 불어오는 습한 강바람에 엘레나는 숨이 막히는 것 같았다. 하지만 더 이상 메이나드를 희망 고문 하고 싶지 않았다.

그동안 그녀에게 언제나 다정하고 상냥하게 대해 주었던 그를 위해서라도 아픈 말을 해야 했다. 이미 많이 늦은 감이 있었다. 그래서 그녀는 무겁게 입을 떼었다.

"메이나……."

"엘레나 님."

그러나 메이나드가 한발 빨랐다. 무거운 공기 따위는 단숨에 날려 버리는 미소를 지으며 그가 말했다.

"오늘은 제가 엘레나 님께 조금 실례해야 할 것 같습니다."

"실례라니……."

"전에 제 레이디가 되어 달라 청했던 것 말입니다."

메이나드가 꺼낸 말에 그녀의 가슴이 덜컥 내려앉았다.

"메이나드 경, 그게……."

"죄송하지만 그 부탁, 제 쪽에서 거둬들여야 할 것 같습니다."

"네?"

"제가 그런 부탁을 드렸다는 것을 잊어 주십시오. 부탁드립니다."

메이나드는 푹 고개를 숙여 보였다. 엘레나는 아무 말도 하지 못하고 그의 짧아진 뒷머리를 바라볼 수밖에 없었다.

"저는 평생 폐하를 모셔야 하는 몸입니다. 황실이 아닌 폐하 한 분께 충성 맹세를 했습니다. 제 삶은 제 목숨보다, 제 가족의 목숨보다 언제나 황제 폐하가 먼저입니다."

메이나드가 담백한 어조로 읊조렸다.

"그런 자가 어찌 레이디를 모실 수 있겠습니까. 생각이 짧았던 저의 불찰입니다."

정직한 초록색 눈이 엘레나를 바라봤다.

"부디 이해해 주시고."

짧게 자른 그의 갈색 머리칼이 강바람에 휘날렸다.

"그 일은 잊어 주십시오."

그 순간 그녀는 알 수 있었다. 메이나드는 지금 그녀가 거절의 말을 할 필요가 없도록 자신이 먼저 거절하고 있다는 것을.

항상 흔들림이 없다고 생각했던 그의 눈동자가 끊임없이 흔들렸다. 메이나드는 끝까지 그녀를 배려하고 있었다. 엘레나는 자신의 목소리가 떨리지 않도록 안간힘을 썼다.

"메이나드 경은 정말로, 정말로 착한 분이군요."

"아뇨, 저는 착한 사람이 못 됩니다."

그가 단호하게 고개를 저었다.

"돌아보니 저는 착한 사람이 아니었어요."

그가 무슨 생각을 하고 있는지는 다 알 수 없었지만, 엘레나는 메이나드를 향해서 또박또박 말했다.

"고마워요, 메이나드 경. 그리고 미안해요."

그녀의 말에 메이나드는 그제야 힘없이 웃었다.

"제가 드려야 할 말씀을 엘레나 님께서 하시다뇨. 저는 엘레나 님께 큰 빚을 지지 않았습니까."

모친의 생명을 구해 준 은인.

"평생을 갚아도 모자랄 것입니다."

일생 처음, 그리고 단 한 번이 될지도 모를 사랑이란 감정을 가르쳐 준 정인. 메이나드는 자리에서 벌떡 일어나 자세를 바르게 했다. 그 후 엘레나를 향해 허리를 숙이며 말했다.

"그동안 정말 고마웠습니다, 엘레나 님."

그는 이내 허리를 펴고 그녀를 향해 웃어 보였다. 슬픈 와중에도 한 가지 기쁨이 그를 이렇게 웃을 수 있게 했다. 그는, 메이나드 폰 어네스는 폐하의 기사로서 앞으로 그 옆자리에 서게 될 엘레나를 목숨 바쳐 모실 수 있다는 사실이었다.

그렇게 메이나드는 그만의 방식으로, 가장 그다운 방식으로 이별을 고했다. 엘레나가 항상 푸르른 초목같이 싱그럽다고 생각했던 그의 미소가, 그날은 지고 있는 노을과 무척이나 많이 닮았다.

"정말 그거면 되는 거예요?"

"그렇다."

아발론 신전의 하급 신관 마리는 눈앞의 남자가 낸 사람 같지 않은 거친 목소리에 눈살을 찌푸렸다.

"그러면 정말로 금화 100개를 받을 수 있는 거죠?"

"그렇다."

마리는 잠시 손톱을 뜯으며 이모저모 따져 봤지만, 고민은 길지 않았다.

"할게요."

100골드. 자그마치 100골드였다. 그녀 같은 평민은 평생을 일해도 벌어 볼 수 없는 큰 금액이었다. 그런 돈을 준다는데 마다할 이유가 없었다.

"어차피 그렇게 친한 사이도 아니고."

그 정도 돈이면 고향에 있는 가족들을 모두 데리고 어디로든 가서 평생 풍족하게 살 수 있었다. 더 이상 신전에서 하급 신관이라 무시받으며 살지 않아도 된다.

"그 돈은 언제 줄 건데요?"

"일이 무사히 마무리되면 서문 앞의 '바람의 여관'에 돈을 맡겨 놓겠다."

"믿어도 되나 몰라."

신원도 이름도 모르는 남자를 믿는다는 것이 영 꺼림칙했지만 마리는 밑져야 본전이라고 생각했다.

"내일모레 해 질 녘이란 말이죠?"

"최대한 늦은 시각일수록 좋다."

"알았어요."

마리가 고개를 끄덕이며 대답하자 남자가 등을 돌려 걸어갔다.

"저기요. 근데 걔한테 무슨 짓을 하려는 거예요?"

키가 큰 만큼 묵직한 남자의 발걸음 소리가 뚝 멈췄다. 그리고 고개를 반쯤 돌려 마리를 바라봤다. 움찔, 차갑게 빛나는 새파란 눈에 마리의 몸이 굳어 버렸다.

"아, 알았어요. 걔가 멀쩡히 다시 돌아와서 내가 곤란하게 될 일이나 없게 하라고요……."

남자의 눈빛에 질려 마리의 목소리가 점점 기어들어 갔다.

"명심해라. 해 질 녘에 혼자서 보내야 한다."

그 말만 남긴 뒤 다시 등을 보이고 저벅저벅 걸어가는 남자의 검은 머리칼은 섬뜩하도록 칠흑 같았다.

26장

26장

"실비아! 실비아!"

별안간 들려오는 커다란 소리에 엘레나는 막 일상복으로 갈아입던 것을 서둘러 마무리하고 옆방으로 뛰어갔다. 노을이 비껴드는 교황의 침실은 다른 곳보다 어둠이 일찍 찾아든 듯했다.

"교황 성하."

엘레나는 서둘러 침대 곁으로 다가갔다.

"가지 말거라……."

교황의 두 눈은 여전히 감겨 있었다. 악몽을 꾸는 것이다. 이곳 아발론 신전으로 옮기고 난 뒤 매일 한 번씩은 일어나는 일이었다.

"성하, 일어나세요."

엘레나는 조심스레 교황을 불러보았지만 소용없었다.

"가지 마라, 그 마차를 타면……."

결국 교황의 어깨에 손을 얹고 가볍게 흔들자 흐릿한 눈이 엘레나를 담았다.

"그 마차를 타면 안 된다……."

"성하, 저는 어머니가 아니에요."

지독한 꿈과 현실의 경계에 있는 교황을 그녀가 조용히 안심시켰다. 그 목소리에 잠시 엘레나를 멍하니 바라보던 교황이 뒤늦게 고개를 끄덕였다.

"내가 꿈을 꾼 모양이구나."

"이제 괜찮으세요?"

엘레나가 물을 건네며 묻자 교황이 지그시 눈을 감았다.

"지금이 몇 시쯤 되었느냐."

"이제 막 해가 지려고 하고 있어요."

"그렇구나."

겨우 넘긴 물 한 모금으로 목을 축인 교황은 방금 깨어났음에도 지쳐 보였다.

"저는 물을 조금 더 가져올게요. 쉬고 계셔요."

엘레나는 빈 물병을 가지고 일어나며 그렇게 말했다.

"어두워진 뒤에 밖에 다니는 것은 위험하단다."

마치 어린 손녀에게 이르는 듯한 말이었다. 그것에 담긴 다정함에 엘레나는 작게 웃었다.

"예, 성하. 좀 더 주무세요."

"다시 눈을 떴을 때는 환한 햇살이 보고 싶구나."

눈을 감고 아침 햇살을 그리듯 교황이 중얼거렸다. 곧 고른 숨소리만 남았다.

이제 정말 얼마 남지 않았다. 엘레나는 알 수 있었다.

그녀는 교황의 이사가 어느 정도 마무리되면 다시 새벽의 궁으로 돌아가려고 했다. 하지만 교황은 아발론 신전으로 돌아오며 몸에 남은 모든 힘을 사용한 것처럼 상태가 급속도로 악화되었다. 그에 제프리 추기경은 엘레나에게 계획을 바꾸라 말했다.

'마지막이 다가오고 있구나.'

엘레나는 바로 티토에게 연락을 했고 필요한 만큼 머무르란 답신이 왔다. 모두들 아는 것이다. 이제 정말 작별이라는 사실을.

그 뒤로 엘레나는 교황의 침실 바로 옆방으로 옮겨 왔다. 얼마 남지 않은 시간, 조금이라도 더 많이 대화를 나누고 얼굴을 보기 위해서였다. 떠나보내는 자로서 할 수 있는 최선이었지만, 그것이 슬픔을 가시게 하지는 않았다.

교황이 잠든 것을 확인한 엘레나의 얼굴에서 웃음기가 줄어들었다. 점점 사그라드는 교황 앞에서 아무렇지 않게 최대한 밝은 모습을 보이려 했지만, 문득문득 슬픔이 밀려오는 것은 어쩔 수 없었다.

"저 얼른 내려가서 물 가져올게요, 성하."

이대로 앉아 있다가 행여나 교황 성하께 우는 모습을 보일까 싶어 엘레나는 잠든 교황에게 다정스레 말을 건네고는 방을 빠져나왔다.

물병을 들고 복도를 걷는 그녀의 어깨는 힘없이 축 처져 있었다. 교황 성하의 고통이 길지는 않았으면 좋겠다는 마음과, 조금이라도 더 곁에 있어 주셨으면 좋겠다는 마음이 부딪쳐 괴로웠다.

"저기."

주방이 있는 1층에 다다랐을 때 뒤쪽에서 다가온 사람이 말을 걸었지만, 생각에 빠진 엘레나는 듣지 못했다.

"저기…… 엘레나!"

"으응? 앗!"

멍하니 걷는 엘레나의 옷자락을 갑자기 누군가가 꽤 거칠게 잡아챘다. 그 바람에 물병에 조금 남아 있던 물이 출렁이며 밖으로 넘실거렸다.

"이봐요! 도대체 뭐 하는…… 어, 그쪽은?"

화를 내던 엘레나의 눈이 동그래졌다.

"마리?"

갈색 머리의 평범한 얼굴을 가진 익숙한 얼굴. 처음 이곳에 떨어졌을 때 약간이나마 친분을 쌓은 하급 신관이었다.

"아, 안녕……하세요, 엘레나 신관님."

버릇처럼 반말을 하려던 마리는 그다지 탐탁지 않은 말투로 존대했다.

"안녕, 오랜만이다."

그래도 엘레나는 반가운 마음이 들었다. 하지만 밝게 인사하는 엘레나를 보는 마리의 표정은 그리 좋지 못했다.

"그렇게 오랜만은 아닌데. 기억 못하시나 봐요, 엘레나 님."

마리는 그날을 생생하게 기억했다. 새벽의 궁으로 떠났던 엘레나가 아발론 신전으로 다시 돌아왔던 날. 세이라 언니가 교황 성하의 집무실에 불려 갔다 나온 뒤, 분을 이기지 못하고 방 안 집기를 모두 엉망으로 만들었던 날을.

세이라는 그 화를 마리를 비롯한 하급 신관들에게 풀었다. 직후 3일 동안 허리도 제대로 펴지 못하고 커다란 아발론 신전 구석구석을 쓸고 닦으며 마리는 이 지긋지긋한 신관 생활에 환멸을 느꼈다. 말만 신관이지, 자신은 하녀나 다름없었다.

"아, 맞다. 그랬지! 미안, 내가 요즘 워낙 정신이 없어서."

배시시 웃는 엘레나의 얼굴을 엉망으로 할퀴어 놓고 싶다는 충동에 마리는 주먹을 꽉 쥐었다.

배신자. 혼자서만 홀랑 궁으로 들어가 신세를 폈다. 소심해서 언제나 어깨를 웅크리고 사람 눈도 바라보지 못하던 게 저에게 보란 듯이 저렇게 웃어 보이는 게 괘씸했다.

"마리, 존댓말을 해야 하는 건 알지만 우리끼리 있을 때는 전처럼 편하게 해 주면 좋을 것 같은데……."

"아니에요."

착한 척하기는. 마리의 입매가 보이지 않게 뒤틀렸다.

"저기 혹시 바쁘지 않으시면 제가 부탁을 하나 해도 될까요?"

뜬금없이 부탁이라니. 엘레나가 얼떨떨하게 되물었다.

"부탁?"

"세이라 언니 방의 꽃을 갈아야 하는데, 제가 꽃을 사 오는 걸 깜박했지 뭐예요. 지금이라도 나가서 꽃을 좀 사 와야 할 것 같은데……."

마리의 말끝이 길어졌다. 나보고 꽃을 사다 달라는 건가? 엘레나는 이해할 수 없었다.

"본인이 사 오면 안 돼?"

악의가 담긴 말은 아니었다. 순수한 궁금증이었다.

"제가 좀 바빠서요."

"바쁘다고?"

엘레나는 되물었다.

"그렇게 바빠 보이지는 않는데……."

이쪽은 식당으로 가는 길, 일이 바쁘다면 여기 있을 리 없다. 하물며 마리에게서 바쁜 기색은 찾아볼 수 없었다. 오히려 자신을 기다리고 있었던 게 아닌가 싶을 정도로 꽤 여유로워 보였다.

엘레나가 뜸을 들이자 마음이 급해진 것은 마리 쪽이었다.

덥석!

"부탁 좀 할게!"

마리의 태도가 돌변했다.

"내일 아침에 신학 시험이란 말이야."

엘레나의 손을 부여잡은 마리는 당장이라도 눈물을 쏟아 낼 것처럼 울먹거리며 말했다.

"꽃을 사 오면 그 공부를 할 수가 없어. 나 좀 도와줘, 응?"

엘레나는 마리가 말한 신학 시험의 의미를 잘 알았다.

라한교는 교육을 엄격하게 했다. 물론 신관이 신학을 잘 숙지하고 있어야 하는 것은 맞다. 문제는 하급 신관의 경우 한 달에 두어 번 있는 신학 시험을 통과하지 못하면 쥐꼬리만 한 월급을 감봉당하게 된다는 것에 있었다. 그래서 그들은 허드렛일에 치이는 와중에도 졸린 눈을 비비며 신학 공부를 했다.

문득 시골에 사는 가족들을 먹여 살리는 마리의 처지가 생각나 엘레나는 한숨을 쉬었다.

"도와주지 않을 거야?"

기다리지 못하고 되묻는 마리의 목소리가 떨렸다.

우물쭈물하는 엘레나가 싫었다. 짜증이 났다. 예전 같았으면 '너 거기 다녀오면 식당에서 빵 하나 더 가져다줄게.' 같은 말로 쉽게 꼬드길 수 있었을 텐데. 엘레나가 저를 무시하고 깔보는 것을 알 수 있었다.

마리는 엘레나를 위아래로 훑어보았다. 궁에 들어가서 얼마나 놀고먹었으면, 비쩍 말라서 광대가 드러났던 얼굴에 보기 좋게 살이 올랐다. 지푸라기같이 푸석푸석하던 머리카락에도 윤이 흘렀다. 언제나 멍해 초점이 없던 눈동자는 자신감에 차 보였다.

재수 없어. 세이라 언니의 말대로 천한 몸에서 태어난 천한 것에겐 전의 모습이 더 잘 어울렸다.

높은 분들과 교황 성하께 기생충처럼 붙어사는 이런 여자애 따위 어찌 되어도 상관없겠지. 자신을 찾아왔던 남자의 음습한 얼굴이 떠오르자 마리는 엘레나의 손을 잡은 손아귀에 더욱 힘을 주었다.

"일단 이것 좀 놓고 이야기하자."

엘레나가 희게 질린 자신의 손을 빼내며 말했다. 어찌나 단단하게 붙잡았는지 손마디가 다 아플 정도였다.

얘가 정말로 공부를 못했나 보네. 엘레나는 마리가 안타까웠다. 윗사람들에겐 하급 신관이 신학 공부를 게을리하지 않게 하는 방법인지 몰라도, 한 푼이 아쉬운 이들에게는 피를 말리는 일이었다.

게다가 방의 꽃을 가는 일 정도는 본인이 스스로 할 수 있는 것 아닌가. 세이라 신관의 자질구레한 일까지 도맡은 마리에 대한 동정이 들기도 했다.

"시간이 좀 늦었는데, 꽃집이 아직 열었을까?"

"항상 해가 지고 나서야 문을 닫는 곳이니까 아직은 괜찮을 거야!"

마리가 반색하며 얼른 대답했다.

"도와줄게. 꽃집이 어딘지 알려 줘."

마침내 자신이 원하고 원하던 대답을 얻어 낸 마리는 신이 나서 꽃집의 위치를 설명했다. 그 설명을 들으며 엘레나는 생각했다.

몇 번인가 가져다주었던 빵 덩어리의 보답이라고 생각하자. 그 돌같이 딱딱했던 빵이 고프다 못해 시렸던 배를 채워 줬던 것은 사실이니 말이다.

"도대체 어디에 있는 거야!"

길 한가운데에 선 엘레나가 머리를 부여잡고 외쳤다. 분명히 마리가 가르쳐 준 곳으로 왔는데 꽃집은커녕 인적조차 드물었다.

"여기가 맞는데. 신전에서 쭉 나와서 첫 번째 대로에서 오른쪽, 그리고 빵 가게를 지나서 왼쪽. 아닌가? 오른쪽이었나?"

처음 설명을 들을 때만 해도 그리 복잡하게 느끼지는 않았는데 자꾸만 되뇌다 보니 점점 헷갈렸다. 그렇게 헤매다 보니 시간이 꽤 흘러서 주변이 완전히 어둑해졌다.

"여긴 또 어디야."

결국 길을 잃고 말았다. 이제 꽃이고 뭐고 신전으로 무사 귀환하는 것이 더 급해졌다.

한참을 감에 의존해 무작정 걸어 다니던 엘레나는 잠시 멈춰서 주변을 둘러봤다.

그녀는 지금 어둑한 길목에 서 있었다. 상업 지구인지 불이 들어온 집은 보이지 않았다. 밤이 되니 다들 문을 닫고 퇴근한 모양이었다. 길을 물어볼 만한 사람도 없었다.

어딘지 알지도 못하는 곳에 혼자 있다고 생각하니 팔을 타고 소름이 돋아났다. 그때, 주변을 불안한 눈으로 보고 있던 엘레나의 귀에 어떤 소리가 들렸다. 발걸음 소리였다.

사람이다! 엘레나는 반가운 마음으로 얼른 소리가 들려온 골목으로 향했다. 멀리서 지나가는 누군가의 뒷모습이 보였다. 어두운 색의 망토를 입은 키가 큰 남자였다.

"저기요!"

하지만 남자는 돌아보지 않았다. 엘레나는 신관복 옷자락을 한 손에 말아 쥐고 그 뒤를 쫓았다.

"저기요! 잠시만요!"

저 사람을 따라가다 보면 그래도 인적이 있는 곳이 나오겠지. 무정하게 뚜벅뚜벅 멀어지는 남자를 따라서 엘레나는 반쯤 뛰었다.

서두르는 것같지 않아 보이는데도 남자는 아슬아슬하게 망토 끝자락만 보여 줄 뿐, 따라잡을 수 없었다. 가까워졌다고 생각하면 멀어졌고, 놓쳤다고 생각하면 모퉁이를 도는 모습이 보였다.

그리고 그 뒷모습이 발걸음 소리와 함께 완전히 사라진 것은 지친 엘레나가 더 이상 뛸 수 없게 되었을 때였다.

"허어, 허억……."

갈림길 앞에서 무릎을 짚고 숨을 고르던 그녀는 목을 스친 싸늘한 바람에 고개를 들었다. 그리고 깨달았다.

"여기에 있으면 안 될 것 같은데……."

정신없이 남자를 따라다닌 탓에 이곳이 어딘지 이제 정말로 감도 잡히지 않았다. 희미하게나마 빛이 들었던 조금 전 그곳과는 달리, 그녀는 아주 어두컴컴한 곳에 서 있었다.

멀쩡한 상점들은 어디로 갔는지 버려진 지 오래인 것 같아 보이는 건물 몇 개만 눈에 띄었다. 본능적으로 알 수 있었다. 아주 잘못된 곳으로 들어왔다는 것을.

여기서 벗어나야겠다. 그 생각밖에 떠오르지 않았다. 흐르는 땀방울을 닦아 낸 엘레나는 방금 자신이 뛰어왔던 곳으로 가기 위해 뒤로 돌았다.

"크큭……."

처음 보는 남자가 그곳에 서 있었다. 남자는 그녀를 보면서 비릿한 웃음을 흘렸다. 여기저기 기운 자국이 있는 허름한 옷을 입은 데다 신발도 해져서 발가락이 보였다. 그 맨발이나 다름없는 발이 천천히 다가왔다.

"누, 누구세요……."

떨리는 목소리로 물었지만 남자는 대답할 생각이 없어 보였다. 어차피 듣고 달려와 줄 사람 하나 없는 곳이었지만, 목소리마저도 꽉 잠겨 흘러나오지 않았다.

주춤주춤, 뒷걸음질 치는 발끝이 바닥을 긁었다. 가래가 들끓는 목소리가 중얼거렸다.

"은발에 신관복……."

등줄기를 따라 소름이 쫙 돋아났다. 그냥 술에 취한 사람이 아닐까 싶었던 마음이 증발해 버렸다.

"낄낄……."

있는 힘껏 도망가고 싶었지만 다리에 힘이 풀려 버렸다. 남자의 시꺼멓게 때 낀 손이 무언가를 찾아 허름한 옷자락을 더듬는 모습에 오싹 소름이 돋았다.

"가, 가까이 오지 마!"

있는 힘껏 외쳤지만, 남자는 오히려 재밌다는 듯 더 크게 웃었다. 이 상황을 즐기고 있었다.

엘레나는 절망했다. 이 인적 없는 곳에 그녀를 도와줄 수 있는 사람이 있을 리 없었다.

짧은 순간 온갖 생각이 다 들었다. 이대로 돌아서 뛴다면 도망칠 수 있을까. 그러나 힘이 빠져 후들거리기 시작한 무릎 탓에 마음대로 뒷걸음질도 치지 못하는 상황인데 남자만 자극하는 결과를 초래할 수 있었다.

애초에 전혀 모르는 사람의 뒷모습을 쫓아온 내가 잘못한 것일까. 내가 만약 있는 힘껏 뛴다면 저 남자에게서 벗어날 수 있을까. 나는 무슨 일을 당하게 될까.

점점 남자가 다가오기 시작했다. 한 걸음 한 걸음, 엘레나는 본능적으로 남자에게서 멀어지기 위해 뒷걸음질 쳤다. 몸이 금방이라도 주저앉을 것처럼 위태롭게 흔들렸다.

뚜벅, 뚜벅.

환청처럼 들려오는 소리가 있었다. 엘레나는 놀라서 뒤를 돌아봤다. 이쪽으로 빠르게 걸어오는 남자가 보였다.

"르니에?"

너무나 뜻밖인 만남에 그녀가 중얼거렸다. 그때였다. 똑바로 그녀를 보며 걸어오던 르니에의 눈이 날카로워진 것은.

돌연 그가 그녀를 향해 뛰기 시작했다. 성큼, 성큼. 몇 걸음으로 훌쩍 날듯이 달려왔다. 그리고 엘레나가 무어라 미처 반응을 할 수 있기도 전에, 자신의 품에 그녀를 와락 안았다. 털썩하고 그 품에 안길 때의 충격으로 엘레나의 입에서 짧은 비명이 터져 나왔다.

"앗!"

르니에의 손이 그녀의 뒷머리와 허리를 단단하게 감싸 안았다. 그리고는 마치 왈츠를 추듯 그녀를 안은 채로 제자리에서 커다랗게 빙글 돌았다.

짧은 시간 동안 그는 아무런 움직임이 없었다. 자신의 몸으로 그녀를 완전히 안은 채 굳어 버린 듯이. 힘이 얼마나 센지 엘레나는 몸이 으스러질 듯이 아파 왔다. 숨도 막혔다.

더 이상은 못 버티겠다는 생각이 들었을 때, 르니에가 그녀를 안은 팔을 풀더니 허리춤에서 검을 뽑으며 뒤로 크게 돌았다.

"크악!"

동시에 르니에의 등에 가린 시야 너머에서 커다란 비명 소리가 터져 나왔다. 지금 도대체 무슨 일이 일어나고 있는 거지? 급박하게 흘러가는 상황을 그녀의 사고가 따라가지 못하고 있었다.

그때 시야에 르니에의 뒷모습이 들었다. 그가 든 긴 검날에서 붉은 피가 뚝뚝 떨어졌다. 저 피는 누구의 피지? 그런 의문이 들었을 때였다. 쿵 하는 소리와 함께 수상한 남자의 몸이 아래로 허물어졌다.

"흐어어……."

마치 동물 같은 신음 소리였다. 본능적으로 방금 전 가슴팍에 생긴 상처를 더듬은 흙 묻은 손이 붉게 물들었다. 남자는 눈을 찡그렸다. 제 몸에서 흘러나오는 붉은 피를 믿을 수 없는 듯했다.

그륵, 남자는 곧 다가서는 르니에를 알아챘다. 남자의 것과는 너무나 다른 고급 신발이 제 피로 점점이 물든 모래알을 짓이기는 소리 때문이었다.

"흐어어…… 제, 제발."

공포가 섞인 눈이 르니에를 올려다봤다. 자신에게 어떤 일이 일어날 것인지 직감한 듯 남자가 빌었다. 조금 전까지만 해도 엘레나에게 위협적인 공포의 대상이었던 존재가 흙바닥을 기어 다녔다.

"감히."

그러나 남자를 내려다보는 푸른 눈에 동정심은 찾아볼 수 없었다. 대신 짙은 분노와 경멸이 비쳤다.

"저, 저리 가!"

남자가 르니에에게 무언가를 휘둘렀다. 아무런 소용이 없는 일이었다. 르니에는 반걸음 물러나는 동작만으로 그것을 피했다. 그리고 그의 검이 한 번 더 춤을 췄다.

"으아악!"

더욱 끔찍한 비명 소리와 함께 사방에 선혈이 낭자했다. 툭 하는 무거운 소리와 함께 남자의 오른손이 잘려 바닥에 나뒹굴었다. 낡은 단검을 쥐고 있는 손이었다.

"흡."

엘레나는 비명을 지르지 않기 위해 두 손으로 입을 틀어막아야 했다. 이미 남자의 한 손을 자르고도 르니에는 멈출 생각이 없어 보였다. 칼을 한 번 공중에 날카롭게 휘둘러 피를 떨쳐 낸 그가 다시 검을 고쳐 잡았다.

"그만! 제발 그만!"

남자가 울부짖었다.

"나는 그냥 도, 돈 때문에……!"

그러나 남자가 더 이상 말하기도 전에 다시 한번 검을 그어 내리는 르니에의 차가운 얼굴에 망설임이란 없었다. 서걱, 섬뜩한 소리가 났다. 남자의 반대편 손이 고깃덩어리처럼 툭 떨어져 내렸다.

"으아아악!"

이번에는 고통에 찬 울음이 조금 더 길었다. 잘린 단면에서 뿜어져 나오는 피를 다른 손으로 어떻게든 막아 보려 했지만, 먼저 잘려 나간 그 자리엔 마찬가지로 피가 흐르는 빈 손목만이 있을 뿐이었다.

"으으윽……."

남자의 가슴에 남은 긴 검상과 흰 뼈가 드러난 손목이 비현실적일 정도로 끔찍했다. 그렇게 몸을 웅크리고 고통에 신음하는 남자를 신경도 쓰지 않고 돌아선 르니에가 향한 곳은, 주저앉아 있는 엘레나의 곁이었다.

"괜찮아?"

엘레나와 눈높이를 맞추려 한쪽 무릎을 꿇는 르니에에게서 피 냄새가 끼쳐 왔다.

"어디 다친 곳은 없어?"

사림을 베고 양손을 잘라 버린 사람이라고 하기엔 너무나 다정하고 달콤한 목소리. 그러나 그 어깨 너머에 흩뿌려진 붉은 피와 신음하는 남자에게서 엘레나는 눈을 뗄 수 없었다.

끄덕. 대답 대신 엘레나의 머리가 겨우 움직였다.

"다행이야."

그런 그녀의 머리를 쓰다듬으려는 듯 르니에가 손을 뻗었지만 닿지 않았다. 그가 자신의 손에 묻은 피를 보고 거둬들였기 때문이었다.

"왜 혼자서 이런 곳에 있는 거야. 위험하잖아."

"누가…… 뭘 사다 달라고 부탁을 해서……."

"이 근방에서? 여긴 아무것도 없는데?"

주변을 휘휘 둘러보는 르니에는 마치 놀러 나온 어린아이 같았다.

"그러는 르니에는 여기 왜 있는 거예요?"

"아아, 나는 근처에 볼일이 좀 있어서……."

얼버무리는 말이 시원찮았다.

그때 르니에의 눈치를 보며 바닥에서 몸을 일으킨 남자가 도망치기 시작했다. 비틀거리느라 빠르게 멀어지는 것은 역부족이었지만 르니에는 신경도 쓰지 않았다. 오히려 놀란 엘레나가 저 남자를 잡아야 하나 말아야 하나 고민하는 것을 보고 여유롭게 말했다.

"괜찮아. 양손을 잘라 놓았으니 언제든 찾을 수 있어."

"그럼 손을 자른 이유가……."

"물론 감히 너를 해치려 한 벌은 따로 받게 될 거야. 걱정하지 마."

그 말에 잘린 남자의 손이 쥔 단검이 떠올랐다. 품 안에서 찾던 게 칼이었구나.

'그럼 그 단검으로 나를?'

서늘한 날붙이가 떠오르며 오싹 소름이 돋았다. 르니에가 나타나지 않았다면 피를 흘리고 있는 것은 그 남자가 아니라 바로 그녀였으리라. 엘레나는 그 남자가 단검을 가지고 있다는 것조차 알아채지 못한 상태였으니 말이다.

그녀의 등 뒤에서 남자가 칼을 들고 달려드는 것을 르니에는 먼저 보았던 게 틀림없다. 그래서 그렇게 몸을 날려 자신을 품에 안았던 것인가.

"잠깐만, 그러면……."

툭, 투둑. 일정한 간격의 조용한 소리가 그제야 그녀의 귀에 들리기 시작했다. 소리의 출처는 아래로 축 늘어진 르니에의 팔이었다.

엘레나가 떨리는 손을 어깨로 뻗었다. 손끝이 금세 피로 물들었다. 그에게서 풍기는 진한 혈향이 모두 도망간 남자의 것인 줄로만 알았던 그녀는 소스라치게 놀랐다.

"다쳤어요?"

엘레나는 한쪽 무릎을 땅에 대고 앉은 르니에의 뒤로 돌아가 살폈다. 한쪽 어깨를 깊게 벤 검상이 등까지 길게 이어져 있었다.

"……나 때문에?"

자신을 힘껏 껴안았던 르니에가 떠오른 엘레나는 말을 잇지 못했다.

이 커다란 상처는 본래 그녀에게 났어야 하는 것이다. 깊게 벌어진 사이로 울컥울컥 배어 나오는 피도 원래 그녀가 감당했어야 했다.

"으윽."

그런 그녀를 달래려고 여유롭게 웃어 보이며 손을 뻗던 르니에가 휘청하더니 결국 바닥에 주저앉아 버렸다. 늘어뜨린 팔 밑에는 이미 작은 피 웅덩이가 있었다.

"꼴사납네."

자존심이 상한 듯 작게 중얼거리는 그의 얼굴에는 쓴웃음이 걸려 있었다. 낯빛이 파리한 것이 꽤나 고통이 심한 것 같았다.

"왜 이런 무모한 짓을 해요! 그냥 위험하다고 소리를 지르지!"

치유를 하기 위해 소매를 걷어 올리며 엘레나가 소리쳤다. 목숨을 구해 주고도 타박을 받는 상황이 기분 나쁘지도 않은지 르니에는 눈매를 휘었다.

그는 그저 그녀가 반가웠다. 저를 걱정해 주는 것 같아 오히려 기뻤다.

"그랬으면 네가 피할 수 있었을까?"

"그건……."

그녀는 아무런 대답을 하지 못했다. 그 남자가 칼을 들고 덤비는 것도 몰랐으니까.

"그래도 그렇지, 대신 칼을 맞으면 어떻게 해요."

"하하, 왜냐면…… 윽!"

상처를 살피는 엘레나의 행동에 르니에가 결국 신음을 터뜨렸다.

"당연하잖아."

르니에는 놀라서 가까이로 다가온 엘레나의 향기와 체온에 눈을 스르르 감으며 대답했다.

"네가 조금이라도 다치면 내 스스로를 용서할 수 없으니까. 어쩔 수 없는 일이야."

엘레나는 대답할 적절한 말을 찾을 수 없었다. 르니에가 그녀의 어깨 위에 고개를 툭 떨궜다. 그 무게가 묵직했다.

"넌 내가 지킬 거야. 전에도 말했잖아."

혹시나 그에게 여지를 주지 않을 만한, 희망 고문이 되지 않을 만한 말이 떠오르지 않았다. 그래서 대신 르니에의 어깨와 등에 손을 얹고 신성력을 방출했다. 부드러운 빛과 함께 서서히 사라지는 통증에 르니에가 흐리게 한숨을 내쉬는 소리가 내려앉았다.

"이런 느낌이었구나."

자신이 내뱉은 말에 엘레나의 가지런한 눈썹이 꿈틀거리는 것을 보고 르니에가 작게 웃었다. 그녀가 내뿜는 빛은 그녀처럼 다정하고 따듯했다. 이 안에서 언제까지나 이렇게 쉴 수 있을 것 같았다.

르니에는 고개를 틀어 그녀를 바라보았다. 하얀 살결과 은으로 만든 실타래 같은 은발이 눈에 들어왔다. 경계하거나 인상을 찌푸리지 않는 그녀를 이렇게 가까이서 오랫동안 보는 것은 처음이었다.

"'르니에'라고 불러 주는 거, 정말 좋아."

그제야 자신이 '님' 자를 붙이지 않고 르니에의 이름을 불러 버렸다는 것을 깨달은 엘레나가 어깨를 움찔했다. 아직 완벽하게 치유되지 않은 어깨의 상처가 강하게 욱신거렸지만 르니에는 웃었다.

"앞으로도 계속 그렇게 불러 줘."

이 정도 부상에 이 여자를 이렇게 가까이서 볼 수 있다면 그리 밑지는 장사는 아니었다.

"너는 내가 지켜 줄 테니까."

순간순간이 엘레나에게서 풍겨 오는 향기만큼이나 달콤했다.

"이대로 시간이 멈췄으면 좋겠어."

그녀에게 기댄 채로 이렇게. 그렇다면 그의 시간은 행복한 중에 영원하리라. 피로 물든 허름한 뒷골목이 그의 낙원이 되는 순간이었다.

그러나 무한하길 원했던 그 평화는 그리 길지 못했다. 별안간 기척을 감지한 르니에의 눈이 날카롭게 변하며 한곳을 바라봤다. 엘레나를 공격했던 버러지 같은 사내가 사라졌던 골목 쪽이었다.

발목까지 길게 내려오는 어두운 색 망토를 입은 케인이 멀리서 그와 엘레나를 지켜보고 있었다. 두 사람이 있는 곳에서 꽤 거리가 있었지만, 케인이 한 손에 그러쥔 검에서 붉은 피가 뚝뚝 흘러내리고 있는 것만큼은 분명히 알 수 있었다. 누구의 피인지는 굳이 물어보지 않아도 알 수 있었다.

케인은 얼마 지나지 않아 담벼락 너머로 사라졌지만, 르니에의 시선은 케인이 서 있던 자리에서 떨어질 줄을 몰랐다.

얼마 뒤, 치유의 빛이 사그라들었다.

"끝났어요."

엘레나가 르니에에게서 손을 떼어 내며 말했다.

"아아, 아쉽네."

찢어진 옷 아래로 완벽히 아문 피부를 들춰 보며 그가 눈꼬리를 내렸다.

"이래서야 아무 일도 일어나지 않았던 것 같잖아."

"그럼 흉터라도 남겨 드릴 걸 그랬나요."

엘레나의 말투가 날카로웠다.

"왜 나에게 화내고 있는 거야? 나는 널 구해 줬는데?"

마치 '그러다 이렇게 다쳤는데?'라고 하듯 자신의 상처 부위를 가리키며 르니에가 말했다.

"절 구해 주신 것은 감사하게 생각해요, 물론. 마음도 좋지 않아요. 바로 눈앞에서 나 대신 사람이 다쳤는데."

엘레나는 르니에가 가리키는 핏자국을 보지 않으려 시선을 돌리며 말했다.

"하지만 앞으로 제 뒤를 밟는 일은 없었으면 해요. 아시겠어요?"

"……."

르니에는 별다른 대답이 없었다. 다만 잠시 그녀를 빤히 보다가 피식 웃었을 뿐이었다.

"대답해 주세요."

그녀가 단호하게 말했다. 아무리 갑자기 벌어진 일에 놀랐다지만 르니에의 석연치 않았던 얼버무림을 놓칠 정도는 아니었다.

"오늘 처음이었어. 신전에 너를 보러 갔다가 마침 나오길래 뒤를 따라왔던 것뿐이야."

변명과도 같은 말들이 르니에게서 흘러나왔다. 그러나 여전히 딱딱하게 굳은 얼굴로 자신을 바라보는 엘레나를 보고는 순순히 고개를 끄덕였다.

"알겠어. 앞으론 이런 일 없도록 할게."

진짜 속내가 어떨지는 알 수 없지만 제법 반성하는 듯한 태도였다. 그에 엘레나는 고개를 끄덕였다.

"그런데 말이야, 오늘 일은 아무에게도 말하지 않았으면 좋겠어."

"왜요?"

"왜냐면…… 강도를 당할 뻔했잖아, 너."

르니에의 미소가 짙어졌다.

"혼자서 이런 곳에 들어왔다가 강도를 당할 뻔한 걸 알면, 앞으로 너에게서 자유는 없어질걸?"

"강도요?"

남자가 그런 말을 했던 것 같기도 했다. 돈 때문이었다고. 신관에게 무슨 돈이 있다고 강도를 하려 했던 것일까.

엘레나는 이내 한숨을 쉬었다. 발끝이 다 보이도록 해지고 떨어진 남자의 허름한 신발이 떠올랐기 때문이었다.

그리고 주변을 둘러보았다. 이런 곳에 사는 사람에겐 그녀가 입고 있는 신관복도 아주 비싼 물건처럼 보였으리라.

"게다가 누가 부탁해서 뭘 사러 나왔다며. 네가 이런 일을 겪었다는 걸 알면 그 사람은 상심이 꽤 클 것 같은데?"

엘레나는 마리를 떠올리며 고개를 끄덕였다. 많이 미안해하겠지. 다친 곳도 없고 멀쩡한데 굳이 다른 사람에게 마음의 짐을 얹을 필요는 없을 것 같았다.

"가자, 신전으로 데려다줄게."

"아뇨. 괜찮……."

"이 미로 같은 곳에서 나가는 방법, 알아?"

르니에와 단둘이 있는 시간이 부담스러워 거절하려던 엘레나가 입을 다물었다. 이 미로같이 생긴 곳에서 혼자 신전으로 찾아갈 엄두가 나지 않았다.

"그럼 부탁 좀 드릴게요."

이곳을 헤매다가 또다시 조금 전과 같은 상황이 벌어지면 어떻게 하나 싶은 두려움도 있었다.

"그리고 고마워요."

빚을 졌다. 엘레나는 그렇게 생각했다. 르니에는 자신의 목숨을 구해 준 것도 모자라 대신 다치기까지 했다.

"널 위해서라면 몇 번이고 할 수 있어."

엘레나는 만족스런 미소를 지으며 앞장선 르니에의 뒤를 따랐다. 남자가 사라진 방향과는 정반대 방향이었다.

"그리고 그 남자, 찾지 말아요."

나지막한 엘레나의 말에 르니에는 가던 길을 멈추고 그녀를 돌아봤다.

"그대로 도망가도록 하란 말이야?"

"양손을 잃었잖아요. 이미 충분하다고 생각해요."

칼을 쥘 수 없으니 다시는 다른 누군가를 해할 수 없지 않을까. 그 남자가 자신을 향해 치켜들었던 단검을 떠올리면 소름이 오싹 돋으면서도, 구멍이 뚫린 해진 신발이 자꾸만 신경 쓰였다.

"그래, 알았어. 네가 원한다면."

"고마워요."

르니에의 미소에 엘레나는 안심하고 다시 발걸음을 옮기기 시작했다.

"이미 죗값은 치렀으니까."

르니에는 케인이 서 있던 자리를 슬쩍 보고는 엘레나와 함께 걷기 시작했다.

하늘 선 너머로 해가 마지막 빛을 내뿜었다. 그림자가 길어지는 시각, 한 무리의 사람들이 말을 타고 황도를 가로질렀다.

마침내 아발론 신전 앞에 도착한 그 무리를 마중 나온 사람이 있었다.

"오셨습니까."

"제프리 추기경."

가장 선두에 있던 사람이 말에서 훌쩍 내려와 머리를 덮었던 망토를 벗었다. 검푸른 머리카락이 흘러내렸다.

"폐하."

"성하는 좀 어떠신가."

아드레이의 물음에 제프리 추기경은 고개를 더욱 깊이 숙여 보였다.

"기다리고 계십니다."

그 말에 아드레이의 걸음이 더욱 빨라졌다. 이미 조처를 취한 신전 복도는 아무도 없어 적막했다.

교황의 침실에 문을 열기 전, 아드레이는 잠시 숨을 골랐다.

"이렇게 누워서 인사드리는 것을 용서하십시오, 폐하."

막 침실에 들어선 아드레이의 귀에 조용한 목소리가 들려왔다.

"집으로 돌아오니 편안해 보이는군."

"모두 폐하의 배려 덕분입니다."

교황의 말이 진심이라는 것은 잘 알고 있었지만, 아드레이는 입매를 굳혔다.

"성하께는 언제나 미안한 마음뿐이오."

"저는 언제나 감사한 마음뿐입니다. 오늘도 이 늙은이를 보러 먼 길을 와 주셨지 않습니까."

"매정한 황제의 마지막 양심이지."

퍼석한 말이었다. 교황은 나이가 들거나 병이 들어 더 이상 황제를 보필하지 못할 때에야 출신 신전으로 돌아가는 것이 원래의 법도라고는 하지만, 마치 늙은 말이 더 이상 달리지 못하자 들판에 풀어버리는 것과 같다는 죄책감에 괴로웠던 아드레이였다. 그러나 교황은 따듯하게 미소 지을 뿐이었다.

"언제나 말씀드리지만, 폐하께서는 스스로에게 너무나 가혹하십니다."

"가혹하다라……."

언뜻, 아드레이의 말끝에 짙은 한숨이 묻어났다.

"스스로에게 아무리 가혹한들, 내가 다른 이들에게 가혹한 것만 할까."

"폐하."

교황의 안타까운 어조에 아드레이는 짧게 고개를 저었다.

"성하에게 짐을 얹어 주러 온 것이 아니오. 그저 마지막으로."

마지막. 그 단어의 무게에 아드레이는 잠시 숨을 골랐다.

"마지막으로 감사했다 직접 전하고 싶었소."

젊은 황제가 이제 귀천을 준비하는 교황에게 머리를 숙여 보였다.

"수고하셨소."

많은 마음이 무겁게 얽혔다.

"그동안 성하의 수많은 조언 덕에 적어도 제국민들에게 부끄럽지 않은 황제가 될 수 있었소."

아드레이는 고개를 들지 못했다. 그런 아드레이의 손등 위에 교황의 따듯한 손이 얹혔다.

"행복해지십시오. 그게 이 늙은 라한의 종이 마지막으로 드리고 싶은 조언입니다."

행복이란 단어에 아드레이의 머릿속에는 단 한 사람만이 떠올랐다.

"요즘 나는 행복이 무엇인지 비로소 배우고 있소."

"그렇다면 더욱 행복해지십시오."

교황이 지긋이 웃었다.

"폐하께서는 조금 더 욕심을 내셔도 좋습니다. 마음껏 욕심을 부려 더욱 행복해지십시오, 폐하."

하지만 아드레이의 입가에는 씁쓸한 자조의 미소가 떠올랐다.

"그러나 내가 정말 행복해도 될까 싶소."

피 냄새 짙은 군주. 사람들은 바크란 1세를 그렇게 불렀다. 즉위 직후 3왕국을 정벌하며 붙은 이름이었다.

그 정벌이 어린 나이에 즉위해 불안했던 황권을 든든히 받쳐 준 것은 사실이다. 그러나 그것이 남긴 혈향은 사라지지 않고 아드레이 곁을 맴돌았다. 혈향은 점점 썩은 시취屍臭가 되어 그를 괴롭혔다.

"조만간 또 여럿의 목숨을 앗아야 하는 자가 참 염치없지 않은가."

아드레이가 긴 한숨을 삼켰다. 그러나 그 깊은 고뇌는 기어코 밖으로 새어 나와 그의 미간에 깊은 주름을 만들었다.

"참으로 안타까운 일입니다."

이번에는 교황의 얼굴도 어두워졌다. 지금 제국을 물들이고 있는 먹구름은 이미 오래전부터 예견되었던 것이다.

"모든 것이 내 탓이라 생각하고 있소."

아드레이가 과거의 기억을 더듬었다. 매 순간, 제국의 황제로서 올바른 결정을 내리도록 끊임없이 주의하고 스스로를 채찍질해 왔지만, 돌이켜보면 결국 후회가 남았다.

"백부를 경계해야 한다는 것을 알면서도 전쟁의 승리에 급급해 제국의 내치를 맡겼소. 그것이 결국 백부의 열망에 기름을 끼얹었으니. 결국은 내 탓이 아니겠소."

젊은 황제는 혈육을 믿어 버렸다. 백부의 놓쳐 버린 황좌에 대한 공공연한 갈망을 알았지만, 기회를 주었다. 진정으로 제국을 위해서 가진 바 모든 능력을 펼칠 수 있는 기회를. 그것이 백부에게 조금이나마 위안이 될 것이라 생각했다.

"황제의 대리인에 만족하지 못한 백부가 나를 전사시키고 티토마저 없애려 했소. 그러니 그 어린아이가 겪어야 했던 일도 모두 내가 한 것이나 다름없지."

"폐하."

교황이 무언가 위로의 말을 전하려 했지만 아드레이는 고개를 저었다. 누군가의 말로 죄책감을 덜 생각은 없었다.

"이미 일어난 일, 이제 와서 후회한들 바꿀 수 없다는 것을 잘 알지만, 딱 한 가지 그래도 돌이킬 수 있다면 싶은 것이 있소."

"그것이 무엇입니까."

"티토를 해하려 한 범인이 누군지 알면서도 그대로 두었다는 것이오."

엘레나를 만나고 변화한 티토의 모습은 아드레이에게 즐거운 일이었지만 동시에 괴로운 일이기도 했다.

"그리 밝은 아이를……."

아무 일 없이, 생존의 공포 없이 자랐다면 티토는 타고난 밝은 성격대로 자라났으리라. 일전에 엘레나가 말한 적이 있었다. '범인이 잡혔다면 티토 님도 회복이 조금 더 빨랐을 텐데…….'라고.

자신을 죽이려 한 자가 아직 어딘가에 살아 있고, 언젠가 저를 다시 찾아올지도 모른다는 불안감. 아드레이는 미처 그것까지 헤아리지 못한 부족함을 뒤늦게 깨달았다.

"그러나 과거로 되돌아간들, 나는 같은 선택을 하겠지."

티토의 암살 시도가 있었던 날, 아드레이는 전장에서 뒤를 맡겼던 기사에게 등을 베일 뻔했다. 그러나 그 죄를 추궁하기도 전에 그 기사는 적군의 화살에 명을 달리했고 이후에도 아무런 증거도 찾을 수 없었다.

티토의 일도 마찬가지였다. 당시 티토는 사건에 대해서 아무것도 기억하지 못했다. 설사 기억이 남았다고 하더라도 너무 어려 신빙성이 부족했다.

그래서 아드레이는 기다릴 수밖에 없었다. 잠시 모른 척하는 것이 제국을 위한 일이었다. 그것이 제국을 갉아먹는 암적인 존재들을 확실하게 도려내기 위한 방법이었다.

"제국을 위한 더 옳은 결정을 내리는 것이 나의 의무이지 않소."

그래, 그리할 것이다. 황제인 이상 아드레이는 그래야 했다. 젊은 황제가 늙은 교황을 말없이 바라봤다. 그러다 문득 희미하게 미소 지었다.

“내가 이렇게 하소연이나 하자고 온 것이 아닌데.”

멋쩍은 얼굴에 씁쓸함이 번졌다. 잠시 두 사람 사이에는 아무 말도 오가지 않았다. 이제 곧 떠나갈 이와 남겨질 이는 그저 그렇게 앉아 서로를 바라볼 뿐이었다.

“감사했소.”

긴 침묵의 끝에 아드레이가 말했다. 자리에서 일어나는 망토 사락 소리가 유독 크게 들렸다.

“폐하.”

그 모습을 바라보던 교황이 아드레이를 불렀다.

“제가 감히 마지막으로 한 말씀 드려도 되겠습니까.”

아드레이는 허락의 의미로 고개를 한 번 끄덕였다. 그에 교황이 숨을 크게 들이켜고는 말했다.

“폐하께서는 가야 할 길을 가십시오.”

전쟁에서 돌아와 잠 못 드는 밤이면 두 손이 짓무르도록, 온몸이 상처투성이가 되도록 검을 휘두르며 스스로를 혹사하던 젊은 황제에게 쓴소리를 했던 강경하고 엄한 목소리였다.

“그러나 부디 그들을 가여이 여기십시오.”

아드레이의 길게 뻗은 속눈썹이 바르르 떨렸다.

“그들도 결국은 라한의 자식인 것을, 제국의 백성인 것을 잊지 말아 주십시오.”

“……그리하지.”

그저 한 마디 말뿐인 약속이었지만, 교황은 비로소 웃었다. 젊은 태양은 언제나 자신의 말을 지켰다.

“선황 내외께 폐하의 안부를 전해 드리겠습니다.”

여행길에라도 오르는 듯한 인사였다.

"나중에 또 뵙겠소."

그래서 아드레이의 대답 또한 여정을 떠나는 이를 배웅하는 듯 다음을 기약했다.

언젠가 재회할 이별처럼. 슬픔보다는 서로에 대한 존중과 고마움을 대신 남기며.

"부디 안녕히."

다시 만나는 그날까지.

"아이고……."

엘레나의 입에서 한숨이 절로 터져 나왔다. 신전 정문 앞에서 르니에와 헤어지고 난 뒤에 자신의 방으로 향하는 길이었다.

르니에의 피로 군데군데 엉망이 된 신관복을 누가 보기라도 할까 걱정이 컸지만 다행히 이미 어둑해진 신전을 돌아다니는 사람은 없었다.

"얼른 가서 쉬어야지."

아무래도 긴장이 풀린 모양이었다. 지금 당장 눕기만 하면 잠들 수 있을 것 같은 엄청난 피로감이 한 번에 몰려왔다. 엘레나는 걸음을 겨우 옮겼다.

르니에는 신전 앞에 다다르자 순순히 그녀를 보내 주었다. 언제나처럼 말도 안 되는 억지를 부리지도 않았다. 정말로 담백하게 '그럼 나중에 봐.'라는 말만 남긴 채 근처의 마차를 잡아타고 떠나갔다. 급한 듯 서둘렀다.

"혹시 상처가 아직 아팠던 건가?"

신성력으로 치유를 했으니 그럴 일은 없겠지만 설마 하는 마음에 엘레나가 중얼거렸다.

"그 빚은 또 어떻게 갚아."

지난번 티토의 일로 작은 빚을 졌을 때는 마상창 대회에 함께 참석하는 것으로 갚았다. 이번에는 르니에가 대가로 무엇을 요구할지 짐작도 되지 않았다.

"아아, 레이 보고 싶다."

벌써 며칠이나 보지 못한 님의 얼굴이 그리웠다. 지금쯤 레이는 뭘 하고 있을까. 밥은 먹었으려나. 이 시간까지 훈련을 하고 있는 것은 아니겠지.

그런 생각을 하니 먹구름이 끼었던 하늘이 맑아지는 것처럼 그녀의 기분도 조금씩 나아졌다. 피곤에 창백하던 얼굴에 조금씩 생기가 돌았다.

"늦었으니까 지금쯤 쉬고 있겠지. 기사단 숙소에 있으려나, 아니면 집으로 돌아갔으려나. 레이 집은 어떻게 생겼을……."

좁은 보폭으로 빠르게 움직이던 그녀의 발이 우뚝 멈췄다. 해가 져 버려 어슴푸레한 윤곽만 보였지만, 엘레나는 알아볼 수 있었다. 커다란 눈이 껌벅껌벅 몇 번이나 열렸다 닫혔다.

그래도 눈앞의 신기루 같은 남자는 사라지지 않았다. 여전히 그 자리에 서서 입가에는 은근한 미소를 머금은 채 그녀를 바라보고 있었다.

"엘레나."

크지 않은 그 목소리가 벼락처럼 내리꽂혔다. 힘이 다 빠져서 비척거리던 그녀의 걸음이 어느 순간 날래게 바닥을 찼다. 뜀박질하는 걸음과 함께 심장도 내달렸다. 저 앞에서 자신을 바라보는 남자를 향해서 힘껏.

"레이!"

엘레나가 그의 이름을 부르며 뛰어올랐다. 거짓말처럼 가까워지는 그의 얼굴이 금방이라도 신기루처럼 사라질 것만 같아서 그녀는 그를 향해 손을 뻗었다. 공중으로 붕 떴던 엘레나의 몸이 마침내 그에게 착지했다. 아드레이는 힘든 기색 하나 없이 한 팔만으로 그녀의 무게를 지탱하며 가까이 끌어당겼다.

"아, 꿈이 아니야."

품 안에 들어온 그를 있는 힘껏 껴안았다. 너무나도 선명하게 느껴지는 그의 감촉과 향기에 엘레나는 꿈처럼 중얼거렸다.

"보고 싶었어, 너무 보고 싶었어요, 레이."

자신이 무슨 말을 하는지도 자각하지 못한 채, 그에게 얼굴을 묻었다. 둥, 둥. 그의 고요한 심장소리에 가슴이 더욱 빠르게 뛰었다.

그렇게 그녀가 폐부 가득히 아드레이의 향기를 들이마시고 내쉬는 사이, 그도 그녀의 목 언저리에 얼굴을 감췄다.

"나도…… 그대가 그리웠다."

그가 양팔을 단단히 감아 왔다. 아이가 어리광을 부리듯 그녀의 품을 파고들었다. 무언가 평소와는 달랐다.

"……레이?"

그녀의 부름에도 그는 고개를 들지 않았다. 그저 그럴수록 그녀를 더욱 가깝게 끌어안았다. 자신의 얼굴을 보여 주지 않으려는 것처럼.

커다란 몸을 가진 사내인데, 웅크린 등이 너무나 외롭고 지쳐 보였다. 조심스레 고개를 기울여 아드레이의 얼굴을 훔쳐본 엘레나의 눈동자가 크게 흔들렸다.

그는 괴로워하고 있었다. 감고 있는 두 눈에는 짙은 그늘이 졌고,

미간에는 깊은 주름이 파여 있었다. 아무 소리도 없이, 그는 괴로워했다. 눈물도, 신음 소리도 없이 그는 혼자서 조용히 슬퍼하고 있었다.

도대체 무슨 일이 있었던 것인지, 왜 이렇게 힘들어하는지 물어볼 엄두조차 나지 않았다. 한계까지 당겨진 굵은 밧줄을 보는 듯했다. 여러 번 겹쳐 꼰 단단한 줄이 쉽게 끊어지지 않을 것을 알았지만, 동시에 튼튼해 보이는 그 밧줄은 그저 안간힘을 다해 버티고 있는 것을 알았다.

그래서 엘레나는 그를 안았다. 너른 등을 몇 번이고 쓸어 주었다. 이 별것 아닌 도닥임이 조금이나마 그가 가진 슬픔을 덜어 주었으면 했다.

만약 그것이 어려운 일이라면 적어도 자신이 여기에 있음을 그가 알아주었으면 했다. 혼자가 아닌 것을, 힘들면 잠시 기대어 쉬어도 괜찮다는 것을 그가 알았으면 했다.

"괜찮아요, 레이. 다 괜찮을 거예요."

언제나 커다란 나무 같았던 그가 처음 보이는 약한 모습에 마음이 아팠다. 그가 이렇게 무너질 때까지 얼마나 많은 것들이 이 어깨에 켜켜이 쌓였을까. 엘레나는 이런 때에 그가 해 주었던 것처럼, 그의 모습을 세상으로부터 감춰 줄 수 없다는 게 도리어 미안했다.

얼마나 지났을까. 아드레이가 숙였던 고개를 들었다. 살짝 헝클어진 머리칼이 앞으로 흘러내렸다. 여전히 밝지 않은 얼굴이었지만, 적어도 그녀와 눈을 맞췄다.

"미안하다. 그대에게 흉한 모습을 보였어."

큰 손으로 자신의 얼굴을 반쯤 가리는 것을 보니 그는 엘레나 앞에서 무너진 모습을 보였다는 것이 꽤나 마음에 들지 않는 모양이었다. 그녀의 볼이 불퉁하게 부풀어 올랐다.

엘레나는 양손으로 그의 얼굴을 잡았다. '착!' 하는 소리가 작게 울렸다. 놀란 아드레이의 두 눈이 크게 뜨였다.

"흉하지 않았어요."

코가 맞닿을 정도로 바로 앞에 엘레나가 있었다. 두 눈이 자신을 똑바로 마주쳐 왔다.

"사람이 가끔은 힘든 날도 있는 거죠."

엘레나가 손가락으로 스스로가 못마땅해 굳은 그의 입매를 가리키며 말했다.

"나한테 속마음을 보인 게 그렇게 싫었어요?"

"싫은 게 아니라……."

"나는 그동안 레이한테 그렇게 다 보여 줬는데?"

아드레이는 더 이상 변명을 하지 못했다. 그동안 그에게 정신적인 지주가 되어 주었던 교황의 마지막이 가까워지자 마음의 벽이 약해져 버렸다. 이제 익숙해졌다고, 지나간 일이라고 여겼던 감정들이 가슴을 무겁게 짓눌렀다.

그리고 그 모든 것들이 자신을 향해 달려오는 그녀의 모습을 보자마자 무너져 내렸다. 여린 몸을 안자 손쓸 틈도 없이 우르르. 그가 할 수 있는 것이라곤 그녀에게 볼품없는 모습을 보여 주지 않으려 얼굴을 숨기는 것뿐이었다.

"나한테만큼은 괜찮잖아요. 내 앞에서는 정말로 아드레이란 사람이 되는 거요."

엘레나가 깊은 주름이 파인 그의 미간을 손끝으로 다정하게 쓸며 말했다. 그 여린 손길에 아드레이의 긴 속눈썹이 파르르 떨렸다.

—행복해지십시오.

교황의 그 목소리가 귓가에 울리는 듯했다. 행복. 아드레이는 자신의 품에 안긴 여인을 바라봤다.

"그래도 될까."

"그래 주면 나는 정말 기쁠 것 같아요."

엘레나가 그렇게 말하며 그의 이마에 입을 맞췄다. 그 끝에 배시시 웃는 모습마저 심장이 철렁하도록 사랑스러웠다.

아드레이가 한 손을 뻗었다. 그대로 그녀의 얼굴을 낭서 그녀의 이마에 입을 맞췄다. 자신이 한 행동을 그대로 돌려주었을 뿐인데, 엘레나의 얼굴에 홍조가 피었다.

"그대가 내 행복이다."

밝은 얼굴로 웃어 주는 그 미소가 그의 행복이었다. 그의 이름을 불러 주는 그 목소리가, 이렇게 이따금 나누는 체온이, 자신도 행복해질 수 있다는 증거였다.

"나도요. 나도 마찬가지예요."

엘레나와 아드레이가 서로를 바라보며 웃었다.

"그런데요, 레이."

"응?"

"나 좀 내려 주지 않을래요?"

아드레이가 굳건한 한 팔로 안고 있는 그녀의 양발이 한 번 까딱였다.

"무거울 텐데."

"전혀."

그가 단호하게 말했다.

"그래도요. 민망하단 말이에요."

어린아이도 아니고 다 큰 성인이 남에게 달싹 안겨 있는 이 모습을 누가 보기라도 하면 어떻게 할까 조마조마했다.

"흐음, 알았다."

그는 아쉬운 마음을 감추지 않고 잠시 뜸을 들이다가 고개를 끄덕였다.

그 뒤 허리를 숙여 그녀의 발이 안전하게 땅에 닿도록 조심스레 내려 줄 때였다. 익숙하고도 경종을 울리는 비릿한 냄새가 그의 코끝을 스쳤다.

"으악! 레, 레이?"

막 발이 땅을 밟는가 싶더니 다시 몸이 공중으로 붕 떠올랐다. 그녀를 번쩍 들어 안은 아드레이는 급한 걸음으로 성큼성큼 가장 가까이에 보이는 등불 밑으로 향했다.

"갑자기 왜 이래요?"

하지만 아드레이는 대답이 없었다. 대신 그녀를 땅에 아주 조심스레 내려놓더니 양옆으로, 앞뒤로 돌려 가며 샅샅이 살폈다. 그러다 오래지 않아 신관복의 소매에서 붉은 자국을 찾았다.

"아, 이건……."

엘레나는 그제야 상황을 파악하고 설명을 하려 했다.

"다쳤나?"

그 짧은 질문에 불안이 철철 넘쳤다. 듣는 사람의 가슴까지 다 철렁하게 만드는 목소리였다. 엘레나는 다급하게 말했다.

"이거 내 피 아니에요! 나 안 다쳤어요!"

이제 그녀의 양손을 잡아 뒤집어 가며 살피던 아드레이의 행동이 우뚝 멈췄다.

"다치지 않았다고?"

"네. 오는 길에 어떤 사람을 도와주다가 묻은 거예요."

"아……."

그는 멍하니 그녀의 양손을 문질렀다. 핏자국만 있을 뿐 상처가 없다는 것을 확인하려는 것이었다. 정말로 그녀가 다치지 않았다는 것을 깨달은 아드레이는 그대로 굳어 그녀만을 바라보았다. 그러다 어느 순간 무너지듯 그 자리에 주저앉았다.

"하아……."

안도의 한숨이 흘러나왔다. 여전히 엘레나의 손은 꼭 잡은 채였다. 그가 찡그린 얼굴로 그녀를 올려다봤다.

"다친 줄 알고 놀랐잖아."

약간의 불만을 담은 두 눈이 그녀에게 항의했다.

"그, 그게……."

이런 게 '심쿵'이란 건가. 엘레나는 자신의 얼굴이 빨개지는 것을 느끼며 자신도 그 자리에 주저앉았다. 그와 그녀의 눈높이가 같아졌다.

"걱정……했어요?"

"당연한 걸 묻는군."

그래, 연인 사이엔 당연한 일일지도 몰랐다. 하지만 아드레이에 대한 모든 것이 그렇듯, 그가 자신을 걱정했다는 것에 심장 한가운데가 따끔하도록 두근거렸다.

"도대체 어쩌다 피가 묻은 거지."

"그게……."

엘레나는 르니에가 했던 말을 떠올렸다.

"누가 강도를 당하고 쓰러져 있는 걸 발견해서요. 그래서 도와줬죠."

"강도?"

아드레이가 인상을 찌푸렸다. 꽤 위험한 상황이었다. 강도가 여전히 근처에 남아 있었을 가능성도 있었다. 그가 눈앞의 동그란 얼굴을 보며 짙은 눈썹을 찡그렸다.

이 여인은 그런 것을 고려하지 않았으리라. 당장 눈앞에 다친 사람만 보고 위험한 상황인 줄도 모르고 달려들었을 그녀를 상상하니 아드레이는 심장이 졸아드는 것 같았다.

그가 손가락을 엘레나의 턱 밑에 가져다 대었다. 그리고 그녀를 끌어당겨 그대로 작고 붉은 입술을 머금었다. 단단한 잇새가 도톰한 아랫입술을 가볍게 괴롭혔다. 그의 심장을 떨어지게 만들었던 대가였다.

"정말 내 옆에만 붙들어 놓고 싶은 심정이다."

그렇게 속삭이는 그의 목소리가 불퉁했다.

"그대를 걱정하는 사람의 마음도 조금 헤아려 주지 않겠나."

그녀가 누군가를 치유하고 무리해서 쓰러질 때마다 그는 지옥을 맛보는 심정이었다.

"그런 위험한 상황에선 차라리 황도 경비대를 불러."

하지만 다른 사람을 도와주는 그녀를 탓할 수도 없기에 그는 이렇게 잔소리를 하고 말았다.

"그리고 다른 사람보단 자신의 몸을 좀 더 생각해 줘."

이 남자가 이런 말도 할 줄 아는 사람이었나. 엘레나는 조용히 고개를 끄덕였다.

"착하군."

아드레이가 은은한 미소를 지었다. 그녀의 동그란 머리를 쓱쓱 쓰다듬고 있자니 까맣게 어둠이 내렸던 마음속이 모두 거짓말 같았다. 신전 한구석에 쪼그리고 마주 앉아 있는 이 짧은 시간만으로 그는 다시 힘을 얻었다.

"이제 가 봐야 한다."

"벌써요?"

너무나 아쉬웠다. 엘레나의 눈꼬리가 아래로 축 처졌다.

"어쩔 수 없죠, 그럼……."

어쨌든 이제 완전히 어두워졌고, 더 시간이 늦기 전에 집으로 돌아가는 것이 아드레이에게도 좋았다. 엘레나는 자신이 먼저 몸을 일으켰다. 서운한 티를 내고 싶지 않았기 때문이었다.

막 걸음을 떼려고 했던 그녀가 별안간 놀라서 그를 올려다보았다.

"손."

아드레이가 그녀를 향해 손바닥을 보이고 섰던 것이다. 엘레나는 자신에게 내밀어진 그 손을 보며 잠시 머뭇거리다가 이내 조심스럽게 그것을 잡았다.

이미 몇 번이나 키스도 했고 온갖 깨소금도 뿌려 댔는데 겨우 손 가지고 새삼 호들갑이냐고 누군가가 묻는다면, 엘레나는 소리치고 싶었다.

'이렇게 잘생긴 남자랑 손잡아 본 적 있냐!'

어색하게 얽힌 그녀의 손을 그가 단단히 잡아 왔다. 보듬듯이 감싸 쥔 손가락이 사이사이를 빈틈없이 엮어 들었다.

손을 잡고 걷다 보니 두 사람의 보폭이 서로를 닮아 갔다. 조금씩 서로를 배려하는 마음이 한 걸음, 또 한 걸음이 되었다.

그렇게 같은 발을 내딛게 된 것이 뛸 듯이 기쁘면서도 동시에 또 아쉬웠다. 두 사람이 헤어져야 할 신전 입구가 점점 가까워지고 있었다.

이 주변을 조금만 더 걷자고 할까. 아니면 내가 신전 정문까지 데려다주겠다고 해 볼까. 온갖 생각이 엘레나의 머릿속을 점령했다.

그러는 사이 두 사람은 어느새 건물 입구에 도달했다. 이제 헤어질 시간이었다.

짧디짧은 시간은 그동안 서로를 그렸던 마음을 달래기엔 역부족이었다. 아드레이는 자신의 손안에 쏙 들어오는 작은 손을 놓지 못했다.

"나 그럼 들어가 볼게요."

엘레나가 먼저 그의 손을 놓으며 말했다. 두텁고 거친 그의 손이 뭐 이리 좋게만 느껴지는지. 짧게 인사를 하고 돌아서는 그 순간에도 더 오래 같이 있고 싶다는 마음과 그를 보내주어야 한다는 생각이 엎치락뒤치락 반복했다.

건물 안으로 들어가던 엘레나가 멈칫하더니 그를 돌아봤다. 그는 아직 그 자리에 서서 그녀를 바라보고 있었다.

"있잖아요, 레이. 우리 아직 서로에 대해서 모르는 게 너무 많은 것 같아요."

어떻게 하면 조금 자존심을 챙기면서도 솔직하게 말할 수 있을까. 엘레나는 단어를 고르고 또 골랐다.

"내가 다시 궁으로 돌아가면, 그러니까 전처럼 자주 볼 수 있게 되면 그때는 우리 서로 알아 가는 시간을 가졌으면 좋겠어요."

아드레이는 뒷짐을 진 채로 서 있었다. 언뜻 무표정한 그의 얼굴은 웃는 것 같기도 하고 고민을 하는 것 같기도 했다.

"다음에 볼 때는 서로 조금 더 솔직해지기로 하지."

다행이다. 엘레나는 활짝 웃으며 아드레이를 향해 손을 크게 흔들었다.

"잘 가요, 레이!"

그녀가 신전 문을 열고 그 안으로 점점 멀어졌다. 아드레이는 그 웃는 얼굴을 끝까지 바라봤다. 그녀가 멀어질수록 그의 얼굴은 점점 어두워졌다.

다음에 두 사람이 마주칠 곳은 교황의 장례식이 될 터였다. 그곳에서 엘레나 중급 신관은 아드레이가 아닌 바크란 1세를 만나게 될 것이다.

그때에도 너는 나를 보고 그리 웃어 줄까.

진실을 고백하는 것이 무서워 이렇게 미뤘던 주제에 참으로 염치없다. 아드레이는 그렇게 씁쓸하게 웃으며 뒤로 돌아섰다.

"이봐, 발받침을 대령하……."

벌컥.

베르너가의 집사가 채 발받침을 준비하기도 전에 마차의 문이 벌컥 열렸다.

"후, 후작 각하!"

갑자기 정문으로 웬 허름한 쌍두마차가 들어오는가 싶어 내려와 봤더니 그 안에서 후작가의 주인이 내렸다. 놀란 것도 잠시, 집사는 공손히 허리를 굽혔다.

"오셨습니까. 연통을 주셨으면 마차를 보냈을 터인데……."

하지만 르니에는 그런 집사를 쳐다보지도 않았다.

"아버지는 어디 계시지?"

"공께서는 지금 서재에……."

자신이 원하는 질문에 답을 얻은 르니에는 집사를 지나쳐 갔다. 그저 평소와 다름없이 걷는 것처럼 보일 수 있으나 그 속도가 감히 따라갈 수 없을 정도로 빨랐다. 결국 르니에를 쫓아가지 못하고 뒤에 혼자 남겨진 집사는 결국 멈춰 섰다.

“거기! 그래, 너!”

마침 그 근처를 지나가던 하녀를 집사가 다급하게 불러 세웠다.

“지금 당장 기사들의 숙소로 가서 그들 몇을 서재로 보내거라. 서둘러!”

해괴한 명령에 하녀는 고개를 갸웃했지만 이내 본 건물과 조금 떨어진 기사들의 숙소로 뛰어갔다. 잠시 그 모습을 바라보던 집사는 번뜩 정신을 차리고 자신도 서재로 발걸음을 바삐 옮겼다.

“각하의 눈빛이…….”

베르너 공의 행방을 묻던 그 눈빛에 돋아났던 소름이 아직 팔에 남아 가시질 않았다. 평소와 다름없는 것 같지만 틀림없이 달랐다. 꽃밭에 들어갔다가 똬리를 틀고 있는 뱀을 마주친 기분이었다. 그 눈에는 분노와 살기가 가득했다.

오늘따라 마음대로 움직이지 않는 굼뜬 몸을 옮기며 집사는 별일 없이 이 폭풍이 지나가기를 간절히 바랐다.

르니에는 집사가 알려 준 대로 서재를 향해 계단을 올라갔다. 처음에는 한 계단씩 올라갔으나 걸음이 점점 빨라지며 종국에는 두세 개의 계단을 한 번에 뛰어넘었다. 마차를 내린 곳에서 서재까지, 가깝지 않은 거리였음에도 불구하고 르니에는 얼마 지나지 않아 서재 앞에 도달할 수 있었다.

고민할 것도, 망설일 것도 없이 바로 서재의 문을 열고 들어가려 할 때였다.

탁, 한 손이 그의 팔을 잡았다. 서둘러 달려온 듯 아직 옷깃이 휘날리고 있는 케인이었다.

자신의 몸에 닿은 케인의 손을 노려보는 시선이 무엇이라도 불태워 버릴 듯 이글거렸다. 평소의 차분하고 매사에 냉소적인 르니에답지 않은 반응이었다.

케인이 스스로 손을 떼기도 전에 거칠게 그 손을 떨쳐 내며 르니에가 말했다.

“막지 마.”

그가 경고했다.

“네 목줄을 쥐고 있는 게 누구인지 알고 있으니 넘어가 주는 거야. 하지만 내 앞을 다시 막는다면 아무리 너라도 장담 못해.”

그렇게 일갈한 르니에가 다시 등을 돌렸다. 적어도 이때까지 그의 분노는 오로지 저 커다란 문 너머에 있는 존재에 대한 것이었다. 그러나 케인의 한 마디가 있었다.

“르니에.”

순간 르니에의 입에서 피식하는 웃음이 터져 나왔다. 격노는 막을 새 없이 케인에게로 급류처럼 흘러갔다.

다음 순간, 그의 손이 벼락같은 속도로 케인의 품을 파고들었다. 원하던 것이 손안에 들어오자 르니에의 미소가 더욱 짙어졌다.

잘 벼려진 단검이 희미한 등불 아래 번쩍였다. 쿵, 벽을 울리는 커다란 충격과 함께 케인의 몸이 벽에 부딪쳤다.

진동이 다 가시기도 전에 모골을 송연하게 하는 작은 소리가 뒤따랐다. 퍽 하는 둔탁한 소리였다. 마치 날붙이가 가죽을 뚫고 들어가는 듯한 그런.

케인은 본능적으로 자신의 오른손을 바라봤다. 단검이 그의 손을 꿰뚫고 벽에 깊숙이 박혀 있었다. 날이 꽂혀 든 곳에서 피가 스며 나오기 시작했다. 방울진 그것은 곧 검날을 따라서 뚝뚝 흘러내리기 시작했다.

“사냥개 주제에. 감히 내 이름을 불러?”

주변으로 퍼지는 혈향만큼이나 르니에의 미소가 비릿했다.

"개 취급을 당하니 자존심이 상하나?"

케인의 얼굴은 여전히 무표정했지만, 르니에에게는 그 변화가 보였다.

"넌 케인 폰 베르너가 될 수 있었어. 그 대신 아버지의 개로 살기로 했으니 이 정도쯤은 각오했어야지."

쩌적 하고 균열이 가기 시작하는 무표정한 가면이 꽤나 즐거웠다.

"다시 한번 더 엘레나에게 무엇이든 하려고 하는 날엔 벽에 꽂히는 건 손이 아니라 네 목이 될 거다."

르니에의 손에 힘줄이 돋았다. 검날이 그 머리를 벽 안으로 더욱 깊숙이 들이밀었다.

"잊지 마. 넌 오로지 개여서 살아남은 거야."

마지막으로 피투성이가 된 케인의 오른손을 보며 한쪽 입꼬리를 비뚜름히 올린 르니에는 그대로 돌아섰다.

쾅!

서재 문의 양 손잡이를 잡고 활짝 열어젖히는 모습이 마치 파티에 입장하는 사람 같았다. 가벼운 몸짓과는 다르게 커다란 서재 문이 굉음과 함께 열렸다.

문간에서 정면으로 보이는 곳, 그곳에 베르너 공이 책을 읽고 있었다. 책에서 시선을 떼어 열린 문을 바라보는 베르너 공 눈가의 안경알이 빛을 받아 파랗게 번쩍였다.

"노크를 잊으면 되겠느냐, 르니에."

분명 한껏 열린 문으로 케인과 벽에 꽂힌 그의 손을 보았음에도 불구하고, 베르너 공은 다시 책으로 눈을 돌렸다. 아무 일도 일어나지 않은 것처럼.

르니에는 서재 안으로 성큼 들어서며 등 뒤의 문을 쾅 닫았다. 마치 사춘기의 아들이 아버지에게 반항하는 듯한 모양새였지만, 거목을 깎아 만든 두 짝의 커다란 문이 부딪치며 내는 소리와 충격은 모두가 두려워할 만큼 파괴적이었다.

저벅, 저벅.

무거운 발소리가 서재를 가로질렀다. 여전히 자신을 바라보지 않는 부친의 책상 앞에 선 르니에는 그 위에 양손을 짚고 몸을 기울였다. 그리고 부친에게 물었다.

"왜."

짐승의 잇새로 흘러나온 듯한 낮은 목소리였다.

"왜 죽이려 하는 겁니까."

"누굴 말이냐."

그러나 베르너 공은 여상하게 책장을 넘기며 대답했다.

"날 더 이상 화나게 해서 좋을 게 없습니다."

마지막 경고였다. 베르너 공은 그제야 쓰고 있던 안경을 벗으며 눈가를 문질렀다.

"그 신관 말이냐?"

그 말끝에 한숨을 쉬며 르니에를 못마땅하게 바라봤다.

"물어볼 필요도 없이 케인이 실패했나 보군."

쾅!

르니에의 손이 책상을 부술 듯 내리쳤다.

"왜 죽이려 했냐 물었습니다."

르니에가 이를 악물었다.

"꼴사납구나, 르니에. 네가 정말로 몰라 묻는 것은 아닐 테고."

베르너 공을 노려보는 르니에는 눈 한 번 깜짝하지 않았다.

"교황이 오늘내일한다지."

드디어. 옆에 놓인 차를 한 모금 들이켜며 뱉은 말이었다.

"그 늙은이가 죽으면 그 계집은 제국에서 치유력을 가진 유일한 신관이 된다."

가면무도회에서 직접 두 눈으로 확인한 사실이었다. 소문은 과장되지 않았다. 언제나 흥밋거리를 찾아 헤매는 아발론의 귀족들이 호들갑을 떨 만한 실력이었다.

"그러니 죽여야지."

베르너 공의 얼굴에 기다란 웃음이 지어졌다.

"그 계집만 없다면 극독이나 치명상에서 황제가 살아날 방도가 없지 않느냐."

가지고 있는 생각만큼이나 음습한 미소였다. 비로소 책을 접은 베르너 공이 자리에서 일어났다.

"아끼던 계집이 없어지면 한동안 허전하긴 하겠지만, 그건 다른 계집을 찾으면 되는 일이니 너무 서운해 말거라."

마치 자식에게 새 장난감을 사 주기라도 하겠다는 듯한 말투였다.

"이전에 이미 말씀드렸습니다. 베르너가의 안주인은 제가 직접 정한다고. 엘레나 신관은 곧 이 집안의 사람이 될 겁니다."

"뭐라?"

반문하던 베르너 공이 이내 허리를 접으며 웃음을 터뜨렸다.

"안주인? 이 집안의 사람?"

베르너 공의 웃음소리는 그 뒤로도 한참 동안 이어졌다.

"가당치도 않은 소리."

웃음이 뚝 끊긴 베르너 공의 얼굴은 험상궂게 일그러져 있었다. 평민의 피가 이 베르너가에 섞이는 상상이 참을 수 없는 구역감을 주는 듯했다.

"베르너가의 주인은 납니다."

"그래, 그렇지. 하지만 이 베르너가에 정말 네 것이 있기는 하더냐?"

르니에의 얼굴이 구겨질수록 베르너 공의 얼굴은 웃음기가 만연해 갔다.

"아직 몇몇 이들은 실수로 널 '도련님'이라고 부른다지?"

종종 있는 일이었다. 르니에를 '도련님'이라고 부르는 것이 익숙한 이들이 있다. 특히 베르너가에 오랫동안 몸담은 이들이 그랬다.

그들은 아버지인 베르너 공의 사람들이었다. 처음엔 시간이 지나며 차차 나아지겠거니 했지만, 르니에가 후작 위에 오른 지 몇 년이 지난 지금도 그런 경우가 있었다.

"이 저택의 집사부터 베르너가의 기사단 단장까지, 그들이 진정으로 누굴 모신다고 생각하는 것이냐."

베르너 공은 의기양양했다. 자식을 권력으로 압도할 수 있어 기뻐했다.

"그들도 본능적으로 아는 것이겠지. 누굴 따라야 하는 것인지."

그는 르니에의 어깨를 툭툭 두어 번 두드려 주며 말했다.

"듣자 하니 넌 그 신관 계집조차 네 마음대로 못하고 있다지?"

혀를 끌끌 차는 소리가 르니에의 지척에서 들려왔다.

"그 계집을 오로지 네 말만 듣도록 할 수 있다면 또 모를까. 그게 아니라면 없애야지. 별수 있겠니, 르니에."

언뜻 걱정이 담긴 듯한 말투였지만 그 안에 가득한 것은 명백한 조롱이었다. 르니에가 고개를 푹 떨궜다.

명백한 항복의 태도에 베르너 공은 더욱 만족스러워했다. 이쯤 말하면 알아들었겠지. 그렇게 생각하며 베르너 공이 저녁 식사를 하기 위해 서재를 나서려 했을 때였다.

"제게 시간을 주십시오."

단념한 줄 알았던 르니에가 그렇게 말했다. 베르너 공의 눈썹이 모였다.

"시간이라니 무슨 말이냐."

"내 사람으로, 내 것으로 만들 시간 말입니다."

끈질긴 녀석. 끝까지 미련을 버리지 못하는 르니에를 보며 베르너 공은 연거푸 혀를 찼다.

"그깟 평민 계집이 무에 그리 특별하다고."

그러나 르니에는 여전히 고개를 숙인 채로 미동도 없었다. 자리에 선 채로 계속해서 아들을 못마땅한 눈으로 바라보던 베르너 공은 이내 어쩔 수 없다는 듯 말했다.

"그렇다면 며칠의 말미를 주마. 그 안에 해결하거라."

계절과 계절이 지나는 동안에도 이뤄 내지 못한 일을 그 안에 해낼 수 있을 리가 없다. 만약 그 안에 그 계집을 길들여 보인다고 해도 손해 보는 일은 아니었다.

곧 전쟁이 있을 것이고 그 정도의 중상도 치유해 내는 신관은 꽤나 유용하게 쓰일 것이다. 다만 자신의 것으로 삼을 수 없다면 그 누구도 가져서는 안 되니 없애려 했을 뿐.

"약속하겠습니다."

여전히 책상 앞에 서 있는 르니에를 뒤로하고 베르너 공은 서재를 나섰다. 르니에는 혼자 남겨졌다. 사위가 쥐죽은 듯 조용한 가운데 줄곧 바닥을 향해 있던 그의 머리가 천천히 들렸다.

베르너 공의 예상은 틀렸다. 르니에는 전혀 낙담하거나 포기하지 않았다. 오히려 푸른 눈을 빛내며 한쪽 입꼬리를 비튼 그가 조금 전까지 부친이 앉아 있던 빈 의자를 보며 읊조렸다.

"내 것으로 만들어 드리죠."

27장

27장

과거의 수많은 날들처럼 어김없이 해가 뜨고 세상이 밝아 왔지만, 아발론 신전은 여전히 잠들어 있는 듯 조용했다. 누군가는 어서 오기를 염원했고, 누군가는 절대 오지 않았으면 하고 기도했던 날이 되었다. 아발론 신전에서 출발한 파발들은 교황의 서거가 임박했음을 황실과 각 지역의 대신전에 알렸다.

교황의 침실 앞에 많은 이들이 시립해 숨죽여 슬퍼했다. 너른 복도가 빼곡하게 차도록 많은 이들이 서 있었지만, 조용히 눈물을 찍어 내는 소리 말고는 그 누구도 삿되게 우는 소리를 내지 않았다.

침실 문이 열리고 그 안에서 제프리 추기경이 나왔다. 평소보다 더욱 굳은 얼굴은 보는 사람까지도 마음 한구석이 아릴 만큼 많은 슬픔을 담고 있었다. 하지만 오늘 추기경의 신관복은 그 어느 날보다도 완벽하게 정돈되어 있었다. 교황을 배웅하는 마지막 예우를 다한 것이다.

"엘레나."

추기경이 한쪽에 서 있던 엘레나를 향해 손짓했다. 마지막 인사를 하기 위해 침실 안으로 들어오란 의미였다. 발목에 거대한 추를 달기라도 한 것처럼 무거운 발걸음이었지만, 엘레나는 조용히 그 뒤를 따랐다.

제프리 추기경은 침실 안으로 함께 들어가진 않았다. 다만 침실 문 앞에서 그녀에게 말했다.

"가벼운 마음으로 가실 수 있게 하거라."

마지막 떠나는 길은 오로지 떠나는 이를 위한 시간이어야 했다. 고인을 향한 슬픔과 남겨진 이의 허전한 마음은 뒤로 미뤄 두어야 한다.

울지 말자. 마지막으로 좋은 모습만 보여 드리자. 몇 번이고 굳게 다짐했다. 그러나 침실 안으로 들어선 순간, 그녀는 참지 못하고 울음을 터뜨릴 뻔했다.

교황의 휴식을 위해 언제나 커튼이 내려져 있던 어두운 방 안은 오늘따라 유독 환했다. 깔끔하게 정돈되어 병자가 머무는 방이라고 할 수 없을 정도였다.

그런데 어째서일까. 두 눈으로 침대에 누워 있는 교황 성하의 얼굴이 보이는데, 마치 빈 방처럼 느껴졌다. 교황의 존재가 너무나도 희미했다. 이미 떠날 준비를 모두 마친 여행자처럼.

"이리 오거라."

힘없는 목소리가 이리도 반가울 줄이야. 그것은 교황이 아직 이곳을 떠나지 않았다는 증거였다.

엘레나는 어서 교황의 침대로 다가가 그녀를 위해 내밀어진 손을 잡았다. 그 순간 알 수 있었다. 이제는 치유의 힘도 통하지 않을 것이란 것을.

하지만 엘레나는 울상을 짓기보다 웃었다. 자신을 바라보는 얼굴이 미소 짓고 있었기 때문이었다.

"엘레나……."

교황은 호흡이 버거운 듯했지만 음색만은 차분했다.

"네, 성하. 말씀하세요."

지금 이 순간을 절대 잊지 않을 거야. 엘레나는 그렇게 다짐했다. 교황과의 마지막 추억이 될 대화였다. 그리울 때마다 꺼내 볼 소중한 기억이었다.

"네 어머니인 실비아는 너무나 빨리 라한의 곁으로 돌아갔단다. 나는…… 실비아를 떠나보내고 라한을 원망했지."

고운 백지 같았던 교황의 얼굴에 회한이 스쳤다.

"어째서 그 아이를 그리 빨리도 데려가셨느냐며 처음으로 그분을 미워하고 분노했다. 그리고 지난 20년간 실비아를 다시 보게 되는 날만을 고대하며 살았단다."

딸아이 같은 존재였다. 아니, 딸이었다. 언제나 저보다 남들을 먼저 두었던 실비아. 그녀는 친자식이 없는 교황에게 눈에 넣어도 아프지 않은 딸이었다.

"그런데 라한께선 널 보내셨지."

버석하지만 온기를 담은 손이 엘레나의 볼을 자상하게 쓰다듬었다.

"너는 내 수많은 기도에 대한 응답이었다."

그것은 마치 실비아가 미처 누리지 못했던 삶을 이 아이가 이어갈 수 있도록 도우라는 라한의 뜻이었으리라.

"지난번 네 아버지에 대해서 이야기했던 것을 기억하느냐?"

"아, 아버지……."

엘레나가 고개를 끄덕였다. 그동안 워낙 여러 가지 일이 있었고 교황 성하께서 쓰러지는 바람에 먼저 말을 꺼낼 수는 없었지만, 마음 한구석에는 항상 그에 대한 질문이 남아 있었다.

"이제 떠나는 길이다 보니 염려가 많아……. 널 기다리게 했구나."

무엇이 엘레나를 위한 최선인가에 대한 고민은 병상에서 더욱 깊어졌다. 자신의 부재와 함께 엘레나에게 일어날 일들 때문에 생각이 길어졌다. 그리고 어젯밤, 긴 시간을 들여 자신의 마지막 서신이 될 편지 한 통을 완성했다.

"첫 번째 서랍을 열어 보아라."

교황이 병상 바로 옆의 문갑을 가리켰다. 조심스레 서랍을 열자 그 안에는 겉면에 아무것도 쓰여 있지 않은 편지 봉투가 그녀를 기다리고 있었다. 편지를 봉한 보라색 밀랍이 마치 무거운 자물쇠같이 느껴졌다.

"이것으로 네게도 가족이 생겼으면 좋겠구나."

어른들의 욕심과 잘못된 선택으로 인해 가족의 정을 모르고 자라난 아이. 그럼에도 이렇게나 밝고 건강하게 자라난 아이의 힘겨웠을 나날이 이제라도 치유되었으면 했다.

"하지만 성하, 제게는 이미 가족이 있는걸요."

엘레나는 교황을 바라보며 말했다.

"성하와 리바이 공작 전하, 그리고 새벽의 궁 사람들이 제 가족이에요."

죽음 앞에서도 언제나 초연했던 교황의 마음이 먹먹해졌다. 힘이 남아 있다면 일어나 저 아이를 꼭 안아 주었을 것을.

"단순히 피가 섞였다는 이유만으로 얽히는 가족은 싫어요."

이성적인 말인 듯했지만 교황은 그 안에서 걱정을 읽었다.

"네가 우려하는 그런 일은 없을게다."

속마음이 읽혀 버린 엘레나는 조금 놀랐지만 솔직하게 대답했다.

"저를 반기지 않을 수도 있어요. 그리고……."

차마 입 밖으로 꺼내지는 않았지만 일말의 죄책감도 있었다. 내가 정말 엘레나의 아버지를 만나도 되는 것일까. 그런 망설임이었다.

아직까지도 이 모든 것들이 그녀에게 책 속의 일이기 때문은 아니었다. 엘레나라는 사람이 되었다는 것을 받아들였고 이미 이곳에 속해 있었다. 이곳의 사람들과 엘레나로서 인연을 만들어 나가며 당연하게 이곳에서의 미래를 그리고 있었다.

그러나 엘레나의 친아버지를 만나는 것만큼은 분명히 다른 이야기라고 생각했다. 그것은 마치 다른 사람의 생일 선물을 열어 보는 것같이 느껴졌다. 진짜 엘레나가 여기에 있었다면 너무나 고대하고 기뻐했을 일을 자신이 빼앗을 자격이 없다는 생각이 들었다.

"제프리에게 들었다. 네가 나서서 새벽의 궁으로 들어가겠다고 했다지?"

자애로운 미소는 마치 자랑스러운 손녀를 바라보는 듯했다.

"쉽지 않았을 텐데 용기를 내었구나."

제프리 추기경과 야윗 추기경이 나누는 대화를 우연히 듣고 자신이 리바이 공작의 신학 교사로 입궁하겠다고 불쑥 끼어들었던 때를 떠올리고 엘레나는 쓴웃음을 지었다.

"용기 같은 거창한 것이 아니었어요."

그저 필사적이었을 뿐이었다.

"노역이 너무 힘들어서 그랬을 뿐이에요. 더 이상 청소와 빨래를 하고 싶지 않아서요."

"스스로를 위해서 싸웠던 게로구나."

엘레나는 고개를 들 수가 없었다.

"하지만 생각해 보겠니. 그때 네가 용기를 내지 않았더라면 지금과는 많이 달랐을 게다. 지금 네가 이뤄 낸 것들은 네가 만들어 낸 것이란 말이지."

그 말에 그녀는 고개를 끄덕였다. 정말 나비 효과처럼 살아남기 위해서 저질렀던 일이 많은 변화의 계기가 되었다. 책 속에 기술되었던 엘레나의 삶과는 너무나 많이 달라졌다.

그대로 주어진 것에 순응했다면 어땠을까. 아마 그녀는 노역을 하다가 진즉에 쓰러졌을 것이고, 새벽의 궁에 들어오지 않았다면 티토도 일리야도, 교황 성하도 만나지 못했을 것이다. 그리고 아드레이라는 사람도.

지금 삶의 원동력이 되는 모든 사람들을 알게 되는 일이 없는 채로 계속 그렇게 신전에 갇혀 살지 않았을까. 하나씩 짚어 보니 오소소 소름이 돋았다. 정말로 '이 모든 일'이 일어나지 않았을 것이다.

"선물처럼 우리에게 주어지는 행복도 있지만, 용기를 내어 얻어 내고 지켜 내야 하는 행복도 있는 법이란다."

엘레나는 교황이 하려는 말의 의미를 짐작할 수 있었다.

"걱정이 되는 너의 마음을 모르는 것은 아니다만, 너의 부친에게 기회를 주지 않겠느냐. 너란 아이를 알아 가고 아버지로서 사랑을 줄 수 있는 기회 말이다."

그녀는 그제야 깨달았다. 이것은 단지 자신의 감정에 대한 문제만이 아니었다. 엘레나에게 의미가 있는 일인 만큼, 엘레나의 아버지에게도 의미가 있었다.

그녀가 고개를 끄덕였다. 그러자 교황은 마음이 놓이는지 빙그레 웃었다.

"엘레나, 네게 부탁이 있다."

마지막이 될 부탁. 엘레나는 고개를 굳게 끄덕였다.

"말씀하세요, 성하."

그런 엘레나를 잠시 바라보던 교황의 입이 열렸다.

그리고 흘러나온 말에 그녀는 잠시 당혹감을 감출 수 없었다. 흔들리는 황금색 눈동자를 보던 교황은 그 마음을 헤아릴 수 있다는 듯 지긋이 웃었다. 엘레나는 잠시 교황의 뜻을 헤아려 보려 했다.

"제가…… 꼭 그렇게 해야 하는 이유가 있으신 거죠?"

"그렇단다."

그녀로선 이해할 수 없는 부탁이었다. 하지만 엘레나의 아랫입술이 힘주어 꾹 다물렸다.

"그렇다면 그렇게 할게요."

구구절절한 설명과 설득은 필요 없었다. 엘레나에겐 사람들이 자신에 대해서 수군거리는 뒷말보단 교황 성하의 마지막 말을 지키는 것이 더 중요했다. 지금 나는 이해하지 못하는 다른 뜻이 있으신 거겠지. 그렇게 받아들였다.

"후우……."

교황이 지친 한숨을 내쉬었다. 엘레나는 반사적으로 그 손을 잡아 치유의 힘을 사용하려 했다.

"괜찮다."

하지만 교황은 거절했다.

"이제 그만 라한에게로, 실비아에게로 가고 싶구나."

더 이상의 치료를 거부하겠다는 말이었다. 엘레나는 그 뜻을 받아들였다. 연명 치료가 의미 있는 것은 본인이 그것을 희망할 때뿐이었다.

"성하의 뜻대로 하세요."

"고맙구나."

교황은 정말로 끝이 다가오고 있음을 느낄 수 있었다. 지친 육체가 이만 영원한 휴식을 원하고 있었다.

그러나 그의 얼굴은 편안하기만 했다. 더 이상 마음의 짐이 없었다.

라한교는 제프리가 이어받아 잘 이끌어 갈 것이라, 황제 폐하를 잘 보필할 것이라 믿어 의심치 않았다. 그리고 이제 엘레나에 대한 걱정도 덜었다.

그 사람이라면, 실비아를 너무나 사랑했던 그라면 엘레나를 잘 보살펴 주리라. 교황은 마지막으로 엘레나의 손을 잡았다.

"엘레나, 부디 행복해다오."

엘레나는 아랫입술을 깨물었다. 이제 정말로 작별 인사였다.

그렇게도 절대 울지 않을 거라고 다짐했던 것이 무색하게 굵은 눈물방울이 떨어졌다. 하고 싶은 말이 너무나 많아서일까. 목이 타는 듯이 메어 왔다.

"너무 뵙고 싶을 거예요, 성하."

한참을 고르고 고른 말이었다. 다른 말들은 차마 하지 못하고, 가장 하고 싶지 않던 말이 흘러나왔다. 믿음직스럽고 어른스러운 모습으로 보내 드리고 싶었는데, 마지막까지 철없는 손녀 같은 말만 하고 말았다.

그러나 가장 솔직한 말이기도 했다. 바람 부는 평원의 그늘이 큰 나무 같은 존재였다. 언제나 그 그늘 아래에선 편안히 쉴 수 있다는 믿음이 있었다. 함께 차를 마시던 시간도, 마음이 차분해지던 대화도 벌써 그리웠다.

"우린 다시 보게 될 게다, 엘레나."

교황이 엘레나의 손을 잡아 주며 말했다.

"하지만 너무 서둘러 오지는 말거라. 천천히, 천천히 오거라."

주름진 눈이 서서히 감겼다. 입가에는 평안한 미소가 걸렸다. 정말로 잠이 드는 사람처럼.

엘레나는 서둘러 일어나 제프리 추기경을 불렀다. 그녀가 문을 여는 순간, 눈이 마주쳤다. 추기경은 그녀가 무슨 말을 하려는지 이미 짐작한 듯했다.

바람을 일으키며 걸어온 추기경이 침대 옆에 무릎을 꿇고 교황의 손을 잡았다. 그리고 곧장 라한교의 기도문을 외기 시작했다.

크고 엄숙한 목소리였다. 영원한 안식에 드는 이의 귀에도 들리도록.

인간의 삶은 짧은 여정이요, 잠시간의 여행길일 뿐이니 비로소 집으로 돌아감을 기뻐하소서.

그러나 경애하는 이여, 그대는 지금 이 순간 결코 혼자가 아님을 알아 주소서.

우리가 그대와 여기 함께 있음을 잊지 마소서.

침실 밖에 있던 사람들도 제프리 추기경의 목소리를 따라 목소리를 높였다.

얼마 지나지 않아 교황의 부고가 제국 전역으로 퍼져 나갔다.

제국은 슬픔에 빠졌다. 오랜 시간 동안 라한교의 지도자였던 교황의 서거는 많은 이들을 비탄에 빠뜨렸다. 그러나 슬픔에 잠겨 멈춰 있을 수만은 없었다. 커다란 빈자리를 메우기 위해 사람들은 바쁘게 움직였다.

이제 고인이 된 교황의 제자로서 그동안 후임자의 준비를 해 온 제프리 추기경이 다음 대 교황으로 추대되었다.

선대 교황이 작고한 당일, 라한교 내부의 동의를 이끌어 낸 제프리 추기경은 황제의 재가 또한 성공적으로 받아 냈다. 그의 첫 업무는 즉위식 전까지 교황 대리로 종사하며 전대 교황의 장례식을 지휘하는 것이었다.

장례식은 예로부터 내려오는 선동과 라한교의 규율을 따랐지만, 그 어느 때보다도 성대하게 치러질 예정이었다. 황실도 재정과 인적 지원을 아끼지 않았다. 마법 전서구를 통해 부고를 전해 들은 제국 전역의 신관들이 아발론 신전을 향해 밤낮 없이 말을 달렸다.

그렇게 교황의 서거 후 정확히 나흘 뒤, 장례식이 예정된 아침이 밝아 왔다. 황제의 침실에 이른 아침부터 의복 담당 시종이 들었다. 준비해 온 몇 가지의 상복 중에 가장 장식이 없는 먹빛 옷을 고른 아드레이는 옷시중을 받는 내내 한 마디도 하지 않았다.

"폐하, 아침 식사를 준비해 왔습니다."

휴고가 음식을 담은 쟁반을 테이블 위에 내려놓으며 말했다.

"생각 없다."

아드레이는 그것을 돌아보지도 않고 대답했다.

"그래도 드셔야 하지 않겠습니까. 오후까지 이어질 장례식입니다. 무엇이라도 드셔 두어야 합니다."

간절한 휴고의 설득에도 아드레이는 묵묵히 거울 속 자신만을 바라볼 뿐이었다.

"벌써 나흘째인데……."

선대 교황의 부음을 전해 들은 뒤로 아드레이는 제대로 된 식사를 한 적이 없었다. 평소와 다름없이 업무를 수행했지만 창밖을 바라보거나 서재에 틀어박혀 책만 읽는 시간이 부쩍 늘었다.

"그렇다면 포션이라도 올리겠습니다."

각별했던 사이라 어느 정도 슬퍼하실 것은 예상했지만, 이 정도일 줄은 예상하지 못했다. 휴고가 한숨을 쉬며 포션 한 병을 꺼내 왔다. 달칵하고 유리병이 놓이는 소리에 아드레이는 그제야 거울에서 눈을 떼고 그것을 바라보았다.

성큼성큼 다가온 그는 포션에 손을 뻗었다. 선대 교황의 신성력을 담은 작은 유리병이 손 안에서 밝게 빛났다. 그 안에서 익숙하고 그리운 이의 얼굴을 기억해 낸 군청색 두 눈이 어둡게 가라앉았다.

"휴고, 포션을 다시 갖다 놔라."

그 말이 전부였다. 아드레이는 포션을 다시 테이블 위에 내려놓았다.

잠시나마 기대를 했던 휴고는 실망했다. 선대 교황의 유품이나 마찬가지인 포션을 마시고 싶어 하지 않는 그 성심은 알겠지만, 그래도 이것이라도 마셔 체력을 회복하셨으면 하는 생각이었다.

"하나, 폐하……."

"휴고."

아직 이런 포션이 열 병은 남아 있다는 말이, 자신의 몸을 돌보시란 간언이 목 끝까지 올라왔지만 휴고는 참았다. 무슨 말도 소용이 없을 것을 알았기 때문이다.

"출발 준비는 다 되었나."

"……확인하고 오겠습니다."

결국 휴고는 포션을 다시 가지고 방을 나갔다.

휴고가 아드레이의 상태를 잘 이해하지 못하는 것도 무리는 아니었다. 시종장은 황제의 고뇌 중 절반만 인지하고 있는 꼴이었으니.

아드레이는 의복을 정리해 주던 시종도 물렸다.

혼자 남겨진 그는 가만히 서서 거울 속을 응시했다. 상복이었지만 의상 곳곳에는 분명 황제임을 표시하는 장식과 문양이 박혀 있었다. 그는 이페른 제국의 황제였다. 오늘 아드레이는 바크란 1세로서 엘레나를 마주하게 될 것이었다.

그가 탁상 위에 놓인 서신을 눈에 담았다. 고민 끝에 장례식 전 모든 것을 털어놓기 위해 그녀를 만나고자 했지만 편지는 황궁을 떠나지 못했다. 예상보다도 일찍 교황의 부음이 들려왔던 탓이니.

수많은 생각이 머릿속에 휘몰아쳤다. 지방 남작 가문 출신의 견습기사인 줄 알았던 그가 황제인 것을 알게 되면 그녀는 어떤 얼굴을 할까.

놀라고 충격받을 것이다. 거짓말을 해 온 그에게 분노할 것이다. 그동안 뻔뻔하게 속여 왔다며 경멸할지도 몰랐다.

아드레이는 소리 없는 침음을 흘렸다. 그녀가 자신을 경멸 섞인 눈으로 바라보는 것은 상상하기조차 싫은 끔찍한 악몽이었다.

그동안 그녀에게 사실을 털어놓으려 마음먹었던 순간들이 눈앞에 지나갔다. 그러나 그때마다 말하지 않기로 결정했던 것은 아드레이 자신이었다.

겁이 났다. 이페른의 황제가 겁이 났다. 그녀가 더 이상 자신을 보고 웃어 주지 않는 것이, 그녀를 잃는 것이 무서워 그동안 비겁자로 남았다.

"꼴좋군."

아드레이가 거울 속의 자신을 조롱했다. 그러나 거울 속의 딱딱하게 굳어 버린 얼굴은 웃고 있지 않았다.

—사과를 하고 용서를 빌어야죠.

평민이란 신분이 밝혀졌던 날 밤, 엘레나가 했던 말이 귓전을 울렸다. 그때 그는 두려움에 질린 겁쟁이 같은 목소리로 물었다.

—용서해 주지 않는다면?

자신의 거짓말이 그녀에게 용서받지 못한다면 어떻게 해야 하는가. 그게 궁금했다.

—용서해 주지 않는다면, 용서해 줄 때까지 사과해야죠.

엘레나는 자신의 잘못 앞에서 당당했다. 피하지 않았고 비겁하게 정당화시키려 하지 않았다. 당당하게 용서를 빌 줄 알았다.

—공작 전하를 잃고 싶지 않아요.

나도 그대를 잃고 싶지 않다. 엘레나를 잃지 않기 위해서였다. 당당하게 용서를 빌 용기를 가져야 했다. 자신의 과오와 맞서야 했다.

똑똑.

노크 소리가 들려왔다. 잠시 뒤 문을 열고 들어오는 기척에 아드레이는 물었다.

"준비가 다 되었나?"

하지만 휴고는 대답이 없었다. 이상하게 생각한 아드레이가 문 쪽을 바라보았다. 휴고가 아니었다.

"풀먼 후작."

문간에 서서 아드레이를 향해 인사를 하는 것은 위스퍼를 총괄하는 이였다.

바로 다음 순간, 엘레나를 떠올리며 불안해하고 흔들리던 아드레이는 사라지고 황제인 바크란 1세만이 남았다. 후작에게 마지막으로 내린 명령이 반란의 증거를 가져오라는 것이었느니 그 품에 담긴 것이 무엇인지는 물어보지 않아도 알 수 있었다.

"보고하라."

풀먼 후작이 품에서 작게 말린 종이를 꺼내 올렸다.

"체인 산맥이었습니다."

"체인 산맥?"

짐작보다 가까운 지명에 아드레이의 짙은 눈썹이 지푸려졌다. 제국의 중심에 위치한 황제 직할령 바로 서쪽에 있는 것이 로이드 공작령이었다. 그 로이드가의 땅 서쪽 끝자락에 솟아오른 높은 산줄기가 바로 체인 산맥으로, 제국의 중앙부와 서쪽 지역을 나누는 중요한 기준선이었다.

"윈터힐에서 출발한 물자를 몰래 미행한 결과, 체인 산맥에 총 두 곳의 주둔지가 있는 것을 알아낼 수 있었습니다. 대량의 인원이 머물고 있지는 않은 것으로 보아 물자 보관과 유사시 대피로 확보를 위한 거점으로 보입니다."

"물자의 내용은 파악되었나."

"경비가 삼엄해 직접 확인은 불가능했습니다. 대략 말씀드리자면 검 4천, 창 3천, 기마용 방패 5천입니다. 윈터힐 영지에서 입수한 정보에 따르면 조만간 이것의 몇 배가 되는 물자가 추가적으로 이동될 예정이라고 합니다."

보고를 하는 풀먼 후작도 듣고 있는 아드레이도 얼굴이 좋지 못했다. 윈터힐이 가지고 있던 전쟁 물자의 양이 생각보다 많았다. 시기에 이르러서 오가는 물자의 양이 이 정도라면, 그동안 상단의 옷을 입혀 실어 나른 것은 얼마나 될지 몰랐다.

"우습지 않나, 풀먼 후작."

아드레이의 말에 후작이 숙였던 고개를 들었다.

"이 제국의 땅에서 난 것을 들고 제국을 겨눈다는 것이."

내전이 나면 결국 땅 위에 흐르는 것은 제국민의 피였다. 하나하나 달려드는 적들을 베어 넘겨도 결국 스러지는 것은 제국의 백성이었다.

저들은 어떨지 모르나, 그래서 아드레이는 단 하나의 생명도 흘려 넘길 수 없었다. 그것이 그가 가진 힘이자 치명적인 약점이었다.

“송구합니다, 폐하.”

후작이 할 수 있는 말은 그게 전부였다. 그런 풀먼 후작을 보던 아드레이는 다시 자신의 옷매무새를 가다듬었다.

“장례식이 끝난 뒤, 모두를 소집하라.”

“예, 폐하.”

교황의 장례식엔 당파를 가리지 않고 모든 중앙 귀족들이 참석한다. 의심을 사지 않고 자연스레 모여 이야기를 나누기 좋은 자리였다. 거대한 아발론 신전 어디에서 그들이 둘러앉을지 전부 감시하는 것은 어려운 일이었다. 그래서 아드레이는 자신이 할 수 있는 가장 효과적인 방법으로 그들의 회담을 방해할 생각이었다.

“폐하, 준비를 마쳤습니다.”

휴고가 문간에서 알렸다.

“이만 출발하지.”

아드레이가 침실을 나서 태양의 궁 정문으로 향했다.

“모시겠습니다, 폐하.”

기다리고 있던 하인즈 단장이 머리를 숙여 예를 갖췄다.

“오랜만이군.”

아드레이는 그런 하인즈 단장의 뒤에 시립한 스무 명 남짓한 정예 기사들의 면면을 바라보았다. 기사단에서 아드레이의 검 상대가 되어 주곤 하던 젊은 기사들이나 메이나드보다 나이가 지긋한 이들이었다.

“너무 오랜만에 불러 주셨습니다.”

하인즈 단장의 오른편에 있던 기사가 친근하게 웃으며 말했다. 지금은 이렇게 교황의 장례식처럼 중요한 행사가 아니면 한자리에 모일 일이 없었지만, 이들은 한때 함께 전장을 누비던 동료였고 전우였다. 언제나 그의 등 뒤를 지키던 이들이었다.

"가자."

아드레이가 올라탄 흑마를 선두로 한 긴 행렬이 태양의 궁을 나섰다. 황제와 기사단의 무리 뒤로는 짐을 실은 화려한 마차 몇 대가 줄을 이었다. 교황을 기리는 선물과 조문객들이 먹고 마실 음식이었다.

아발론 중앙 신전으로 향하는 길 양옆으로 많은 사람들이 모여 있었다. 교황의 장례식으로 향하는 황제의 행렬을 기다리는 것이었다. 백성들은 황제를 향해 머리를 조아렸다.

그저 황제의 모습을 구경 나온 것 같았던 광경은 황제의 행렬 제일 후미의 짐마차가 인파 한가운데로 들어서자 변하기 시작했다. 지붕이 없는 마차 세 대를 향해 사람들이 저마다 무언가를 던져 넣었다.

허름한 차림의 남성이 던진 새하얀 꽃 한 송이부터 어린아이가 어미의 손을 빌려 던진 낡은 인형까지. 제각기 다른 물건들이 차례차례 쌓였다.

아드레이는 말을 천천히 몰았다. 일반 백성들에게는 이 황제의 행렬만이 라한의 곁으로 돌아간 선대 교황을 위해 무언가를 바칠 수 있는 유일한 기회였다.

교황의 장례식에는 중급 이상의 신관과 초대받은 귀족, 그리고 황족만이 참석할 자격이 주어졌다. 아발론과 그 근방에 거주하는 수백 명의 귀족에겐 참여가 자유로웠지만, 평민은 장례식이 치러지는 동안 아발론 신전 울타리 밖에서 기다리는 것이 한계였다.

그래서 대대로 황제는 교황의 장례식으로 향하는 행렬 맨 뒤에 일반 백성들이 교황에게 꽃과 선물을 바칠 수 있도록 수레 혹은 지붕

없는 마차를 세웠다. 교황과 백성의 연결 다리가 되어 주는 것이다.

아드레이가 아발론 신전 길목으로 접어들었을 때, 준비한 세 대의 마차는 이미 가득 차 있었다. 급하게 수레를 몇 대 더 공수해 세웠지만 그마저도 흘러넘치기 일보 직전이었다. 그만큼 선대 교황이 백성들의 사랑을 받는 존재였다는 증거였다. 수레에 든 물건들은 교황에게 닿게 하기 위해 장례식 동안 신전 뒤편에서 태워질 것이다.

닫혀 있던 아발론 신전의 정문이 황제를 위해 열렸다. 따로 환영하는 신관들은 없었다. 그들은 모두 신전 안쪽에서 기다리고 있었다. 장례식은 오로지 고인을 위한 의식이기 때문이었다.

아드레이는 굳은 얼굴로 말에서 내렸다. 호위해 온 기사들이 그 뒤를 따랐다.

황궁에서 신전까지 이동하는 시간이 꽤나 지체되었기 때문에 대부분의 조문객은 이미 입장을 마친 뒤였다. 신전 건물 안으로 아드레이는 거침없이 발걸음을 옮겼다.

그로서는 다른 선택지가 없었다. 그렇게 하지 않으면 그 자리에 우뚝 멈춰 버릴 것만 같았다. 두려움에 저 안으로 들어갈 수 없을 것만 같았다.

기이익.

낮은 소리와 함께 아드레이 앞에서 대예배당의 문이 열리고 거대한 공간이 드러났다. 황제가 도착했다는 소리에 자리에 앉아 정면을 바라보던 이들이 자리에서 일어나 예를 갖추었다.

현 황제는 귀족들이 모이는 연회나 공식 석상에 모습을 잘 드러내지 않아 이 자리에는 여태껏 바크란 1세를 한 번도 본 적이 없는 귀족들도 많았다. 함께 참석한 그들의 식솔들은 두말할 것도 없었다. 모두들 고개를 숙이면서도 기대감 가득한 눈빛을 숨기지 못했다.

"오오."

"어머나……."

긴 망토를 펄럭이며 들어서는 아드레이에게선 그 누구도 범접할 수 없는 분위기가 풍겼다. 정면을 오시하는 눈은 마치 천하를 내려다보는 것 같았고, 크고 탄탄한 몸에선 날카로운 기운이 넘실거렸다. 몇몇 이들은 차마 황제를 계속해서 바라보지 못하고 시선을 숨겼다.

그러나 아드레이의 내면은 바람 앞에 선 촛불처럼 위태롭게 흔들렸다. 걸음걸음마다 무표정하게 씌운 가면이 깨어지고 얼굴이 와락 일그러질 듯했다.

어디선가 엘레나가 자신을 바라보고 있을 것 같았다. 그런 그녀의 얼굴을 차마 보지 못할 것을 잘 알면서도, 그의 눈은 바쁘게 좌중을 훑었다.

그러나 단상 앞에 도착할 때까지 엘레나의 얼굴은 보이지 않았다. 아드레이는 이를 악물었다.

그는 단상 위로 올라섰다. 잠시 후 들어올 교황의 관을 가운데에 두고 마주 보는 곳이 바로 황족의 자리였다. 아드레이의 양옆으로 준비된 두 자리는 아직 비어 있었다.

막 아드레이가 자신의 자리 앞에 섰을 때였다. 단상 위에 있는 문이 열리며 신관들이 우르르 쏟아져 나왔다.

그들은 저마다 의식에 사용될 술이나 성서를 들고 있었다. 보통 때였다면 황제 앞에서 머리를 숙이는 일도 없이 제 할 일을 한다는 것은 있을 수 없었지만 오늘만큼은 예외였다.

제프리 교황 대리도 보였다. 그는 아드레이의 시선을 의식한 것인지 말없이 묵례했다. 이상했다. 아드레이는 자리에 앉아 자신의 앞을 바쁘게 오가는 신관들의 면면을 확인했다.

없다. 그녀가 없었다. 그의 손이 앉아 있는 의자의 팔걸이를 꽉 쥐었다.

조금 전 신관들이 걸어 나온 문을 굳은 얼굴로 바라보았다. 그러나 엘레나의 모습은 보일 줄 몰랐다. 장례식을 시작할 준비를 모두 마친 신관들이 다시 단상 아래로 내려갈 때까지도 그녀는 나타나지 않았다.

"도대체 어디 있는 거지."

"이 마차를 타면 되나요?"

신관복이 아닌 간편한 드레스를 입은 엘레나가 물었다. 장례식 준비로 피곤한 기색이 역력한 제프리 교황 대리가 고개를 끄덕였다.

그녀는 침을 꿀꺽 삼키며 눈앞의 마차를 바라봤다. 특이한 구석이라곤 없는 평범한 외관이었다. 아발론 시내에 다니는 여느 마차와 다를 게 없었다.

"서둘러라. 황제 폐하의 행렬이 황궁에서 출발하면 마차도 빠져나가지 못할 게다."

장례식에 조문을 하러 오는 황제의 행렬로 온 아발론 시내가 떠들썩하다는 것을 그녀도 들어 알고 있었다.

"그때 제가 여쭤 봤던 하급 신관은요? 마리라는 아이인데, 며칠 동안 보이질 않아요."

그러나 제프리 교황 대리의 재촉에도 엘레나는 괜히 다른 말을 하는 등 쉽게 마차에 올라타지 못했다.

"하급 신관이 엄격한 규율을 견디지 못하고 도망을 가는 일이야 비일비재하다고 말하지 않았더냐. 어서 출발하거라."

교황 성하의 장례식으로 온 신전이 바쁘게 뛰어다니는 이 시간에 빨리 마차를 타야 한다는 것은 알고 있었지만 마음먹기가 쉽지 않았다. 그녀에겐 이 마차가 신데렐라의 호박 마차처럼 느껴졌다. 자신을 전혀 다른 곳으로 인도해 줄 호박 마차.

"이걸 타면……."

"그래."

"후우."

긴 심호흡을 한 뒤 엘레나는 마침내 마차 위에 올라섰다.

"명심해라. 목적지에 도착하기 전까진 무슨 일이 있어도 마차에서 내리면 안 된다."

굳은 표정의 제프리 교황 대리가 엘레나에게 일렀다.

"네, 알겠어요."

마차에서 내릴 일이 생길 게 뭐가 있다고 그러지. 엘레나는 고개를 갸웃했다. 마치 그녀가 비밀 업무를 수행하는 비밀 요원이라도 된 듯한 기분이었다.

제프리 교황 대리가 마차 앞으로 가 마부에게 목적지를 알려 주는 듯했다. 엘레나는 가까이 가서 들어 볼까 싶었지만 참았다. 어차피 도착해 보면 알게 될 테니까.

"다녀와서 뵐게요."

"……그래."

묘한 공백 뒤에 제프리 교황 대리가 손수 문을 닫았다. 기다렸다는 듯 마차가 서서히 움직이기 시작했다. 아발론 신전의 작은 쪽문을 통해 마차는 밖으로 나섰다.

"우와, 사람 많은 것 좀 봐."

엘레나는 자신의 상황도 잠시 잊고 창밖을 바라보며 감탄했다. 이쪽은 황제가 지나가는 길도 아닌데 사람이 평소보다 열 배는 많아 보였다. 신전 주변의 한산한 거리가 맞나 싶을 정도였다.

덕분에 마차는 속도를 내지 못했다. 그러나 마음이 급하지는 않았다. 아니, 차라리 조금 더 늦게 달렸으면 하는 마음도 있었다. 멍하니 창밖을 바라보는 그녀 앞으로 손에 꽃을 든 여자 둘이 바쁘게 달려갔다.

"사람들을 뚫고 제일 앞에 서야 하는데, 이러다 놓치겠어!"

"꽃이라도 꼭 드려야 하는데!"

울컥, 잘 담아 놓았던 슬픔이 목울대를 치고 올랐다. 그리고 기뻤다. 이렇게 많은 사람들이 교황 성하를 사랑하고 있었구나. 가시는 길 외롭지는 않으시겠다. 작은 안도도 함께했다.

아직 마지막 대화가 귀에 선연했다. 장례식도 함께하지 못하고 이렇게 도망치듯 신전을 떠나는 이유도 교황 성하의 마지막 부탁 때문이었다.

마차가 조금씩 인파를 벗어나기 시작했다. 그녀는 점점 멀어지는 신전의 모습을 돌아봤다. 저 안에서 많은 사람들이 교황 성하께 마지막 인사를 드리고 있을 것이다.

마지막. 그 말이 가진 무거움을 엘레나는 이제 조금 알 것 같았다. 언제나 마지막이어도 상관없던 삶에서 소중한 것들이 생기자 비로소 마지막이 두려워졌다.

마차에 올랐을 때처럼 크게 심호흡을 한 그녀가 다시 앞을 바라봤다. 모두와 함께하지는 못하지만, 지금 조금 다른 방법으로 교황 성하의 마지막을 기리고 있다고 생각했다.

그러니 침울해하지 말자. 무엇보다 성하께서는 자신이 그러기를 바라셨을 것이다.

달가닥, 달가닥. 일정한 말발굽 소리가 마음을 다독여 주는 것 같았다. 등받이에 몸을 묻고 창밖을 응시하던 그녀는, 어느 순간 허리를 곧추세웠다.

이거 이상한데. 창문까지 열어 목을 빼고 주변을 확인했다. 묘하게 길이 눈에 익었다. 마치 이 근처에 와 본 적이 있는 것처럼.

마부에게 이곳이 어디냐 물어보려 했던 엘레나는 이내 마음을 접었다. 그냥 우연이겠지. 그렇게 넘겼다.

"다 왔습니다."

"정말 여기가 목적지인가요?"

"교황 대리께서 말씀하신 곳은 이곳이 맞습니다."

설마 우연이 아니었던 건가. 엘레나는 일단 마부에게 고맙다는 인사를 하고 마차에서 내렸다. 멍하니 앉아 있다가 마부까지 다음 일정에 늦게 할 수는 없었다.

탁 하고 바닥을 내딛는 발걸음이 왠지 어색하게 느껴졌다. 이미 한 번 와 본 곳임에도 불구하고 그랬다.

높은 담장과 짙은 색 석재가 깔린 바닥, 그리고 단정하게 정리된 정원이 제일 먼저 눈에 들었다. 지난번 이곳에 왔을 때는 정문을 지키는 병사가 한 명 있었는데, 어째서인지 오늘은 아무도 보이지 않았다.

굳게 닫혀 있던 문도 달랐다. 사람이 다니는 반쪽짜리 문은 그때와 같이 닫혀 있었지만 마차가 다니는 길은 문이 활짝 열려 있었다. 마치 그녀를 환영이라도 하듯이.

마냥 밖에서 기다릴 수만은 없어 엘레나는 조심스레 저택에 발을 들였다. 이미 현관까지 가는 길은 잘 알고 있었다.

가는 도중에 누군가를 만나면 어떻게 뭐라고 설명을 해야 할까. 조마조마한 마음으로 걸었다.

다행히 아무도 마주치지는 않았지만 저택은 조금 어수선했다. 곳곳에 짐을 가득 실은 마차가 보였다. 마치 누군가가 이사 갈 준비를 하는 중인 것 같았다.

우뚝 솟은 정원수 사이를 걸어 그녀가 저택의 현관이 있는 곳에 다다랐을 때였다. 현관문이 열리고 사람들이 걸어 나왔다.

"이미 짐마차 몇 대는 보내 두었습니다."

뒤쪽에서 부관의 보고를 받고 있는 중년의 남성이 보였다. 검은색 상복을 차려입고 바쁘게 계단을 내려오는 은색 머리칼이 흔들렸다.

"장례식이 끝나는 대로 출발할 수 있도록 모든 채비를 마쳐 두어라, 그레이 경."

"여부가 있겠습니까."

낯익은 얼굴에 엘레나는 심장이 입 밖으로 튀어나올 것만 같았다. 윈터힐 백작의 옅은 갈색 눈이 멀리서도 선명하게 보였다. 자신도 신성력이 강해지기 전까지는 딱 저런 색의 눈을 가지고 있었다.

"장례식에서 조의금을 바치며 얼굴을 보는 것도 알현이라면 알현. 모든 사람들이 보는 자리에서 내가 영지로 돌아가는 것을 막지는 못할 테지."

좋지 않은 일이 있는 것인지 백작이 눈썹을 구겼다.

"모두들 약식으로 처리하는 아발론 출입 아닙니까. 그런데 어째서 가주께만 알현한 뒤 정식으로 허가를 받으라는 명령을 내린 것인지 알 수 없습니다. 혹시……."

"아니."

윈터힐 백작은 부관을 향해 단호하게 고개를 저었다.

"그랬다면 지난 알현 때 순순히 놓아줬을 리가 없……."

순간 말소리가 뚝 끊겼다. 고장 난 듯 모든 행동을 멈춰 버린 윈터힐 백작의 두 눈이 한곳에 박힌 듯 고정되어 버렸다. 뭔가 이상함을 감지한 그레이 경은 백작의 시선을 따라갔다. 그리고 이내 백작처럼 굳어 버렸다.

"저기……."

엘레나는 정원수 뒤에 반쯤 숨어 있다가 백작과 부관에게로 다가갔다. 도둑고양이도 아니고 사람 말소리에 왜 숨었던 것인지 스스로도 이해할 수 없었다. 당당하게 인사하자. 잘못한 것 없잖아. 그렇게 생각하며 허리를 폈다.

"아, 안녕하세요?"

떨리는 목소리가 우스꽝스러웠다. 아, 나 긴장하고 있구나. 그녀는 그제야 깨달았다. 아무렇지 않을 수 있을 줄 알았는데, 엘레나는 사시나무 떨듯 했다.

긴장감은 인사에 아무런 대답도 하지 않고 자신을 빤히 바라보기만 하는 윈터힐 백작의 반응에 더욱 심해졌다.

"하하, 하…… 오늘 참 날씨가 좋네요."

갑자기 날씨 타령을 하는 자신의 입을 때려 버리고만 싶었다. 그때 그녀의 머릿속에 자신이 가져온 물건들이 생각이 났다. 그제야 주섬주섬 뭔가를 꺼내는 엘레나를 백작은 가만히 지켜봤다.

"아, 여기 있다."

땀으로 축축해진 손을 치맛자락에 대충 닦은 뒤, 그녀가 무언가를 백작에게 건넸다. 수신인이 적혀 있지 않은 편지 봉투와 교황에게 맡겨 놓았던 목걸이였다.

도대체 무슨 말을 해야 하지. 마차에서 이거나 생각해 볼걸. 뒤늦은 후회가 물밀듯 밀려왔지만, 이미 늦었다. 어떤 말이든 해야 했다. 결국 매우 어설프고 앞뒤 자른 말이 입에서 튀어나와 버렸다.

"혹시 백작님께서 제 아버지이신가요?"

목걸이에 박혀 있는 붉은 보석이 햇빛을 받아 반짝였다.

장례식장은 이 많은 사람들이 한곳에 모여 있다는 것이 믿기 어려울 정도로 고요했다. 소곤거리며 나누는 말소리보단, 차라리 사람들이 간간이 내뱉는 헛기침 소리가 더 컸다.

조문객 중 조금 늦은 이들도 속속 도착했다. 베르너 공도 그중 하나였다. 르니에는 이미 아침 일찍 집을 비워 베르너가의 마차에서 내린 것은 베르너 공 하나뿐이었다.

곧 장례 의식이 시작될 예배당에 도착한 베르너 공은 잠시 주변을 둘러보다가 출입문에 가까운 쪽에 앉았다. 어차피 의식 동안 오래 머물 생각이 없었으니 남들의 눈에 띄지 않는 곳에 자리하는 것이 유리했다.

"베르너 공."

누군가가 말을 걸었다. 돌아보니 몇 번 안면이 있는 자작가 출신의 상급 신관이었다.

"아, 오랜만이오."

"참으로 그렇습니다. 그런데 어찌 이곳에 앉아 계십니까?"

귀찮게 되었군. 베르너 공이 구겨지려는 얼굴을 움직여 도리어 미소 지으며 대답했다.

"내가 늦게 도착했지 뭐요. 염치없이 앞자리에 앉을 수는 없어서 이곳에 자리를……."

"공은 이미 지정석이 있지 않으십니까?"

"지정석?"

금시초문이었다. 베르너 공이 영문을 몰라 하자 상급 신관이 앞쪽을 손가락으로 가리키며 말했다.

"저 앞 말입니다."

베르너 공은 자리에서 일어나 사람들의 머리 너머로 신관이 가리키는 곳을 확인했다.

"황제 폐하께서 친히 공의 자리를 준비하셨습니다."

황족의 자리. 그곳에 이미 앉아서 자신을 바라보고 있는 질자姪子의 얼굴을 확인한 베르너 공의 얼굴이 차갑게 식어 갔다.

"저곳이 내 자리란 말이오?"

"예, 그렇습니다. 폐하께서 기다리고 계시니 어서 자리를 옮기시지요."

나이 어린 중급 신관이나 보냈다면 그저 호통을 치고 돌려보낼 수 있을 것을. 일부러 그와 안면이 있는 상급 신관을 보내 그럴 수도 없었다.

우뚝 선 채로 베르너 공이 움직이지 않으니 주변의 귀족들이 이상한 기류를 눈치채고 하나둘씩 흘끔거리기 시작했다. 그리고 그 시선들이 베르너 공에겐 단단한 밧줄과 날카로운 창보다도 큰 위력을 가지고 있다는 것을 아드레이는 잘 알았다.

결국 베르너 공은 양옆으로 사람들이 가득 들어차 있는 길을 걸어 연단으로 향했다. 하릴없이 의식이 시작되기만을 기다리고 있던 귀족들의 호기심 어린 눈이 그 뒤로 따라붙은 것은 당연했다.

뒤통수가 당기는 느낌에 베르너 공이 이를 악물었다. 길고 긴 이동 끝에 베르너 공은 마침내 황제의 앞에 섰다.

"오랜만입니다, 백부."

"폐하를 뵙습니다."

어느 한 곳 나무랄 데 없는 깔끔하고 정석적인 몸가짐의 인사였다. 그러나 마주 선 두 사람의 사이에는 짙은 긴장감이 흘렀다.

마지막으로 이렇게 서로 얼굴을 맞대었을 때는 5년 전이었다. 전쟁에서 돌아온 아드레이가 황위로 복귀하고, 베르너 공이 르니에에게 작위를 물려준 뒤 은퇴를 하던 바로 그날이었다.

"그간 몰라보게 장성하셨습니다, 폐하."

몇 년이란 길지 않은 시간 동안 아드레이는 완연히 사내가 되어 있었다. 그저 자리에 앉아 있는 것뿐인데, 장엄한 기운을 뿜어냈다.

어린 티가 났던 그때와는 비교도 할 수 없을 정도였다. 마치 그동안 황제의 자리를 온전히 자기 것으로 만든 것처럼.

베르너 공은 소리 없이 이를 갈았다.

"영지에서의 생활이 매우 즐거우신가 봅니다. 안색이 아주 좋아 보이십니다."

"은퇴한 자의 따분한 삶이 무에 특별할 것 있겠습니까. 그저 시골 생활에 마음이 편해 그런 것이지요."

오랜만에 조우한 백부와 조카 간의 살가운 대화처럼 들렸다. 단상 위를 바라보는 귀족들에게는 적어도 그리 들렸다.

그러나 그 모습을 지켜보는 이들 중 몇몇은 불안한 시선을 교환했다. 장례식이 끝나는 대로 당장 각자의 영지로 돌아가 이제 일전을 준비해야 하는 이들은 이 갑작스런 만남이 그리 달갑지 않았다.

"한데 어찌 소신에게 연단 위에 앉으라 하십니까."

베르너 공이 공손히 허리를 숙이며 말했다.

"이미 황족이 아닌, 후작이 된 지 오래인 저를 이제 와 이리 대하시면 여론이 들끓을까 두렵습니다."

완곡하지만 분명 거절하는 말이었다. 그러나 아드레이는 물러설 생각이 없었다.

"다른 분도 아닌, 선대 교황 성하의 장례식이지 않습니까. 백부님과 선황제께선 고인이 되신 성하께 신학을 수학하셨다 들었습니다. 스승의 장례 의식에 제자가 가장 가까운 자리에 앉는 것을 손가락질할 이, 누가 있겠습니까."

그동안 황족의 대우라고는 조금도 하지 않다가 갑자기 생색을 내는 이유가 무엇인가.

이유가 어찌 되었든 베르너 공은 귀찮게 되었다고 생각했다. 제 딴에는 백부를 위한 배려라고 생각하는 듯했지만, 단순히 조의를 표하기 위해 참석한 장례식이 아니니 그저 성가신 참견일 뿐이었다.

"이렇게까지 소신의 마음을 헤아려 주시니 감사할 따름입니다."

더 이상 거절할 만한 명분이 없는 베르너 공은 마지못해 고개를 끄덕였다.

귀족들이 본격적으로 일어서서 움직일 수 있는 것은 첫 번째 기도식이 끝난 뒤부터였다. 그때가 되면 자연스레 어수선해질 테니 그 틈을 타 자리에서 벗어날 생각이었다.

아드레이의 옆자리에 앉은 베르너 공은 새삼 가슴이 두근거리는 것을 느꼈다. 바글바글하게 모여 앉은 귀족들이 단상 아래에서 자신을 바라보고 있는 듯했다. 황제의 자리라는 것은 이렇게 온 귀족들과 제국을 아래로 둘 수 있는 권력이었다.

문득 옆자리를 바라보니 자신이 앉은 것보다 훨씬 크고 좋은 의자에 앉아 있는 아드레이가 눈에 들었다. 조금 전까지의 만족감은 순식간에 사라지고 저 자리에 앉고 싶다는 생각에 휩싸였다.

곧 저 자리가 내 것이 된다. 베르너 공은 그렇게 생각하며 화마를 다스렸다.

이제 와 감정에 이끌려 혹시라도 속마음을 내비쳤다간 대의를 그르칠 수 있었다. 지금도 자신을 주시하고 있을 수하의 귀족들을 떠올리며 의연한 미소를 얼굴에 걸었다.

"이제 의식을 시작하겠습니다."

제프리 교황 대리가 아드레이에게 다가와 말을 건네었다.

"음, 가능하다면 조금만 더 시간을 줄 수 있소."

"기다리는 분이 계십니까."

"아직 한 사람이 오지 않아서 그렇소."

그리하겠다 대답하고 물러서려는 교황 대리를 아드레이가 불러세웠다.

"제프리 교황 대리."

"예, 폐하."

"그 신관이 눈에 보이지 않는군."

아무리 주변을 샅샅이 둘러보아도 엘레나의 모습이 보이지 않아 걱정이 된 아드레이가 그녀의 행방을 물었다.

"그 신관이라 하심은……."

제프리 교황 대리와 아드레이의 대화에 옆에 앉아 있던 베르너 공도 관심을 가지기 시작했다.

그때 닫혀 있던 예배당의 문이 다시 열리고 한 인영이 들어섰다. 그동안 저 문을 통해 들어온 이들과는 조금 다른, 덩치가 작은 인영이었다. 그것을 본 아드레이가 보일 듯 말 듯 미소를 지었다.

"저 남자아이는 누구지?"

혼자서 카펫 위를 당당하게 걸어 들어오는 소년을 본 한 귀족이 중얼거렸다.

"부모라도 잃어버린 겐가."

무심코 이 자리에 부모를 따라 참석한 아이 중 하나라고 여기는 이도 있었다. 그러나 중앙의 융단 위를 거침없이 걷는 그 발걸음이 점점 황제가 앉아 있는 연단에 가까워질수록 사람들의 얼굴은 경악으로 물들어 갔다.

"아, 아니, 저 아이가!"

"누가 말려야 하는 것 아닌가?"

겁도 없이 점점 황제 앞으로 다가서는 아이는 마치 자신이 가야 할 길을 알고 있는 것 같았다.

"누군지 몰라도 부모가 곤욕을 치르겠군."

"어떤 가문의 아이이기에……."

"금발과 푸른 눈은 황실의 상징이지 않소."

"차라리 폐하의 숨겨 두었던 아들이기라도 하면 좋을 텐데 말이오. 그렇담 후사 문제는 단박에 해결되는 것……."

강 건너 불구경을 하듯이 벌어지는 상황을 관전하던 두 귀족이 말을 멈췄다. 시답잖은 농담을 뱉어 놓고 보니 너무나 그럴듯했다. 그 주변에서 둘의 대화를 듣고 있던 다른 귀족들도 웅성거렸다.

"하, 하긴 저 정도면 예닐곱은 됐을 터인데, 그렇담 나이가 얼추……."

"여인에게 도통 관심을 보이지 않으신 것이 그런 이유였던가?"

예배당의 온갖 이목이 집중되었다. 아직 키가 어른의 허리춤 정도밖에 되지 않는 아이에겐 단상까지의 길이 길게만 느껴졌다. 그러나 아이는 앞으로 나아갔다. 주먹을 꽉 쥐고 앞으로, 앞으로.

남자아이는 기어코 단상 위까지 올라섰다. 아드레이는 아이를 멈춰 세우지 않았다. 그것에 귀족들은 더욱 수군거렸다.

마침내 아이는 황제의 앞에 우뚝 섰다. 전혀 기죽는 것 없이 당당한 태도였다.

"오오."

작은 감탄사가 그들 사이에서 흘러나왔다. 줄곧 자리를 지키던 바크란 1세가 아이를 환영하듯 일어났기 때문이었다. 커다란 황제 앞에서 남자아이는 유독 더 작아 보였지만, 눈썰미 좋은 몇몇 이들은 황제와 아이가 닮았다며 중얼거렸다.

"어서 와라, 리바이 공작."

사람들은 귀를 의심했다. 어안이 벙벙해 서로를 믿기지 않는다는 얼굴로 바라봤다.

"리, 리바이 공작?"

"리바이 공작이라면……."

아드레이가 아주 천천히 손을 뻗었다. 계속해서 티토의 눈을 바라보면서 무서워하는 기색이 보이면 언제라도 멈출 수 있도록 느리게 움직였다. 그러나 티토의 푸른 눈은 그저 또록또록하게 반짝였다.

마침내 큰 손이 부드러운 금색 머리칼에 닿았다. 아드레이가 모두가 들으라는 듯 낮고 분명한 목소리로 말했다.

"기다리고 있었다."

그에 티토가 양 볼에 오목한 볼우물을 만들며 웃었다.

"늦어서 죄송해요, 형님."

사람들은 그제야 단상 위에 놓인 세 개의 의자를 알아차렸다. 바크란 1세를 위한 의자와 베르너 공을 위한 의자를 제외하고도 하나가 남았다. 황후와 황제의 후사가 없는 지금, 그 둘을 제외한 황족은 리바이 공작이 유일했다.

“저 아이가 리바이 공작?”

“허, 그러고 보니 리바이 공작 전하를 실제로 보는 것은 처음이로군!”

이제 실내는 조금 전 그토록 고요했던 장소와 같은 곳이라고는 생각할 수 없을 정도로 소란스러웠다. 이곳저곳에서 생겨난 산발적인 웅성거림이 높이 솟아오른 예배당의 전상을 메웠다.

“그때 그 일 때문에 낯선 남성을 보면 발작을 하는 괴병이 있다고 하지 않았소? 멀쩡해 보이는걸.”

“그러게나 말이오. 올해 여덟 살이실 테니, 또래보다 조금 작기는 해도 건강해 보이시고.”

“역시 소문은 믿을 것이 못 되나 보오.”

교황의 장례식에 참석했다가 리바이 공작의 얼굴을 보게 되다니, 생각지도 않은 전개에 조문객들이 기뻐하는 동안 티토는 베르너 공과 인사를 나누었다.

“지난번에는 실례가 많았습니다, 백부님.”

베르너 공은 대답 대신 티토를 바라봤다. 단순한 놀라움이라기보단 무언가를 읽어 내려는 집요한 눈빛이었다.

“어찌 그리 보십니까?”

“놀라워서 말이다. 너를 여기서 보게 될 줄이야. 이제 병은 다 나은 것이냐?”

걱정하는 말일진대 그 안에 들어 있는 것은 경계심이었다.

“완전히는 아니지만 참을 수 있을 정도는 됩니다.”

“그래, 다행이로구나.”

“감사합니다, 백부님. 모두 백부님이 걱정해 주신 덕분입니다.”

티토는 머리를 꾸벅 숙여 보였다. 반쯤은 맞는 말이었다. 티토가 이렇게 사람이 바글바글한 장례식까지 올수 있었던 것은 베르너 공 때문이었다.

지난번 발작에 그날의 기억을 가둬 두었던 상자가 억지로 열렸다. 그 안에서 티토는 두려움의 실체를 확인했다. 그리고 자신의 공포와 마주했다.

매번 숨통을 죄어 오던 검은 그림자가 있었다. 월광이 새하얗게 날 위를 달릴 때마다, 스르릉 스르릉 소리를 내던 기다란 검이 있었다. 그리고 검을 든 검은 머리의 사내가 있었다.

티토는 마침내 보았다. 흩날리는 긴 머리칼 사이로 자신을 내려다보던 시리도록 푸른 눈을.

형님의 군청색 눈과는 달랐다. 감정이 없는, 유리 조각같이 차가운 눈이었다.

티토는 자신을 습격했던 남자가 누군지 기억해 냈다. 식당에서 마주쳤던 케인이라는 자였다. 자연스레 제 목숨을 노렸던 사람이 백부인 베르너 공인 것도 알게 되었다.

잔인한 진실이었다. 피를 나눈 혈육이 저를 죽이려 한 범인이었다는 것은.

그런데 참 이상한 일이 벌어졌다. 어느 순간, 숨통이 확 트였다. 꽉 막혔던 방의 문이 열린 것처럼, 열린 문으로 시원한 바람이 옷자락이 펄럭이도록 마구 쏟아져 들어오는 것처럼.

티토는 더 이상 갇혀 있지 않았다. 세상은 이제 감옥이 아니었다. 티토는 마침내 자유로웠다.

엘레나가 궁을 비우게 된 후 티토는 바쁘게 지냈다. 조금씩 새벽의 궁을 벗어나 보기 시작했다. 일리야를 대동하고 새벽의 궁 근처의 숲부터 도서관까지 서서히 행동반경을 넓혔다.

몇 번의 고비는 있었지만 티토는 적응해 냈다. 그리고 오늘 이곳에 있는 것이다.

"휴우."

꽉 쥐어진 티토의 주먹은 아직 풀어지지 않았다. 아직 이렇게 사람이 많이 모인 자리는 많이 힘들었다.

하지만 이토록 상징적인 자리에서 모습을 드러내고 싶었다. 저를 죽이려고 보냈던 남자를 뻔뻔하게도 다시 눈앞에 디밀었던 베르너 공과 모두의 앞에서 당당하게 보여 주고 싶었다. 자신은 이제 괜찮다는 것을.

"그리 길지 않을 것이다."

옆에서 들려오는 다정한 목소리에 티토가 고개를 들었다. 따듯한 온기를 담은 남색 눈이 저를 보고 있었다. 티토는 자기도 모르게 웃었다.

형님을 무서워했던 것은 기세 때문이 아니었다. 검은 머리칼과 푸른색 눈 때문이었다. 자신을 죽이려 했던 케인이란 자의 외모와 흡사했기 때문에 그토록 무서웠던 것이다.

하지만 지금 이렇게 보니 너무나 달랐다. 한쪽은 저를 죽이려는 살기만 번득였던 눈이고, 한쪽은 이토록 애정이 고스란히 담긴 눈이었으니.

"네, 형님. 이제 괜찮아요."

"다행이로구나."

아드레이가 살포시 미소 지었다.

두 형제의 오붓한 대화에 찬물을 끼얹듯 한 목소리가 끼어들었다.

"오늘 폐하께선 네 도움이 필요하실 게다."

베르너 공이 훈계하듯 말했다.

"많은 귀족들을 상대하시며 그들이 선대 교황에게 바치는 선물을 대신 받아 주어야 하지."

황족은 빛의 신 라한의 사랑을 가장 많이 받는 이들이라 여겨졌다. 그래서 이페른 제국의 황제는 태양으로 불리고, 신의 대리자인 교황을 제외하고는 라한에 가장 가까운 존재라는 상징성을 가졌다. 그러한 풍습 덕에 교황의 장례식에서 교황에게 보내는 마지막 선물을 황족에게 맡기는 게 일종의 의식이 되었다.

"그들 앞에서 거품을 무는 흉한 꼴을 보이는 것은 아니겠지."

베르너 공의 비아냥에 아드레이는 즉시 그를 향해 몸을 돌렸다. 긴 생각 끝에 나온 행동이 아니었다. 티토의 병을 미친개가 거품을 무는 증상으로 비하해 함부로 입을 놀리는 베르너 공을 보고 잠시 이성이 끊겼을 뿐이었다.

그대로 돌아서서 무슨 행동을 할지 스스로도 몰랐다. 그 순간 아드레이의 머리를 채운 단어는 '감히'라는 말이었다. 티토를 저렇게 만든 장본인이 감히.

그러나 티토의 행동이 더 빨랐다.

"저는 기도식만 참여하고 새벽의 궁으로 돌아갈 겁니다."

미안해하지도, 죄스러워하지도 않았다. 당당한 통보였다.

"말도 안 되는 소리! 황족이 되어서 어찌 의무를 다하지 않겠다는 것이냐!"

베르너 공이 꾸중했지만 티토는 어깨를 으쓱하며 대답했다.

"방금 백부님께서 말씀하셨지 않습니까. 흉한 꼴을 보이지 말라고요. 제 병이 많이 좋아졌다지만, 아직 그렇게 장시간 많은 사람들을 상대할 만큼은 아닙니다. 그러니 어쩌겠습니까. 흉한 꼴을 보이기 전에 궁으로 돌아갈 수밖에요."

"참으면 되는 일이 아니냐. 황족으로서의 책임을 다하기 위해서 응당 버텨야 하는 것이지! 너는 스스로의 허물이 부끄럽지도 않은가 보구나!"

꽤나 엄중하게 꾸짖었는데도 티토는 주눅 든 기색이 없었다. 오히려 한숨을 푹 쉬며 고개를 절레절레 젓기까지 했다.

"어휴, 백부님. 모르시는 것 같은데, 제 병은 화장실을 가고 싶은 요의처럼 참는다고 참아지는 것이 아니에요."

마치 티토가 베르너 공에게 훈계를 하는 듯한 태도였다.

"또한 어째서 제 병을 부끄러워해야 합니까? 제 병은 제가 잘못해서 생긴 것이 아닌데요."

또록또록한 말투가 제법 낭랑했다.

"잘못이 있다면 저를 죽이려고 했던 그 파렴치한에게 있을 것입니다. 그렇지요, 백부님?"

"뭐, 뭐라?"

이제 베르너 공은 할 말을 잃고 입만 벙긋거렸다. 화가 났지만 화를 낼 수도 없었다. 티토를 죽이려 케인을 보낸 게 자신인 것은 아무도 모르는 사실이었다.

"티토, 백부님께 말씀이 너무 과하구나."

"죄송합니다, 형님."

"오늘 네 몫까지 수고를 해 주실 백부님께 어서 사과를 드리거라."

"예. 송구합니다, 백부님. 제가 실수했어요."

형제가 주고받는 말이 아주 잘 연습된 연극이라도 보는 것 같았다. 멍하니 있던 베르너 공이 퍼뜩 정신을 차리며 물었다.

"고생을 하다니?"

"리바이 공작이 궁으로 돌아가야 하지 않습니까. 이 많은 귀족들의 선물을 제가 다 감당할 수는 없으니, 백부님의 도움이 필요할 듯 합니다."

"하, 하지만 나는 다른 일정이……."

"장례식을 끝까지 지키지 못하고 중간에 돌아가셔야 하는 다른 일정이 있으시단 말입니까?"

장례식 중간에 사람들의 눈을 피해 필히 참석해야 할 일정이 있다는 말이겠지. 아드레이는 조용히 입매를 비틀었다.

"그것은 아니지만 너무나 갑작스러워 그렇습니다."

"아, 그러십니까. 미리 말씀을 드렸어야 했는데. 제 불찰입니다."

황제가 자신의 불찰이라 사과하는데 더 이상 할 말이 무엇이 있을까. 베르너 공은 어떻게든 핑계를 생각해 내려 머리를 굴렸다. 그때 티토가 옆에서 한마디를 보탰다.

"백부님께서도 기꺼운 마음으로 도와주실 것입니다, 형님. 이 일은 황족의 의무이자 책임이 아닙니까. 그렇지요, 백부님?"

아무것도 모르는 말간 얼굴로 티토가 웃었다.

"그렇……지."

애석하게도 빠져나갈 수 있는 구멍이 보이지 않았다. 그 바람에 마음이 급해진 베르너 공은 습관적으로 케인을 찾았다. 다른 귀족들에게 말을 전하려는 의도였다.

그러나 곧 이곳은 교황의 장례 의식이 치러질 장소라는 것을 깨달았다. 귀족들은 시종이나 하인을 데리고 들어올 수 없었다.

"어서 기도식을 시작하시지요, 폐하."

한시라도 빨리 의식을 끝내야 한다는 생각에 베르너 공은 마음이 급해졌다.

"제프리 교황 대리."

아드레이가 교황 대리를 부르고 얼마 지나지 않아 장례식이 시작되었다. 정숙하고 아름다운 의식이었다. 아드레이는 자연스레 좌중을 둘러보며 반역에 가담한 것으로 알려진 몇몇 귀족들의 얼굴을 확인했다.

베랑, 세콰이어, 케인즈, 그리고 폰타넬. 제국의 서부 지역을 다스리는 대영주들이었다. 그 외에도 저들을 따르는 군소 귀족들도 포함하면 길고 긴 명단이 생겨난다.

반역에 동조한 자는 모두 공개 처형하는 것이 제국법이다. 그렇다면 저들 중 살려야 할 자와 도려내야 할 자는 과연 누구인가. 아드레이의 고민은 깊었다.

검은 잉크를 풀어 넣은 듯 머릿속이 혼탁했다. 아드레이는 의식을 진행하는 신관들 속에서 다시 한번 엘레나를 찾았다. 도대체 어디에 있는 것일까. 혹여 어디가 아픈 것은 아닌가.

선대 교황을 친할아버지처럼 대하던 엘레나였으니 그 슬픔이 말로 다할 수 없으리라. 의식이 끝나면 제프리 교황 대리에게 엘레나의 행방에 대해서 물어볼 생각이었으나, 아드레이는 무엇보다 지금 이 순간 그녀가 어디선가 혼자가 아니었으면 하고 바랐다.

엘레나는 선대 교황 성하의 마지막 부탁을 들었던 때를 회상했다.

—그게 무슨 소리세요?

심장이 덜컥했다. 교황을 배려해 줄곧 목소리를 낮췄던 엘레나가 처음으로 크게 물었다.

—제프리에게 미리 말을 해 두었다. 그러니 너는 때가 되면 사람

들의 눈을 피해 제프리가 준비한 마차를 타거라. 그 마차가 너를 네 아버지에게로 데려다줄 게다.

이상한 말이었다. 분명 사람들도 수군거릴 것이다. 그토록 교황의 어여쁨을 받던 엘레나가 교황의 장례식에 참석하지 않는다면 이상한 말들이 돌 게 뻔했다.

흔들리는 황금색 눈동자를 보던 교황은 그 마음을 헤아릴 수 있다는 듯 지긋이 웃었다. 엘레나는 잠시 교황을 뜻을 헤아려 보려 했다.

—제가…… 꼭 그렇게 해야 하는 이유가 있으신 거죠?

—그렇단다.

그녀로선 이해할 수 없는 부탁이었다. 하지만 이것이 교황 성하의 마지막 부탁이라면.

—네, 그렇게 할게요.

—너의 목걸이를 잊지 말고 꼭 함께 가져가거라.

딸깍.

찻잔 받침이 응접실 테이블 표면에 닿는 소리와 함께 엘레나는 퍼뜩 현실로 돌아왔다. 고개를 드니 윈터힐 백작의 색이 옅은 갈색 눈이 보였다.

"무엇을 좋아할지 몰라 지난번과 같은 것으로 준비했소."

"아…… 네. 감사합니다."

그녀가 꾸벅 인사를 했다. 윈터힐 백작의 눈이 오래 머물지 못하고 멀리로 달아났다.

엘레나도 노란 찻물에서 눈을 떼지 못하는 중이었다. 어색한 침묵이 흐르는 사이에 호로록하고 찻물 들이켜는 소리가 괜스레 더욱 크게 울렸다.

"저기 근데……."

엘레나는 더 이상 참을 수 없어서 조심스레 말을 꺼냈다.

"다른 분들은 계속 그렇게 서 계실 건가요?"

그녀의 한마디에 여러 장정들의 어깨가 동시에 크게 움찔했다. 열 명 정도의 윈터힐 기사들이 서재 곳곳에 서 있었다.

"저들은 신경 쓰지 않으셔도 되오."

"신경을 안 쓸 수가……. 저렇게 쳐다보시는데."

정확히 말하자면 늑대 무리 가운데에 갇힌 새끼 오리가 된 기분이었다. 그렇다고 해서 '참 맛있게 생겼군.'의 눈빛은 아니었다. 그것보다는 '너무 작아서 숨이라도 크게 쉬었다가 날아가 버리면 어떻게 하지.' 같은 두려움이 저들에게서 느껴졌다.

"헛! 죄, 죄송합니다!"

집사의 손에서 차와 함께 먹을 다과를 전해 받아 엘레나의 앞에 내려놓던 젊은 기사가 자신과 그녀의 손이 실수로 부딪치자 화들짝 놀라며 연신 사과했다.

"괜찮으십니까? 다치시지는, 부러지거나 하지는……."

"살짝 부딪친 걸로는 아무렇지도 않아요."

"하, 하지만 손목 굵기가 제 손가락만 하셔서……."

기사는 진심으로 엘레나를 걱정하며 안절부절못했다. 문제는 그런 반응을 보이는 것이 당사자인 그 기사뿐만이 아니라는 점이었다. 주변에 서 있던 다른 이들도 고개를 쭉 빼고 엘레나의 손목을 살폈다.

"그 정도는 아니거든요!"

엘레나는 얼른 자신의 손목을 소매 안으로 감추며 얼굴을 붉혔다. 분위기가 기묘해 부담스러웠다.

이렇게 주목의 대상이 되는 건, 관심의 집중을 받는 것은 익숙지 않았다. 어서 본론을 꺼내고 싶은데. 엘레나는 다시 한번 기사들을 바라보며 망설였다.

"이곳에 있는 기사들은 내 부관인 그레이 경과 단 열 명뿐인 '윈터힐의 늑대들'이오. 내 목숨을 맡겨도 좋은 이들이지. 이들 앞에선 편히 말해도 좋소."

당사자인 윈터힐 백작이 그렇게 말한다면야. 엘레나는 자신의 무릎 위에 가지런히 놓았던 봉투를 내밀었다.

"일단 이걸 읽어 주세요."

"이건……."

"교황 성하의, 아니 선대 교황 성하께서 백작께 남기신 유언이에요. 정확히는 제 아버지께 남기신 말씀이죠."

아무런 문양도 없이 투박한 봉투를 받아 드는 백작의 눈동자가 잠시 흔들렸다.

"제게 장례식에 참여하지 말고 이 편지와 목걸이를 들고 마차를 타라고 말씀하셨어요. 제프리 교황 대리께서 제 아버지가 계신 곳으로 갈 마차를 준비해 주실 거라고요."

그런데 도착한 곳이 윈터힐 백작가일 줄이야. 마부에게 미리 행선지를 물어보기라도 할걸, 하는 뒤늦은 후회가 들었다. 그러나 사실 자신이 윈터힐 백작가로 향하고 있다는 것을 알았더라도 달라지는 것은 없었을 것이다.

"어째서 장례식에도 참석하지 말고 곧바로 이곳으로 오라고 하셨는지는 저도 잘 몰라요. 혹시 백작님께선 알고 계시나요?"

"그건……."

윈터힐 백작은 이제 자신의 손에 들린 봉투를 조심스런 손길로 뜯기 시작했다. 엘레나의 질문에 대한 대답이 그 안에 들어 있을 것 같았기 때문이었다.

이내 봉투 안에서 잠자고 있던, 길지 않은 편지가 세상의 빛을 보았다. 투박한 양피지는 편지를 쓴 이의 검소한 성격을 보여 주는 듯했다.

원터힐 백작은 보시게.

서두의 힘없는 필체가 백작의 눈길을 잡았다. 이 서신을 쓸 때의 교황의 상태를 어림짐작하게 하는 글씨였다.

지난 20년의 시간 동안 자네에게 수많은 서한을 썼으나 차마 보내지 못했지. 라한의 첫 번째 종이 되며 이름마저 버린 나지만, 딸아이를 잃은 슬픔 앞에선 사람일 수밖에 없었네. 자네가 그토록 괴로워하며 살고 있다는 소식을 듣고도 아무 연락도 취하지 않은 것은, 이 좁은 가슴 한구석이 실비아의 죽음을 자네의 탓으로 돌리고 있었다는 뜻이겠지.

실비아를 그렇게 보내고 나는 라한의 곁에서 그 아이를 다시 보는 날만을 기다려 왔네. 그러나 라한께선 우리에게 두 번째 기회를 주셨고, 생의 마지막에 이 편지를 쓰게 되어 나는 기쁨을 감출 수가 없다네.

지금 이 편지를 가지고 간 엘레나라는 아이는 20년 전 사고로 죽은 줄 알았던 실비아의 딸이자 자네의 딸일세. 우리가 그토록 찾아도 그 절벽 아래에서 실비아를 찾을 수 없었던 이유는 그 아이가 그 사고에서 살아남았었기 때문인 게지. 자세한 설명은 제프리를 찾아가면 들려줄 걸세.

백작은 실비아를 만나러 신전에 가면 언제나 자신을 차가운 눈으로 쏘아보던 젊은 제프리 신관의 얼굴을 떠올리곤 '흠흠' 하며 목을 가다듬었다.

그 아이가 가지고 있는 목걸이를 확인해 보아도 좋겠지만, 나는 이미 자네가 그 아이를 본 순간 어느 정도 직감하고 있었으리라 생각하네. 그래서 아직 아발론에 머무르고 있는 것이 아닌가 그리 짐작했지.

마치 자신의 심중을 꿰뚫어 본 듯한 교황의 글귀를 본 순간, 윈터힐 백작은 저도 모르게 피식 웃음이 나올 것 같았다. 이렇게 오랜 세월이 지난 후에도 교황은 백작을 정확하게 파악하고 있었다.

이미 말했지만, 엘레나는 라한께서 우리에게 주신 두 번째 기회이네. 그 아이가 행복한 삶을 살 수 있도록 그대가 도와주게.

교황의 서체는 눈에 띄게 흐트러져 있었다. 아마도 더 이상 길게 편지를 써 내려갈 힘이 없었으리라. 그러나 마지막까지 펜을 고쳐 잡은 듯했다. 흐린 글자가 이어졌다.

내가 엘레나를 장례식이 아닌 자네에게 보낸 이유를 헤아릴 수 있을 것이라 생각하네. 그 아이를 지켜 주게.

제프리가 조만간 그 아이를 상급 신관으로 진급시키겠지만, 그것만으론 부족할 걸세. 그러니 그 아이를 윈터힐의 사람으로 모두에게 알려서 지키게. 그 아이의 힘을 제 것으로 만들려 하는 탐욕스런 손길로부터, 그 힘을 부숴 없애려는 위험한 손길로부터.

이번에는 부디, 지켜 내게.

윈터힐 백작이 눈썹을 찡그렸다. '이번에는'이란 말이 유독 눈에 아프게 들어왔다. 백작은 결국 눈을 감으며 긴 한숨을 내쉬었다.

엘레나를 이대로 아발론에 남겨 두고 영지로 돌아갈 생각이었다. 교황의 장례식을 따로 황제를 알현하지 않고 제도를 떠날 수 있는 방법으로 이용할 작정이었다.

정당한 황위를 되찾겠다고 하는 자들이 신관을 해할 리는 없으므로 아발론에서 그녀가 안전할 것이라고 생각했던 것이다. 또한 혹여나 성공한 반정反正이 아닌 반역으로 끝나 버릴 경우 윈터힐의 이름으로 엘레나까지 휘말릴 수 있으므로, 지금은 타인으로 남는 편이 좋을 것이라 판단했다.

윈터힐 백작은 잠시 자신의 안일함을 탓했다. 앞으로 제국에 불어닥칠 전란에서 엘레나를 지키는 일에만 너무 몰두한 게 불찰이었다. 엄청난 신성력을 가진 엘레나가 계속해서 평민으로 남아 있었을 때의 위험을 염두에 두지 못했다.

백작이 깊게 골몰한 가운데, 침묵이 길어지자 불편해진 것은 그 주변이었다. 엘레나는 눈을 감고 얼굴을 딱딱하게 굳힌 백작을 꼼짝도 않고 응시했고, 기사들은 그런 엘레나를 보며 발을 동동 굴렀다. 분위기가 이상하게 흘러가고 있었다.

"가주님."

보다 못한 그레이 경이 백작을 불렀다.

"뭐지."

"……괜찮으십니까."

차마 속엣말을 다 하지 못하고 묻는 난처한 얼굴에 백작이 엘레나를 돌아보았다. 실비아를 그대로 닮은 눈매가 웃음기 없이 굳은 채 자신을 보고 있었다. 교황의 편지를 읽고 한숨을 쉬며 고민하던 모습이 딸아이에게 어떻게 비쳤을지 깨닫자, 백작은 아차 싶었다.

"혹시 제가 딸인 것을 알고 계셨던 건가요?"

묘한 촉이었다. 뭐라고 설명할 수는 없지만 직감이 그렇게 이야기하고 있었다. 교황 성하의 편지를 읽는 윈터힐 백작의 깊게 파인 주름에서, 눈을 감고 무언가를 고심하는 모습에서 그녀는 그런 느낌을 받았다.

"그건……."

차마 거짓말을 하지 못하고 다시 다물리는 입에서 엘레나는 자신의 촉이 맞았다는 것을 확신했다.

"이곳에 계신 기사분들도 전부 알고 계셨나요?"

그녀가 주변을 둘러보자 그들은 묵묵히 고개를 숙여 보였다. 다들 알고 있었다는 뜻이렷다. 그때 퍼뜩 머리를 스치고 지나가는 이름이 하나 있었다.

"실비아."

백작의 몸이 움찔했다.

"새벽의 궁에 찾아오셨던 날, 제게 실비아라는 사람을 아냐고 물으셨죠."

엘레나는 씁쓸하게 웃었다. 왜 이걸 까맣게 잊고 있었던 것일까. 백작은 '실비아'라는 이름을 절절하게 입에 담았다. 자신은 누군지는 모르겠지만 꼭 찾으셨으면 좋겠다, 그런 말까지 건넸었다.

"제 과거에 대해서도 물어보셨고요."

지금 생각해 보면 이상하다 싶을 정도로 자세한 관심이었다. 그녀의 출신 지역과 어떻게 신관이 되었는지 등을 캐물었으니.

자세한 것을 물어보는 질문에 그저 궁금한 것이 많은 사람인 줄로만 알았다. 여기저기로 흩어져 있던 퍼즐이 하나씩 맞춰지는 기분이었다.

"그럼 그때 그 고액의 수표가 그런 의미였던 거네요."

난 그것도 모르고. 목숨을 살려 준 것에 대한 보답이라 생각하고 부담스러워 전전긍긍했던 자신이 우스웠다. 결국 그 작은 종이 한 장을 들고 아드레이까지 동원하여 윈터힐 저택에 찾아오지 않았던가.

"절대로 그런 건 아니었소."

"그럼요?"

"그 돈은 순수한 감사의 의미로……."

"제가 백작님의 딸이라는 것을 몰랐더라도 그만큼의 돈을 주셨을까요?"

백작은 아무런 대답도 하지 못했다. 그 액수에는 그동안 아비로서 아무것도 해 주지 못한 시간에 대한 미안함도 분명 묻어 있었다. 돈으로 어찌 보상할 수 있으려나만은 윈터힐 백작가의 영애로서 가졌어야 할 것들에 대한 보상을 해 주고 싶었던 것이다.

엘레나는 작게 고개를 저었다. 그는 자신이, 엘레나가 딸이란 것을 알았고 찾아와 만났다. 이미 백작은 결정을 내렸던 것이다.

"아까 들어 보니 장례식 뒤에 영지로 돌아가시는 것 같던데. 맞나요?"

엘레나의 질문에 윈터힐 백작이 말없이 고개를 한번 끄덕였다.

"아무래도 제가 백작님을 방해했나 보네요."

모든 것을 그냥 이대로 두기로. 딸은 오래전 죽은 것으로 두고, 다시 자신의 집으로 돌아가려던 것이다.

이곳에 오면서 난생처음으로 갖는 '아버지'라는 존재에 대해서 이런저런 생각을 했지만, 이런 경우는 대비하지 못했다. 이미 자신의 존재에 대해서 알고 있었고, 아무 조치도 취하지 않기로 결정을 내려 버렸을 경우는.

"실례가 많았습니다."

엘레나가 탁자 위에 놓인 자신의 목걸이를 챙기며 일어나려 했다.

그러자 보다 못한 그레이 경이 한 발짝 다가서며 그런 그녀를 만류했다. 가주께서 저리 입을 꾹 다문 채로 가만히 계시니 자기라도 나서서 해명을 해야지 하는 마음이었다.

"아닙니다, 아가씨. 오해이십니다."

아가씨. 엘레나는 그 생소한 단어에 몸을 굳혔다. 자신을 '아가씨'라고 부르는 기사의 말투가 너무나 매끄러웠다.

"사정이 있어 어쩔 수 없이 아발론을 떠나야 하는 것은 맞지만 결코 그런 의미가 아닙니다."

"그런 의미란 게 뭔가요?"

"예?"

"방금 말씀하신 '그런 의미'라는 말이요. 정확히 설명해 주시겠어요?"

그레이 경은 등 뒤로 땀이 한 방울 흐르는 것을 느꼈다. 화가 난 것 같지도 않고, 따지는 말투도 아니었다. 그런데 말로 형용할 수 없는 압박감을 느꼈다. 똑바로 응시하는 황금색 눈동자에는 숨조차 조심스럽게 쉬게 하는 무언가가 있었다.

그레이 경은 이런 눈을 가진 사람을 한 명 더 알고 있었다. 그녀처럼 찬란한 태양의 색은 아니었지만, 마주한 사람의 마음을 들여다보는 듯한 갈색 눈을 가진 사람을.

"그러니까 아가씨를 이대로 모른 척하고 아예 윈터힐로 돌아가려던 것은 아니란 뜻이었습니다."

"그러면요?"

"자세한 것은 말씀드리기가 곤란합니다. 용서하십시오."

그레이 경은 머리를 깊게 숙여 보였다.

"아뇨, 윈터힐 가문 내부의 일을 제가 다 알려고 하면 안 되니까요. 본의 아니게 캐묻게 되어서 제가 죄송할 일이죠."

그 말이 어쩐지 윈터힐로부터 멀찍이 거리를 두는 말로 들려 그레이 경은 살짝 눈썹을 찡그렸다.

"그러니 부디 오해는 마십시오."

"오해하지 않아요. 각자의 사정이 있는 게 당연한 거죠. 그럼 저는 이만 일어나 보겠습니다."

엘레나는 백작을 향해 인사를 한 뒤 자리에서 일어났다.

영화 속에서나 볼 법한 장면을 기대한 것은 아니었다. 눈앞의 여자가 자신의 딸이라는 것을 알자마자 눈물을 흘리며 부둥켜안는 아버지를 기대한 것도 아니었다. 그렇지만…… 자신의 존재를 기뻐해 주었으면 했다.

"저, 그리고 아가씨."

"엘레나 신관이라고 불러 주시면 돼요."

아가씨라는 말은 자신에게는 부적절한 호칭이었다. 그것은 정말로 윈터힐의 영애에게나 쓰일 말이었으니까.

"오늘 일은 비밀로 해 주시겠습니까."

그레이 경이 조심스럽게 덧붙였다. 그녀의 존재 자체를, 윈터힐 백작의 딸이 살아 있다는 사실 자체를 숨기려는 것 같았다. 가슴이 싸하게 아려 왔다.

"비밀…… 네, 그러죠."

엘레나는 고개를 끄덕였다. 지금 그녀가 생각할 수 있는 것이라곤 빨리 돌아가 쉬고 싶다는 욕구뿐이었다. 어색하고 잘 모르는 사람들뿐인 이 공간을 벗어나고 싶었다. 집으로 돌아가고 싶었다.

그러다 문득, 자신에겐 돌아갈 집이 없다는 사실을 깨달았다. 엘레나는 가슴이 묵직하도록 피곤이 몰려오는 것 같아 작은 한숨을 쉬었다. 그런 그녀의 생각을 읽은 것인지 그레이 경이 문 쪽으로 엘레나를 에스코트하며 말했다.

"이해해 주셔서 감사합니다. 그렇다면 아발론 신전까지 제가 직접 모셔다……."

"엘레나 신관께선 여기 계실 것이다."

백작의 한마디에 사람들의 행동이 멈췄다. 그레이 경도, 돌아서 응접실을 나가려던 엘레나도 그 자리에 멈춰 섰다.

자리에 앉아 있던 윈터힐 백작이 일어나 그녀에게 다가왔다. 그는 응접실 안의 다른 그 무엇도, 그 누구도 보지 않고 오로지 엘레나만을 보고 있었다. 백작은 그 시선을 떼지 않은 채로 명령했다.

"그레이 경, 윈터힐이 실종되었던 여식을 찾았다 공표할 준비를 시작해라."

"가주!"

굳어 있던 그레이 경이 발작하듯 외쳤다. 그러나 백작은 그런 그레이 경의 외침이 들리지 않는 듯 차분한 목소리로 말을 이었다.

"오늘 아발론을 떠나려던 것이 맞소. 그리고 은인께서 오래전 죽은 줄 알았던 내 딸이라는 것도 이미 알고 있었소."

응접실을 가로질러 그녀 앞에 선 윈터힐 백작이 멀지도 가깝지도 않은 거리에 섰다.

"그러나 그것은 그대를 내 여식으로 인정하고 싶지 않아서가 아니오. 그레이 경이 말했듯 지금 당장을 설명해주기 힘든 사정이 있을 뿐. 모든 일이 마무리되면 당당하게 아발론으로 돌아와 내 정체를 밝히려고 했소."

다시는 그 누구의 재가나 허가도 필요 없는 독립적인 공국의 주인이 되어 엘레나에게 세상을 주고 싶었다.

"나는 진실로 그것이 내 딸을 위하는 길이라고 생각했소. 조금 더 시간이 걸리겠지만 그편이 그대를 안전하게 지킬 수 있는 길이라고 그리 믿었소. 하지만."

백작은 말을 잠시 멈추고 교황이 보낸 편지의 일부분을 다시 눈에 담았다. 이번에는 부디, 지켜 내게.

"교황 성하의 말씀이 맞소. 가장 완벽하게 지켜 낼 수 있는 방법은 그대가 내 딸이라는 것을 모두에게 알리는 것이지. 은인께선 윈터힐의 사람이고, 은인의 뒤엔 내가, 그리고 윈터힐이 있다는 사실을 각인시키는 것 말이오."

엘레나의 안위를 확보하는 데에 아발론의 신관들 틈바귀에 엘레나를 숨겨 두는 것보다 훨씬 안전하고 확실한 방안이 있었다. 너무나 당연한 일이었으나, 반역이 실패했을 때를 대비해 멀리로 치워 놓았던 선택지였다. 바로 엘레나를 윈터힐로 데려가는 것이었다.

"이렇게 된 이상, 성공하는 수밖에 없겠군."

윈터힐 백작이 입꼬리를 늘였다. 이제 딸아이의 목숨까지 걸린 일이 되었다. 백작은 눈앞에서 자신을 올려다보는 엘레나의 말간 얼굴을 보자 어느 때보다도 투지가 끓어오르는 것을 느꼈다.

"엘레나 신관."

자칫 딱딱하게 들릴 수 있지만 어쩐지 따스함이 담긴 목소리가 그녀를 불렀다.

"내가 교황 성하의 마지막 말씀을 지킬 수 있도록 나를 도와주겠소?"

그 말을 들으며 엘레나는 교황 성하의 말씀을 떠올렸다. 너의 부친에게 기회를 주지 않겠느냐. 너란 아이를 알아 가고 아버지로서 사랑을 줄 수 있는 기회 말이다.

그녀가 마지막으로 물었다.

"백작님께선 제 존재가 기쁘신가요?"

어째서인지 가슴이 조마조마했다. 대답을 기다리는 그 짧은 시간이 너무나 길게만 느껴졌다.

"모든 것을 다 가진 듯이 기쁘다오."

눈앞에서 백작의 차갑게 굳어 있던 얼굴이 녹고, 미소와 함께 눈과 입가에 자글자글한 주름이 온통 피어났다.

"너무나 많은 일이 있었다오. 실비아와 그대를 지키지 못한 나는 이미 오래전 죽은 것이나 마찬가지였지. 그런데 내 딸이 살아 있을지도 모른다는 그 실낱같은 희망 하나만으로 나는 다시 살아났다오. 그런 나에게 은인의 존재가 무엇인지 아시오?"

윈터힐 백작이 한 손을 뻗어 그녀의 어깨 위에 얹었다. 별것 아닌 접촉이었지만, 백작의 온기가 전해지기엔 충분한 것이었다.

"온 세상이오."

엘레나는 아랫입술을 꾹 다물었다. 백작의 이 말이 진심인가 의심할 필요도 없었다. 본능적으로 알 수 있었다. 이 사람은 나의 존재를 진심으로 기뻐하고 있다는 것을.

그게 그녀가 바랐던 전부였다. 나의 존재가 누군가의 실수가 아니었다는 확신. 원하지 않는 물건처럼 인생에서 지워 버리고 싶은 오류가 아니었다는 그 말 한마디.

백작이 조심스레 그녀를 품에 안았다. 마치 쉽게 깨질 수 있는 소중한 것을 대하듯 조심스러운 움직임이었다. 익숙하지 않아서 어색하고 어설픈 품이었다.

"내 딸이 살아 있는 줄도 몰랐던 못난 아비라서 미안하오."

엘레나는 두 눈을 꼭 감아 버렸다. 그렇게 하지 않으면 눈물이 터져 버릴 것 같았다.

장례 기도 의식이 끝나고 귀족들이 저마다 가져온 선물을 황족에게 건네는 절차가 시작되었다. 긴 기다림이 요구되는 이 일은 평생 기다리는 법을 모르고 사는 귀족들에게는 꽤 고통스러웠다.

순서는 공작부터 그 아래로 후작, 백작, 자작, 남작에게로 나아갔다. 공작과 후작은 두 손에 꼽히지만, 작위가 내려갈수록 그 숫자가 기하급수적으로 많아지는 귀족 계급의 구조상, 자작 이하의 귀족들은 거의 한나절을 기다리게 될 것이었다.

선물 하나를 바치면서도 구구절절한 말을 늘어놓기 좋아하는 자들이다 보니 기다리는 시간은 더욱 길어질 수밖에 없었다. 특히 중앙 귀족 반열에 들지 못한 이들에게는 황제를 가까이서 볼 수 있는 일생 단 한 번의 기회일지도 몰랐다. 그러니 뒤로 갈수록 말이 길어졌고 미사여구가 휘황찬란해지기 마련이었다.

일찌감치 자신의 차례를 맞아 선물을 올린 르니에는 예배당 뒤편의 커다란 기둥에 기대어 그 광경을 감상했다. 더 구체적으로 설명하자면 단상 위에서 귀족들의 선물을 받고 있는 베르너 공을 주시하는 중이었다. 마침 폰타넬 백작이 단상 위로 올라서서 선물을 전해주며 베르너 공과 은밀한 귓속말을 주고받는 것이 보였다.

"그랬지. 명단에 저자의 이름도 있었지."

어제 퍼킨스 상단주에게서 넘겨받았던 제법 긴 명단을 떠올리며 르니에가 비릿하게 웃었다. 그러나 굳이 그 명단을 들여다보지 않아도 폰타넬 가문의 연루는 놀라운 일이 아니었다. 폰타넬 백작은 언제나 주인의 눈에 들지 못해 안달이 난 자였으니까.

연단 밑으로 내려온 폰타넬 백작이 주변을 한 번 둘러보더니 예배당의 후문으로 몸을 빼는 것을 확인했다. 백작가의 말단이나 마찬가지인 폰타넬의 순번이 끝났으니 이제 자작 가문의 순서일 것이다. 르니에는 기대어 있던 몸을 일으키고 예배당을 나섰다.

차마 귀족 체면에 몰래몰래 숨어 다니는 짓은 할 수 없는지 신전 복도를 걷는 폰타넬 백작의 걸음걸이는 사뭇 당당하기까지 했다. 뚜벅뚜벅 소리를 내며 걷는 덕에 멀리 거리를 유지한 채로 그 뒤를 밟는 일이 훨씬 수월해졌다. 르니에는 자신의 발걸음 소리를 최대한 죽이며 백작의 뒤를 따랐다.

예상대로 그들의 회동 장소는 아발론 신전 남쪽인 듯했다. 이따금 다른 지역에서 고위 신관이 오면 내주는 숙소가 있는 너른 건물은 평소에는 잘 쓰이지 않아 인적이 드문 것은 물론이고, 신전 남문이 바로 지척에 있어 유사시 몸을 빼기에도 안성맞춤이었다.

"에헴. 흠, 흠."

멀리서 폰타넬 백작이 헛기침을 하는 소리가 들려왔다. 제 딴에는 그저 산책을 즐기는 척하며 주변을 경계하는 모양이었다. 명색이 반역을 도모하면서도 허술하고 멍청하기 짝이 없는 그 태도에 르니에는 비릿한 웃음을 지우지 못했다.

그렇게 계속되던 미행이 폰타넬 백작이 남쪽 건물 안으로 들어가며 끝났을 때였다. 잠시 때를 기다리며 건물 벽에 등을 기댄 채 서 있다가 막 몸을 옮기려는 르니에의 등 뒤에서 별안간 목소리가 들렸다.

"어딜 가시나요?"

짙은 회색의 드레스와 얇은 망사가 달린 챙이 넓은 검은색 모자를 쓴 로잘린느였다.

"프란시스 영애께서는 여기 어쩐 일이십니까."

"르니에 님께 드릴 말씀이 있어서요. 사람이 없는 곳에서 대화를 조금 나누고 싶었는데 잘되었네요."

로잘린느가 인적이라고는 보이지 않는 주변을 둘러보며 말했다. 르니에는 짜증에 얼굴이 구겨지려 했지만 미소를 가장했다. 폰타넬 백작을 통해 말을 전했으니, 저들은 참을성 있게 부친을 기다릴 터였다. 그러나 시간은 많지 않았다.

"오늘은 시기가 좋지 않으니 다음에 자리를 마련하지요."

르니에는 정중하게 말했다. 물론 이 상황을 모면하기 위해 둘러대는 말이었다. 그는 로잘린느와 따로 약속을 잡아 마주 앉을 생각은 조금도 없었다.

아직 손님으로 머물며 베르너가의 음식을 축내고 있는 프란시스 남작 내외나, 의도적으로 자신과의 염문을 뿌리고 다니는 저 여자는 그의 귀중한 시간을 할애받을 만한 자격이 없었다. 게다가 얼마 전에 엘레나의 뺨을 때리고 평민이란 신분을 까발렸던 일을 그는 용서할 생각이 없었다.

"만나서 반가웠습니다, 영애. 그럼 모쪼록 다음에……."

"엘레나 신관이 만나고 있는 남성에 대해서 알고 싶지 않으신가요?"

우뚝. 등 돌려 멀어지려던 르니에의 발걸음이 멈췄다. 로잘린느는 그 모습을 보고 회심의 미소를 지었다. 그러나 그녀의 웃음은 오래가지 못했다.

"만나는 남성?"

조금 전까지 봄바람 같은 미소가 만연하던 르니에의 얼굴이 차갑게 굳어 로잘린느를 쏘아보고 있었다.

"그, 그녀가 르니에 님 등 뒤에서 다른 남자를 만나고 있어요."

로잘린느는 말을 더듬으면서도 목을 빳빳하게 세웠다. 그런 그녀를 응시하던 르니에의 한쪽 입꼬리가 천천히 올라갔다.

"그것참 흥미로운 말이로군요."

그러나 그의 얼굴에서 흥미 따위는 찾아볼 수 없었다. 그 말이 사실이었단 말이지. 좋아하는 사람이 생겼다던 엘레나의 말을 떠올리자 마음이 들끓었다.

"말씀해 보시죠."

진득한 분노와 모골을 송연하게 만드는 냉기만이 선연했다. 로잘린느는 순간 자신이 실수를 한 것인가 싶었다.

그러나 여기서 물러설 수는 없었다. 르니에에게 엘레나라는 천한 것의 실체를 알리고 정신을 차리게 해야 했다. 그리고 이 기회를 이용해 자신과 르니에의 혼담을 한층 더 확고한 것으로 만들어야 했다.

"제가 본 것을 말씀드리면 제게 무엇을 주실 건가요?"

당당한 로잘린느의 말에 르니에가 한쪽 눈썹을 올렸다.

"거래를 하자는 말씀인가?"

어느새 그의 말투가 제법 거칠어져있었다.

"조건을 말해 보시죠."

됐다. 로잘린느는 자신이 원하던 대로 이야기가 흘러가자 속으로 가슴을 쓸어내렸다.

장례식에 참석해서 르니에의 뒤를 밟은 것은 일종의 도박과도 같은 것이었다. 다른 방도가 없었다.

금방이라도 혼담을 의논할 것 같았던 베르너 공은 이런저런 이유로 이야기를 차일피일 미뤘다. 그런 상황에서 그녀의 아버지는 아발론의 호화로운 생활에 흠뻑 빠져 있으니 그녀가 직접 나설 수밖에.

"제가 엘레나 신관의 연인에 대해서 보고 들은 대로 말씀드리면, 저와 연회에 참석해 주세요."

공개적인 자리에 함께 모습을 드러내는 것만큼 귀족사회에서 확실하게 도장을 찍는 행위는 없었다. 로잘린느는 손 쥐면 잡힐 듯한 이 기회를 놓칠 수 없었다. 기필코 후작 부인이 되어야 했다.

"따로 마음에 두신 연회가 있으신가?"

"보름 뒤에 블룸버그 백작가에서 연회가 열릴 예정이에요."

블룸버그 백작가는 연회에 많은 돈을 쏟아붓기로 알려진 가문이었다. 게다가 공식적으론 로잘린느의 후견 가문이기도 했다. 그런 연회에 함께 참석해 달라는 의도는 누가 보아도 뻔한 것이었다.

"알겠습니다."

르니에가 너무나 쉽게 승낙하자 로잘린느는 눈을 동그랗게 떴다.

"그러니 이제 말씀하시죠, 영애."

그의 참을성이 점점 바닥을 보이고 있었다. 지금도 진행되고 있을 장례식에 대한 압박감과 엘레나에 대한 소유욕이 들끓었다.

"그렇다면 르니에 님이 약속을 지키실 거라 믿겠습니다."

로잘린느는 만족스럽게 웃었다. 원하던 것을 얻었다. 이제 엘레나에 대한 그의 신뢰만 깨트리면 되었다.

"그러니까 그자는……."

주제를 모르고 오만했던 그 수습 기사를 떠올리자 로잘린느의 얼굴에 불쾌감이 서렸다.

"검은 머리에 푸른 눈을 가진 자였어요."

깜짝 놀랄 정도로 아름다운 미모에 대한 이야기는 덧붙이지 않았다. 그 외모에 잠시나마 홀렸다는 게 자신이 정숙하지 못하다는 선입견을 르니에에게 줄 수 있다는 염려 때문이었다.

"허리에 검을 차고 있는 것을 보니 기사인 듯했지만, 검은 아주 낡아서 허름했답니다. 수습 기사의 수련복을 입고 있더군요."

평범하고 지위가 높은 귀족도 아니면서, 르니에와는 친분이 없고, 새벽의 궁에서 일하는 사람은 아니지만 궁에서 만난 사내. 엘레나는 그렇게 설명했었다.

평소 엘레나의 좁은 행동반경을 감안하여 도서관이나 신전 주변에 근무하는 기사들을 위주로 조용히 조사해 왔던 르니에는 허를 찔린 것 같았다. 아무리 별 볼 일이 없어도, 수습 기사 따위일 줄이야.

"그리고 엘레나 신관은 그 자를 '레이'라고 부르더군요."

순간 르니에의 두 눈이 가늘어졌다. 검은 머리와 푸른 눈을 가졌고 레이라고 불리는 남자. 그러나 이내 머릿속에서 그 얼굴을 지워 버렸다. 엘레나와는 전혀 다른 궤도로 도는 존재였다.

"본명은 레이먼드가 아니겠어요? 레이는 그냥 애칭이겠죠. 그렇게 가까운 사이면서 르니에 님을 속이다니."

"레이먼드라……."

르니에는 잠시 그 이름을 나직하게 읊었다. 이제 누구인지 알았으니 처리하는 일만 남은 건가. 이번 일이 마무리되는 대로 황실 소속 수습 기사 중에 '레이'라 불릴 만한 자가 있는지 알아볼 생각이었다.

"많은 도움이 되었습니다. 추후 연회에 대한 일을 논의드리도록 하죠."

"잠시만요!"

"또 하실 말씀이 남았습니까."

"그게 아니라, 오랜만에 뵈었는데 이대로 헤어지기가……."

로잘린느는 용기를 내어 솔직한 아쉬움을 고백했다. 그때 그녀의 귀에 피식하는 웃음소리가 들렸다.

"르니에 님?"

"지금 저와 담소라도 나누고 싶다는 말씀이십니까."

로잘린느의 얼굴이 붉어졌다.

"다, 담소라기보다는 구체적인 혼담에 대한 이야기를……. 여인이 이런 일에 나서는 것이 우습지만 아무래도 베르너 공께서 너무 바쁘셔서 제대로 진척이 없는 듯하여……."

르니에는 매끈한 이마를 두어 번 문질렀다. 부친이 쓸데없는 소리를 늘어놓는 바람에 자신만 귀찮아졌다. 여기서 확실하게 여자의 꿈을 깨 줘야 할 듯했다.

"프란시스 영애."

은근한 목소리에 로잘린느의 가슴이 설렜다.

"예, 르니에 님."

"일단 첫 번째로 영애는 나를 이름으로 불러도 되는 사람이 아닙니다. 이 점은 전에도 분명 짚어 드렸던 것 같은데 발전이 없으시군요."

"……네?"

"두 번째로, 나는 엘레나 신관의 뺨을 때리고 모두의 앞에서 치욕을 준 영애를 용서할 생각이 없습니다. 내가 지금 당장 영애의 뺨을 올려붙이지 않는 이유는 오로지 엘레나 신관이 혹여 다른 형태의 대갚음을 원할지도 모르기 때문입니다. 아시겠습니까?"

마치 아무것도 모르는 어린아이를 가르치는 듯했다.

"그리고 마지막으로, 영애와 내 사이에 오가는 혼담 따위는 없습니다. 어쩌다 이런 끔직한 오해가 생겨난 것인지 모르겠지만 나는 내 반려로 프란시스 영애를 고려하고 있지 않아요. 베르너 후작 부인은 오로지 엘레나 신관을 위한 자리입니다. 그 자리를 넘본다면 나는 그 수습 기사에게 앞으로 할 일을 똑같이 영애에게 할 수밖에 없어요."

"아, 앞으로 할 일이라면……."

로잘린느의 떨리는 물음에 르니에는 눈을 곱게 접었다.
“알고 싶지 않을 겁니다.”
그 어떤 상세한 설명보다도 확실히 와 닿는 말이었다. 그의 미소는 아주 아름다운데도 불구하고 로잘린느는 팔에 오소소 소름이 돋았다.
“자, 이제 장례식장으로 돌아가세요. 그 고운 얼굴로 교황 성하를 기리는 눈물을 흘린 뒤에 새벽의 궁으로 가는 겁니다. 이제 리바이 공작의 교사가 아니라니 궁에서도 빨리 자리를 비켜 주는 것이 좋겠네요. 그 참에 내 집에 빌붙은 영애의 부모도 챙겨 영지로 내려가면 금상첨화가 될 것 같습니다.”
르니에는 멍하니 자신을 올려다보는 로잘린느의 어깨를 두어 번 두드려 주고는 그대로 등을 돌렸다.
“이게 지금 무슨…….”
로잘린느가 뭐라고 중얼거리는 소리가 들려온 것도 같았지만, 이미 르니에는 그녀에 대한 관심을 거둬 버린 뒤였다.
그대로 걸어가 회동이 열리는 건물 근처에 다다랐을 때 그가 주변을 둘러보았다. 로잘린느가 서 있던 자리는 텅 비어 있었고 그 외에도 별다른 기척은 느껴지지 않았다. 지금 자신에게 걸어오는 한 사람만 제외하고는.
“후작 각하.”
“퍼킨스 상단주.”
베르너 공의 오른팔로 제국 전역을 누비며 활약했던 퍼킨스 상단주였다.
“저 안에서 다들 베르너 공을 기다리고 있습니다.”
그가 손가락으로 복도 제일 안쪽의 한 방을 가리켰다.

"정말 괜찮으시겠습니까, 후작 각하."

퍼킨스 상단주가 잔뜩 긴장된 목소리로 물었다.

"내가 그대를 어떻게 설득했지?"

부친인 베르너 공을 넘어서겠다 결심한 르니에가 가장 먼저 찾은 인물은 바로 가장 많은 것을 알고 있는 자, 퍼킨스 상단주였다.

처음에는 베르너 공을 향한 깊은 충성심을 하늘과 땅에 대고 맹세하던 상단주였지만, 그리 길지 않은 대화 끝에 르니에에게 반역에 가담한 가문들의 명단을 내주었다.

"거사가 성공하면 남쪽의 비옥한 영토와 함께 백작으로 봉해 주신다고 약조를……."

"그게 나를 따르기로 한 이유의 전부였나?"

"사실 그 약조보다는……."

베르너 공과 베르너 후작의 다른 점 때문이었다.

젊은 후작에게는 자신감과 사람을 압도하는 무언가가 있었다. 분명 베르너 공에게는 없는 것이었다. 듣는 사람으로 하여금 귀를 기울이게 하고 저절로 신뢰를 불러일으키는 힘. 이것을 뭐라고 설명해야 할까.

르니에는 그런 상단주의 생각을 읽기라도 한 것처럼 씨익 웃었다.

"바로 그거야."

"예?"

"저들을 설득하는 게 그리 어렵지는 않을 거라고 봐."

"하지만 거사의 바로 목전에서 대표자를 바꾸자고 결심하는 것은 그리 쉬운 일이 아니지 않습니까."

르니에의 의중을 파악하지 못한 퍼킨스 상단주가 멍하게 되물었다.

"지금 저 안에 모여 있는 나름 대영주라고 하는 이들이 내 아버님을 얼마만큼 신뢰하고 있을 거라고 생각하나?"

쉽게 대답할 수 없는 질문이었다. 우물쭈물하는 퍼킨스 상단주의 어깨를 단단한 손끝으로 꽉 쥔 르니에가 웃었다.

"내 부친은 내가 가장 잘 알지. 그분은 황제의 그릇이 못 돼. 저들이 그것을 모르지는 않을 거고 말이야. 물론 그게 만만하게 다룰 수 있는 황제가 될 거라는 점에서 매력을 주었을 수도 있겠지만 그것도 거사가 성공한 뒤의 이야기지. 그런데 내 아버지는 그마저도 완벽하게 해낼 것이란 확신을 저들에게 주지 못하고 있지 않나."

"그런 논의가 있기는 했습니다. 하지만 그것도 초기의 일이지……."

"윈터힐을 끌어들임으로써 어느 정도 불신을 잠재웠단 말이겠지. 하지만 저들이 자꾸만 거사 이후의 추가적인 승작을 요구하며 판돈을 올리는 이유는, 바로 그만큼 이 일에 위험부담을 느끼고 있다는 뜻이야. 즉, 저들은 아직도 불안해한다는 것이지. 그리고."

르니에가 닫혀 있는 문을 바라보며 말했다.

"나는 그 불안함을 이용할 거야."

창공을 담은 눈이 날카롭게 반짝였다.

"이제 들어가지."

"저도 말입니까?"

제국 곳곳을 떠돌며 베르너 공을 위해 발품을 팔았지만 정작 중요한 회의에는 참석을 허락받지 못했던 퍼킨스 상단주는 어안이 벙벙했다.

"그동안 아버지는 자네를 그렇게 다뤘을지 몰라도 난 아냐. 적어도 저 안에 들어 있는 엉덩이만 무거운 족속들보다는 발 빠르고 아는 것이 많은 자네 같은 사람이 훨씬 쓸모가 있거든."

긴 다리로 저벅저벅 복도를 걸어 문 앞에 선 르니에는 일체의 망설임도 없이 문을 열어젖혔다.

"뭐, 뭐야!"

덜컥하는 큰 소리에 깜짝 놀란 몇 몇 귀족들이 엉덩이를 들썩였다.

"아니, 베르너 후작이 아니오."

"오랜만에들 뵙습니다."

"여긴 어째서, 아니 어떻게 알고 왔소?"

그들이 하나둘씩 정신을 차리고 질문을 쏟아 내기 시작했을 때, 퍼킨스 상단주가 르니에의 뒤쪽에서 모습을 드러냈다.

"아니, 그대는 퍼킨스 상단의……."

그제야 돌아가는 상황을 대충 눈치챈 귀족들이 불편한 얼굴로 헛기침을 하고 턱수염을 쓰다듬었다.

"다들 들으셨겠지만, 아버지는 조금 늦으신답니다."

르니에는 여유롭게 모두에게 말했다.

"기다리시는 동안 제 이야기를 한번 들어 보시죠."

그는 벌어진 양쪽 문의 손잡이를 잡고 복도를 확인했다. 텅 빈 공간은 고요했다. 르니에는 만족스럽게 고개를 끄덕이며 문을 끌어당겨 닫기 시작했다.

"그리 긴 이야기가 되지는 않을 겁니다."

장인이 빚은 예술품 같은 얼굴에 예쁜 미소가 번졌다.

쿵.

비밀스러운 회동을 그 속에 간직한 채로, 육중한 나무 문이 굳게 닫혔다.

28장

28장

"아가씨."

엘레나는 살며시 어깨를 흔드는 손길에 잠에서 깨어났다. 정신은 수면 위로 올라왔지만 눈꺼풀은 딱 붙어 버린 듯 쉽게 떨어지지 않았다.

"으으음……."

"아가씨, 일어나셔야 합니다."

처음 듣는 목소리였다.

"네에, 일어날게요."

다정하지만 엄한 목소리에 저도 모르게 대답한 그녀가 억지로 눈을 비비며 일어나 앉았다.

"하암."

살결에 와 닿는 이불의 느낌이 낯설었다. 그것뿐만이 아니었다.

"근데 여기가 어디지……."

처음 보는 침대와 널찍한 방 안이 눈에 들어왔다. 새벽의 궁에 있는 그녀의 침실도 아니었고, 교황 성하의 침실 옆에 위치했던 손님방도 아니었다. 이곳은 새벽의 궁의 방보다 훨씬 넓었고, 검소한 신전의 방보다 훨씬 화려했다.

"맞다. 어제……."

어제의 일이 모두 간밤의 꿈같이 느껴졌다.

성하의 장례식에 참여하지 않고 윈터힐 백작가로 왔다. 윈터힐 백작은 엘레나에게 저택에 머물기를 제안했고, 그녀는 받아들였다. 그 뒤 손님방에 자리를 잡고 저택을 구경하는 등 시간을 보내다가 일찍 잠자리에 들었던 기억이 났다.

"몸이 따듯해질 수 있도록, 차를 한잔 드릴까요?"

"저어, 누구세요?"

침대맡에 두 손을 모으고 꼿꼿이 서있는 여자는 처음 보는 사람이었다. 나이는 삼십 대 중반쯤으로 보였는데 유독 피부가 하얗고 키가 커 북부 사람이라는 생각이 들었다. 짙은 갈색 머리칼을 하나로 단정히 땋아 내린 차림새였다.

"처음 인사드리겠습니다, 아가씨. 마리안 폰 노스브룩입니다. 메리라고 불러 주십시오."

"안녕하세요……. 엘레나예요."

어쩌다 보니 아직 침대에 앉은 채로 인사를 하게 되어 버렸다. 실례라고 생각한 엘레나는 얼굴을 붉히며 얼른 바닥으로 내려왔다.

"아가씨, 잠시."

바닥을 밟은 엘레나의 뽀얀 맨발을 보던 마리안이 갑자기 한쪽 무릎을 땅에 대고 몸을 굽혔다. 그러고는 한쪽에 벗어 두었던 실내화를 손에 들었다.

"아, 아니, 제가 할게요!"

뒤늦게 마리안이 하려는 일을 알아차린 엘레나가 펄쩍 뛰었지만, 그녀는 묵묵히 두 발에 신발을 꿰어 줄 뿐이었다. 그 뒤로도 보온을 위한 도톰한 가운을 입혀 주었고, 따듯한 차까지 엘레나 앞에 따라 주었다.

"감사합니다……."

도대체 이분은 누구신데 이렇게 날 챙겨 주시는 거지.

마리안은 하녀가 아니라 성이 있는 귀족이었다. 입고 있는 옷부터 말투와 몸가짐 하나하나까지 기품이 흐르는 사람이었다. 그런데 그런 사람에게 '아가씨'라고 불리며 시중을 받고 있으니 도저히 몸 둘 바를 모를 지경이었다.

"마리안 님."

"메리라고 불러 주세요."

"죄, 죄송해요! 메리 님."

"예, 아가씨."

이것 봐 내가 잘못 들은 게 아니었어. 마리안은 말끝마다 엘레나를 아가씨라고 부르며 공손하게 대했다.

"혼자만 마시기 좀 그런데……. 여기 앉으셔서 같이 마셔요."

엘레나가 맞은편의 자리를 가리키며 말했다. 마리안이 누구인지, 무엇을 하는 사람인지 묻고 싶은 게 많기도 했지만, 무엇보다 다른 사람은 서 있게 하고 혼자 앉아 있을 만큼 얼굴이 두껍지 못했다.

"그럼 그럴까요."

워낙 극진한 태도라 이것도 거절하려나 싶었는데 마리안은 의외로 깔끔하게 고개를 끄덕이며 자리에 앉았다. 자기 몫의 차를 따르는 그녀를 빤히 보던 엘레나가 조심스레 물었다.

"백작님께서 마리안 님을 보내신 건가요?"

"그렇습니다, 아가씨. 앞으로 제가 아가씨의 곁에서 도와드릴 겁니다."

"그렇구나. 잘 부탁드려요."

"혹 제가 마음에 차지 않으십니까?"

"네? 아니요! 그럴 리가요."

엘레나는 화들짝 놀라 양손을 내저었다.

"한데 어째서 안색이 좋지 않으십니까?"

"그게…… 그 아가씨라는 호칭이 익숙지 않아서요. 부담스럽다고 해야 하나."

언제나 엘레나라는 이름 혹은 신관이란 직업으로 지칭되는 것이 익숙했다. 그래서 '아가씨'라는 게 마치 자신이 아닌 다른 사람을 부르는 것 같았다.

"그것은 어쩔 수 없습니다, 아가씨."

마리안에 조금 엄격하게 말했다.

"아가씨께선 이제 윈터힐 백작가의 하나뿐인 영애이십니다. 피치 못할 사정으로 조금 늦어졌지만, 이제라도 새로운 자리에 익숙해지셔야 합니다."

새로운 자리. 엘레나는 그 말의 무게를 실감하며 고개를 끄덕였다.

솔직히 아직도 현실로 받아들여지지 않았다. 평민인 줄로만 알았던 엘레나가 사실은 백작의 딸이었다니. 머리가 멍했다.

마상창 대회에서 윈터힐 백작과 우연히 얽힌 인연에서부터 시작된 이 모든 것들은 원래의 엘레나였다면 일어나지 않았을 일들이었다. 윈터힐 백작의 딸은 계속해서 오래전의 비극적인 사고로 인해 죽은 사람으로 남았을 것이다. 서로 전혀 모르는 사이로 살아갔을 터였다.

"시간이 지나면 차차 익숙해지실 겁니다."

마리안이 그녀의 마음을 읽은 듯 다독이는 말을 건네었다.

"이제 준비를 하시고 아침 식사를 하러 가시지요. 가주께서 기다리고 계십니다."

다시 윈터힐 백작을 마주할 것을 생각하니 까마득했지만, 엘레나는 마리안을 따라 일어났다. 아침부터 백작을 기다리게 할 수는 없었다.

잠시 뒤, 마리안이 꺼내 주는 대로 옅은 회색의 드레스를 입은 엘레나는 잔뜩 긴장한 얼굴로 식당 앞에 도착했다. 어깨가 딱딱하게 경직되어 걸음걸음에서 삐그덕 소리가 날 것 같았다. 이러다가 식사는커녕 물도 한 모금 제대로 넘기지 못할 것 같았다.

"왜 이렇게 긴장이 될까요."

엘레나가 고개를 절레절레 저으며 물었다. 처음 보는 사이도 아니었고, 백작은 일전에 만난 적이 있는 베르너 공처럼 상대방을 불편하게 만드는 사람도 아니었다. 그런데 손발이 차갑고 입이 바싹 말랐다.

"좋은 모습만 보여 드려야 한다는 부담감이 있는 건 아니신지요."

"그런 것 같기도 해요……."

"편히 생각하셔도 됩니다. 아버님이시지 않습니까."

말처럼 쉬운 것이 아니었다. 식당으로 들어가는 문 앞에서 하얗게 질린 엘레나가 안쓰러웠는지 마리안이 은근슬쩍 덧붙였다.

"아가씨만 긴장하신 게 아닐 테니 너무 걱정은 마세요."

그게 무슨 말이냐 물을 시간도 없었다. 엘레나가 서 있는 것을 어떻게 알았는지 집사가 얼른 식당 문을 열어 주었기 때문이었다. 아직 마음의 준비가 안 된 채로 식당으로 들어서게 되자 긴장만 더해졌다.

"좋, 좋은 아침입니다, 윈터힐 백작님."

먼저 자리에 앉아 있는 백작을 향해 엘레나가 인사했다.

"안녕히 주무셨소."

윈터힐 백작이 고개를 가볍게 끄덕이며 말했다.

"윈터힐가에선 가신家臣들도 함께 식사하는 풍습이 있소만, 괜찮으시겠소?"

가문의 직계 가족과 집사, 기사 등은 식사를 따로 하는 것이 일반적이었지만, 윈터힐은 달랐다. 식당에는 어제 응접실에서 보았던 기사들이 이미 도착해 있었다.

"저야 상관없습니다. 편하신 대로 하세요."

"이해해 주어 고맙소. 모두 앉지."

백작의 말에 뒤쪽에 있던 기사들과 마리안이 자리에 앉았다. 텅 비어 있던 거대한 식탁에 여러 사람이 둘러앉자 그나마 숨통이 트이는 것 같았다. 적어도 단둘이 식사를 한다는 부담감은 사라졌으니 다행이었다.

"아가씨, 정식으로 인사드리겠습니다. 게빈 폰 그레이입니다."

윈터힐 백작의 옆에 앉은 그레이 경이 엘레나를 향해 웃으며 자기소개를 했다. 몇 번이고 봐 안면이 익은 그레이 경에게서 인사를 받으려니 조금 민망한 일이었다.

"에즈라 폰 킹슬리입니다. 드디어 아가씨를 만나 뵙게 되어 기쁩니다."

"트리스탄 폰 허드슨입니다. 편하게 리즈라고 불러 주십시오."

"엘리엇 폰 켄달입니다, 아가씨."

테이블에 앉은 순서대로 기사들의 자기소개가 이어졌다. 각양각

색의 사람들이었지만, 한 가지 공통점이 있다면 하나같이 표정이 밝다는 것이었다. 똑바로 마주쳐 오는 두 눈에 자부심과 자신감이 넘쳐흘렀다.

그리고 그들에게는 또 한 가지 독특한 점이 있었다.

"음? 아가씨 무얼 그리 보십니까?"

비교적 가까운 자리에 앉아 있는 트리스탄이 엘레나가 무언가를 빤히 바라보고 있다는 것을 알아채고 물었다.

"저기, 뭘 좀 여쭤 봐도 될까요?"

"그럼요, 하문하십시오."

잠시 망설이던 엘레나가 검지로 조심스럽게 어느 곳을 가리켰다.

"그 흰색 털 장식은 어느 동물의 것인가요?"

"아, 이것 말입니까?"

기사들은 저마다 어깨나 허리춤 등 다양한 곳에 여러 가지 모양의 털 장식을 달고 있었는데 아무런 꾸밈이 없는 검은색 제복에 있는 유일한 장식이라 더욱 눈에 띄었다.

"이것은 윈터힐 늑대의 일원임을 나타내는 것으로……."

"자이언트 울프의 털입니다, 아가씨!"

차분히 설명하려는 트리스탄의 말을 가로챈 사람이 있었다. 언제나 개구쟁이 같은 미소를 짓는 에즈라였다. 그에 트리스탄은 잠시 불쾌한 표정을 지었지만, 차마 백작과 엘레나 앞에서 화를 낼 수는 없어 참는 듯했다.

"자이언트 울프요?"

듣는 것만으로 어쩐지 그 생김새를 알 것만 같은 이름이었다.

"윈터힐이 제국 북부 경계선에 위치해 있고 가을부터 눈이 내리며 매우매우 춥다는 것은 아시죠, 아가씨?"

"네, 어느 정도는."

"그래서 한겨울이 되면 먹을 것이 없어진 자이언트 울프라는 몬스터가 민가를 습격하곤 합니다. 그리고 저희 윈터힐의 늑대는 신입이 들어온 후 첫 겨울이 되면 자이언트 울프의 출몰 지역으로 파견을 보내죠. 혼자의 힘으로 자이언트 울프를 잡기 전까지는 복귀하지 못합니다."

"혼자서요? 도대체 얼마나 큰데요?"

"성체가 된 자이언트 울프는 대략 마차만 하다고 보시면 됩니다."

"마, 마차……."

엘레나가 놀라서 말을 더듬었다. 마차만 한 늑대라니. 도저히 상상이 안 갔다. 조금 덩치가 큰 개도 가끔 무서울 때가 있는데, 자그마치 마차만 한 늑대를 맞닥뜨리면 도대체 어떤 느낌일까.

"킹슬리."

놀라서 멍하니 있는 엘레나를 보며 소리 없이 웃는 에즈라의 성을 나직하게 부르는 목소리가 있었다. 늑대들의 총책임자이자 상관인 그레이 경이었다. 그것도 하필이면 한 손에 빵 칼을 쥔.

"시, 시정하겠습니다."

뜨끔한 에즈라가 조용히 입을 다물자 묘하게 기분이 좋아 보이는 트리스탄이 얼른 말을 이었다.

"일종의 신고식입니다. 너무 걱정은 마십시오. 파견에 나가기 전에 혹독한 훈련으로 철저히 준비시킵니다. 제 경험상 차라리 그 훈련이 더 위험합니다."

"그것참 다행……이네요."

어마어마하게 위험한 신고식과 그것보다 더 위험한 훈련이라니. 겁이 났지만 웃고 있는 트리스탄의 얼굴에 엘레나는 반사적으로 마주 웃어 주었다.

"실례하겠습니다, 아가씨."

그때 시종의 목소리와 함께 엘레나 앞에 아침 식사가 놓였다.

긴장한 탓에 별로 먹고 싶은 생각은 들지 않았지만, 억지로 포크를 들 때였다. 문득 자신의 맞은편에 앉아 있는 윈터힐 백작의 물잔에 눈이 갔던 것은.

시종들이 열심히 식당을 누비며 음식과 마실 것을 나르는 와중에 백작의 잔이 비어 있다는 것은 이상했다. 저렇게 잔이 비도록 아무도 물잔을 채우지 않았다니. 시종이 잠시 다른 일에 한눈을 팔았거나, 백작이 몹시 목이 말라 따르는 족족 물을 마시고 있다는 뜻이었다.

아니나 다를까, 때마침 한 시종이 백작의 빈 잔을 보고 물을 따르는 것이 보였다. 곧 쪼르륵하는 소리가 멎고 시종이 뒤로 물러섰다.

백작이 손을 뻗어 잔을 들고 물을 한 모금 마셨다. 그게 끝이 아니었다. 또 마셨다. 그리고 내려놓는가 싶더니 또 한 모금을 연거푸 마셨다. 몹시 목이 타는 사람 같았다.

—아가씨만 긴장하신 게 아닐 테니 너무 걱정은 마세요.

마리안의 말이 떠올랐다. 에이, 설마.

엘레나는 백작을 유심히 바라봤다. 언제나와 같이 무표정한 얼굴에는 어떤 감정의 동요도 보이지 않았다. 그는 주변의 사람들이 두런두런 이야기를 나누는 와중에도 혼자서 등을 바로 세우고 마치 예절 교과서의 표본처럼 앉아 있었다.

쳐다보는 시간이 너무 길었던 것일까. 엘레나의 시선을 느낀 백작이 문득 그녀를 바라보았고 눈이 마주쳐 버렸다. 뜨끔한 엘레나가 얼른 눈을 피하려고 했을 때였다.

'어라?'

그녀가 고개를 갸웃했다. 백작이 먼저 시선을 피했기 때문이었다. 그는 황급히 두 사람 사이에 놓인 꽃병에 눈을 두면서 손을 기계적으로 물잔을 향해 뻗었다. 그러고는 마치 매운 음식을 먹은 사람처럼 물을 급하게 마시려 했다.

"쿨럭!"

윈터힐 백작의 사레들린 기침 소리와 함께 식당 안이 쥐 죽은 듯 조용해졌다. 모두들 놀란 눈으로 백작을 돌아보았다.

"……괜찮으십니까, 가주?"

그레이 경의 조심스런 물음에 윈터힐 백작의 얼굴이 살짝 붉어졌다. 그는 침착한 손짓으로 입가를 닦은 후 고개를 한 번 끄덕였다.

"괜찮다. 다들 식사하도록."

"예, 가주."

그렇게 대답하면서 각자의 대화로 돌아가는 사람들의 입가에 조용한 미소가 걸렸다. 엘레나도 어쩐지 자꾸만 위로 향하려는 입꼬리를 내리느라 서둘러 부드럽게 익힌 계란을 입 안에 집어넣어야 했다.

"음식은 입에 맞으신가 모르겠소."

"예? 아, 네. 맛있습니다."

갑작스런 백작의 질문에 조금 당황했지만, 엘레나는 얼른 고개를 끄덕이며 대답했다.

"그럼 다행이군."

아주 짧은 문답은 거기서 끝나는 것 같았다. 엘레나가 조금 더 용기를 내기 전에는.

"저어, 백작님도 많이 드세요."

너무 과한 행동은 아니었을까. 엘레나는 잠시 흠칫했지만 애써 아무렇지 않은 척, 이미 음식에 집중하고 있는 척 입을 오물거렸다.

"……고맙소."

20년의 긴 세월이 하루아침에 아무것도 아니게 될 수는 없었다. 아무리 부녀지간이라 하더라도 오랫동안 서로의 존재를 모르고 살았던 거리는 오직 시간과 서로의 노력으로만 줄여 나갈 수 있을 것이다.

그런 두 사람을 입가에 미소를 단 채로 바라보던 마리안이 냅킨으로 입을 정돈하고 말했다.

"가주님, 아가씨께 오늘의 일정을 설명드려도 되겠습니까."

오늘의 일정? 음식이 입으로 들어가는지 코로 들어가는지 모를 만큼 식사에 집중하지 못하던 엘레나는 얼른 마리안을 주목했다. 고개를 끄덕이는 백작을 확인한 마리안이 집사에게서 무언가 적혀 있는 종이를 받아 들었다.

"오늘은 의상점이 많은 황궁 앞 제1상업 지구로의 외출이 예정되어 있습니다."

"의상점이요? 옷을 사러 가나요?"

아까 옷 갈아입을 때 보니 입을 만한 옷이 꽤 있는 것 같던데. 지금 입고 있는 회색 드레스도 나쁘지 않았다. 계절에 비해 조금 얇은 감이 있기는 했지만, 그것이야 숄을 두르거나 외투를 챙겨 입으면 될 일이었다.

"어제 말했던, 공표의 준비 과정이라 보면 될 것 같소."

윈터힐 백작이 침착한 어조로 말했다.

"단순히 좋은 옷이 필요하단 말씀은 아닌 것 같은데, 혹시 정식으로 공표하기 전에 사람들의 눈에 띄어야 한다는 말씀이신가요?"

"정확하오."

"최대한 빠른 시간 내에 아가씨께서, 평민이라던 엘레나 신관이 사실은 윈터힐 백작가의 영애였다는 소문이 퍼져 나가게 하려면 공표 전에 약간의 뜸을 들여 놓는 것이 중요합니다."

마리안의 부가적인 설명에 엘레나는 고개를 끄덕였다. 티토의 일을 보며 알았지만, 사교계는 정말로 소문이 빠른 곳이었다. 공직에 나가 있거나 영지를 직접 돌보는 이들 말고는 딱히 해야 할 일이 없어서 그런지는 몰라도 하루 사이에도 크고 작은 소문들이 아발론 몇 바퀴를 돌았다.

"그리고 그게 제 안전을 확보하기 위한 가장 좋은 방법이란 말씀이시죠?"

윈터힐 백작에게서 대략의 설명을 들었다. 교황 성하께서 자신을 장례식에 참석하지 말라고 하셨던 이유와 그렇게 숨어서 도망치듯 아발론 신전을 떠나 윈터힐 백작가로 와야 했던 이유를.

"정말 그렇게까지 할 필요가 있을까요?"

엘레나는 여전히 의문스러웠다. 물론 치유의 능력이 매우 희귀한 능력이란 것은 알지만, 그렇다고 해서 정말로 누군가가 자신을 해하려고 할 거라곤 생각되지 않았다. 하지만 윈터힐 백작은 단호하게 고개를 저었다.

"사람의 욕심이란, 욕망이란 생각보다 훨씬 더 악한 일을 하게 하오."

자신이 원하는 것을 위해서라면 무슨 일이든 할 자들이 있었다. 당장 머릿속에 떠오르는 인물인 베르너 공이 그랬다. 그리고 그것이 백작이 엘레나를 공개하여 지키는 방안을 마음먹게 한 이유였다.

"가진 것이 많을수록 더욱 원하게 되는 것이 여분의 목숨이오. 엘레나 신관께선 모두 앞에서 내 중상을 치유해 내었고 그것을 탐하려 할 만한 자는 차고 넘치지. 선대 교황께선 교황이기 때문에 황족에게 독점되어 있었소. 그러나 그대는 아니지."

유사시에 강력하게 반항할 수 없는 여인의 몸인 데다가 고작 중급 신관에 불과했다. 게다가 평민 출신이라 보복을 두려워할 만한 가족이나 뒷배도 없었다.

그동안 총애를 베풀며 일종의 바람막이 역할을 해 주었던 교황은 이제 없었다. 제프리 교황 대리도 즉위를 한 뒤에는 한동안 그녀를 제대로 돌볼 만한 여력이 없을 것이다. 그러니 지금이야말로 그녀가 가장 미약할 때였다.

“그동안 이런 가능성을 염두해 두지 못했던 스스로가 한심할 지경이오. 저쪽을 경계하는 데에만 신경을 쓰느라…….”

“저쪽이요?”

그러나 윈터힐 백작은 말을 아꼈다.

나에겐 설명해 주기 어려운 ‘그 일’인가 보구나. 자신이 관련되어 있는 듯한 일을 자세히 알 수 없다는 것이 신경 쓰이긴 했지만, 그렇다고 말하기 껄끄러워하는 일을 무작정 알려 달라 하기에는 백작과 다른 사람들의 분위기가 너무나 심각했다.

“일단 귀족들이 이용하는 제1상업 지구에서 소문을 내는 일은 꼭 필요하오. 다소 마음에 들지 않더라도 오늘부터 며칠의 간격을 두고 귀족들이 많이 모이는 장소에 나와 함께 동행하셔야겠소.”

“다음 주에 마침 블룸버그 백작가에서 큰 연회가 있다고 합니다. 소문이 본격적으로 퍼질 내일모레, 그 연회에 윈터힐 백작이 백작 영애와 함께 참석을 하겠다 회신을 보낼 생각입니다.”

마리안이 덧붙여 설명했다. 훌륭한 계획이었다. 몇십 년 동안 칩거했던 윈터힐 백작이 돌연 아발론으로 돌아오더니 묘령의 여인을 데리고 다닌다더라. 귀족들이 그런 먹음직한 소식을 놓칠 리 없었다.

온갖 추측이 난무할 때쯤 블룸버그 백작가의 연회에 보내는 회신은 백작가의 오래된 비극을 기억 속에서 불러낼 것이고, 귀족들은 윈터힐을 주목하게 될 테다.

"말은 이렇게 했지만."

백작이 허리를 더욱 곧게 펴며 엘레나를 바라봤다.

"잠시 동안 몸을 숨기고 시간을 보내는 방법도 있소. 새 교황이 자리를 잡을 때까지, 그리고 그가 그대에게 라한교의 중책을 맡겨 힘을 실어 줄 수 있을 때까지."

선대 교황을 떠올리게 하는 치유력과 현 교황의 지지가 있다면, 그리고 중임을 잘 맡아 나간다면 엘레나는 어쩌면 나름의 공고한 세력을 만들 수 있을지도 몰랐다. 앞으로 불어닥칠 전황도 그녀에겐 좋은 기회가 될 터였다.

"물론 모든 과정에서 윈터힐 백작가는 지원을 아끼지 않을 것이오. 그대에게는 자신의 미래를 선택할 권리가 있소."

세상에 살아 있으리라고는 상상도 하지 못했던 딸이 있다는 것만으로도 백작에게는 기적이 일어난 것이나 마찬가지였다. 만약 그녀가 원하지 않는다면, 계속 지금의 삶을 이어 가고자 한다면 백작은 그 의지를 존중해야 했다. 과욕을 부리기엔 백작에게 엘레나가 너무나 소중했다.

"그러나 오늘 이대로 외출하게 되면 더 이상 돌이킬 수 없소. 그러니 나는 엘레나 신관께 다시 한번 묻고 싶소."

백작의 눈동자가 엘레나를 똑바로 바라봤다.

"진정 괜찮겠소? 윈터힐의, 나의 딸로 살아가는 것이?"

윈터힐 백작은 자리에서 일어날 생각이었다. 자신이 던진 질문이 너무나 커다란 것임을 잘 알기에 엘레나에게 생각할 여유를 주려 했다. 가신들도 그런 백작의 마음을 읽고는 저마다 식사하던 것을 정리하는 찰나였다.

"네."

엘레나가 윈터힐 백작을 마주 바라보며 대답했다.

"백작님의 딸로서, 윈터힐의 일원으로서 살게요."

딱딱하게 굳은 백작의 얼굴을 향해 그녀가 웃어 보였다.

"교황 성하께서 그러셨어요. 선물같이 주어지는 행복도 있지만, 지켜 내야 하는 행복도 있는 거라고요. 많이 달라지겠지만, 힘든 일도 있겠지만 지켜 내 보고 싶어요."

제게 생긴 가족을요. 엘레나는 마지막 말은 입 밖으로 소리 내지 않았다. 다른 이유는 아니었다. 그저 아직은 '가족'이란 말이 부끄러웠다. 그래도 그 마음이 전달되었는지, 엘레나는 윈터힐 백작의 무표정한 얼굴이 어쩐지 웃고 있는 것으로 보였다.

"그럼 이제 외출 준비를 해 볼까요?"

마리안이 분위기를 전환하며 말했다. 윈터힐 백작도 엘레나도 그에 고개를 끄덕이며 자리에서 일어났다.

"아 참! 한 가지 중요한 것을 잊고 넘어갈 뻔했습니다. 외출하기 전에 가장 필요한 것을요."

"그게 뭔가."

살포시 웃는 마리안의 미소가 의미심장했다.

"호칭입니다. 언제까지 엘레나 신관, 백작님 하고 서로를 부르실 건가요?"

두 사람의 얼굴에 순간 아차 싶은 빛이 스쳤다. 마리안의 말이 맞았다. 지금부터 밖으로 나가 본격적으로 부녀의 모습을 보이려면 가장 먼저 고쳐야 할 것이 호칭이었다.

"가주께선 '엘레나'라고 부르며 말을 놓는 연습이, 그리고 아가씨께선 '아버지'라고 부르는 연습이 필요할 것 같군요."

분위기도 어색한데 여전히 '윈터힐 백작님', '엘레나 신관' 하고 서로를 지칭한다면 곤란했다. 아버지와 딸 사이가 아니라 나이 차이 많이 나는 연인이란 소문이 퍼질지도 몰랐다. 마리안은 물러섬 없이 서서 두 사람을 응시했다.

"그렇군."

"그, 그렇네요."

어색한 공기가 흘렀다. 다른 사람은 누구도 입을 열지 않는 가운데에 백작과 엘레나만 흠흠하고 헛기침을 했다.

그리 어려운 일도 아니었다. 아버지, 단 세 글자였다. 그런데 어째서 이렇게 입이 떨어지질 않는지. 엘레나는 애꿎은 입술만 자근자근 씹었다.

이게 도대체 뭐라고 이렇게 힘들지. 그러나 태어나 한 번도 제대로 써 본 적 없는 아버지라는 말은 단어보다 더한 무게를 가지고 있었다. 몇 번의 시도 끝에 그녀가 입을 떼려 할 때였다.

"엘레나."

그녀는 놀라 자신을 부른 사람을 바라보았다. 찡그린 것인지 웃는 것인지 알 수 없는 어색한 얼굴이 있었다. 이 숙제가 쉽지 않은 것은 그녀 혼자만이 아니었던 게 분명했다.

"그럼 조금 후에…… 보자꾸나."

먼저 용기를 내준 그 마음이 고마웠다.

"네…… 아버지."

이상한 말이었다. 그저 입에 담은 것만으로 마음이 든든하고 따듯해졌다. 그러나 그것과는 별개로 조금 부끄러운 구석이 있어서 엘레나는 서둘러 먼저 식당을 떠났다.

그 뒤를 따라 마리안이 나가자 남겨진 사람들은 흐뭇한 미소를 감추지 않았다.

"가주님."

그레이 경이 백작에게 다가갔다. 이 좋은 분위기를 깨고 싶지는 않았지만, 중요한 것을 짚고 넘어가야 했다.

"베르너 공은 어찌하시겠습니까."

"배가 부른 뱀은 움직일 이유가 없지."

"그렇다면……."

"내 목줄을 쥐려 할 필요가 없으면 그만이 아니겠나."

"가주님."

그것은 마치 윈터힐이 베르너가의 명령을 고분고분하게 듣겠다는 말처럼 들렸다.

"쓸데없는 걱정은 마라. 그저 그들이 불안해하는 요소를 없애겠다는 것뿐이다. 저들이 바라는 건 내가 예정대로 윈터힐로 돌아가 군대를 정비하는 것이니."

"저희는 그럼 언제 이동하게 됩니까."

"연회에서 엘레나를 공개하고 난 다음 날, 바로 황제를 알현할 생각이다."

"알겠습니다."

"이만 일어나 봐야겠군. 외출을 하려면 나도 준비를 해야 하니."

자리에서 일어나는 윈터힐 백작의 얼굴이 어느 때보다도 환하고 밝았다. 처음으로 아버지라 불린 오늘을 눈 감는 날까지 잊지 못하리라. 먼 과거, 실비아의 손을 잡고 아기가 첫 걸음을 뗄 날, 어머니, 아버지라고 불러 줄 날을 고대했던 기억이 머리를 스쳤다.

'비록 그대는 이곳에 없지만 우리의 딸이 내 곁에 있소, 실비아.'

윈터힐 백작은 들을 이 없는 이름을 다시 한번 속으로나마 불러 보았다.

제1상업 지구의 중심가인 하베스터가街는 오늘도 사람들로 복작였다. 안슬리 강변이 낭만적인 데이트 장소와 고급 레스토랑으로 유명하다면, 제국의 수도인 아발론에서 손에 꼽히는 고급 의상실과 보석점은 모두 이 하베스터가에 위치해 있었다.

뿐만 아니라 나들이를 나온 사람들을 끌어들이기 위해 아름다운 인테리어를 자랑하는 찻집과 제과점 또한 모여 있는 길이었으므로 많은 이들의 발길이 향할 수밖에 없었다. 그것을 증명이라도 하듯, 오늘도 너른 길 양쪽에는 마차들이 가게 앞마다 정차해 있었고, 쇼핑을 나온 많은 귀족과 그 하인들이 거리 위를 한가로이 걷고 있었다.

그런 하베스터가의 가장 중심에 3층짜리 거대한 건물을 차지한 브리가 의상실이 있었다. 1층은 모두에게 오픈되어 있지만 손님이 많지는 않았다. 브리가 의상실에서 기술을 배우고 연마하는 학생들이 만들어 낸 하품이 대부분이었다.

엄청난 연회비를 내면 2층에 올라갈 수 있는 자격이 주어지는데, 귀족들이 입고 다니는 브리가 의상실의 옷은 대부분 이곳에서 구매한 것들이었다. 귀족들 사이에선 이 브리가 의상실에서 만든 드레스가 부의 상징처럼 여겨져 남녀노소를 가리지 않고 인기가 좋았다.

그리고 가장 꼭대기의 3층은 올라가 본 사람이 손에 꼽을 정도로 극소수를 위한 장소였다. 이곳에 들어올 수 있는 사람은 주인인 브리가 부인이 직접 초대한 사람과 연초에 오직 열 가문에게만 발행하는 초대장을 가지고 있는 사람뿐이었다.

초대장의 선정 기준은 지난해에 브리가 의상실에서 가장 많은 금액을 사용한 특급 고객들로, 모두들 그것을 받기 위해 더욱 열을 올렸다.

"어머, 3층으로 가는 문이 열려 있네?"

친구와 함께 브리가 의상실을 찾았던 한 귀족 영애가 3층으로 통하는 문이 활짝 열려 있는 것을 보고 눈을 동그랗게 뜨며 말했다.

"정말. 안은 어떻게 생겼을까."

뒤쪽에서 그녀의 목소리를 들은 친구가 다가와 마찬가지로 호기심 어린 눈으로 위층을 바라봤다. 그때 아래층에서 누군가가 올라오는 소리가 들렸다. 여러 명의 발소리였다.

"3층으로 모시겠습니다."

도대체 누구인데 3층으로 올라가는 걸까. 그들의 호기심이 배가되었다. 또각또각하는 굽 높은 구두 소리가 들렸다. 가장 먼저 모습을 드러낸 사람은 중년이 넘은 여성이었다.

"브리가 부인이야!"

좀처럼 얼굴을 보이지 않는 브리가 부인이 직접 안내를 하다니! 이제 두 영애뿐만이 아니라 옷을 둘러보던 다른 고객들도 계단 쪽을 주시했다.

"이렇게 방문을 해 주셔서 영광입니다, 윈터힐 백작님."

그 어떤 손님이 와도 쌩쌩 바람이 불기로 유명한 브리가 부인이 저렇게 웃으며 기뻐하다니. 꽤 오랜 기간 이 의상실의 손님이었다고 자부하는 이들도 처음 보는 모습이었다.

"윈터힐 백작?"

"북부의 그 윈터힐을 말하는 건가?"

북부의 대영주인 데다가 대표적인 귀족파 거두인 윈터힐이라면 3층으로 올라갈 만도 하지. 모두들 그렇게 수긍하는 분위기였다. 오랜 기간 모습을 보이지 않았던 윈터힐 백작이었기에 그의 얼굴을 보려고 이목이 한층 더 집중되었다.

젊었을 때 제국 최고의 미남으로 손꼽혔던 윈터힐 백작을 기억하는 중년 부인들이 많았다. 오래전 부인이 사고로 죽은 뒤에 계속해서 혼자서 살고 있다던데 하는 호기심도 큰 몫을 했다.

마침내 윈터힐 백작의 모습이 보이자 부인들은 절로 고개를 끄덕였다. 젊었을 적 모습 그대로였다.

"계단을 조심하거라."

그런데 그런 백작이 친히 에스코트하는 여인이 하나 있었다. 긴 은발을 가진 여인은 백작의 애인이라기엔 지나치게 어려 보였다. 다정히 챙겨 주는 것을 보면 매우 가까운 사이가 분명해 보였다.

"네, 아버지."

각자 옷을 고르는 척, 신경 쓰지 않는 척하던 이들의 머리 위로 동시에 거대한 물음표가 떴다. 아버지? 윈터힐 백작에게 딸이 있었나?

결국 궁금함을 이기지 못하고 사람들이 고개를 돌렸다. 아버지라고 부르는 것을 들으니 두 사람이 닮은 것 같기도 했다.

"새장가도 들지 않았던 걸로 알고 있었는데……."

"저렇게 큰 딸이 있었나?"

"은발을 보니 윈터힐의 핏줄인 것 같긴 하군."

이미 3층으로 올라가 더 이상 보이지 않는 윈터힐 백작의 일행에 대한 이야기는 그 뒤로도 한참 동안 끊일 줄을 몰랐다.

한편, 3층으로 올라선 일행은 중앙에 위치한 의자에 자리를 잡고 앉았다. 그저 의상실이라고 여기기엔 무척이나 넓은 공간이었다. 응대를 위한 기본적인 가구와 옷을 갈아입는 탈의실, 그리고 브리가 부인이 직접 만든 스무 벌 정도의 드레스가 이 공간을 채운 전부였다. 손님들과 수십 벌의 드레스가 가득한 아래층에선 상상도 하지 못할 모습이었다.

엘레나와 윈터힐 백작 앞에 차와 다과가 놓였다. 동행한 마리안의 몫도 있었지만 그녀는 벌써 매의 눈으로 준비된 드레스와 겨울용 외투들을 하나씩 확인하느라 바빴다. 윈터힐 백작을 응대하려던 브리가 부인도 어느새 마리안의 옆에서 그녀의 날카로운 질문에 하나씩 대답을 해 주고 있었다.

"마리안 님은 옷에 대해서 굉장히 잘 아시나 봐요."

덕분에 조금은 편해진 엘레나가 백작에게 작은 목소리로 말했다.

"마리안은…… 모든 것에 대해서 굉장히 잘 알지."

"모든 것이요?"

"그녀는 영지에 있는 윈터힐 성 저택의 집사다. 그 외에도 윈터힐 성의 재무를 총괄하고 있지."

"대, 대단한 분이셨군요."

여자가 능력을 인정받지 못하는 이 세상에서 그런 실권을 갖다니. 마리안이 더욱 멋져 보였다.

"그런데 그렇게 큰일을 하시는 분을 어째서 제게 보내 주신 건가요? 마리안 님 말로는 앞으로 계속 저를 보살펴 주시겠다고 하시던데."

눈빛 하나까지 심상치 않은 여성분이 침실로 들어와 신발까지 신겨 주어 얼마나 당황스러웠던가. 마리안의 입장에서는 좌천도 이런 좌천이 없었다.

"그녀는……."

윈터힐 백작이 드레스의 세부 장식을 꼼꼼하게 확인하는 마리안을 보며 대답했다.

“그녀는 원래 너의 유모 겸 전담 시녀로 윈터힐 성에 들어온 이였다. 임신 기간 내내 바로 옆에서 실비아를 챙긴 것이 마리안이었지. 그런데 네가 태어나기도 전에 그런 사고가 있었고, 저이는 영지를 떠나려고 했지. 당시 노령이었던 집사 밑에서 일을 배워 보라고 했던 것이 시작이었단다.”

“그래서 저를 도와주신다고…….”

엘레나의 조심스러울 수밖에 없는 추측에 윈터힐 백작은 고개를 끄덕이며 긍정했다.

“아마 마리안에겐 이렇게 너를 곁에서 챙기는 일이 본인의 원래 사명으로 느껴질 것이다.”

언제나 윈터힐 영지에서 격무에 시달리는 그녀를 보다 못한 사람들이 억지로 등을 떠밀어 아발론으로 휴가 아닌 휴가를 보낸 것이 천만다행이었다. 20년 전의 그날 이후, 마음 둘 곳을 찾지 못했던 마리안은 엘레나가 저택에 도착했던 순간부터 자연스레 유모 겸 전담 시녀의 역할을 하기 시작했다.

어째서 엘레나가 살아 있다는 것을 미리 알려 주지 않았냐는 원망도 없었다. 그저 집사직과 재무 총괄직을 반납한다는 말과 함께 본인의 원래 자리로 되돌아갔을 뿐이다.

“그러니 괜찮다면 그녀가 잠시간 너를 맘껏 챙길 수 있도록 놓아두어 준다면 고맙겠구나.”

“아뇨. 오히려 제가 감사한 일인데요. 아마 마리안 님께 배울 게 정말 많을 거예요.”

“기회가 된다면 꼭 그 말을 해 주거라. 매우 좋아할 게다.”

“조, 조금만 더 친해지면 꼭 말씀드릴게요.”

그렇게 말하는 엘레나를 보며 백작이 희미한 미소를 짓고 있을 때, 브리가 부인과 대화를 나누던 마리안이 돌아왔다.

“아가씨, 준비된 옷들을 한번 둘러보시겠습니까.”

엘레나는 마리안을 따라 브리가 부인 앞에 섰다.

“으으음, 정말로 생전의 백작 부인을 그대로 빼닮으셨군요!”

“제 어머니를 아시나요?”

“그럼요. 아버님께서 한때 저희 의상실의 최고 구매 고객이셨는걸요. 부인을 위해 어찌나 머리끝부터 발끝까지 가장 좋은 물건만 고집하시던지, 그 까다로운 안목에 맞춰 드리느라 저희가 고생 좀 했지요.”

머리끝부터 발끝까지 최고급으로만? 엘레나가 자연스레 백작을 돌아봤다. 지금은 전혀 그렇게 보이지 않는데, 꽤 애처가이셨던 건가. 백작은 괜스레 다른 옷을 구경하는 척하며 시선을 피했다.

“자아, 이것은 어떠신가요?”

브리가 부인이 자랑스레 내온 첫 번째 옷은 프릴이 사랑스러운 상아색 드레스였다.

“바닥에 끌리는 부분이 없어 피크닉이나 가벼운 다과회에 참석하기에 안성맞춤인 작품이랍니다.”

“이렇게 아기자기한 옷이 저한테 어울릴까요?”

화려한 팔 부분을 조심스럽게 들어서 살피며 엘레나가 물었다. 한눈에 보기에도 무척이나 고급스러워 보이는 옷이었다.

“네, 아가씨.”

“그럼요, 영애.”

일체의 고민도 없이 두 여자가 고개를 끄덕였다.

“그럼 이 드레스로…….”

"이 옷도 잘 어울리실 것 같습니다."

잘 어울린다니 더 볼 것 없이 첫 번째 드레스를 사야겠다 싶었지만, 마리안은 그 옆에 있는 푸른색 드레스도 가리켰다. 조금 전의 상아색 드레스와는 다르게 두께감도 있고 허리를 단단하게 잡아 주는 섬세한 가공 덕에 한층 더 아름다워 보이는 드레스였다.

"엘레나에게 잘 어울리겠군."

이번에는 윈터힐 백작이 뒤쪽에서 한마디를 던졌다. 그러다 옆에 놓인 붉은색의 드레스를 가리키며 물었다.

"저것은 어떻겠나."

"아무래도 색이 옅은 영애께는 조금 무리가 아닌가……."

"하지만 머리를 높게 틀어 올리고 어울리는 액세서리를 하면 괜찮을 듯한데요."

브리가 부인이 고개를 갸웃하며 하는 말에 마리안이 뾰로통하게 대꾸했다. 마치 '우리 아가씨께 어울리지 않는 옷은 없다.'는 듯한 말이었다.

"흠."

"으음."

엘레나를 가운데에 두고 턱에 손을 댄 채 잠시 고민을 하던 세 사람이 결국 자신이 생각하기에 그녀에게 잘 어울릴 것 같은 옷을 손에 들고 직접 대 보기 시작했다.

"이 피부와 옷감의 조화를 좀 보세요!"

"이 동글동글한 목선이 아가씨의 귀여우신 얼굴을 강조해 주지 않습니까."

"이 옷을 가져다 대는 순간 엘레나의 황금색 눈이 살아나는군."

이게 도대체 무슨 일이야. 지척으로 다가온 세 사람이 쉴 새 없이

던지는 말에 머리가 팽글팽글 도는 것 같았다.

"잠깐만요!"

결국 엘레나가 두 손을 번쩍 들면서 소리쳤다.

"저는…… 으음, 이걸로 할게요!"

그녀는 마리안이 추천했던 푸른색 드레스를 집어 들고 경기 종료를 선언했다.

솔직히 옷은 입어 보기 전엔 모르는 것 아닌가. 그녀는 당차게 드레스를 한쪽 허리에 끼고는 탈의실로 향했다.

"입어 보고 나올 테니, 그때도 저에게 어울리면 이 옷으로 하죠!"

이렇게 하지 않으면 세 사람의 등쌀에 하루 종일 이 옷, 저 옷을 갈아입으며 보내게 될 것 같았다.

"그러렴. 천천히 입어 보고 나오도록 해라."

"네, 잠시만 기다려 주세요."

브리가 부인이 엘레나를 도와주겠다며 안으로 들어갔다.

"마리안."

윈터힐 백작이 나직한 목소리로 마리안을 불렀다.

"여기서부터 저기까지면 될 것 같습니다."

가까이로 다가온 마리안이 스무 벌의 드레스 중 가장 고급인 드레스들이 진열된 구간을 가리키며 말했다.

"그럼 그렇게 하도록."

"브리가 부인에게 언질을 해 놓겠습니다."

마리안이 만족스런 미소를 띤 채 가벼운 발걸음으로 드레스 쪽으로 향했다. 옷감을 쓸어내리는 손길에 온기가 묻어나는 것이 엘레나가 그 드레스를 입었을 때를 상상하는 것이 매우 즐거운 듯 보였다.

"마리안."

뒤쪽에서 그 모습을 잠시간 지켜보던 윈터힐 백작이 입을 열었다.

"역시 그편이 좋겠죠?"

"아무래도."

"전부 저택으로 보내라 말해 두겠습니다."

한결 마음이 편해진 마리안과 윈터힐 백작은 그제야 의자에 앉아 편안하게 차를 홀짝이기 시작했다.

새 교황이 즉위했다. 전통에 따라 즉위식은 신전 내부에서 조촐하게 치러졌다.

타른 후작가 출신의 제프리 교황 대리는 교황이 되었고, 그와 동시에 자신의 모든 이름을 버렸다. 굴레와 특혜를 벗고 온전한 라한의 대리자로 다시 태어난다는 의미였다.

새 교황은 위를 물려받은 후 즉시 기도실로 들어가 3일간 그 누구와도 만나지 않고 침묵하며 기도를 올린다. 오로지 라한에게 바치는 시간이었다.

그리고 오늘이 그 3일간의 기도가 끝나는 날이었다. 기도실에서 나온 교황은 몸을 씻고 식사를 하는 도중, 황제의 부름을 받았다.

황제가 교황을 궁으로 불러들이는 것은 흔한 일이었지만, 시기가 일렀다. 교황은 황궁 내의 신전으로 거처를 옮기기 전 자신의 빈자리를 채울 새로운 추기경을 임명하는 등 신변의 정리가 필요했다. 이렇게 기도 기간이 끝나자마자 궁으로 불러들이는 것은 전례가 없는 일이었다.

교황이 항의의 의미를 담아 황제의 사자를 바라보자, 젊은 기사는 두 손을 내저었다. 교황의 분노를 사기가 두려운 것이다. 결국 한숨과 함께 입가를 닦은 교황이 자리에서 일어났다.

"이리 급하게 부르시는 것을 보니 바로 궁으로 이사를 하라는 말씀은 아니겠고. 아무래도 잠깐 궁에 다녀와야겠군."

"편안히 모시겠습니다."

새 교황의 불같고 깐깐한 성격을 선배들에게 여러 번 주의 들었던 기사는 교황을 정중히 인도했다. 덕분에 입궁에 걸린 시간은 얼마 되지 않았다.

그대로 마차를 타고 달려 순조롭게 태양의 궁에 다다른 교황은 바로 바크란 1세의 집무실로 안내되었다. 그런데 그 안으로 들어가자 교황을 기다리고 있던 것은 황제 혼자가 아니었다.

"제국의 태양, 황제 폐하를 뵙습니다."

"이렇게 만나 뵙게 되어 감회가 새롭소, 교황."

아드레이와 교황이 인사를 나누는 동안, 한쪽에 앉아 있던 작은 인영이 자리에서 일어나 공손하게 인사했다.

"라한의 대리자를 뵙습니다. 제레미야 폰 리바이 공작입니다."

교황의 눈길이 말없이 티토를 훑었다. 엘레나가 가르치는 공작에 대해 말만 들었지, 직접 보는 것은 처음이나 마찬가지였다. 지난 장례식에선 서로 말을 나눌 기회가 없었다.

"반갑습니다, 공작."

황제의 하나뿐인 동생이자 어린 공작은 엘레나가 묘사했던 것보다 훨씬 어른스런 눈을 하고 있었다. 귀염성 있는 얼굴에 어울리는 미소를 짓고 있기는 했지만, 마냥 어린 것은 결코 아니었다. 작은 몸집 안에도 사자의 피가 흐르고 있는 것을 여실히 느낄 수 있었다.

"이렇게 리바이 공작과 함께 저를 기다리고 계시는 것을 보니……

엘레나 신관의 이야기를 물으시려는 겁니까?"

때에 맞지 않는 부름에 대한 못마땅함을 숨기지 않고 단도직입적으로 묻는 교황에, 아드레이의 얼굴이 설핏 굳었다.

"죄송합니다, 성하. 제가 폐하께 떼를 썼습니다."

상황을 지켜보던 티토가 얼른 나섰다.

"장례식에서도 엘레나 신관을 보지 못했고, 그 뒤에 아발론 신전으로 편지를 보내도 답장이 없어 알아보았더니 행방을 아는 사람이 없다고 하여서……."

티토의 커다란 눈에 물기가 스몄다.

벌써 일주일이었다. 장례식 이후 일주일 동안 엘레나를 본 사람이 없었다. 사람을 보내서 물어보려고 해도, 라한교 내부의 일이라며 알려 주길 거부했다.

"아시다시피 리바이 공작이 엘레나 신관을 생각하는 마음이 크오."

아드레이는 티토의 핑계를 대며 교황의 얼굴을 한 치의 틈도 두지 않고 살폈다. 혹여 짧은 순간 스쳐 지나갈지 모를 속마음을 읽기 위해서였다.

"혹여 엘레나 신관의 신변에 무슨 일이라도 있는 것인가."

아드레이가 물었다. 대답을 기다리는 채 1초도 되지 않는 시간이 길게만 느껴졌다.

"아닙니다. 엘레나 신관은 잘 있으니 걱정하지 않으셔도 됩니다."

"그렇다면 도대체 어디에 있습니까? 제가 보러 갈 수 있는 곳인가요?"

"……그저 그녀가 잘 있다는 사실에 만족해 주시오."

재차 물어오는 티토에게 교황이 선을 그으며 대답했다. 몇 번 더 떼를 쓰겠지만, 알려 줄 수 없다는 사실에는 변함이 없을 것이다.

그런데 전혀 예상치도 못한 곳에서 압박이 들어왔다.

"교황."

"……폐하."

조금 전까진 분명 아무렇지 않아 보였던 황제의 얼굴이 잔뜩 일그러져 있었다.

"엘레나 신관은 어디에 있지."

대답을 쥐어 짜내려 기운으로 억압하는 것은 아니었다. 교황이 쉽사리 대답을 해 줄 수 없다 쳐 내지 못한 것은 아드레이의 두 눈에 어린 간절함 때문이었다.

잠시 머릿속이 혼란스러웠다. 어째서 라비아 공작도 아닌 황제께서 저런 얼굴을 하시는 것인가. 리바이 공작의 상태가 엘레나 없이는 그토록 힘겨운 것인가.

잠시 고민을 하던 교황은 어쩔 수 없이 이 형제를 달랠 만한 소식을 전했다.

"엘레나 신관은 지금 부친과 함께 있습니다."

"부친?"

"하지만 엘레나는 고아인데요."

"최근 그녀의 친부에 대한 정보를 입수해 조치를 취해 놓았습니다. 장례식에 참석하지 말고 부친을 찾아가라. 그것이 선대 교황 성하께서 엘레나 신관에게 내린 마지막 유언이셨습니다."

티토는 입을 다물지 못했다. 엘레나에게 가족이 생겼다는 놀라움으로 소년의 두 눈이 동그래졌다.

"엘레나 신관은 지금 유언을 따르고 있는 중입니다, 폐하."

한마디로 고인의 유지를 받들고 있는 중이니 방해하지 말라는 뜻이었다.

"그렇담 엘레나는 지금 부친과 행복한 시간을 보내고 있다는 말씀이시지요?"

"그렇소, 리바이 공작."

"아아, 다행이다."

티토가 그제야 가슴을 쓸어내리며 안도했다. 그 모습에 교황의 눈에 이채가 스쳤다.

천방지축에 제멋대로이던 리바이 공작을 엘레나가 길들였다는 소문은 들었지만, 이것은 단순히 선생과 학생의 유대 관계가 아닌 것으로 보였다. 리바이 공작은 엘레나를 진심으로 걱정하는 것 같았다.

"그렇다면 엘레나 신관은 새벽의 궁으로 언제쯤 복귀할 수 있는 것이오?"

"글쎄요. 그것은 엘레나 신관에게 달려 있는 일이 아니겠습니까."

답답했지만, 교황의 말이 틀린 말도 아니었다. 오랫동안 떨어져 살았던 아버지와 함께 시간을 보내고 있다는데, 무작정 궁으로 돌아오라 할 수는 없는 일이었다.

"더 이상 물어볼 것이 없으시면, 저는 일어나 보겠습니다."

교황이 자리에서 일어나 황제에게 인사를 올리고는 집무실을 나갔다. 황제 앞에서 매우 무례한 행동으로 보일 수 있었지만, 배려가 없었던 일방적인 호출에 대한 항의의 표시인 것을 아드레이는 잘 알고 있었다.

교황의 등 뒤로 집무실 문이 닫히며 달칵하는 작은 소음을 냈다.

"이러다 떠나기 전에 엘레나를 보지 못하면 어떻게 하죠, 형님."

티토가 울상을 지었다.

"너무 걱정은 말거라."

"하지만 제가 아발론에 있는 시간이 얼마 남지 않았으니까……."

"설사 그렇게 길이 엇갈린다고 하더라도 네가 있는 곳으로 찾아가려 하겠지."

자신보다도 티토에 대해 지극정성인 그녀라면 분명 그럴 것이었다. 가지 말라고 말려도 혼자 마차를 잡아타고서라도 티토가 잘 지내고 있는지 확인하려 들 게 분명했다.

"하긴. 엘레나라면 그럴 거예요."

엘레나를 떠올리자 티토의 볼에 깊은 볼우물이 생겼다.

"저도 그럼 돌아가서 일리야를 도와주겠습니다, 형님."

"그래. 자작 부인이 고생이 많겠군."

아드레이에게 머리를 한 번 꾸벅 숙이고 인사를 한 티토가 막 집무실을 나가려고 할 때였다.

"티토."

"네, 형님."

이제 병이 호전되어 조금씩 궁 안을 자유롭게 돌아다니는 티토는 또다시 전혀 낯선 모처로 옮기게 되었다.

예정대로 주둔지를 급습해 증거를 모으고 반란 세력을 진압하기 시작하면 아발론의 처형장은 한동안 피 마를 날이 없을 것이었다. 특히나 주동자인 베르너 가문과 반역을 목적으로 무기를 생산하고 군대를 훈련한 윈터힐은 그 칼날을 피할 수 없었다. 르니에에 대해서는 대신들을 설득해 최대한 자비를 베풀어 보겠노라, 티토와 약속을 한 참이었다.

"미안하다. 네게는 자꾸 미안해할 일만 생기는구나."

"아니에요, 형님. 저는 괜찮아요. 제국을 위한 일인걸요."

그렇게 말한 티토는 한 번 웃어 보이고는 집무실을 나갔다. 잠시 그 닫힌 문을 보던 아드레이가 혼잣말을 했다.

"황족의 아이는 빨리 큰다던가."

씁쓸한 독백이었다. 조금 더 천진한 모습을 지켜 줄 수 있었다면 좋았을 것을.

거처를 옮기는 것이 좋겠다고 말하는 아드레이에게 티토는 오직 '일리야도 같이 갈 수 있나요?'라고 물었을 뿐이다. 아이는 이미 그 이유를 짐작하고 있었다. 씩씩하게 웃던 얼굴을 떠올리니 오히려 가슴이 아려 왔다.

"엘레나."

아드레이는 한숨을 쉬는 대신, 보고 싶은 이름을 소리 내어 불렀다.

지난 며칠, 그는 위스퍼까지 동원해 엘레나의 행방을 찾았다. 어렵사리 찾아낸 정보의 실마리가 아발론 신전을 가리켜 결국 교황을 급히 불러들이기까지 했다.

엘레나가 무사히 잘 있고 친부를 찾았다니 다행이었지만, 아드레이의 안색은 좀처럼 나아지지 않았다. 고아인 줄 알았던 자신이 아버지를 만나게 될지도 모른다며 복잡한 얼굴을 하던 그녀가 떠올랐기 때문이었다.

"지금쯤 어디서 울고 있는 건 아니겠지."

가슴이 바위를 얹은 듯 무거웠다. 결국 그 뒤로도 한참 동안 아드레이는 앉은 자리에서 일어나지 않은 채 창밖을 주시했다.

달가닥, 달가닥. 멀리서 말발굽 소리가 들려왔다.

엘레나는 고개를 들어 길 위를 바라봤다. 반짝반짝 윤이 나도록 새까만 색의 말을 타고 한 남자가 이쪽으로 달려오고 있었다.

땅을 박찼다가 떨어지는 말의 힘찬 움직임과 함께 그의 검은색 망토가 함께 요동쳤다. 엘레나는 단박에 남자를 알아보고 반가운 마음에 그를 향해 걸어가기 시작했다.

"레이!"

그녀는 큰 목소리로 있는 힘껏 그를 불렀다. 어째서인지 목이 막힌 것처럼 목소리가 나오질 않았지만, 그래도 목이 아플 때까지 그를 불렀다.

마침내 먼 곳만 보던 그가 엘레나를 알아차렸다. 그녀는 기뻤다. 그래서 걸어도 걸어도 거리가 줄어들지 않는 길 위를 계속해서 걸었다. 그의 푸른 눈이 자신을 보고 있음을 알 수 있었으니까.

그런데 드디어 조금씩 가까워지는 와중에 엘레나의 가슴이 철렁 내려앉았다. 이상했다. 말을 타고 오고 있는 것은 분명 레이인데, 그의 차림이 달랐다.

거대하고 화려한 검을 차고 눈이 아프도록 빛을 반사해 내는 빛나는 갑옷을 입었다. 높은 말 위에 앉아 있는 그는 너무나 커다래 보였다.

"이상하다. 어째서?"

무엇보다 다른 것은 그의 눈빛이었다. 마치 세상을 발아래 둔 것 같은 오만한 눈빛은 분명 군림하는 사람의 것이었다. 다른 사람은 보지 못하는 저 너머의 평야와 벌판을 보는 듯한 눈.

분명히 그녀가 아는 아드레이의 얼굴을 하고 있는데도 더 이상 다가가기가 두려울 정도로 낯설었다.

그때 멀리서 큰 바람이 불었다. 거센 힘에 몸을 가누기가 힘들 정도였다. 그 와중에도 그는 바람의 영향을 받지 않는 사람처럼 검은 말 위에서 꼿꼿했다. 대신 그의 망토만 크게 펄럭였다. 그 위에 금실로 수놓인 문양이 허공에 펼쳐졌다.

"내가 저걸 어디서 봤더라?"

분명 눈에 익은 것이다. 어디선가 본 적 있는데. 엘레나는 그렇게 고개를 갸웃하며 그를 불렀다.

"레이, 이쪽으로 와 봐요. 레이!"

점점 더 목소리가 나오지 않았다. 있는 힘껏 소리를 내어 봤자 겨우 웅얼거릴 뿐이었다. 엘레나는 그래도 애써 그를 불렀다.

"레이…… 레이……!"

"엘레나, 일어나거라."

"흐업!"

마차 벽에 기대어 잠들었던 엘레나가 소스라치게 놀라며 잠에서 깨어났다.

"여, 여기가 어디…… 아, 마차 안이었지."

입술 끝에 살짝 흐른 침을 손등으로 훔치며 주변을 둘러보던 그녀가 그제야 잠들기 전의 상황을 기억해 냈다. 맞은편에 앉은 윈터힐 백작은 그런 엘레나를 웃는 얼굴로 바라보았다.

아, 민망해라. 침까지 흘리면서 자다니. 그녀가 흐트러졌던 자세를 바로 하며 말했다.

"죄송해요. 너무 피곤해서, 하암, 저도 모르게 잠이 들었나 봐요."

"며칠 동안 매일 밖으로 외유를 했으니 그럴 법도 하지. 곤히 잘 자서 일부러 깨우지 않았다."

딸아이의 잠든 모습을 지켜보는 것은 백작에겐 매우 즐거운 일이었다. 머리 색 말고는 영락없이 실비아의 판박이라고 생각했는데, 잠든 얼굴에선 언뜻언뜻 자신의 모습도 보였다. 참 신기한 일이었고 처음 해 보는 경험이었다.

"후우, 다행이다. 꿈이었구나."

엘레나는 눈을 몇 번 깜박이며 가슴을 쓸어내렸다. 무슨 꿈이 그렇게 현실적인지. 지금도 다시 눈을 감으면 그 장면이 눈앞에 펼쳐질 것만 같았다.

"그런데 그걸 어디서 봤더라……."

마지막에 봤던 망토에 수놓인 무언가가 자꾸만 눈에 밟혔다. 분명히 처음 보는 것 같았는데 묘하게 익숙한 기분이었다.

잠시 생각해 내려 애쓰던 엘레나는 고개를 저어 생각을 털어 냈다. 그냥 꿈일 뿐이다. 더 깊게 생각하진 말자. 애초에 레이가 나한테 그렇게 차가운 눈을 할 리가 없잖아.

"그런데, 레이가 누구지?"

"콜록!"

너무 놀라 급하게 숨을 들이켜다가 결국 사레가 들린 엘레나였다.

"누, 누구요?"

"레이. 네가 자면서 계속 그 이름을 부르던데."

꿈에서 부르던 게 실제로 입 밖으로 나온 모양이었다. 엘레나의 얼굴이 붉어졌다.

"그, 그냥 친구예요."

"친구?"

되묻는 백작의 눈빛이 날카로웠다.

"레이면 남자인 것 같은데."

"아, 그게……."

맞다, 이런 게 있었지. 남자 친구가 생긴 딸의 아버지 방어전. 엘레나는 등에 식은땀이 흐르는 것 같았다.

"레이…… 레이첼이요! 제 친구 이름이 레이첼이거든요!"

나이스샷! 엘레나는 그럴듯한 변명을 생각해 낸 자신의 머리를 쓰다듬어 주고 싶었다.

"레이첼? 매우 친한 친구인가 보구나. 꿈에도 나올 정도라면."

"그, 그렇죠. 엄청 친하죠."

아주 친해서 손도 잡고 키스도 하죠. 엘레나는 속마음이 자칫 입술 사이로 새어 나갈까 봐 입을 힘주어 꾹 다물었다.

"아! 다 왔나 봐요, 아버지."

서서히 멈춰 서는 마차에 밖을 내다본 그녀가 말했다. 마침 다행이었다. 좁은 마차 안에서 이 이상 취조를 당했다간 모든 걸 다 술술 불어 버렸을지도 모른다.

"자, 조심히 내리거라."

먼저 마차에서 내린 윈터힐 백작이 한 손을 내밀어 에스코트를 했다. 엘레나도 웃으며 그 손을 잡았다.

벌써 오늘부로 일주일째 이곳저곳을 다니고 있는 터라 처음에는 어색하기 짝이 없던 이 방식도 조금씩 익숙해지고 있었다. 이 정도 높이의 마차야 백번도 혼자 오르락내리락할 수 있었지만 말이다.

"아, 강바람이 좋네요!"

"춥지 않느냐. 외투를 더 입는 것이 좋을 것 같은데."

"저는 괜찮아요. 안슬리 강변이 밤에 이렇게 예쁠 줄은 몰랐어요!"

오늘의 목적지는 전에 와 본 적 있는 안슬리 강변이었다. 한강 주변만큼은 아니었지만, 고급 식당가가 주욱 늘어서 있는 강변의 야경이 제법 보기 좋았다.

"전에 이곳에 와 본 적이 있더냐."

"네. 두 번이요. 베르너 후작님과 한번 왔었고, 그 뒤엔 메이나드 경과…… 앗."

엘레나는 얼른 눈치를 살폈지만 이미 윈터힐 백작이 그 말을 들어 버린 뒤였다.

"아, 그 둘 말이군."

더 이상 말을 하지는 않았지만, 백작의 기세가 순간 험악해졌다. 엘레나는 갑자기 추워진 척 식당 안으로 가자며 아버지를 이끌었다.

"어서 오십시오, 윈터힐 백작님."

"반갑소."

"이쪽으로 모시겠습니다."

깔끔하게 차려입은 레스토랑의 지배인이 정중한 자세로 두 사람을 자리로 안내했다. 그동안 백작과 의상실, 구두점, 찻집 등 이곳저곳을 다니며 경험한 바로, 두 사람은 이쯤이 되면 사람들이 윈터힐 백작을 의식하기 시작할 것을 이미 예상하고 있었다.

아니나 다를까, 윈터힐 백작이 빼 주는 의자에 앉자 주변에서 시선이 날아와 꽂혔다.

"이건 도무지 익숙해지지가 않는군."

오히려 윈터힐 백작이 불만스러운 얼굴로 툴툴거렸다.

"아버지도 매번 그러시네요."

이제 제법 자연스럽게 백작을 아버지라고 부르는 엘레나는 종업원이 따라 준 물을 마시며 작게 웃었다.

"싸구려 소문이나 험담거리를 찾는 저 눈빛이 거슬려서 말이다."

"어쩔 수 없잖아요. 사람들에게 보여야 하니까요. 그래도 오늘이 마지막이니까. 힘내세요, 아버지."

"……그래."

멋없고 무뚝뚝한 말로 대답한 윈터힐 백작이었지만 사실은 벅차오르는 숨을 겨우 참고 있었다.

—힘내세요, 아버지.

누군가에겐 아무것도 아닌 말일 수 있지만, 백작에겐 살면서 절대 들어 볼 수 없을 줄 알았던 값진 말이었다. 앞으로 이런 일을 열 번은 더 할 수 있을 것 같은 힘이 생겨났다. 물론 오늘이 마지막이란 사실은 변함이 없지만, 일단은 그랬다.

"전채를 준비해 드리겠습니다."

끊임없이 흘끔거리는 사람들의 시선에 이기지 못한 백작은 결국 포도주를 시켰고, 얼마 지나지 않아 음식이 앞에 놓이기 시작했다. 자신을 쳐다보는 사람들을 의식하며 음식을 먹는다는 것은 생각보다 훨씬 어려운 일이었다. 특히나 매사에 재어 보고 판단하기 좋아하는 귀족들이라면 더더욱.

원래부터 그리 흠잡을 곳은 없었지만, 마리안의 특훈으로 더욱 완벽해진 엘레나의 식사 예절은 마치 처음부터 백작 영애로 태어나 자라 온 사람처럼 자연스러웠다. 전채에 이어서 나온 메인 메뉴도 먹기에 까다로운 해산물이었지만, 그녀는 한 번의 실수도 없이 깔끔하게 식사를 마쳤다.

종업원이 빈 그릇을 내간 후 입가를 닦으며 부녀가 말을 주고받았다.

"어디쯤이에요?"

"네 왼편 뒤쪽이구나."

그 대화가 끝나기가 무섭게 우렁찬 목소리가 그녀의 뒤편에서 들려왔다.

"이게 누구십니까! 윈터힐 백작이 아니십니까!"

"오랜만이오, 로디암 남작."

윈터힐 백작이 냅킨을 테이블 위에 올려놓고 자리에서 일어나며 중년 남성을 향해 인사했다.

“이쪽은 제 부인인 이본과 딸인 에밀리입니다. 윈터힐 백작님께 인사드려라.”

“만나 뵙게 되어 영광입니다, 윈터힐 백작님.”

“에밀리 폰 로디암입니다.”

“반갑소.”

“귀족원의 오찬에도 나오지 않으시니 못내 아쉽습니다. 지난번 마창 대회에서의 활약은 정말 잘 보았습니다. 아직 젊디젊은 어네스 경을 상대하시는 데에도 전혀 거침이 없으시더군요!”

허허 하고 사람 좋게 웃으며 실없는 소리를 하는 와중에도 남작의 시선은 백작의 옆에 서 있는 엘레나에게서 떨어질 줄 몰랐다.

“저어, 그런데 이분은…….”

처음부터 그것을 물어보고 싶었겠지. 엘레나는 입가에 부드러운 미소를 지어 보이며 생각했다.

아마 부녀가 이 레스토랑에 들어온 순간부터 남작은 당장에 달려와 누구냐 묻고 싶었을 것이다. 그러나 귀족들의 예법상 식사 시간을 방해하는 것은 큰 결례였으므로 이렇게 식사가 끝나고 후식이 나오기 전의 막간을 이용한 것이다.

“이쪽은…….”

윈터힐 백작이 일부러 조금 옆으로 비켜서며 말했다. 그들이 엘레나를 더욱 잘 볼 수 있게 하기 위함이었다.

“내 딸인 엘레나요.”

“아, 이런! 실례했습니다. 설마 백작 영애이실 줄은!”

“아닙니다. 처음 뵙겠습니다, 엘레나 폰 윈터힐입니다.”

그렇게 연습을 했는데도 자신의 이름 뒤에 윈터힐을 붙이는 것은 아직 익숙해지지 않았다.

"한데 백작께 따님이 계시다는 말은 처음 들었습니다. 그것도 이렇게 장성하신……."

"엘레나는 20년 전 사고로 잃은 줄 알았던 여식이오. 최근에 재회할 수 있었지."

"사고라면 그때 그……."

윈터힐 백작이 말없이 고개를 끄덕이자 남사의 두 눈이 휘둥그렇게 되어 새삼 엘레나를 살폈다.

"세상에 그런 일이 있으셨다니! 이것 참 놀라운 일입니다!"

흥미로 반짝이는 남작의 눈에 엘레나는 윈터힐 백작을 한 번 바라보았다. 무표정한 듯 보였지만 백작도 만족하고 있는 듯했다.

로디암 남작은 아발론 정계에서 마당발로 유명했다. 그런 남작이 엘레나에 대해서 알게 되었으니 오늘 이 레스토랑에 오는 수고를 한 보람이 있었다.

"한데……."

부모님의 곁에서 조용히 대화를 듣고만 있던 에밀리가 조심스레 입을 열었다.

"영애께 실례가 될 말인지 모르겠지만. 으음, 영애께선 엘레나 신관과 무척 닮으셨네요."

"엘레나 신관이라면…… 에밀리!"

에밀리의 말을 들은 로디암 남작 부인이 펄쩍 뛰었다. 그 신관은 남작 부인도 들어서 알고 있는 인물이었다. 얼마 전 평민 신분으로 리바이 공작을 가르치던 것이 밝혀져 세간을 떠들썩하게 했던 신관이 아닌가.

"죄, 죄송합니다. 이 아이가 아직 어려서……."

감히 백작 영애에게 평민 신관을 닮았다는 말을 하다니, 매우 무례한 일이었다.

"하지만 어머니. 저는 그 신관을 궁에서 열렸던 연회에서도 본 적이 있고, 마상창 대회에서도 아주 가까이서 봤는걸요."

에밀리가 억울하다는 듯 말했다.

"은발에 금안이신 것도 그렇고, 체구가 작으신 것도 그렇고, 목소리, 심지어 성함도……."

"제가 그 신관이 맞습니다."

"네?!"

남작 내외가 경악을 금치 못했다.

"백작 영애께서 리바이 공작 전하의 그 신학 교사라는 말씀이십니까?"

"하지만 그녀는 평민이라고 하던데……."

어찌나 놀랐는지 남작 부인은 손수건을 쥔 손끝이 하얗게 되도록 힘을 주었다.

"조금 전 말했다시피, 나는 엘레나를 부인과 함께 사고로 잃은 줄 알았소. 그러나 아이는 살아남았고 신관이 되어 이 아발론에서 살고 있었지. 부모의 신분을 알 수 없었으니, 평민으로서 말이오."

"그런 일이! 얼마나 고생이 많으셨습니까!"

"이건 마치 책 속에서나 나오는 이야기 같아요. 믿을 수가 없어요!"

에밀리는 퍽이나 감동받은 듯했다.

"그 와중에 이 아이가 날 마상창 대회에서 살렸고, 나는 엘레나를 한눈에 알아봤지. 모친과 너무나 닮았으니 말이오."

"정말로 감동적이네요……."

"사람들은 그런 것도 모르고 엘레나 신관이, 아니 백작 영애께서 평민인 줄로만 알고 입방정을 떨어 대었으니……."

아마 남작 부인과 여식도 그 입방정을 떨어 댄 사람 중 하나였는지, 쉽게 엘레나와 눈을 마주치지 못했다.

"이제 엘레나가 제자리를 찾았으니 앞으로 그런 일은 없겠지. 그렇지 않소?"

귀족들의 엘레나에 대한 모욕적인 언사에 대해 누구보다도 분노했던 윈터힐 백작의 눈빛이 서슬 퍼렜다.

"북방을 호령하는 윈터힐 가문의 영애가 아니십니까. 이제 누가 감히 영애를 함부로 대하겠습니까. 너무 걱정 마십시오, 백작."

남작이 재빠르게 몸을 낮췄다. 눈치가 매우 빠른 자다운 처세였다.

"오, 이런! 후식이 나왔군요. 저희는 그럼 이만 자리로 돌아가 보겠습니다."

"그렇군. 그럼 다음에 보지, 로디암 남작."

마침 테이블에 놓인 후식을 핑계로 로디암 가족이 돌아가자 다시 둘만 남겨진 엘레나와 윈터힐 백작은 마치 아무 일도 없었던 것처럼 조용히 자리에 앉았다.

후식은 부드러운 크림과 새콤한 과일 소스의 조합이었다. 한 입 먹어 본 엘레나가 눈을 동그랗게 떴다. 별로 식욕이 없던 와중에도 미각을 자극하는 맛이었다.

그 모습을 잠시 보던 백작이 자신의 앞에 놓인 접시를 엘레나의 앞으로 밀어 주며 말했다.

"로디암 남작이 알게 되었으니 아마 내일 해 질 녘쯤에는 너에 대해서 모르는 사람이 이 아발론 안에 없을 것이다."

"마침 로디암 가족이 저녁 식사를 하러 나와서 다행이에요. 아, 맛있다!"

피곤해서인지 통 먹지를 못했던 엘레나가 빠르게 디저트를 스푼으로 뜨는 것을 보며 백작은 절로 흐뭇한 미소를 지었다.

"영지의 주방장이 맛있는 후식을 곧잘 만들고는 하지. 아발론 출신의 이인데, 전에는 꽤나 큰 제과점을 했다더구나."

"그런가요? 언젠가 한번 그분이 만드신 걸 먹어 보고 싶네요."

엘레나는 별생각 없이 그렇게 대답했다.

"그렇다면 이번에 나와 윈터힐로 가 보는 것은 어떠하냐."

"윈터힐……에요?"

전혀 생각지도 못한 제안이었다. 윈터힐은 아발론에서 매우 멀다고 하지 않았던가.

책 속에 들어온 뒤로 그녀의 세상은 이 아발론이 전부였다. 신전에서 노역을 할 때는 몰래 저 성벽을 넘어 볼까 하는 생각도 많이 했지만 실제론 불가능하다는 것을 알았던 부질없는 상상이었다. 당장 아발론을 벗어나면 그곳에 무엇이 있을지 모른다는 막연한 두려움도 있었다.

"이제는 너의 집이 아니냐. 네가 계속해서 아발론에 있고 싶다면 그리 해도 좋다만, 네게 윈터힐의 겨울을 보여 주고 싶구나."

언제나처럼 강요하지 않는 백작이었지만, 엘레나는 그 말 속에 뭔가가 더 있다는 것을 알았다.

"아발론을 떠나야 하는 이유가 있으신 거죠?"

그녀가 마침 저택으로 찾아왔을 때, 백작은 가신들과 영지로 돌아가는 것에 대해 이야기를 나누고 있었다.

"아마 저 때문에 늦어지고 있겠네요."

아니라고 빈말은 하지 않는 백작을 보며 엘레나는 곰곰이 생각에 잠겼다. 모든 것이 자신이 상상하지 못한 방향으로 흘러가고 있었다.

가을이 저무는 지금쯤, 책 속의 주된 내용은 로잘린느가 한창 황제와 르니에 사이에서 갈팡질팡하는 것이다. 그들의 결혼식은 막 꽃이 피기 시작하는 초봄이었으니까.

이미 책의 내용과는 너무나 멀어진 현실이었지만, 그래도 이야기의 주 무대인 아발론을 벗어나서 다른 지역으로 간다는 것은 상상도 해 본 적이 없었다.

그러나 무슨 이유인지는 몰라도 영지로 돌아가는 일은 매우 중요한 것처럼 보였고, 장례식 날 이후에도 이따금 그레이 경과 심각하게 이야기를 나누는 백작을 여러 번 목격한 적이 있었다.

지금까지 그들이 아발론에 머무는 이유는 오로지 자신 때문인 것을 잘 알았다. 그러니 일이 일단락되면 바로 이곳을 떠나야 할 것이다.

엘레나는 백작을 빤히 바라보았다. 차분히 그녀의 대답을 기다리고 있었지만, 어떤 대답을 기다리고 있을지는 너무나 당연했다.

조금 더 함께 시간을 보내고 싶은 마음은 엘레나도 마찬가지였다. 난생처음으로 생긴 가족이었다. 백작뿐만이 아니라 기사들과 마리안도 그랬다.

알고 지낸 지 얼마 되지 않은 인연이었지만, 그저 자신이 엘레나라는 이유만으로 무한한 애정과 신뢰를 보여 주는 사람들이었다. 그런 그들과 좀 더 시간을 보내고 싶은 것은 그녀도 마찬가지였다.

아발론에 두고 가야 할 아드레이와 티토가 마음에 걸렸지만, 그들도 그녀의 사정을 안다면 충분히 이해해 주고 기다려 줄 것이라고 믿어 의심치 않았다.

"일단 리바이 공작 전하께 여쭤 볼게요. 일단 저는 아직 공작 전하의 신학 교사니까요. 아 참, 신전에는……."

"교황 성하께는 내가 말씀드려 보마."

"그런데 윈터힐의 겨울은 정말로 그렇게 아름다운가요? 눈이 많이 내린다고 들었는데."

엘레나의 질문에 윈터힐 백작이 은근한 미소를 머금으며 대답했다.

"그곳에 가 보면 어째서 윈터힐 가문의 사람들이 은발을 가졌는지 알 수 있을 게다."

"기대되네요."

"그리고 많은 사람들이 널 기다리고 있단다."

"저를요……?"

백작이 고개를 끄덕였다.

"윈터힐은 아발론과는 조금 다르다. 그곳에선 평민과 귀족의 신분이 이곳처럼 커다란 의미를 지니지 않지. 모두들 함께 힘을 합쳐서 긴 겨울을 이겨 내는 동료에 가깝다."

"어쩐지 그럴 것 같았어요."

당장에 저택에서 사람들이 행동하는 것만 보아도 달랐다. 아발론의 사람들보다 조금 더 순박하고 솔직했다. 백작 앞에서 깍듯이 행실을 바르게 했지만, 그렇다고 마냥 어려워하지도 않았다. 엄격한 스승님을 대하는 듯한 느낌이었다.

"윈터힐의 모두가 실비아와 나의 아이가 살아 있었다는 소식에 어떤 것들을 준비하고 있을지…… 솔직히 너 없이는 돌아가기가 겁이 나는구나."

"하하, 저도 그분들을 얼른 만나 보고 싶어졌어요."

"20년이나 늦어졌지만, 이제부터라도 하나씩 해 나가면 되는 것이겠지."

가끔 백작은 뭐라고 대답하기가 힘들 정도로 슬픈 눈을 할 때가 있었다. 지금이 그랬다. 그래서 엘레나는 잠시 머뭇거리다가 용기를 내었다.

"그리고 아버지."

"음?"

"저도 나중에 기회가 된다면, 아버지께 소개해 드리고 싶은 사람이 있어요."

아직은 레이가 부담스러워할 수도 있으니까. 엘레나는 서둘러 말을 덧붙였다.

"지, 지금은 아니고요. 때가 된다면, 나중에요."

윈터힐 백작의 눈이 점차 가늘어졌다. 흐음 하는 소리를 내며 남아 있는 과일주로 손을 뻗었다.

"그때 새벽의 궁으로 찾아왔던 그 둘 중 하나인가."

잠시 백작이 무슨 말을 하는 것인지 이해가 되지 않던 엘레나였으나, 이내 새벽의 궁 응접실에 함께 앉아 있던 르니에와 메이나드를 떠올리고는 펄쩍 뛰었다.

"아, 아뇨! 그 두 분은 아니고요!"

"……다행이구나."

"왜요?"

보통은 메이나드와 르니에에 대해서 그렇게 박한 평가를 내리지 않는다.

"하나는 그 속을 알 수 없는 뱀 같은 녀석이고, 하나는 오로지 제 주인밖에 모르는 사냥개 같은 녀석이니 너의 짝으로 내 마음에 찰 리가 없지."

"아, 아버지……."

그래도 명색이 후작과 백작가의 후계자인데. 엘레나가 혹시 누가 엿듣는 사람은 없나 싶어 주변을 둘러보는 와중에도 윈터힐 백작은 흥 하고 코웃음만 칠 뿐이었다.

"그래서 누구냐. 나에게 언젠가는 소개해 주고 싶을지도 모른다는 녀석은."

내가 저렇게 길고 애매하게 말했나. 엘레나는 고개를 갸웃했지만 일단 넘어가기로 했다.

"그 사람 이름은 레이예요……."

"레이첼이라더니."

"아, 아까는 당황해서 저도 모르게 그만. 레이는 지금 황실 기사단에서 수습 기사로 수련하고 있어요."

점점 마음에 들지 않았다. 베르너 후작과 어네스 경이 와서 무릎을 꿇고 '따님을 주십시오.' 하고 일주일 밤낮을 사정해도 될까 말까인데, 겨우 황실 기사단의 수습이라니.

"나는 수습 기간도 거치지 않았다."

"네?"

"이 아버지도 한때는 황실 기사단 소속이었지만, 수습 따위 거치지 않고 바로 정식 임명을 받았지."

"아, 그러셨군요. 그런데 그게 왜……."

"네가 만나는 녀석이 누군지는 몰라도 이 아버지보다 한참 떨어지는 자라는 말이다."

그제야 백작이 하는 말을 이해한 엘레나는 웃음을 터뜨리지 않으려 안간힘을 썼다. 저 근엄한 얼굴로 팔짱을 낀 채 날카로운 눈매를 빛내며 하는 말이 고작 딸의 남자 친구에 대한 질투라니. 그녀는 흠흠 하고 헛기침을 하며 웃음을 참았다.

"사실 아버지께선 레이를 한 번 보신 적이 있어요."

"내가?"

"네. 전에 제가 돈을 돌려 드리러 왔을 때요. 그때 저와 동행했던 사람이 바로 레이예요."

"그때 그……."

무슨 수를 썼는지 기세를 감쪽같이 갈무리하고 발소리 한 번 내지 않았던 사내를 떠올린 백작이 낮게 중얼거렸다.

"시꺼먼 녀석."

"아버지!"

그래도 그렇지, 시꺼먼 녀석이라니. 엘레나가 울상이 되었지만 백작은 어깨를 한 번 으쓱했을 뿐이었다.

"검은 머리에 검은 옷에 검은 망토라니. 취향도 괴상하고, 그 안에 숨긴 것도 많은 녀석이더구나."

"숨긴 게 많다뇨? 레이는 전혀 그런 사람이 아니에요."

"글쎄다. 앞으로 지켜보면 알게 되겠지."

아버지와 아드레이가 잘 지냈으면 좋겠는데. 엘레나가 아랫입술을 삐죽였다. 두 사람 다 둥글둥글한 성격은 아니라, 언젠가 정식으로 만나게 될 날을 떠올리니 벌써부터 머리가 아플 지경이었다.

"가장 중요한 것을 묻지 않았군."

윈터힐 백작이 힘없이 크림을 떠먹던 엘레나를 바라봤다.

"그 녀석이 네게 잘해 주더냐."

"……네."

아드레이를 떠올리자 어쩔 수 없이 얼굴에 웃음이 피어났다. 그런 딸의 모습을 지켜본 백작은 복잡한 심경이 되었다.

"흠, 때가 되면 식사라도 한번 하면 되겠군."

"네, 때가 되면요."

서두를 이유는 아무것도 없었다. 천천히 크림의 맛을 음미하며 식사를 마친 부녀는 레스토랑에서 나와 마차에 올라탔다. 이미 집으로 돌아간 것인지 레스토랑에 로디암 가족은 보이지 않았다.

어둑한 마차의 실내에 들리는 것은 빠르게 지나가는 사람들의 소리와 말의 발굽 소리뿐이었다. 그러는 와중에 백작이 넌지시 말했다.

"내일, 궁에 잠시 다녀오거라."

"궁에요?"

"이제 이틀 후면 귀족원을 통해 공식적으로 네가 윈터힐 영애가 되었음을 발표할 것이다. 그 전에 리바이 공작 전하께는 네가 직접 알리는 것이 옳은 일일 것 같구나."

"아 참, 그렇겠네요."

일상이 너무나 행복해서 잠시 티토에게 제대로 근황을 알리는 일을 잊고 살았다. 엘레나는 죄책감에 얼른 고개를 끄덕였다. 티토와 일리야가 자신에 대한 일을 소문으로 알게 할 수는 없었다.

그리고 한 사람 더. 그녀가 직접 기쁜 소식을 전하고 싶은 사람이 있었다.

"내일 아침 일찍 궁에 다녀올게요."

"그러도록 해라. 서두를 필요는 없으니 오랜만에 공작 전하와 함께 시간을 보내고 오는 게 좋겠다. 그분이 서운하지 않도록 잘 챙겨 드리거라."

"네. 간 김에 윈터힐 영지로 가는 일도 여쭤 보도록 할게요. 마리안도 함께 가는 게 좋을까요?"

"윈터힐 백작가의 사람으로서 처음 궁에 들어가는 것이니 시녀를 챙겨서 격식을 차리는 것이 여러모로 보기가 좋겠지."

마리안이 어지간한 기사 대여섯쯤은 거뜬히 눕혀 버리는 창술 실력자라는 사실도 물론 더할 나위 없었고 말이다. 겉으로 보기엔 그저 귀족 영애의 시녀일 뿐이었으니 호위에도 안성맞춤이었다.

"아버지, 혹시 내일 가문의 마차를 좀 빌릴 수 있을까요? 입궁하기 전에 제과점에 들러서 공작 전하께 케이크를 사다 드리려고요."

얼마 전 백작과 함께 방문한 제과점에서 먹었던 케이크가 무척 맛있던 것이 기억이 났다.

"물어볼 필요 없다. 윈터힐의 것은 네 것인 것을. 자기 물건을 쓸 때 허락을 받는 이도 있더냐."

"아, 그렇네요……."

직접 번 돈과 직접 산 것 이외에도 자신의 것이 있다는 게 아직 익숙해지지 않은 엘레나였다.

"혹시 돈에 대해서도 걱정하고 있다면 그만두어라. 이미 마리안이 네 앞으로 영지의 예산을 나누어 놓은 모양이더구나. 앞으로 네가 돈주머니를 들고 다닐 일은 없을게다."

"익숙해지도록 노력해 볼게요."

말은 그렇게 했지만 아마 꽤 오랜 시간이 걸릴 것이다. 돈을 걱정하지 않아도 되는 생활이라니. 얼마 전까지만 하더라도 아발론 외곽에 작은 집 한 채 갖는 것이 목표였는데 말이다.

이제 완전히 밤이 되어 버린 마차 밖의 풍경을 보면서 엘레나는 어서 빨리 내일이 오기를 바랐다. 그리운 사람들의 얼굴을 마침내 다시 볼 수 있게 될 테니.

"일리야, 지금은?"

"아직 보이지 않아요."

"그래? 그럼, 지금은?"

"아직 길 위에 아무것도 없다니까요, 전하."

"정말, 엘레나는 왜 이렇게 늦는 거야!"

심통이 난 티토가 불만스레 한 발을 구르며 소리쳤다.

"정오에 오신다고 하셨잖아요. 아직 정오가 되려면 시간이 조금 남았어요, 전하."

"알아, 하지만 이왕 오는 거 좀 더 일찍 오면 더 오래 볼 수 있잖아!"

아침 일찍 새벽의 궁에 도착한 서신을 받은 뒤로 티토는 계속 이 상태였다. 아침 식사를 하다 말고 자리에서 일어나서 펄쩍펄쩍 뛰었다. 그리고 깜짝 놀라 다가온 일리야에게 외쳤다.

"엘레나가 온대! 엘레나가!"

엘레나에게 연락이 닿지 않는다며 걱정에 식욕도 잃고 잠도 자지 못하던 티토였다.

그녀가 무사하다는 것을 알고 많이 나아졌지만, 그래도 전과 같지 않았다. 어딘지 모르게 기운이 없고 조용했다. 갑자기 철이 들어 버린 것처럼 행동도 어른스러워졌다.

"왜 이렇게 안 오는 거야!"

그러나 오늘은 달랐다. 전처럼 목소리도 쩌렁쩌렁했고, 아이다운 모습으로 말도 안 되는 떼까지 썼다. 그런 티토가 곤욕스러우면서도 반가워, 일리야는 목을 길게 빼고 창밖을 확인하며 장단을 맞춰 주었다.

"앗, 저기 마차가 한 대 들어오네요!"

"엘레나다, 엘레나야!"

티토가 새벽의 궁 현관으로 후다닥 뛰어 나갔다. 일리야도 웃으며 그 뒤를 따랐다.

고급스러운 사두마차가 앞에 멈췄다. 티토는 그 잠시도 참지 못해 발을 동동 구르며 서 있었다.

새벽의 궁 시종이 다가서서 마차 문을 열자 그 안에서 처음 보는 연한 갈색 머리의 여인이 내려섰다. 순간 티토는 흠칫했지만, 이내 그 뒤를 이어 마차에서 내리는 엘레나를 보고 반색하며 달려들었다.

"엘레나!"

"티토 님!"

정말로 오랜만의 상봉이었다. 힘차게 뛰어서 덥석 안겨 오는 티토를 엘레나도 힘껏 마주 껴안아 주었다. 그동안의 떨어져 있던 시간을 만회라도 하듯 두 사람은 그렇게 한참을 떨어지지 않았다.

"아가씨."

옆에서 자신을 부르는 마리안의 목소리에 엘레나가 그제야 허리를 펴고 그녀에게서 무언가를 받아 들었다.

"티토 님, 제가 선물 가져왔어요!"

"선물?"

"얼마 전에 어떤 제과점에 갔는데 케이크가 너무 맛있어서 티토 님 생각이 나지 뭐예요. 그래서 오늘 오는 길에 들러서 사 왔어요!"

커다란 파란색 종이 상자가 티토의 품에 안겼다. 묵직한 것이 한두 조각이 들어 있는 것이 아닌 듯했다.

"……내 생각을 했어?"

티토가 웅얼거리는 소리로 물었다.

"그럼요, 맛있는 걸 먹으면 언제나 티토 님 생각이 나는걸요."

"그럼 다행이고."

"티토 님?"

"나는 엘레나가 날 까먹은 줄 알고……."

엘레나는 잠시 아무런 말도 하지 못했다. 그저 고개 숙인 티토를 꼭 안아 주는 것밖에는. 교황 성하의 곁에 머물기 위해서 새벽의 궁을 떠났고, 윈터힐 백작가로 들어가면서부터는 매일매일 정신이 없어 편지도 한 통 제대로 쓰지 못했다.

"죄송해요, 티토 님."

"아니야, 난 괜찮아."

조금 더 어리광을 부릴 줄 알았던 티토는 한 손을 들어 자신을 안아 주는 엘레나의 어깨를 토닥이기까지 했다.

"여기서 이러지 말고, 들어가서 케이크나 먹자고!"

티토는 씩씩하게 큰 소리로 외치며 먼저 응접실로 향했지만, 그런 뒷모습을 보는 엘레나의 얼굴은 밝지만은 못했다.

떨어져 있던 사이에 무슨 일이라도 있었던 것일까. 의문을 담아 일리야를 봤지만, 그녀는 언제나처럼 말을 아끼고 웃는 얼굴로 티토의 뒤를 따를 뿐이었다.

"저는 특히 이게 정말로 맛있더라고요. 찻물을 진하게 우려서 크림을 만들 때 섞어 넣었다고 해요. 그래서 달콤하지만 차향도 함께 느낄 수 있어요."

"오오, 요즘은 신기한 방법으로 케이크를 만드는군!"

한 손에 포크를 들고 눈을 반짝이며 기대감을 감추지 못하던 티토는 엘레나가 가리키는 대로 케이크를 하나씩 맛봤다. 그동안 잃었던 식욕이 한 번에 되돌아온 듯 입가에 크림이 묻는 것도 신경 쓰지 않고 두 볼을 빵빵하게 만들며 잘도 먹었다.

그렇게 케이크에만 정신이 팔린 줄 알았던 티토가 문득 엘레나 옆에 앉아 있는 마리안을 보고 물었다.

"그래서, 그대가 엘레나의 시종이야? 윈터힐가의 사람?"

"티토 님?"

마리안 대신 엘레나가 놀라서 되물었다.

그녀는 지금 어떻게 이야기를 꺼내야 하는지 고민하던 중이었다. 아버지의 존재를 처음 알았던 때부터 말해야 할까, 아니면 장례식에 참석하지 못했던 이유부터 설명을 해야 할까. 그런데 티토는 자연스레 마리안의 신분을 유추해 내었다.

"예, 공작 전하. 마리안 폰 노스브룩입니다."

마리안이 자리에서 잠시 일어나 정식으로 인사를 했다.

"아, 노스브룩. 그래, 윈터힐가의 세 번째 가신이던가."

"그렇습니다, 공작 전하."

"광인의 숲과 가장 근접한 영지를 일구고 지키며 살아가는 노스브룩 가문의 노고야 잘 알고 있지. 그대들 덕분에 제국민들이 매일 밤 걱정 없이 잠이 들 수 있는 거야."

"치하의 말씀에 몸 둘 바를 모르겠습니다, 공작 전하."

마리안과 티토가 주거니 받거니 대화를 하고 있을 때, 엘레나는 그 옆에서 입을 벌리고 멍하니 그런 둘을 바라봤다. 마치 두 사람과 그녀 사이에 보이지 않는 벽이 있는 것 같았다.

"응? 왜 그래, 엘레나?"

"아, 아니 티토 님의 이런 모습이 처음이라."

"뭐야, 이래 봬도 나 공작이라고. 제국의 귀족 가문들에 대해서 당연히 알고 있지."

"그런데 마리안이 윈터힐 가문의 사람인 것은 어떻게 아셨어요?"

혹시 티토가 자기가 모르는 관심법 같은 것을 가진 게 아닐까. 엘레나가 조심스레 물었다.

"오늘 윈터힐 가문의 문양이 새겨진 마차를 타고 온 건 엘레나잖아?"

"아아!"

엘레나가 그제야 무릎을 탁 내리쳤다. 내가 그랬구나! 그런 그녀를 조금 한심하다는 눈으로 보던 티토가 말했다.

"그리고 사실 엘레나가 아버지를 찾게 되었다는 것은 교황 성하께 들어서 알고 있어. 그런데 그게 윈터힐 가문일 줄이야. 조금 놀라기는 했어, 나도."

"교황 성하께서요?"

"사실 엘레나가 연락이 닿지 않아서 내가 좀 이곳저곳에 떼를 썼거든. 어디에 있는지 찾아 달라고. 그래서 형님께서 교황 성하를 부르셔서……."

"폐, 폐하께서요?!"

기겁을 하는 엘레나를 티토는 물끄러미 바라보았다.

아직도 말씀을 안 하신 모양이군. 대체 어떻게 하시려고. 티토는 작은 머리를 절레절레 저으며 작게 혀를 찼다.

"엘레나가 아버지와 함께 잘 있다는 것을 알았으니 내가 지금까지 아무 일도 하지 않고 기다린 거지. 정말로 어디로 사라졌는지 행방불명 상태였다면, 가만히 기다리진 않았을 거야. 아발론이고 제국 전역이고, 뒤집어엎어서라도 찾았을 거라고."

"티토 님……."

"엣헴, 겨우 이런 거에 감동받다니."

하지만 티토는 반쯤 진심이었다. 만약 저가 나서지 않았더라도, 형님이 나섰을 것 또한 잘 알았다.

"티토 님 말씀이 맞아요. 돌아가신 교황 성하께서 제게 장례식에 참석하는 대신 아버지를 찾아가라고 하셨어요. 제 사정상 아무에게도 말하지 않고 움직이는 것이 좋겠다고 하셔서 티토 님께도 따로 연락을 드리지 못했어요."

그래도 티토가 그렇게 걱정을 할 줄 알았다면 진작에 편지 한 통이라도 써서 보냈을 텐데. 사과를 하려는 엘레나의 마음을 읽고 티토가 말했다.

"아냐, 미안해할 필요 없어. 다 각자 사정이 있는 거니까. 그런데 윈터힐 백작이라니, 놀랍네."

"그것도 눈치채셨네요."

"윈터힐의 문양이 있는 사두마차를 타고, 노스브룩 출신의 귀족이 시녀로 모실 사람이 윈터힐 백작의 직계밖에 더 있겠어?"

"티토 님, 생각보다 정말로 똑똑하신 것 같아요."

"뭐, 생각보다?"

엘레나와 주변의 사람들이 웃음을 터뜨렸다.

"사실 그래서 오늘 찾아뵈었어요. 조만간 저에 대한 공식적인 발표가 있을 거예요. 그 전에 제가 직접 말씀드리고 싶어서요."

"그, 로만 경에게는 말했어? 엘레나가 윈터힐 백작 영애가 되었다고?"

"으음, 그게 아직이요. 오늘 말하려고요."

레이의 이야기가 나오자 엘레나는 절로 웃었다.

"그랬구나. 그럼 내가 로만 경에게 사람을 보내 줄까? 오늘 만나자는 말을 전해야 할 것 아냐."

기사단에서 수습 기사 로만을 찾는 것보다 바로 태양의 궁으로 사람을 보내는 것이 더 안전하고 빠른 것은 두말할 필요도 없었다. 하지만 엘레나는 웃으며 고개를 저었다.

"아마 그럴 필요 없을 거예요."

"어째서?"

"그런 게 있어요."

엘레나가 속 모를 말을 하며 웃었다. 언제 어디로 가면 아드레이를 만날 수 있을지 이미 그녀는 알고 있었다.

"궁금하지만 묻지 않겠어. 두 사람만의 비밀인 것 같으니까. 그 정도 눈치는 나도 있다고."

"하하하…… 이 케이크 좀 더 드세요, 티토 님."

"더 이상 말하지 말라는 거지. 알았어, 알았다고."

티토가 다시 포크를 드는 모습을 보며 엘레나도 자신의 앞에 놓인 생크림 케이크를 맛보기 시작했다.

달콤한 크림을 넘기고 따듯한 차로 입가심을 하고 있을 때였다. 마찬가지로 차를 마시던 티토가 툭 던지듯 다시 말을 꺼낸 것은.

"나 내일모레 이사 가."

"콜록! 네? 뭐라고요? 이사요?"

"응, 그렇게 됐어."

대수롭지 않은 일인 듯 말했지만, 이사는 큰일이었다. 특히나 티토에게는.

태어나서 지금까지 대부분을 새벽의 궁에서 산 티토였다. 밖에 나가지 못하는 상황 때문에 티토의 세상은 이곳이 전부나 마찬가지였다.

"왜요? 황제 폐하께서 나가라셔요?"

"아니야, 그런 건 아니고. 나 이제 새벽의 궁 밖으로 나갈 수 있게 됐거든."

이건 또 무슨 소리야. 엘레나는 갑자기 너무나 많은 정보가 쏟아져 들어와 정신을 차릴 수가 없었다. 자신이 잠시 자리를 비운 사이에 티토에게 도대체 얼마나 많은 일이 있었던 것인가.

"그래서 내가 형님께 말씀드렸어. 잠시 바깥 구경을 좀 다녀오고 싶다고."

그렇게 말하는 티토는 개운해 보였다.

"엘레나에겐 미안하지만 프란시스 남작 영애도 새벽의 궁에서 출궁시켜야 했어. 지금은 블룸버그 백작가에 의탁하고 있는 걸로 알아."

"그러셨군요."

"그런데 엘레나는 나와 같이 가지 않을 거니까 보안상 어디로 가는지는 알려 줄 수 없어."

"공작 전하께서 원하신다면……."

아버지와 함께 윈터힐로 가겠다 말해 두었지만, 티토가 새로운 곳에 적응하기 위해 자신이 필요하다면 기꺼이 그렇게 할 생각이었다. 하지만 티토는 고개를 가로저었다.

"아니야. 나도 아마 내년 봄이 되면 다시 아발론으로 돌아올 거야. 엘레나는 지금 아버지와 좀 더 많은 시간을 보내야지."

"티토 님……."

"그러니까 내 걱정은 하지 말라고. 그런데 엘레나는 아발론에서 겨울을 날 생각이야?"

"아마 아버지를 따라서 윈터힐로 가게 될 것 같아요. 저도 티토 님이 돌아오시는 것에 맞춰서 봄에 돌아올게요."

"그렇다면 다행이야."

"네?"

"아니야, 아무것도."

티토는 의자에서 내려오며 어깨를 으쓱했다.

"자, 디저트를 먹었으니 이제 점심 식사를 하자고!"

"뭔가 순서가 바뀐 것 아닌가요?"

"원래 맛있는 것부터 먹는 거야!"

티토의 말에 모두들 웃었다.

식당으로 향하며 엘레나는 새삼 새벽의 궁 내부를 둘러보았다. 익숙했던 것을 다시 보게 되자 마음에 훈풍이 불었다. 우습게도 이곳에 다시 돌아와 보니, 그동안 자신이 새벽이 궁을 얼마나 그리워했는지 깨닫게 되었다.

봄이 되면 다시 아발론으로 돌아와 티토의 신학 교사가 되는 것, 그리고 행복한 일상을 이어 가는 것. 그것이 지금 그녀가 바라는 전부였다.

엘레나가 해의 높이를 가늠하려 창밖을 바라보았다. 아직 해는 하늘 높이 걸려 있었다.

깊고 울창한 숲과 너른 초지의 경계선, 베르너 공이 화살을 메긴 활을 들고 먼 곳을 응시하고 있었다. 산들바람만 불던 고요는 숲 안쪽에서 다가오는 고함 소리와 챙챙 하는 날카로운 금속음에 깨어졌다.

베르너 공은 소리가 들려오는 쪽으로 돌아서 시위를 잡아당겼다. 뾰족한 화살촉이 몸을 바르르 떨며 언제라도 날아갈 준비를 마쳤다.

점점 가까워지는 소음과 경계선의 수풀이 흔들리기 시작했을 때, 베르너 공의 눈이 날카롭게 변했다. 손가락이 팽팽하게 당겼던 활시위를 놓았다. 피융 하는 작은 파공음과 함께 화살이 날았다.

푹.

"쿠와아악!"

뒤를 쫓는 몰이꾼들을 피해 우거진 풀을 가르고 공터로 나서자마자 가슴팍에 화살을 맞은 몬스터는 길고 우렁찬 비명을 지르며 쓰러졌다.

"크르륵, 크륵."

제 피에 질식하면서도 살고 싶은 욕망을 놓지 못해 몇 번이고 몸을 일으키려던 그것은 결국 푸른 하늘을 담은 눈을 감지 못하고 명이 끊겼다.

"와하하, 정말로 대단하십니다!"

"베르너 공의 궁술은 신기에 가깝다더니, 참말이었군요!"

"단발에 심장을 꿰뚫다니!"

숨죽이며 뒤쪽에 서 있던 귀족들이 우르르 쏟아져 나와 다가오며 큰 환호성을 질렀다.

"뭐 이런 것을 가지고. 항상 쓰던 활이 아니라 만족스럽지 못한 일발이었소만."

베르너 공이 들고 있던 활을 하인에게 툭 던지며 겸양을 떨었다.

"그런데 저것이 죽는 모습이 다른 것들과는 조금 다릅니다. 무언가 특별한 방법을 쓰시는 겁니까, 베르너 공?"

외알 안경을 쓴 귀족이 피거품을 물고 죽은 몬스터의 얼굴을 들여다보며 호기심에 물었다.

"눈썰미가 있으시군. 이 정도 크기의 몬스터는 일반적으로 심장에 화살을 하나 맞았다고 해서 바로 쓰러지거나 하지는 않지. 도리어 인간을 몇이라도 저승길 동무로 데려가려 안간힘을 쓴단 말이오."

주변에 서 있던 귀족들이 고개를 끄덕였다. 베르너 공이 화살통에서 화살 하나를 꺼내며 말했다.

"하지만 화살촉에 라네이너스의 독을 바르면."

"라네이너스라면 산크레스트 왕국령의 그 꽃 말씀이십니까?"

"그렇소. 보기엔 매우 아름다운 꽃이지만 그 뿌리엔 치명적인 독이 들어 있지. 이 라네이너스가 지독한 점은 꽃을 꺾어 내고 난 뒤에만 뿌리의 독성이 몇 배나 늘어난다는 것이오."

햇빛에 촉의 날이 번쩍였다.

"마치 제 꽃을 빼앗아 간 자에게 복수를 갈망하듯이 말이오."

"호오, 그것 참 흥미롭군요. 그런데 화살촉도 조금 특별해 보입니다."

삼각으로 뾰족한 촉의 가장자리에 길쭉한 홈이 나 있었다.

"베르너가에서 직접 제작한 화살촉이오. 그 틈에 독이 스며들어 단순히 바르는 것보다 살상률을 훨씬 높일 수 있지."

"이 화살촉이 심장을 꿰뚫으면 거의 즉사나 다름이 없겠습니다."

"라네이너스 독은 해독제가 없으니, 중독된 순간 죽는 것과 다름없다고 볼 수 있겠지."

"이번에 베르너 공의 신궁이 빛을 발하겠습니다."

"어허. 이 사람, 못하는 소리가 없군."

타박하는 듯했지만 그렇게 말하는 베르너 공의 입은 웃고 있었다.

"라네이너스의 번식률이 낮고 꽃을 피울 확률은 더더욱 낮은 것은 어쩌면 다행일지도 모르지."

그런 그들의 대화를 차갑게 가르고 들어서는 목소리가 있었다. 막 사냥터로 들어선 윈터힐 백작이었다.

"그렇지 않았다면 너도 나도 서로를 손쉽게 없애려 했을 것 아니오."

베르너 공이 피식 웃으며 백작을 맞이했다.

"라네이너스 독을 먹이고 싶은 자가 있나 보오?"

윈터힐 백작은 대꾸 없이 베르너 공을 응시하기만 했다.

"윈터힐 백작께서 올 줄은 몰랐소."

그것은 베르너 공 근처에 모여 있던 여타 귀족들도 마찬가지인 듯했다. 정중하게 윈터힐 백작을 향해 인사를 하면서도, 그들의 얼굴에는 뜻밖이란 기색이 역력했다.

"공께 전할 말도 있고 하여 왔소만, 오늘은 아무래도 관중이 적은 듯하오."

백작이 한산한 사냥터를 돌아보며 말했다.

"내일 있을 블룸버그 백작가의 연회 때문인 게지. 할 줄 아는 것이라곤 공작새처럼 깃털을 세우는 것뿐인 작자들."

꽤나 자존심이 상한 것인지 베르너 공이 투덜거렸다. 이번 일을 도모하는 귀족들 위주로 초대상을 돌렸지만, 그중에 얼굴을 보인 것은 겨우 반이 될까 말까 했다.

모두들 하나같이 몸이 좋지 않다 핑계를 대었지만 그 속은 뻔했다. 연회에 갈 치장을 하느라 정신이 없는 것이다. 베르너 공은 그렇게 여겼다.

"여기서 이러지 말고 저쪽 그늘로 가서 잠시 이야기를 나누실까."

윈터힐 백작과 베르너 공이 인파에서 제법 떨어진 나무 아래에 준비된 자리에 앉았다.

"지나치게 여유로운 것 아니오?"

수북이 쌓인 낙엽을 보며 한가로이 차를 마시는 베르너 공에게 백작이 물었다.

"여유롭지 않을 것은 또 무어요. 모든 일들이 내 계획대로 되어 가고 있는데."

흰색 고운 찻잔 안에서 찻잎 부스러기가 빙글빙글 돌았다.

"아직 황제는 우리의 계획에 대해 조금도 눈치채지 못하고 있고, 이대로 시간이 지나면 새로운 제국이 내 것이 될 텐데."

그렇게 중얼거리는 베르너 공은 꽤나 즐거워 보였다.

"수많은 백성들이 죽어 갈 거요."

"원래 평민들은 귀족을 보필하기 위해 존재하는 것이오."

"귀족들의 죽음도 피할 수 없을 거요."

"황족의, 미래의 황제의 뜻에 따르는 것이니 영광스러운 죽음이겠지."

"적어도 사람으로서의 양심은 지키시는 것이 어떻겠소."

"그들과 나는 같은 사람이 아니래도 그러시오."

윈터힐 백작은 눈살을 찌푸렸다. 베르너 공은 어쩔 수 없다는 듯 너털웃음을 지었다.

"무엇이 그리 불안하시오, 윈터힐 백작께선."

"바크란 1세를 알현했소."

"들어서 알고 있지."

"베르너 공께서 설명했던 것과는 꽤나 다른 황제를 알현하였소."

"아, 우리 황제 폐하께서 몇 년 사이에 굉장히 의젓해지셨더군."

"의젓?"

바크란 1세는 사자였다. 황제의 위엄을 가진 군주였다.

윈터힐 백작은 아득 이를 갈았다. 이미 너무 늦지만 않았다면 발을 뺐을 것이다. 아직 바크란 1세가 반역을 인지하지 못하고 있다는 것만이 윈터힐 백작이 영지민들의 목숨을 이 거사에 거는 유일한 이유였다.

"공께서 내게 찾아와 그러셨지. 일단 판을 벌려 놓고 전쟁을 시작하면, 바크란 1세는 스스로 물러날 것이라고."

"그랬지."

"진심으로 바크란 1세가 황좌를 순순히 내놓을 것이라고 생각하오?"

윈터힐 백작은 내심 고개를 저었다. 바크란 1세는 그렇게 무르게 보이지 않았다.

"황제 폐하께서는 훌륭한 군주시지. 나도 잘 알고 있는 바요. 스스로의 무위도 뛰어나거니와, 사람을 다룰 줄 알고, 무엇보다 백성들을 제 몸과 같이 돌보니 그보다 더 나은 군주의 상이 어디에 있겠소."

꼬리에 꼬리를 물고 이어지는 칭찬 끝에, 베르너 공은 작게 '그러나' 하고 덧붙였다.

"백성을 지나치게 아끼는 것, 그것이 바로 바크란 1세의 치명적인 약점이오."

잔에 동그라니 남아 있던 찻물이 바닥으로 흩뿌려졌다.

"내전이 시작되면 황세는 오래 버티지 못할 것이오. 하루하루 늘어만 가는 사상자에 괴로워하겠지. 백작도 알겠지만, 우리 측의 계획은 저들의 성을 빼앗고 땅을 점령하는 것이 아니오. 소모전이지. 조금이라도 더 많은 피해를 내기 위한, 그렇지 않소."

윈터힐 백작도 너무나 잘 알고 있는 것이었다. 그 작전은 몬스터를 살상하는 전략에 익숙한 백작의 작품이었다.

윈터힐의 군대는 북쪽에서 밀고 내려오며 서쪽의 귀족 연합과 양공陽攻을 펼친다. 동시에 진군하기보단 전선을 고착화하고 몬스터를 상대로 사용해 온 무기들을 대인 살상을 위해 사용할 것이었다.

"만약 외부와의 전쟁이라면 제국을 지키기 위해 기꺼이 피를 흘리며 전장에 나섰겠지만, 우리는 외부의 적이 아니지. 그리고 우리 측이 외칠 것은 오직 하나요. 황제가 나에게 선위하는 것."

베르너 공이 길쭉하게 웃었다.

"양측의 시체가 쌓이다 보면 어느 시점에선가 여론은 물을 것이오. 베르너 공은 정말로 황제가 되어서는 안 되나. 베르너 공이 황위에 오른다고 한들, 황가가 바뀌는 것은 아닌데."

이것이 바로 황족을 앞세운 혁명의 차이였다. 바뀌는 것은 아무것도 없었다, 황제를 제외하고는.

"병사들은 자문할 것이오. 내가 찌른 저이도 제국민이고, 지금 점령당하는 저 성도 제국의 것인데. 나는 지금 무엇을 위해서 무기를 들었는가."

내란이 길어질수록 지키는 쪽의 정당성은 점점 줄어들 수밖에 없다. 그저 자신의 자리를 보위하려 수많은 백성들을 전장으로 몰아넣은 것으로 보일 테니.

때에 맞춰 간자를 풀어 분탕질만 해 주면 그리 어려운 일도 아니었다. 무지한 백성들은 다루기도 쉬웠다.

"물론 우리 정명하신 폐하께서 스스로 내게 황위를 넘겨주지 않았다면 말이오. 내 말을 믿어도 좋소. 바크란 1세는 자신의 안위를 위해 제국민의 피가 강을 이루는 것을 두고 보지 못하오."

곧 다가올 거사가 그리 치열하지 않을 것을 베르너 공은 알았다. 그저 평민들의 피만 약간 흘리면 나머지는 자연스레 알아서 따라올 터였다. 대의를 위한 약간의 희생을 감수할 줄 아는 것, 그것에 베르너 공이 이 싸움에서 이길 수밖에 없는 이유였다.

"참으로 애석한 일이오. 폐하께서 단 하나만 잊지 않았다면 이렇게까지 번질 일이 아니었거늘."

"또다시 바크란 1세의 평민 친화 정책에 대해 말하는 것이오? 그들에게 호의를 베풀지 말았어야 했다는?"

"아니. 백성이 제국이 아니라, 이페른 황가가 바로 제국이라는 것 말이오."

그리고 그런 황족을 뒷받침하는 것은 밭을 가는 농민이 아닌, 그들을 지배하는 영주들이었다.

"그것을 알았다면 귀족들을 적으로 만들지 않았겠지."

긴 성토 끝에 베르너 공은 크게 숨을 들이켰다 내쉬었다. 가슴이 후련한 듯했다. 개운한 얼굴이었다.

"나는 엿새 뒤에 아발론에서 출발할 생각이오. 백작은 나보다 갈

길이 멀지 않소?"

"……그렇지 않아도 그 점 때문에 찾아왔소."

원터힐 백작의 말에 베르너 공의 얼굴이 설핏 굳었다. 백작이 원터힐 영지로 돌아가는 것은 이 모든 계획의 시작점이었다. 그들의 병력 이동 없이는 아무것도 이룰 수 없었다.

"블룸버그 백작가의 연회가 있고 난 다음 날, 황제를 알현할 생각이오. 궁내부에 서신을 보내 놨으니 조만간 답변이 오겠지. 알현이 끝나면 바로 난 윈터힐 영지로 향할 것이오."

"하하하! 그것 참, 듣던 중 반가운 소식이로군! 잘 생각하시었소."

"아발론을 떠나며 베르너 후작가로 서신을 한 통 보내도록 하겠소. 그 서신이 도착할 때쯤에 나는 이미 아발론의 성문을 통과하고 있을 것이오."

용건을 끝낸 윈터힐 백작이 자리에서 일어섰다. 베르너 공은 배웅해 주겠다며 사냥터 입구까지 그 뒤를 따랐다. 조금도 기껍지 않은 친절이었다.

그렇게 윈터힐 백작의 앞에 선 마차의 문이 열렸을 때였다.

"딸을 찾았다지."

윈터힐 백작의 움직임이 멈췄다. 베르너 공을 돌아보는 얼굴은 경계심으로 딱딱하게 굳어 있었다.

"아발론이 윈터힐 백작의 죽은 줄 알았던 딸의 이야기로 시끌벅적한데, 나라고 모를 수 있나."

평생 남으로 살아왔던, 그것도 가문을 이을 수도 없는 여식이 뭐가 그리 애틋하다고. 베르너 공이 고개를 가볍게 저었다.

"그래서 그 딸은 언제 보여 줄 생각이오?"

아무래도 엘레나가 그 소문의 주인공인 것은 아직 모르는 듯했다.

윈터힐 백작은 차갑게 등을 돌렸다.

"블룸버그 백작가의 연회, 그곳에서 내 딸을 소개할 생각이오."

그 말만 남기고 훌쩍 마차에 올라탄 윈터힐 백작은 더 이상 시간을 지체하지 않았다. 빠르게 사냥터를 빠져나가는 마차를 보며 베르너 공은 한쪽 입꼬리를 올렸다.

"윈터힐의 여식이라. 그 정도면 얼추 격이 맞는군."

르니에의 짝을 염두에 둔 말이었다.

거사가 성공하면 300년간 윈터힐 영지의 독립을 인정하고 불가침 조약을 맺는 것이 조건이었다. 그러나 윈터힐의 여식과 르니에가 혼인을 한다면 이야기가 달라졌다. 피 한 방울 흘리지 않고 윈터힐 영지를 다시 제국의 것으로 만들 수 있는 수가 생길지도 모르는 일이었다.

엘레나의 발걸음이 가벼웠다. 숲길을 뛰듯이 걷는 발끝이 경쾌하게 흙을 찼다.

노을이 지는 와중에 높은 나무의 그림자가 더욱 길고 짙어졌지만 전혀 무섭지 않았다. 그녀의 얼굴이 즐거움으로 반짝였다.

익숙한 길을 금방 지나자 내원이 멀리 보였다. 숨이 조금씩 차올랐지만 엘레나는 발걸음을 늦추지 않았다.

저곳에 그녀를 기다리고 있는 사람이 있었다. 오늘 이곳에서 노을이 질 때 보자는 약속은 한 적 없지만, 엘레나는 어쩐지 알 수 있었다.

"레이!"

멀리 보이는 익숙한 뒷모습에 그녀가 그의 이름을 크게 불렀다.

주먹을 쥐고 달리는 가슴이 두근거렸다. 얼굴에는 미소가 가득했다.

"역시, 날 기다리고 있을 줄 알았어!"

이상한 기분이었다. 마치 서로 멀리 떨어져 있어도 마음이 이어진 그런 느낌. 오랜 그리움 끝에 그를 다시 만났다는 설렘과 그가 자신을 이곳에서 기다리고 있었다는 묘한 기쁨이 마구 섞여 들었다.

그랬는데.

"레이?"

뭔가가 이상했다. 폴짝폴짝 뛰어오르던 그녀의 발걸음이 느려졌다.

콰앙, 콰앙.

굉음이 규칙적으로 들려왔다. '어디서 공사라도 하나 보지.' 하고 별로 신경 쓰지 않았는데, 소리의 진원지가 바로 아드레이였다.

그는 커다란 검으로 바위를 내려치고 있었다. 익숙한 장면이었다. 그와 처음 만났던 날에도 그는 저렇게 검을 휘두르고 있었다.

그날과 다른 점이라면 검이 아니라 바위에 금이 가고 있다는 것이었다.

놀란 그녀는 서둘러 그에게 다가갔다. 엘레나의 발이 막 연무장의 모래를 밟았을 때였다.

쾅!

큰 소리와 함께 검이 바위에 박혀 들며 아드레이의 움직임이 멈췄다.

"레이? 괜찮아요?"

걱정스런 물음에 그는 아무 말 없이 그녀를 돌아봤다. 숨을 거칠게 몰아쉬는 소리와 함께 그의 어깨가 들썩였다. 젖은 머리칼에서 땀이 뚝 떨어졌다.

"무슨 일 있는 거예요?"

엘레나는 덜컥 겁이 났다. 언제나 웃음기를 담아 다정했던 두 눈이 건조했다. 아니, 깊이 가라앉아 있었다. 아무런 표정이 없는 얼굴이 낯설었다.

"나한테 말…… 레이, 손에서 피 나요!"

그의 손에서 피가 뚝뚝 흘러내리는 것을 본 엘레나가 달려들었다. 쥐고 있는 검 자루도 온통 피투성이였다.

"몸을 이런 식으로 혹사하면 어떻게 해요! 이렇게 다 찢어질 때까지……."

처음 봤던 날보다 바위를 때리는 소리도 크더니, 상처도 컸다. 자신의 손이 다치기라도 한 것처럼 엘레나는 인상을 잔뜩 찌푸린 채로 그의 손을 살폈다.

이윽고 환한 빛이 그의 손을 감쌌다. 일렁이는 밝은 빛 너머로 아드레이의 짙은 눈이 그녀를 바라봤다.

그가 검을 들고 내원에 발걸음을 한 이유는 풀먼 후작이 집무실에 가져온 소식 때문이었다.

—윈터힐의 군대가 움직였습니다. 그들이 결국 넘지 말아야 할 선을 넘었습니다.

—내가 명했던 것은, 조사해 봤나?

—엘레나 신관이 윈터힐 백작의 여식이란 소문은 사실인 것으로 확인 되었습니다. 내일 블룸버그 백작가의 연회에서 사교계 데뷔를 할 예정이라고 합니다.

—그리고 결국 윈터힐은 군대를 움직여 버렸군.

—영지의 경계선을 따라 살상 무기와 병사들은 전진前進 배치했습니다. 어찌 조치하면 되겠습니까, 폐하?

그렇게 묻는 풀먼 후작에게 아드레이는 그저 '대기하라'고 말할 수밖에 없었다.

"속상하게 정말……. 자꾸 이렇게 나 걱정되게 할 거예요? 무슨 일인지는 모르겠지만, 이렇게 다치…… 읍!"

아드레이가 그녀의 입술을 삼켰다. 큰 손이 목 뒤를 감싸고 조금의 움직일 틈도 없이 만들었다.

입술을 가르고 들어오는 움직임에서는 조금의 여유도 찾아볼 수 없었다. 곧 턱 끝까지 차오른 호흡에 그녀가 본능적으로 입을 벌렸다. 그러나 공기가 들어오는 것도 잠시, 그가 다시 찾아들었다.

"읏, 하아!"

정신을 차릴 수가 없었다. 붉게 달아오른 얼굴로 엘레나의 손이 그의 옷을 쥐었다. 그를 밀어내려는 것인지, 더욱 가까이로 끌어당기려는 것인지는 그녀 스스로도 몰랐다.

서로의 타액이 섞여 들고 숨이 엉켜들었다. 촘촘하고 더욱 촘촘하게.

완벽히 하나가 되어 가던 순간, 단번에 모든 것이 끊겼다. 갑자기 그의 체온도, 향기도 더 이상 피부로 느낄 수 없었다. 엘레나가 감았던 눈을 떴다.

"엘레나."

그가 낮은 목소리로 그녀를 불렀다.

"내가 그대를 사랑하지 않을 수는 없다."

윈터힐 백작의 다시 찾은 여식이 사실은 리바이 공작의 신학 교사인 엘레나 신관이라는 소식을 들었을 때, 그는 조소했다. 말도 안 되는 일이라 비웃었다.

그러나 위스퍼가 조금 더 정제된 정보를 들고 오기 시작했다.

장례식에 나타나지 않은 윈터힐 백작. 그날 백작가를 방문한 한 마차. 그리고 엘레나가 아발론 신전에서 마지막으로 목격됐을 때 비슷한 외양의 마차에 올라타는 모습이었다는 점. 조각이 맞춰지기 시작했다.

모든 것이 소문은 진실이라 말하고 있었다. 엘레나가 윈터힐 백작의 하나뿐인 여식이라고 증명하고 있었다. 그가 사랑하는 여인이, 자신의 목에 칼을 들이미는 자의 딸이라고 말하고 있었다.

"그런데 어째서."

그는 운명의 장난에 분노했다.

"어째서 그대는 하필이면……."

윈터힐의 사람인 것인가.

윈터힐은 없어져야 했다. 반역에 가담해 감히 군대를 일으킨 죄를 지었다. 처벌을 피할 수 없었다. 그래야 했다. 감히 황권에 도전한 죄의 대가는 처형장을 적시는 그들의 피가 되어야 했다.

윈터힐은 지도상에서 사라질 것이었다. 겁 없이 황제에게 도전했던 어리석은 자들로 기록될 것이었다. 반역이란 것은 그런 죄였다.

"결정한 건가."

"네?"

"윈터힐의 사람으로서 살기로."

"알고 있었어요?"

아드레이도 벌써 소문을 들은 것일까. 그는 이런 것에 느린 사람인 줄 알았는데.

주로 궁 안에 상주하는 데다가 성격이 그리 사교적이지 않으니 당연히 소문과는 거리가 멀 거라고 생각했다. 그래서 직접 말하려던 것이었는데.

그의 물음에 엘레나는 잠시 생각했다. 그리고 얼마지 않아 답은 나왔다.

"네. 나는 엘레나 폰 윈터힐로 살아갈 거예요."

그녀가 대답했다. 점점 공중을 메웠던 흙먼지가 가라앉았다.

"그렇군."

그의 목소리가 전에 없이 차분했다.

"혹시 내가 백작가의 딸이라니 부담스러워서 이러는 거예요?"

덜컥 겁이 나는 엘레나였다.

"지금 나랑 헤어지려고 이래요?"

아드레이는 '헤어진다'라는 말을 되씹어 보았다. 그럴 수 있을 리가 없다.

"그럴 수는 없어. 설령 그게 쉬운 길이라고 해도."

아드레이가 마지막으로 그녀의 이마에 길게 입을 맞췄다. 그리고 돌아서서 그녀를 돌아보는 일 없이 뚜벅뚜벅 멀어져 갔다.

스르릉, 연무장 가운데로 걸어간 그가 바위에 박힌 검을 한 손으로 빼내는 소리가 울렸다.

"레이!"

그제야 정신을 차린 엘레나가 그의 이름을 불렀지만, 그는 멈추지 않았다.

"레이……."

목소리가 나오지 않았다. 꿈속에 갇힌 것처럼 그를 부를 수가 없었다.

도대체 무슨 일인지, 어떤 생각을 하고 있는 것인지 그의 가슴을 두들겨 묻고 싶은데. 발이 한 발자국도 움직이지 않았다. 지금 그를 잡으면 그 대화가 마지막이 될 것 같아 겁이 났다. 귓가엔 그가 했던 말만 웅웅 울렸다.

—그대를 사랑하지 않을 수는 없어.

그런데 어째서 그는 그렇게 분노했을까. 왜 그렇게 슬픈 눈을 했을까.

그때 멀리서 여러 사람의 발걸음 소리가 들려왔다. 조금 전, 검이 꽂히며 지축을 울렸던 소리에 기사들이 달려오는 것 같았다.

아드레이가 사라진 방향을 한 번 바라본 엘레나는 어쩔 수 없이 새벽의 궁 쪽으로 발걸음을 옮겼다.

그녀가 새벽의 궁으로 돌아가고, 소리의 원인을 찾아왔던 기사들도 텅 빈 주변을 둘러보러 흩어졌다. 그러자 텅 빈 내원에 모습을 드러내는 사람이 하나 있었다. 그가 조금 전까지 엘레나와 아드레이가 서 있던 그 자리를 밟았다.

"레이……."

조금 전까지 엘레나가 외치던 이름이 귀에 쟁쟁했다.

"아드레이였을 줄은 또 몰랐지."

피식. 바람 빠지는 소리와 함께 그 남자, 르니에는 웃었다.

"어째서, 하필이면."

그르륵.

르니에의 발아래에서 아드레이의 검이 만들어 낸 바위의 파편, 거친 돌이 갈렸다. 마치 자신에게 보란 듯이 엘레나의 입술을 탐하던 그 입을 찢어발기고 싶었다.

감히 그녀의 몸을 만지던 그 손을 잘라 버려야 이 치솟는 불쾌함이 사라질 것 같았다. 엘레나는 그의 것이었다.

"이렇게 되면……"

르니에의 길게 뻗은 손가락이 잘 정돈된 머리를 거칠게 쓸어 넘겼다.

단 한 번도 황좌를 탐한 적은 없었다. 오히려 그것에 대한 욕망을 버리지 못하는 아비를 어리석다 비웃었다. 그런데 자꾸만 운명이 그의 등을 밀었다.

“내가 황제가 되는 수밖에 없잖아.”

황제의 여인은 황제만이 가질 수 있는 법. 마침내 운명에 순응하기로, 그는 마음먹었다. 오로지 엘레나를 가지기 위해서.

태양의 궁 쪽에서 불어오는 바람에 그의 금색 머리칼이 흩날렸다.

29장

29장

아발론 윈터힐 백작가의 식당. 저택으로 돌아와 보니, 백작은 저택을 비웠고 기사들의 저녁 식사가 한창이었다.

"휴우……."

앞에 놓인 음식에는 별 관심이 없는 엘레나는 땅이 꺼질 듯한 한숨을 쉬었다.

"입맛이 없으십니까, 아가씨."

옆자리에서 식사를 하던 마리안이 조심스레 물었다.

"네. 별로 생각이 없네요."

"점심도 케이크로 부실하게 드시지 않았습니까. 조금이라도 드세요."

"지금 먹으면 체할 것 같아요, 메리. 나중에 먹을게요."

당장 내일이 블룸버그 백작가의 연회인데 억지로 식사를 했다가 배앓이를 하게 되면 큰일이었다. 마리안은 걱정스러웠지만, 그렇다면 간식으로 과일을 드리겠다며 물러섰다.

"후우."

마지못해 차를 몇 모금 홀짝이던 엘레나에게서 또다시 한숨이 새어 나왔다.

아드레이와 만난 뒤로는 줄곧 이런 상태였다. 가슴이 답답하고 기운이 없었다. 머릿속에선 그와 나눴던 대화가 제자리 돌 듯 맴돌았고, 귀에선 그가 했던 말들이 반복됐다.

도대체 그게 무슨 말이야? 아드레이의 마지막 말이 잘 이해가 가지 않았다. 차라리 다시 이야기를 해 볼까? 그런 생각도 수없이 해 봤다.

하지만 지금 당장 그를 마주할 용기가 나지 않았다. 또다시 그가 그렇게 무표정한 얼굴로 바라본다면, 울어 버릴 것만 같았다.

"트리스탄 경."

힘없이 허공을 보면서 한숨을 쉬던 엘레나가 옆자리의 트리스탄 경을 불렀다. 마침 트리스탄 경은 식사를 마치고 즐거운 얼굴로 디저트로 나온 초콜릿을 음미하고 있었다.

"네, 아가씨."

"남자들은 왜 그래요?"

"예?"

"왜 그렇게 속마음을 이야기하지 않는 거예요? 말해 주지 않아도 내가 다 알 거라는 그런 심리인가요?"

"아가씨?"

트리스탄의 등 뒤로 땀이 한 방울 흘렀다.

"헤어지고 싶으면 그냥 헤어지자고 하면 되지. 도대체 알 수 없는 말만 하고……."

인상을 찌푸린 엘레나의 포크 아래에서 저녁 식사로 나왔던 구운 감자가 힘없이 산산조각 났다.

"아가씨, 교제하는 남성이 있으셨습니까?!"

커다란 트리스탄의 목소리에 식사를 하던 사람들 모두의 시선이 그쪽으로 집중됐다. 그리고 그 한마디의 반향은 컸다. 주변에 앉아 있던 기사들이 저마다 한마디씩 했다.

"뭐라고요! 정말로 남성과 교제하고 계십니까!"

"남자죠."

"이 사실을 가주께서도 알고 계십니까!"

"아버지도 알고 계세요. 만나 보신 적도 있는걸요."

"그럴 수가! 도대체 어떤 자식…… 분입니까!"

"착한 사람이에요."

"무슨 일을 하는 녀석……이십니까!"

"기사에요. 아직 수습 기사지만."

식사 시간은 순식간에 호구조사의 장이 되어 버렸다. 그들의 원성 어린 질문에 하나씩 대답해 주던 엘레나는 고개를 절레절레 저으며 말했다.

"그만하세요. 이제 저랑은 상관없을지도 모르는 사람이니까."

"그건 또 무슨 말씀, 윽!"

깜짝 놀라 자리에서 반쯤 일어나기까지 하던 엘리엇 경은 옆에서 그의 옆구리를 쿡 찌르는 마리안에게 저지당했다. 힘없이 앞에 놓은 음식을 포크로 쿡쿡 찌르는 엘레나의 동향이 심상치 않아 말린 것이다.

"아가씨 너무 속상해하지 마시고, 기운 내십시오."

마리안이 어깨를 토닥였지만 엘레나는 여전히 기운이 없었다.

"도대체 무슨 일이 있는지 말을 해 주면 좋겠는데. 그렇게 화를 낼 정도면 큰일이 있는 게 분명하잖아. 사람 걱정되게……. 내가 어쩌면 도움을 줄 수 있을지도 모르는데."

그가 했던 말들을 생각해 보자면 분명 자신에 관한 일이라는 생각이 들었다. 내가 나도 모르게 뭔가 실수한 게 있는 거면 어쩌지.

"우리 정말로 헤어진 거면 어쩌죠. 그 사람의 그런 얼굴, 처음이었어요."

그게 마지막이었으면 어떻게 하지. 그 키스가 마지막이었다면, 그의 얼굴을 보는 게 그게 마지막이었다면. 가슴이 먹먹하게 아파 왔다.

"그렇게 냉담한 목소리도 처음이었고."

하고 싶은 말이 많은데. 아직 못한 말도 많은데. 그게 그와 자신의 마지막이 될 수는 없다는 생각만 계속해서 들었다.

"아무래도 다시 가서 이야기를 해 봐야겠어요."

블룸버그 백작가의 연회가 있고 난 뒤 아버지가 바크란 1세를 알현하러 간다던 말이 있었다.

그때 함께 입궁해서 다시 한번 아드레이와 이야기를 해 봐야겠어. 그냥 다들 한 번씩 하는 다툼일지, 정말로 우리의 끝이 될지는 모르겠지만.

그렇게 마음먹은 엘레나였지만, 이런 다짐도 몇 번이고 바뀔 것을 알아 또 한 번 한숨이 나왔다. 그런 엘레나를 마리안이 차분하게 달랬다.

"아마 지금쯤 그분도 생각이 많을 겁니다. 조금 여유를 둬 보시는 것도 나쁘지 않을 거라고 생각이 됩니다."

"그럴까요. 하지만 그러다가 정말로 영영 멀어져 버리면……."

"저는 그분을 모릅니다만, 아가씨가 아는 그분은 어떤 사람인가요? 정말로 약간의 여유에도 쓸려 내려가 버릴 가벼운 사람인가요?"

마리안의 나직한 질문에 엘레나는 고개를 저었다. 오래 생각할 필요도 없었다. 아드레이는 무거운 바위 같은 사람이었다. 어떤 급물

살에도 꿋꿋이 자기 자리를 지킬 사람이었다.

"하지만 저 이제 곧 있으면 윈터힐로 가잖아요. 이렇게 겨울을 떨어져서 보내 버리면 봄에는 완전히 남남이 되어 있을까 봐 걱정이 돼요."

마리안은 곰곰이 생각에 잠겼다. 이런 상황에서는 어떤 조언도 상담도 무의미하다는 것을 잘 알았다. 그러나 책임감 없는 위로보다는 정확한 대책을 세우는 것이 마음이 다시 안정을 찾는 데에 더욱 도움이 된다는 것도 알았다.

"황궁에 가면 그분을 만날 수 있는 게 확실하신가요?"

"전에는 항상 만나던 장소에 가면 볼 수 있었는데……. 지금은 모르겠어요. 레이가 거기에 다시 올지는."

이럴 때 핸드폰이라도 있으면 좀 좋아. 엘레나는 딱히 한 번도 불편하다고 느끼지 못했던 문명의 이기의 빈자리를 절실하게 느꼈다.

"기사단에 찾아가 보면 어떻습니까?"

곁에서 이야기를 듣고 있던 에즈라가 끼어들었다.

"정말로 급하다면요."

기사단의 문을 두드리고 로만 경을 찾는 것이 제일 빠르고 간단한 방법이겠지만, 엘레나는 그것을 최후의 보루로 여기고 있었다. 메이나드를 위한 배려였다.

"만약 그날 만나지 못하신다면, 이 마리안이 아발론을 뒤져서라도 그분의 행방을 찾아 드리겠습니다. 아가씨께서 그분을 꼭 만나 이야기를 나누실 수 있도록 도와드리지요."

"정말요? 그런데, 그럴 시간이 있을까요?"

이르면 알현한 당일 바로 아발론을 출발하는 부친의 계획을 떠올린 엘레나가 물었다.

"저희야 아가씨를 모시고 하루쯤 늦게 출발해도 될 테니까요."

마리안은 그렇게 말하며 트리스탄을 바라봤다. 트리스탄은 잠시 생각하더니 어깨를 으쓱하며 고개를 끄덕였다. 그 정도는 무리가 없을 거란 판단을 내린 것이다.

"고마워요, 메리."

"아가씨를 보살펴 드리는 것이 제 의무인 것을요."

그제야 조금 기운을 차린 엘레나를 보며 마리안이 웃었다.

"그리고 혹시 알까요, 그분이 직접 이 저택으로 찾아오실지."

"에이, 절대 그럴 일 없어요. 정말로 심각해 보였거든요."

마리안이 가볍게 던진 말에 엘레나는 고개를 저었다. 싸우고 집으로 찾아오는 남자 친구 이야기는 많이 들어 봤지만, 아드레이는 그런 성격이 아니었다.

그때 저택의 집사가 다가와 알렸다.

"손님이 오셨습니다."

"네? 손님이요? 이 늦은 시간에요?"

엘레나는 마리안을 바라봤다. 설마!

마리안의 표정은 심상치 않았다. 답지 않게 우물쭈물하는 집사의 기색을 읽은 것이었다.

"오신 분의 성함이 어떻게 되십니까?"

"저어, 그것이…… 베르너 후작께서 오셨습니다."

베르너 후작? 마리안과 기사들이 빠르게 눈짓을 교환했다. 베르너 공이 아니라 그 아들인 베르너 후작이 저택을 방문한 것은 이번이 처음이었다. 갑작스런 방문의 의중을 알 수 없으니 마리안은 자신의 선에서 처리해야겠다고 생각했다.

"손님은 응접실에 계시나요?"

"예, 아가씨."

"제가 가도 괜찮습니다, 아가씨."

하지만 엘레나는 마리안에게 고개를 저어 보였다.

"아니에요. 베르너 후작님이라면 아마 저를 보기를 청하셨을 거예요. 제 말이 맞나요?"

그녀의 말에 집사가 말없이 고개를 끄덕였다. 엘레나는 자리에서 일어나 응접실 쪽으로 걸었다. 아무 말 하지 않았음에도 자연스레 마리안과 기사들이 그 뒤를 따랐다.

얼마 지나지 않아 응접실에 다다르자 익숙한 뒷모습이 보였다.

"베르너 후작님."

엘레나의 부름에 르니에가 뒤를 돌았다.

"정말이었군."

그가 한쪽 입꼬리를 비뚤게 올렸다.

"정말로 네가 윈터힐 백작의 딸이었어."

르니에의 무례한 말투에 마리안과 기사들의 기세가 험악해지는 것이 느껴졌지만, 엘레나는 자뭇 태연하게 인사했다. 일을 크게 만들고 싶지 않았기 때문이었다. 르니에가 자신을 왜 찾아왔는지 그 이유가 어렴풋이 예상이 되었기 때문에 더욱 그랬다. 이대로 대화를 정리하고 르니에를 돌려보내 상황을 잘 넘기고 싶었다.

"오랜만에 뵙네요."

엘레나의 인사에 더욱 짙게 미소 지은 그가 다가와 손등에 입을 맞췄다.

"보고 싶었어."

"늦은 시간에 여기는 어쩐 일이세요."

"여전히 아름답네, 너는."

엘레나의 여린 살갗과 따스한 온기에 르니에의 입가에서 미소가 가실 줄 몰랐다. 그의 손안에서 은근슬쩍 손을 빼내며 엘레나가 물었다.

"몸은…… 상처는 이제 괜찮으세요?"

계속 마음이 불편했다. 죄책감도 들었다. 자신을 품에 꽉 안고 대신 칼을 맞았던 그 얼굴이 생각나서. 상처가 확실히 아무는 것을 두 눈으로 확인했지만, 그래도 혹시나 하는 마음이 있었다.

"가끔 쑤시기는 하지만, 일단은."

그의 대답에 엘레나의 표정이 흐려졌다. 다시 한번 신성력을 사용해서 확실하게 치유를 해야 하나 하는 생각을 할 때였다.

"하하, 농담인데 그렇게 심각한 얼굴을 하면 내가 미안하잖아."

르니에는 웃었지만, 엘레나는 눈썹을 찌푸렸다. 그녀에겐 전혀 재미없는 농담이었다.

"같이 웃어 주면 안 되나? 나 오늘 기분이 매우 좋거든."

"저는 딱히 기분이 좋은 날이 아니어서요."

"기분이 안 좋을 이유라도 있나 봐?"

르니에의 미소가 한층 은근해졌다. 그가 아드레이와 자신 사이의 일을 알 리가 없었다. 그런데도 마치 모든 것을 다 안다는 듯한 그 웃음에 엘레나는 한층 더 기분이 나빠졌다.

"후작님께서 직접 윈터힐 저택을 찾으셨으니, 분명 용건이 있어서 오신 것이겠죠."

어서 용건을 말하고 돌아가란 말이었다. 듣는 입장에선 충분히 불쾌할 수 있는 말이었지만, 르니에는 오히려 엘레나를 보며 고개를 끄덕거렸다.

"제법 귀족 티가 나는군. 귀족답게 말할 줄도 알고."

"베르너 후작님!"

이제 한계였다. 다른 사람도 있는 자리라 최대한 표정 관리를 하던 그녀지만, 마치 품평하는 듯한 르니에의 말투에 울컥해 무어라 소리치려 할 때였다.

"나가."

그가 엘레나 뒤편에 서 있던 윈터힐 사람들에게 말했다.

"윈터힐 영애와 내가 대화를 나누려고 하니 자리를 비켜라."

변함없이 웃는 얼굴이었지만, 위압적인 명령이었다.

"아가씨."

하지만 마리안과 기사들은 엘레나만을 바라봤다. 명령을 내린 대상이 후작이더라도, 오로지 윈터힐의 명령만을 듣겠다는 태도였다. 그녀는 망설였다. 르니에와 단둘이 남겨졌다가 끝이 좋았던 적은 별로 없었다.

"단둘이 이야기를 나누면 짧게 끝낼 것이라 약속하지."

그런 엘레나의 고민을 다 아는 듯, 르니에가 빙글 웃으며 말했다. 빨리 자리를 비켜 주길 원한다면, 자신이 원하는 대로 하라는 말이었다. 르니에의 고집을 모르는 바가 아닌 엘레나는 마리안과 기사들에게 고개를 끄덕여 보였다.

"바로 밖에서 기다리고 있겠습니다."

트리스탄이 그렇게 말하며 마지막으로 르니에를 향해 경계심 어린 시선을 보냈다.

모두가 나가고 둘만 남은 응접실, 엘레나는 등을 더욱 곧게 세웠다.

"내가 오늘 이곳을 찾아온 이유는……."

르니에가 천천히 엘레나를 향해 허리를 숙였다. 생긋 웃는 그의 얼굴이 점점 가까이로 찾아들었다.

"거짓말쟁이."

마치 어린아이가 친구를 놀리는 듯한 장난스런 말투였다.

"뭐라고요?"

"나에게 거짓말을 했지, 거짓말쟁이."

"그런 적 없는데요."

당당한 엘레나의 태도에 르니에는 흥미롭다는 듯 고개를 갸웃했다.

"평범하고 지위가 높은 귀족이 아닌, 궁에서 만난, 나와는 친분이 없는 사내."

조곤조곤한 말에 그녀의 어깨가 크게 움찔했다.

"그래, 기억나지?"

기억나지 않을 수가 없다. 아드레이에 대해서 이야기할 때 그녀가 사용했던 표현들이었다.

"그런데도 네가 나에게 거짓말을 한 적이 없다고?"

"……갑자기 그 사람에 대한 건 왜 물으시는 거죠?"

"질문에 질문으로 답하는 건 좋은 대화 예절이 아니야, 윈터힐 영애."

"저를 거짓말쟁이로 몰더니 뜬금없이 그 사람에 대해서 물으시는 저의를 묻는 겁니다, 베르너 후작님."

"그 사람이라……."

르니에의 말꼬리가 생각과 함께 자연스레 길어졌다. 장난스럽게 웃고 있는 듯하지만, 이채 어린 날카로운 눈빛에 웃음기는 없었다.

"내원에는 언제부터 출입했던 거지?"

엘레나의 커다란 황금색 눈동자가 흔들렸다. 르니에의 짓궂은 웃음이 비릿한 조소로 바뀌는 것은 금방이었다.

"둘만의 비밀 장소라도 되었던 건가?"

"그, 그건……."

엘레나는 쉬이 입술을 떼지 못했다. 르니에는 후작이었다. 시골 남작 가문 출신의 수습 기사는 베르너 후작 앞에서 너무나 미약한 존재였다. 무슨 말이라도 잘못했다가 아드레이에게까지 피해가 갈까 두려웠다.

"내가 그곳에서 만나자고 한 거예요. 그 사람은 아무런 잘못 없어요."

"네가 만나자고 했다고?"

"네. 그러니까 함부로 내원에 출입한 죄를 물으시려면 저에게 물으세요."

"함부로 내원에 출입한 죄라……."

르니에의 표정이 더욱 묘해졌다.

내원은 오로지 황제와 직계 황족들만이 출입할 수 있는 공간이었다. 그곳에 황제가 하루에 수백 번을 드나든다고 한들, 죄가 있을 리 없었다. 황후가 없는 바크란 1세가 총애하는 여인을 내원에 들이는 것도 있을 법한 일이었다.

"그런데 어째서."

르니에가 눈을 가늘게 뜨며 중얼거렸다. 한 가지 가설이 슬그머니 고개를 들었다. 만약 정말로 그녀는 거짓을 말한 적이 없다면, 이페르 제국의 황제가 그녀에게만은 '신분이 높지 않은 평범한 남자'라면.

"내원에 몰래 숨어든 죄는 무겁지."

르니에가 미끼를 툭 던졌다. 그녀가 말없이 주먹을 꽉 쥐는 것이 그의 눈에 포착되었다.

"레이, 아드레이라고 했던가?"

엘레나가 몇 번이고 부르던 이름이었다. 로잘린느가 착각했던 것처럼 '레이먼드'의 애칭이 아니었다. 그보다 훨씬 특별해 함부로 글자로 쓸 수도 없는 이름이었다.

"그자가 내원에, 그것도 검을 들고 출입했다는 사실이 알려지면 어떤 일이 일어나게 될까."

"알릴 생각인가요?"

그리고 그는 확신할 수 있었다. 엘레나는 아드레이의 정체를 알지 못한다는 것을.

"……말씀하세요."

"뭘?"

"원하는 것을 말씀하시라고요."

그녀에게 르니에의 이러한 태도는 명백한 협박이었다. 이제 아드레이의 이름도, 얼굴도, 그리고 내원에 함부로 출입한 죄도 알고 있다는 저 의기양양한 태도. 그야말로 승패를 손에 쥔 자의 압박 그 자체.

이번에는 뭘 요구하려고 이렇게 뜸을 들이는 거야. 엘레나의 꼭 말아 쥔 손이 차가운 땀으로 젖어 들었다.

"내가 원하는 건…… 없어."

르니에가 가볍게 대답했다. 엘레나의 눈썹이 의심으로 찌푸려졌다.

"정말이라니까?"

그럴 리가 없는데. 그녀를 마음대로 할 수 있는 약점을 쥐고도 원하는 게 없을 리가 없다.

"걱정하지 마. 진심이니까. 어차피 시간이 지나면 모두 다 해결될 일인데, 호들갑 떨 이유가 없잖아."

빙긋 웃는 르니에였지만 엘레나의 경계심은 한층 더 강해졌다. 시간이 지나면 해결될 일이라니.

좋아하는 남자가 생겨서 마음을 받아 줄 수 없다던 자신의 말에 '그런 남자는 존재하지 않는 것이 좋을 것'이라던 사람이었다. 그냥 이렇게 넘어갈 리 없다.

"레이를 어떻게 할 생각인 거죠."

"그가 걱정돼?"

'당연하다'고 대답을 하려던 엘레나는 다시 입을 다물어야 했다.

"그자가 걱정되냐고 묻잖아."

르니에의 눈동자가 번뜩였다. 질투, 집착, 광기.

"잘 생각했어. 내 앞에서 아드레이의 편을 들거나 걱정하지 않는 것이 좋을 거야."

그 모든 것이 푸른빛으로 뒤섞여 일렁였다.

"지금도, 그리고 앞으로도 평생."

지독했다. 엘레나는 눈을 질끈 감으며 한숨을 내쉬었다. 도대체 내가 무슨 일을 했길래.

이해할 수 없었다. 책 속에서 르니에는 이런 사람이 아니었다. 여자 주인공인 로잘린느에게 언제나 상냥하고 정중한 남자였다.

로잘린느가 황제를 선택했을 때에 그는 괴로워했지만, 그녀의 결정을 받아들였다. 순순히 물러나 그녀의 행복을 빌 줄 알았다.

물론 로잘린느가 다른 남자와 행복한 모습을 볼 수는 없다며 베르너령으로 돌아가기는 했지만, 그녀의 결혼식에 행복을 빌어 주기 위한 꽃까지 보내는 아름다운 이별을 하는 사람이었다. 이렇게 막무가내로 애정을 갈구하고 집착하지 않았다.

"날 놔줄 생각은 없는 건가요?"

그녀의 물음에 르니에는 작게 웃었다.

"계속 말해 오지 않았나. 너는 내 것이라고."

"나는 당신을 사랑하지 않아요."

"사랑하게 될 거야."

"사랑하는 사람이 있어요."

"그래, 당분간은."

"레이를 죽이겠다는 건가요?"

떨리는 목소리로 묻는 엘레나에게 그는 웃으며 어깨를 으쓱해 보였다.

"너는 아드레이를 얼마나 믿고 있지?"

르니에의 기분을 맞추자면, 대답은 뻔했다. 그러나 그렇게 말하고 싶지 않았다. 협박에 못 이겨 아드레이를 믿지 않는다는 말 따위는 하고 싶지 않았다.

"내 모든 걸 걸고요."

"네 모든 것이라……. 그것참 불행한 일이야."

"하고 싶은 말씀이 있으면 하시죠."

"있잖아, 아드레이는 네가 생각하는 그런 사내가 아닐 수도 있어."

의심을 불어넣으려는 악마의 속삭임일까. 엘레나는 단호하게 고개를 가로저었다.

"나에게 거짓말을 할 사람이 아니에요."

"엘레나, 나는 언제나 네게 진실했어. 처음 만난 날부터 지금까지. 너에 대한 내 마음도, 내가 어떤 사람인지도. 내 모든 것을 보여 줬지. 너도 그건 알 거야. 하지만."

르니에의 목소리가 한층 더 낮고 은밀해졌다.

"과연 그자도 그럴까."

"나는 레이를 믿어요."

한 치의 흔들림도 없는 엘레나의 차분한 목소리가 그의 속을 뒤틀어 놓았다. 이 자리에서 아드레이의 거짓을 모두 까발리고 싶은 강한 충동이 머리를 뒤흔들었다.

어떤 거짓말을 해 왔는지 알고도 너는 그런 얼굴을 할 수 있을까.

아드레이에 대한 배신감으로 새하얗게 질려 일그러진 엘레나의 얼굴을 보고 싶었다.

르니에는 엘레나에게 가까이 다가갔다. 그리고 늘어뜨린 그녀의 눈부신 은발을 그러쥐었다.

"내가 지금 널 위해 무슨 일을 하고 있는지 너는 모르지."

그녀를 죽이려는 부친을 막기 위해 그 힘을 빼앗았다. 이미 거사에 동조한 귀족들의 대부분은 르니에를 지지하기로 약속했다.

황제가 되고 싶은 욕심은 없었다. 부친의 손에서 권력과 그토록 소중하게 여기는 거사의 주도권을 빼앗는 것이 목적이었을 뿐이다.

"내가 널 가지기 위해 어디까지 갈 수 있는지, 어떤 일을 하려 하는지."

그러나 엘레나를 가진 것이 사촌인 현 황제라면, 그녀를 가지기 위해선 황제가 되는 수밖에 없다. 그래서 황제가 되려 하는 것이다.

황좌에 대한, 권력에 대한 욕망은 없지만 그 힘으로 엘레나를 가질 수 있다면 기꺼이 그리하리라. 이페른의 황제가 되리라.

"나는 르니에 님께 그런 것을 바란 적 없어요. 단 한 순간도."

"선물은 주는 자의 기쁨이 더욱 큰 법이지."

그녀가 담담하게 내뱉는 말들이 가슴에 날카롭게 꽂혀 들었다. 찌르는 듯한 뾰족한 통증에 르니에는 도리어 웃었다.

"도대체 나한테 왜 이러는 거예요. 내가 뭘 했다고."

이런 병적인 애정 따윈 바란 적 없었다. 아니, 그가 보이는 이것이 애정일까. 그조차 더 이상 확실하지 않았다.

"네가 날 깨웠잖아. 사랑이란 게 무엇인지, 즐거움이란 게 무엇인지도 모르고 살던 날 깨운 건 바로 너야, 엘레나."

알에서 깨어난 새가 처음 보는 상대를 어미로 각인하듯, 그에겐 오직 그녀뿐이었다. 그녀로 세상이 시작했으니 삶도 무엇도 그녀 없이는 아무런 의미가 없었다. 그의 모든 것이 그녀의 것이듯, 그녀도 그의 것이어야 마땅했다.

"내가 르니에 님을 미워하게 하지 마세요."

"미움은 사랑의 또 다른 방법 아니던가."

"아뇨, 미움은 미움일 뿐이에요. 다시는 보고 싶지도, 마주치고 싶지도 않은, 내 인생에서 이만 나가 줬으면 하는 마음이요."

"그걸 어쩌지. 우린 앞으로도 계속해서 서로를 보게 될 텐데."

르니에의 손끝이 엘레나의 흘러내린 옆 머리칼을 살짝 스쳤다.

"우리를 묶고 있는 운명의 끈이 생각보다 질기거든. 안 그렇습니까, 윈터힐 백작."

르니에가 등 뒤를 보고 하는 말에 엘레나는 깜짝 놀라 돌아섰다. 막 외출에서 돌아온 듯한 윈터힐 백작이 굳은 얼굴로 그녀와 르니에를 바라보고 있었다.

"오랜만이오, 베르너 후작."

"지난번 새벽의 궁에서 뵈었던 이후로, 그간 격조했습니다."

"후작과 나와의 관계가 격조했다 할 만한 것은 아니지."

"꼭 그렇지만도 않으실 텐데요."

뼈 있는 르니에의 말에 윈터힐 백작은 눈썹을 모으며 엘레나에게 다가섰다.

"이것을 주려고 잠시 들렀다. 다시 나가 봐야 하는구나."

한 손에 들려 있던 작은 상자가 그녀의 손으로 전해졌다. 지난번, 두 사람이 함께 방문한 적 있던 찻잎 가게의 상호를 포장지에서 읽을 수 있었다.

"또 혼자서 저녁 식사를 하게 해서 미안하다, 엘레나."

"아니에요, 바쁘신 일이 있으시잖아요."

엘레나는 잠시 르니에를 흘끗 보고는 대답했다. 르니에와 옥신각신하는 모습을 들켜서 민망하기도 했다.

"베르너 후작께선 이만 나와 함께 나서시는 게 어떻소."

둘러말한 축객령이었다. 그 말이 떨어지기가 무섭게 한 손에 르니에의 외투를 든 집사가 다가왔다.

"그러지요. 마침 목적지도 같을 테니 함께 가는 것도 좋겠습니다."

같은 곳으로 향한다는 말에 윈터힐 백작의 한쪽 눈썹이 보이지 않게 꿈틀했다.

외투를 입은 르니에가 엘레나에게 다가섰다. 자연스레 그녀의 이마에 입을 맞추려는 행동에 엘레나가 얼른 뒤로 물러섰다.

"그럼 조만간 또 보자고."

아쉽다는 듯 고운 눈썹을 아래로 내리며 그가 이마 대신 손등에 입맞춤을 했다. 그리고 성큼성큼 걸어 먼저 현관을 나섰다. 그 앞에는 아무런 문양이 없는 마차가 대기하고 있었다.

"다녀오세요, 아버지."

엘레나는 백작의 등 뒤에서 인사했다. 르니에가 당연하다는 듯 백작을 위해 준비된 마차에 먼저 올라탔다. 그것을 못마땅하게 보던 백작이 대답했다.

"그래, 다녀오마."

문을 나서기 직전, 따라 나온 딸아이의 눈에서 걱정을 읽은 아버지는 다 괜찮다는 듯 한 번 웃어 보였다.

달칵, 문이 닫혔다. 저택을 빠져나오는 마차 안에서 백작이 르니에에게 물었다.

"젊은 후작께서도 나와 같은 행선지로 향하신다니, 뜻밖의 일이군."

"어째서 그렇습니까. 이번 거사의 중심이 되는 베르너가의 가주는 저인데요."

여유롭게 웃어 보이는 르니에를 윈터힐 백작이 빤히 바라보았다.

베르너 공의 젊은 날과 닮은 얼굴을 한 청년은 제 부친과는 성향이 전혀 달랐다. 욕망의 이글거림을 주체하지 못하는 베르너 공과는 달리, 르니에는 그 속을 읽을 수 없었다. 푸른 두 눈동자는 그 안이 텅 빈 것 같다가도 순간순간 알 수 없는 빛으로 번뜩였다.

"지난번과는 많이 다르군. 변했어."

"따님 덕분이죠."

엘레나의 이야기가 나오자 백작이 날카롭게 물었다.

"내 딸과는 무슨 관계지."

"알고 계시지 않습니까. 앞으로 미래를 함께할 사이입니다."

"엘레나의 마음은 다른 것 같소만."

"지금은 잠시 길을 잃고 헤매는 것뿐입니다. 곧 돌아올 겁니다, 제자리로."

윈터힐 백작은 더 이상 아무런 말도 하지 않고 르니에를 쏘아보았다. 그 서슬 퍼런 눈빛에도 르니에는 예의 바르게 웃는 얼굴을 바꾸지 않았다.

"사실 오늘 저는 백작을 도우려고 이렇게 찾아온 겁니다."

"날 돕는다?"

"지금 거사 전 마지막 회의에 참석하는 길이시죠. 저도 그곳으로 가는 길입니다만, 그전에 백작께서 알고 계셔야 할 일이 있습니다. 그래야 회의에서 망신을 당하지 않으실 겁니다."

"그게 뭔가."

"앞으로 거사는 저를 중심으로 제가 이끌어 가게 될 거란 사실입니다."

백작이 의심의 낯을 가리지 않고 눈을 가늘게 떴다.

"부친을 밀어낼 셈인가."

"밀어내다뇨. 어감이 참 좋지 않군요. 그저 제가 나서서 도와드리는 겁니다. 염원을 직접 이루기엔 제 부친의 능력이 부족하지 않습니까. 백작께서도 이미 통감하신 바 있으시겠죠."

침묵으로 답변을 대신하는 백작을 보며 르니에가 희게 웃었다.

"이제 걱정하지 마십시오. 이 거사는 분명히 성공하게 될 테니."

"대단한 자신감이군. 윈터힐의 병력만을 가지고 그리 자신만만한 것은 아닐 테고. 베르너 후작께서 감춘 패가 무엇이오."

"그 질문에 대한 대답은 회의장에 도착하시면 알게 되실 겁니다."

"이미 많은 이들을 그대의 편으로 만든 모양이군."

"역시 눈치가 빠르십니다. 말씀드렸지 않습니까. 백작께서 낯부끄러운 일이 생기지 않도록 미리 알려 드리러 온 것이라고."

그렇게 말한 르니에는 가뿐한 한숨을 쉬며 등을 등받이에 기댔다. 막힘없이 회의장으로 향하고 있는 이 마차만큼이나, 그는 순항 중이었다.

길 위에 아드레이라는 장애물이 보이기는 했지만, 그야말로 넘어서고 부숴 버릴 장애물일 뿐이었다. 머잖아 그는 엘레나와 함께 모든 것을 누리게 될 터였다.

마차가 서서히 약속된 회의 장소에 가까워졌다. 언제나 여러 대의 마차가 오가고 귀족들로 붐비는 제1상업 지구에. 밤이 되어도 이 거리는 밝은 불빛으로 더욱 화려해질 뿐이었다.

그리고 그곳의 가장 중심가, 높은 건물 앞에 마차가 멈췄다. 르니에와 윈터힐 백작이 마차에서 내려 건물 안으로 들어섰다. 브리가 의상실이었다.

흥겨운 음악이 흘러나오는 실내는 1층과 2층을 구분할 것 없이 모두 사람들로 가득 차 있었다. 오늘은 브리가 의상실이 주최하는 모임인 만큼, 대부분 정신없이 옷 구경을 하며 즐거워하는 귀족가의 부녀자들이었다.

"아! 베르너 후작 각하, 윈터힐 백작님. 오셨습니까!"

손님들을 맞이하던 브리가 부인이 웃으며 인사했다. 백작은 물론이고 이미 르니에의 참석도 알고 있었는지 당황하는 기색은 없었다.

"오늘도 아름다우시군, 브리가 부인."

"어머, 후작님도. 올라가시죠. 모두들 기다리고 있을 겁니다."

"이미 회의는 시작되었나?"

"예, 바로 조금 전에요."

르니에는 고개를 끄덕이고 앞장서서 위층으로 올라가기 시작했다. 윈터힐 백작은 말없이 그 뒤를 따르며 아무것도 모르고 웃고 즐거워하는 사람들을 바라봤다.

"참 지독하지 않습니까, 백작."

르니에도 그들을 보며 웃으며 말했다.

"아무리 거사의 모임을 숨기는 자리라지만, 눈속임을 위해 정말로 제 부인과 자식들을 데리고 오다뇨. 우리는 어쩌면 피도 눈물도 없는 자들과 손을 잡은 것일지도 모르겠습니다."

고개를 저으며 웃음을 흘리던 르니에는 3층으로 들어서는 문 앞에 섰다. 평소에 브리가 부인의 작품실로 이용되었던 장소는 비밀스러운 회의실로 변해 있었다.

"베르너 후작 각하, 윈터힐 백작님, 오셨습니까."

문 앞을 지키고 있던 사내가 두 사람을 알아보고는 인사했다.

"안에다 알리겠……."

"쉿."

르니에가 한 손가락을 입에 가져다 대고 웃었다. 덕분에 회의실 안에서 흘러나오는 소리가 한층 분명해졌다.

"그게 무슨 말이오! 다른 의견을 들어 보자는 것이!"

"지금 이 거사를 어린아이들 장난쯤으로 생각하는 것이오!"

"목소리를 낮추시오, 폰타넬 백작. 그리고 베르너 공, 저는 그저 조금 더 신중을 기하자는 것뿐입니다. 이 거사가 공에게 중요한 만큼 이 자리에 모인 모두에게도 마찬가지입니다. 우리도 목을 걸고 이 자리에 모인 것 아닙니까!"

우렁찬 웅변 뒤로 '옳소!' 하는 몇 몇 동의하는 목소리가 따랐다.

"이미 거사가 코앞인데, 이제 와 도대체 무슨 말을 하는 것인가!"

"언제가 되었든 더 나은 계획이 있다면 들어 봐야 하지 않소!"

언쟁에 불이 붙었다.

"어떻소, 베르너 공. 이건 현재 우리의 계획이 가진 허점을 잘 보완할 수 있는 기회라고 생각하오."

"내가 세운 계획을 보완할 수 있는 자라. 그래, 그자가 누구요."

억지로 화를 억누르는 부친의 목소리를 들은 르니에의 미소가 장미향처럼 짙어졌다. 그는 그대로 직접 문을 밀며 회의실로 들어섰다.

"접니다, 아버지."

"……르니에?"

베르니 공의 얼굴이 차갑게 일그러졌다.

"죄송합니다, 제가 조금 늦었습니다. 중요한 동행을 모셔 오느라."

르니에가 자신을 바라보는 좌중에게 인사하며 등 뒤의 윈터힐 백작을 소개하듯 말했다.

르니에에게 이용당했다는 것을 깨달은 백작의 얼굴도 좋지 못했지만, 베르너 공에 비할 바는 아니었다. 르니에와 함께 입장하는 윈터힐 백작을 본 베르너 공의 어깨가 부들부들 떨리기 시작했다.

"저와 몇몇 사람들이 먼저 베르너 후작 각하의 고견을 들어 볼 기회를 가졌소. 내가 장담하건대 다른 분들도 후작 각하의 계획을 들어 본 뒤에는 나와 같은 말을 할 것이오."

그 말에 고개를 끄덕이는 사람이 회의실에 모인 이들의 반절이 넘었다. 이미 세력의 과반이 르니에의 편에 섰다는 말이었다. 사태의 심각성을 깨달은 베르너 공은 좌중을 노려보았다.

"네, 네 이놈들……."

"말을 삼가십시오, 베르너 공."

얼마 전까지만 해도 자신과 눈도 못 마주치던 새파란 귀족의 건방진 태도에 기가 찼다. 겨우 르니에를 등에 업고 저리 으스대는 꼴이라니. 분노가 치솟았다.

"제가 가져온 새로운 패를 한번 들어 보시겠습니까, 아버지."

마치 나들이라도 나온 듯 웃는 르니에의 얼굴에 베르너 공은 이성을 되찾았다. 녀석은 아직 이 모든 것이 장난인 줄 아는 것이다. 제가 마음대로 주무를 수 있던 알량한 사교계라고 생각하는 게 뻔했다.

베르너 공은 일어섰던 자리에 앉으며 팔짱을 꼈다.

"그래, 어디 한번 해 보거라. 그러나 네가 가져온 패가 시원찮다면, 너는 이 자리에 모인 모두에게 사죄하고 다시는 이 근처에 얼씬도 하지 말아야 할 것이다."

르니에는 그런 아버지를 잠시 바라봤다. 부친의 얼굴에는 자신에 대한 조소와 불신이 가득했다. 안성맞춤이었다. 무너질 아버지의 얼굴이 기대됐다.

"그럼 시작하죠."

르니에가 한쪽에 서 있던 퍼킨스 상단주에게 손짓했다. 상단주는 커다란 상자 하나를 들고 다가왔다. 그것을 모두가 볼 수 있게 테이블 위에 내려놓은 르니에는 직접 상자의 뚜껑을 열었다.

"호오, 그것은……."

"듣던 대로 매우 아름답군!"

금세 회의실을 가득히 메우는 진한 향기에 귀족들이 눈을 동그랗게 떴다. 호기심이 동한 것이다. 르니에가 회심의 미소를 지었다.

"이것이 제가 준비한 계획의 증표입니다."

"이 꽃이 말인가?"

귀족들은 영문을 몰랐다. 아름답기로 유명한 꽃이기는 했지만, 이것으로 무엇을 한다는 말인가. 그러나 이어진 르니에의 설명에 모두들 입을 벌리고 혀를 내둘렀다.

"허, 그런 방법이 있었다니."

"정말 기발한 계획이오!"

"내가 뭐라고 했소, 다들 나와 동의할 줄 알았소."

순수하게 감탄하는 이들은 고개를 끄덕이면서도 베르너 공의 눈치를 살폈다. 공이 쥔 의자의 팔걸이가 금방이라도 부서질 것 같았다.

"그런데 한 가지 문제가 있습니다."

"그게 무엇이오?"

"그들은 오로지 저, 베르너 후작에 대한 신뢰로 거사에 참여하기로 했습니다. 제가 거사를 주도하지 않는 이상 힘을 보탤 수 없다는 것이 그들의 입장입니다."

"허어, 그것참 곤란하군."

모두가 함부로 말을 꺼내지 못하고 있는 가운데에 처음부터 르니에를 옹호하던 이들 중 하나가 말문을 열었다.

"연세가 있으신 베르너 공보다야 젊은 베르너 후작께서 더 알맞기는 하지. 아니 그렇소?"

"그들의 협력을 받아 낼 수만 있다면야……."

"황제군은 북, 동, 서 모든 곳에서 공격을 받게 될 것이오."

르니에의 새로운 계획은 강력했다. 윈터힐과 서부 귀족들의 군대만으론 불안했던 빈틈을 메워 줄 것이다. 이미 추는 기울었다. 모두들 알았다.

베르너 공은 이를 악문 채로 앉아 있었다.

"윈터힐 백작은…… 어찌 생각하시오."

겨우 뱉어 낸 말이었다. 윈터힐은 베르너 공이 끌어들인 세력이었다. 강력한 군대를 가진, 이 거사의 중심축 중 하나였다. 모두의 시선이 윈터힐 백작에게 쏟아졌다.

"……베르너 후작의 계획대로라면 윈터힐의 피해가 줄어들 수 있을 듯하군."

쾅!

백작의 말이 끝남과 동시에 베르너 공이 자리를 박차고 일어섰다. 큰 소리를 내며 넘어진 의자가 바닥에 나뒹굴었다.

"모두 이 결정을 후회하게 될 거요."

바드득, 이 가는 소리와 함께 한마디를 내뱉은 베르너 공은 그대로 회의실을 나가 버렸다. 눈치를 보다가 그 뒤를 서둘러 따라 나가는 것은 폰타넬 백작을 비롯한 몇 되지 않는 귀족들뿐이었다.

"이 자리에 남으신 분들은 제 의견에 동의하시는 것으로 알아도 되겠습니까."

"훌륭한 보완책에 반대할 이유가 없지."

"그럼, 그럼. 그들이 함께한다니, 아주 마음이 든든하오."

"하하, 오래 살고 볼일이요. 그치들이 이런 방식으로 도움이 된다니."

중립을 지키며 분위기를 살피던 이들도 서둘러 편승했다. 조금이라도 르니에의 비위를 맞추려 저마다 좋은 말을 한두 마디씩 쏟아 냈다.

"제 부친께서 오랫동안 기획해 오신 거사에 도움이 될 수 있어 매우 기쁩니다. 모두 여러분 덕분입니다."

르니에도 겸손한 말을 늘어놓으며 웃었다.

"감사의 의미로 꽃을 한 송이씩 나누어 드리고 싶은데, 어떠십니까."

"이 귀한 꽃을 마다할 리가 있나, 하하!"

사이좋게 상자 속의 꽃을 나눠 갖으며 화기애애한 분위기가 이어지는 가운데, 윈터힐 백작이 자리에서 일어났다. 출입구로 걸어가는 백작의 뒤를 르니에가 따라붙었다.

"저택으로 돌아가시는 겁니까."

"더 이상 내가 필요한 일은 없는 것 같은데."

"오늘은 백작께 많은 신세를 졌습니다."

르니에가 서둘러 허리를 깊숙이 숙여 보였지만, 백작의 냉기는 가시지 않았다.

"앞으로 또 한 번 나를 이용하려 든다면 그 대가를 치를 각오를 하는 게 좋을 거요, 베르너 후작."

"……명심하죠."

"그리고 한 가지 더. 내 딸아이가 하는 거절의 진위를 의심하지 마시오. 쌍방으로 흐르지 못하는 마음은 고여 썩어 들 뿐이니."

르니에의 눈 밑이 꿈틀거렸다. 윈터힐 백작의 서슬 퍼런 경고는 계속해서 이어졌다.

"그 아이의 손끝이라도 건드렸다간 이 동맹은 끝이라는 것을 알아

두는 게 좋을 것이오. 황제를 위해서 벼려 놓은 칼끝이 베르너가를 향하는 것을 원하지 않는다면."

"절대 그런 일은 없을 겁니다. 제 이름을 걸고 맹세하죠."

이 모든 것이 그녀를 위한 일이었다. 그녀에게 위해를 가하는 일은 없을 것이다. 르니에는 장담했다. 그러나 돌아오는 대답은 싸늘했다.

"후작께선 베르너라는 이름의 가치를 과대평가하시는군."

베르너 공이 그랬던 것처럼 백작은 거칠게 회의실을 나섰다.

르니에는 굳은 얼굴로 그 뒷모습을 바라봤지만 아주 짧은 시간일 뿐이었다. 한때 부친을 따랐던 이들이 이제 그를 바라보고 있었다. 르니에의 얼굴에 다시 미소가 만연하게 번졌다.

"호위를 철저히 하도록."

정복을 벗고 평범한 옷을 입은 기사가 아드레이에게 머리를 숙여 보였다.

"걱정 마십시오, 폐하."

"그리 멀지 않은 길이잖아요. 너무 걱정 마세요, 형님."

뒤쪽에서 이미 마차에 올라탄 티토가 밝은 목소리로 말했다. 그러나 그 옆을 지키고 있는 일리야는 그리 표정이 좋지 못했다. 정확히 알지는 못했지만 무언가 일이 벌어지고 있다는 것을 그녀는 알았다.

"티토."

"예, 형님."

"여행길에선 언제나 조심해야 한다."

"아이 참, 몇 번을 말씀하세요. 일리야도 있고, 이렇게 호위를 위한 기사들도 몇이나 붙여 주셨는데요."

티토는 신이 나 있었다. 이제 궁 밖 출입이 가능하니, 겨울 풍경이 아름다운 별궁 구경을 다녀오라는 아드레이의 말에 덥석 그렇게 하겠다 말한 뒤론 줄곧 그랬다. 기억할 수 있는 시간 내내 새벽의 궁에서만 살았던 티토의 첫 바깥나들이였다.

"자작 부인, 리바이 공작을 잘 부탁하겠다."

"마음 놓으십시오, 폐하."

애써 웃어 보이는 일리야의 입꼬리가 미미하게 떨렸다.

"형님, 눈이 많이 내리면 별궁의 풍경이 무척 아름답다고 하셨죠?"

"그래, 그랬지."

"그러면 별궁으로 놀러 오세요. 같이 눈 구경을 하면 좋을 것 같아요."

"눈꽃 구경이라. 그러자꾸나."

"저어, 그리고 형님……."

티토가 잠시 일리야의 눈치를 보더니 마차 문간에 서 있는 아드레이에게 다가와 옆에 붙어 섰다. 그리고 아드레이의 귀에 한 손을 동그랗게 말고 귓속말을 했다.

"엘레나도 형님을 많이 좋아해요. 형님 이야기만 나오면 활짝 웃는 걸요. 그러니까 힘내세요."

아드레이는 나이 어린 동생을 향해 기계적으로 미소를 지어 보였다.

"이번에도 저보단 형님을 뵙기 위해서 입궁했던 것 같더라고요."

"그랬니."

"조금 질투는 났지만, 저는 형님도 엘레나도 행복했으면 좋겠어요."

"티토."

"예, 형님."

"……잘 다녀오거라."

아드레이는 말을 삼켰다. 그녀가 다시 나를 보며 웃어 줄까 모르겠구나. 어렵사리 찾은 아버지를 사형대 위에 잡아 올릴 사람에게, 윈터힐을 지도에서 지워 버릴 사람에게. 내가 그녀의 용서를 구할 자격이 있을지, 나는 모르겠구나.

“형님, 괜찮으신 거죠?”

그의 얼굴에 진 그늘을 눈치챈 티토가 조심스레 물었다. 큰 눈망울에 어린 걱정에 아드레이는 고개를 끄덕일 수밖에 없었다.

“그래. 내 걱정은 말거라.”

마지막으로 한 번 더 인사를 주고받은 뒤, 평범한 외양의 마차는 길을 떠났다. 하루에도 수십 번씩 황궁을 드나드는 마차 중 하나로 위장한 것이었다. 그 후엔 아발론 성벽 밖에서 기다리고 있는 다른 마차로 다시 한번 갈아타고 별궁으로 향하게 될 예정이었다.

멀어지는 마차의 뒷모습을 홀로 서서 보고 있는 아드레이의 곁으로 누군가가 다가섰다.

“미리 말씀해 두지 않으셔도 되겠습니까? 충격이 크실 겁니다.”

마찬가지로 티토가 타고 있는 마차를 지켜보던 메이나드였다.

“그렇겠지. 어쩌면 티토도 나를 미워하게 될지 모르겠군.”

담담한 말투였지만 괴로운 말이었다. 메이나드도 웃고 있지 않았다.

“폐하, 감히 제가 한 말씀 올려도 되겠습니까.”

아드레이가 메이나드를 돌아봤다. 언제나 싱그러운 풀잎 같던 메이나드는 요 근래 기세가 매우 날카롭게 변했다. 호리호리했던 몸도 부쩍 단단해졌고, 언제나 웃던 얼굴에는 잘 벼린 검날 같은 기세가 흘렀다.

“말해라.”

“제 스스로 맹세했습니다. 그 무엇보다 폐하에 대한 충성으로 살아가겠다고."

메이나드는 그런 그를 바라보며 말했다.

"폐하, 그분을 지켜 주십시오."

"윈터힐을 용서하란 것인가."

"윈터힐의 거취는 제가 감히 왈가왈부할 것이 아닙니다. 오로지 제국의 주인이신 폐하의 결정에 달려 있는 일입니다."

반역은 죽음으로 다스린다. 그것이 오랜 율법이었다. 황제의 땅 위에서 살아가며 감히 역심을 품은 죄는 다른 그 무엇으로도 값을 치를 수 없었다.

"그렇지. 황제이기에 나는 결정해야한다. 이페른 제국의 바크란 1세로서."

그 대답에 메이나드는 주먹을 꽉 쥐었다. 그러나 함부로 무어라 말을 꺼낼 수는 없었다.

이제 티토의 마차는 더 이상 보이지 않았다. 아드레이는 망설임 없이 등을 돌렸다. 보폭이 큰 발걸음에 검은 색 망토가 크게 물결쳤다.

"르니에에 대해선 알아봤나."

"예. 이따금 외유를 하기는 합니다만 별다른 징후는 없습니다. 가장 최근에는 한 의상실에서 열린 살롱에 참석한 행적이 있습니다."

"의상실에서 열린 살롱?"

"예. 본격적인 겨울 연회 시즌이 시작되다 보니 이러저러한 사교 행사들이 열리는 모양입니다."

"그곳에서 그들이 모였을 확률은 없나?"

"베르너가와 윈터힐가를 비롯한 서부의 귀족들이 다수 참석하기는 했습니다만, 그들의 가솔도 함께한 떠들썩한 자리였다고 합니다."

현재까지 르니에가 반역에 직접적으로 연루되었다는 증거는 없었다. 어디까지나 그의 부친인 베르너 공의 주도로 이뤄지고 있는 일로 보였다.

르니에가 살 수 있는 길은 단 하나뿐이었다. 반란에 대해 알고 있는 것이 전무할 것. 그것뿐이었다.

"그 자리에 참석하기 전의 행적은 어떻지?"

"위스퍼에 의하면……."

메이나드가 잠시 머뭇거렸다. 뭔가가 마음에 걸리는 듯했다.

"살롱에 참석하기 직전, 윈터힐 백작가에 잠시 방문했다고 합니다."

"방문 목적은?"

"엘레나 님을…… 만나기 위해 왔다 밝혔다고 합니다."

우뚝, 아드레이의 발걸음이 멈췄다.

"엘레나를?"

"예."

"백작을 만나기 위해 방문했을 가능성도 있겠군."

아드레이는 엘레나에 대한 말은 하지 않았다. 르니에가 엘레나의 주변을 여전히 맴돌고 있다는 것에 대한 불쾌감도 나타내지 않았다.

그러나 메이나드는 마치 공기가 한층 무거워진 것 같은 압박감을 느꼈다. 아드레이의 기운에 대기에 가득 찬 마나가 반응한 것이다. 일반적인 기사였다면 제대로 숨도 쉴 수 없었을 엄청난 힘이었다.

"윈터힐 백작의 알현이 내일입니다."

블룸버그 백작가의 연회가 끝난 뒤, 윈터힐 백작은 제 발로 궁에 들게 될 것이었다. 황제가 그들의 거점을 서서히 포위하고 있는 줄은 꿈에도 모르고 자신의 영지로 돌아가기 위해서.

그리고 며칠 뒤 황제군이 거점을 습격함과 동시에 윈터힐로 돌아가고 있던 백작은 길 위에서 포획당할 것이다. 그들의 식솔들과 함께.

"속히 결정하셔야 합니다."

메이나드가 한 번 더 힘주어 말했다. 고개를 숙인 그 녹색 눈이 눈앞에 엘레나를 그렸다. 그는 주먹을 쥐고 억세게 이를 물었다.

그런 메이나드의 뒷머리를 내려다보던 아드레이의 눈이 차분해졌다.

"메이나드."

그가 낮은 목소리로 말했다.

"이미 결정은 내려졌다."

화려하고 성대한 연회장이 귀족들로 북적였다. 천장에 매달린 커다란 샹들리에가 조금 전 해가 진 것이 무색할 정도로 커다란 연회장 곳곳을 밝게 비췄다.

밤이 긴 겨울이면 더욱 바빠지는 사교계의 첫 주자로 나선 블룸버그 백작가의 연회는 성공적이었다. 아름다운 음악이 쉴 새 없이 흐르고, 모두들 한껏 치장한 모습으로 즐거운 시간을 보내고 있었다.

티토가 별궁으로 거처를 옮기는 덕에 비로소 고대하던 출궁에 성공한 로잘린느는 블룸버그 백작가에 의탁 중이었다.

여유로운 모습으로 백작가 1층으로 내려온 그녀는 계단 마지막 칸에 선 채 주변을 둘러봤다. 그리고 얼마 지나지 않아 자신에게로 다가오는 한 남성을 보고 만족스레 미소 지었다.

"베르너 후작님."

"프란시스 영애."

"약속을 지키셨네요."

"그것이 우리의 거래였으니까요. 거짓을 말하진 않습니다."

지난번, 로잘린느는 엘레나의 연인에 대한 정보를 주는 대가로 이 연회에 함께 참석하기를 요구했다. 모두에게 똑똑히 보여 주기 위함이었다. 베르너 후작은, 이 남자는 평민 신관의 것이 아니라 내 것이라고. 내가 바로 미래의 후작 부인이라고.

"오늘 제 모습이 어떤가요."

로잘린느가 르니에에게 물었다.

"아름다우십니다."

"그게 전부인가요?"

좀 더 미사여구를 동반한 찬사를 원했던 로잘린느가 뾰족하게 되물었다.

"제게 구애를 하는 다른 남성들은 좀 더 로맨틱한 말을 하곤 하던데요."

그에게 자신이 얼마나 인기 있는 여성인지 알려 주기 위한 말도 슬쩍 섞었다.

"당신을 보니 내 심장이 터질 것만 같습니다, 레이디. 그대보다 아름다운 꽃은 없을 겁니다."

귓가에 속삭이는 목소리가 달콤했다. 그러나 그것도 잠시.

"이런 말 말입니까?"

르니에가 입꼬리를 올리며 싸늘하게 웃었다. 동시에 로잘린느의 미소엔 금이 갔다.

"방금도 말했다시피, 저는 거짓말을 하지 않는 주의라서 말입니다."

"저는 후작님의 찬사를 받을 만한 가치가 없다는 말씀이신가요, 지금?"

"예. 정확합니다. 제 찬사는 오직 한 여인만을 위한 것이죠."

로잘린느의 손에 들린 부채가 금방이라도 부러질 듯 휘어졌다. 모욕감에 부득 이를 갈면서도 주변을 지나다니는 이들의 시선을 의식하며 웃음 짓는 그 노력이 가상할 정도였다.

"잊지 마세요, 베르너 후작님. 오늘 후작님은 제 파트너로 오신 겁니다. 그깟 천한 평민 따위가 아니라, 제게 집중해 주세요."

오늘 모두에게 르니에가 누구의 옆에 서 있는지 분명하게 보여 주기만 하면 된다. 그럼 모두들 우리가 얼마나 잘 어울리는 한 쌍인지 보게 되겠지. 로잘린느는 그런 평판을 베르너 공이 절대 무시하지 못할 것이며, 혼담을 마무리 짓게 될 것이라 생각했다.

"호오?"

하지만 르니에의 흥미를 끈 것은 다른 것이었다.

"천한 평민이라고?"

"제가 뭐 틀린 말을 했나요. 그녀가 제 아무리 중급, 상급 신관이 되어도 태생이 천한 것은 불변의 진실이죠."

로잘린느의 말에 르니에의 눈이 얄궂게 휘어졌다.

"그동안 바쁘셨나 봅니다, 영애께선."

"그게 무슨 말씀이시죠?"

"연회를 위해 준비하느라 잠시 사교 모임에 발길이 뜸했나 보군요."

"이 피부와 머릿결은 그저 나오는 것이 아니랍니다, 후작님. 또한 미래를 위해선 연회를 여는 연습을 해야 한다는 백작 부인의 조언에 따라 오늘 이 연회의 상당 부분을 제 손으로 준비했죠."

블룸버그 백작 부인은 요즘 로잘린느에게 이것저것을 가르쳐 주기 위해 시간을 할애하는 것을 아끼지 않았다.

백작 부인은 프란시스 남작 내외가 베르너가에 오랜 기간 손님으로 머물고 있는 게 혼담을 위해서라고 믿고 있었다. 혼인이 성사된다면, 블룸버그 백작 부인은 후작 부인의 후견인이 되는 셈이었으니, 열중하지 않을 리 없었다.

"그러셨군요. 그래서 소문을 듣지 못하셨나 봅니다."

"소문이라뇨? 혹 오늘 연회에 윈터힐 백작이 영애와 함께 참석한다는 소문 말인가요? 물론 알고 있죠."

아무래도 소문의 앞머리만 알고 있는 게 분명했다. 르니에는 볼거리가 있겠다고 생각하며 미소 지었다. 그의 손이 그녀의 앞으로 내밀어졌다.

"그럼 가실까요."

"그러죠."

점점 사람들이 많이 모인 쪽으로 걸어가는 로잘린느의 가슴이 두근거렸다. 모두들 베르너 후작의 에스코트를 받는 자신을 보라고 소리치고 싶었다. 그동안 베르너 후작과의 혼담은 거짓 소문일 게 분명하다며 무시했던 이들의 면전에 대고 웃어 주고 싶었다.

아니나 다를까, 그녀가 르니에와 함께 연회장으로 들어서니 수많은 시선이 두 사람에게 날아와 꽂혔다. 로잘린느는 어깨를 내리고 허리를 꼿꼿이 세웠다. 이렇게 하면 자신의 장점인 길고 가녀린 목이 잘 드러난다는 것을 알고 있었다.

그런데 사람들의 반응이 조금 이상했다. 그와 함께 입장하는 자신의 모습을 보면 모두들 질투에 눈을 부라리고 호들갑을 떨 것이라고 생각했는데. 사람들은 분명히 놀라고 있었지만, 어딘가 엇나가 있었다.

"도대체 다들 왜……."

로잘린느가 아랫입술을 깨물며 중얼거릴 때였다.

"영애, 웃으셔야죠. 모두들 보고 있습니다."

르니에가 옆에서 속삭였다.

그제야 로잘린느는 정신을 차렸다. 이렇게 당황할 때가 아니었다.

모두들 너무 놀라서 그러는 것이 틀림없다. 더욱 밝고 아름다운 미소로 답해야 했다.

그러나 그녀가 아무렇지 않게 싱그러운 미소를 지을수록, 사람들의 표정은 점점 이상해져만 갔다. 결국 연회장 중심의 테이블에 자리 잡을 때쯤에 로잘린느는 불안감에 떨게 되었다.

그녀가 상상했던 이 순간은 이런 모습이 아니었다. 모두들 자신을 부러워하고 시기하는 짜릿한 희열은 온데간데없고 이유를 알 수 없는 찝찝함만 남았다.

"음료를 가져다드리겠습니다."

이런 상황에서 르니에가 약속한 대로 파트너 역할을 충실히 하려 하는 것이 불행 중 다행이었다. 로잘린느는 멀어지는 그의 모습을 보며 마음을 가다듬으려 노력했다.

그때였다. 부채를 활짝 펼친 채로 얼굴을 반쯤 가린 블룸버그 백작 부인이 빠른 걸음으로 곁으로 다가왔다.

"로즈, 그 소문을 들었니?"

부인의 부채에 달린 날짐승의 화려한 깃털이 바르르 떨렸다.

"세상에, 엘레나 신관이 윈터힐 백작 영애라는구나!"

로잘린느가 고운 이마를 찌푸리며 인상을 썼다. 블룸버그 백작 부인의 말이 이해가 가지 않았다.

"그게 도대체 무슨 말씀이세요, 부인?"

"어쩐지 유독 많이들 왔더라니. 윈터힐 백작 영애가 너와 함께 새벽의 궁에서 리바이 공작 전하를 가르쳤던 그 신관이라는 소문이야."

"하, 하하! 정말 터무니없는 소문이네요."

로잘린느는 웃음을 터뜨렸지만 오래가진 못했다. 블룸버그 백작 부인의 얼굴에서 심각성을 읽었다. 하지만 그녀는 계속해서 고개를 저었다.

“설마요. 누가 그런 헛소문을 퍼뜨린 거죠? 세상에, 정말 말도 안 되는…….”

교황 성하의 장례식에도 참석하지 않고 종적을 감춘 그 평민 따위가 어떻게 백작가의 영애일 수가 있겠어. 로잘린느는 그렇게 스스로를 다독였다.

“지난 며칠 동안 상가 거리에서 윈터힐 백작과 동행하는 그녀를 본 사람들이 적지 않은 모양이야. 마침 그 은발은 어딜 가나 시선을 끌잖니. 직접 소개를 받았다는 사람도 있고.”

너무나 허무맹랑한 소문에 헛웃음이 나면서도, 로잘린느의 마음 한구석에서 불길한 예감이 고개를 들었다. 설마.

그녀는 주변을 바라봤다. 따가웠던 시선은 조금도 나아지지 않았다. 여전히 몇몇 사람들이 수군거리며 그녀를 쳐다보고 있었다.

“아무래도 로즈 너와 그 신관 사이에는 얽힌 일이 있잖니. 게다가 오늘 베르너 후작님을 파트너로 대동하였으니 다들 저렇게…….”

베르너 후작과의 관계가 심상치 않은 것 같아 적극적으로 나서서 도와주었는데, 상황이 이상하게 번져 가고 있었다. 블룸버그 백작부인은 망신스러운 주변의 눈길이 자신에게까지 옮을까 두려워 자신도 모르게 로잘린느에게서 반걸음 멀어졌다.

사교계는 똑똑히 기억하고 있었다. 지금은 로잘린느가 베르너 후작과 혼담이 오간다는 이야기가 퍼졌으나, 엘레나는 그 유명한 어네스 경과 베르너 후작을 양손에 쥔 삼각관계라는 소문이 파다했다는 것을.

또한 엘레나의 신분이 평민이라는 것을 직접 밝히고 뺨을 내리쳤던 것도 분명 로잘린느, 그녀였다.

"너 괜찮은 것이니, 로즈? 만약 소문이 사실이라면……."

"사실일 리 없어요!"

로잘린느가 새된 목소리로 날카롭게 외쳤다. 직후에 자신의 실수를 깨닫고 서둘러 사과했지만, 블룸버그 백작 부인의 반응은 싸늘하기만 했다. 조금 뒤를 봐주었더니, 제 주제를 모른다는 눈치였다.

"네 문제이니 네가 알아서 해결하렴."

"백작 부인……."

"다만 한 가지 조언을 해 주마. 만약 소문이 사실이라면, 엘레나 신관에게 재빨리 머리를 조아리는 게 좋을 거야. 윈터힐은 명문 중에서도 명문인 가문이다. 지금은 비록 중앙 정계에서 멀어졌다지만, 그 위세는 제국에서 한 손에 꼽히지. 무슨 말인지 알겠니?"

로잘린느는 붉은 입술을 씹으며 대답을 하지 않았다. 그런 그녀를 본 백작 부인은 혀를 끌끌 차며 멀어졌다.

"그럴 리 없어. 절대로 그럴 리 없어."

은발이 흔하진 않았지만, 그렇다고 해서 은색 머리칼을 가진 모든 사람이 윈터힐과 연관되어 있으란 법은 없다.

그렇게 생각하며 스스로를 다독였지만 흘끔거리는 시선이 따가웠다. 모두들 마치 재미있는 연극을 보려고 기다리는 사람처럼 로잘린느를 주시했다.

"베, 베르너 후작님은, 르니에 님은 어디에 있는 거야."

자신의 옆자리를 지키고 있어야 할 르니에를 찾기 위해 로잘린느가 몇 걸음 내디뎠을 때였다. 막 홀에 들어선 한 무리의 사람들이 그녀의 시선을 사로잡았다. 로잘린느뿐만이 아니었다. 연회에 참석한 모든 사람들이 한 곳을 바라봤다.

"말도 안 돼!"

로잘린느는 작게 비명을 질렀다.

"정말……이었어?"

나타난 것은 여섯 명의 사람들이었다. 기사로 보이는 남자 셋과 키가 큰 갈색 머리의 여자, 그리고 윈터힐 백작과 함께 서 있는 엘레나였다. 그들이 입장하며 함께 걸어 들어오는 모습에 모두가 입을 떡 벌렸다.

"정말 엘레나 신관이에요!"

"소문이 사실이었어."

사람들이 술렁이기 시작했다.

"부상을 입은 윈터힐 백작님을 치유한 것이 엘레나 신관이었잖아요?"

"아버지를 살린 것이었군요!"

"알고 보니 백작가의 영애였다니. 소설 같은 이야기네요!"

왜 이제껏 아무도 눈치채지 못했을까 싶을 정도로 함께 서 있는 엘레나와 윈터힐 백작은 닮은 모습이었다. 특히 순수한 빛의 은발이 그랬다. 샹들리에 아래에서 은은한 빛을 발하는 그 머리칼은 티 없는 윈터힐의 설원을 보는 듯했다.

"마치 저분들만 완전히 다른 세상에 존재하고 있는 것 같지 않나요?"

어떤 귀부인의 말에 모두가 동의했다.

서서히 연회장 중심으로 걸어 들어오는 윈터힐 일행은 쉽게 범접할 수 없는 분위기를 풍기고 있었다. 마치 사람들의 시선 따위는 느껴지지 않는 듯, 당황하는 기색도 없었다. 오히려 그것을 즐기기라도 하는 것처럼 고고하고 오만하면서도 귀족적이었다.

특히나 전에 엘레나를 본 적이 있던 귀족들은 눈을 반짝였다. 신관복을 입고 수수한 모습으로 도서관을 드나들던 언제나의 모습은 찾아볼 수 없었다. 높이 틀어 올린 은발은 귀부인의 품격마저 느끼게 했지만, 옅은 화장으로 부드럽게 홍조 띤 얼굴, 그리고 붉은 입술의 조화는 그녀를 너무나 사랑스럽게 만들었다.

"와아, 정말 아름다우셔! 여신 같아!"

"도대체 저 드레스는 누구의 작품이지?"

엘레나가 입고 있는 분홍빛 드레스는 풍성함을 돋보이게 하기 위해 두꺼운 옷감을 여러 겹 덧대는 제도의 유행과는 상당히 다른 모양이었다. 허리의 가장 잘록한 부분에 잡힌 주름만 빼면 인위적인 부분 없이 자연스레 아래로 떨어지는 선이 유려했다.

또한 엘레나의 흰 피부와 닮은 연한 새틴 안감 위에서 진한 색의 레이스가 얼기설기 화려한 문양을 뽐내었고, 어깨에 둘러 고정한 흰 색 털로 만든 숄은 그녀를 마치 눈 속에 핀 한 송이 꽃처럼 보이게 했다.

"윈터힐은 전통적으로 무력이 대단하다더니, 과연 기세가 남다르군."

황실 기사단 소속의 한 남자가 엘레나의 뒤를 따르는 세 사람을 보며 호승심이 이는지 감탄하며 말했다. 기운을 잘 갈무리하긴 했지만 눈빛이나 걸음걸이, 그리고 연회장을 구경하는 듯 자연스레 주변을 경계하는 윈터힐 기사들의 기운은 심상치 않은 것이었다.

엘레나 뒤에서 걷는 여자도 만만치 않았다. 분명히 단순한 시녀는 아닌 듯했다.

그들을 하나하나 뜯어보듯 보던 남자는 어느 순간 흠칫했다. 어느새 윈터힐 백작의 날카로운 눈빛이 자신을 바라보고 있었기 때문이었다.

저도 모르게 얼른 고개를 숙인 기사는 이내 자존심이 상했지만,

어쩔 수 없었다. 강한 상대에게 굴복하는 자연스러운 반응이었을 뿐이다.

엘레나를 비롯한 윈터힐의 사람들이 조금씩 연회장 안쪽으로 진입할수록, 사람들은 또 다른 한 사람도 흘끔거리기 시작했다. 여전히 한쪽에 혼자 오도카니 서 있는 로잘린느였다.

새하얗게 질린 얼굴로 멀리에 있는 엘레나에게서 눈을 떼지 못하는 로잘린느는 자신의 눈으로 보고 있는 광경을 여전히 믿을 수 없었다.

"이러면 안 돼. 이러면, 안 된다고……."

엘레나가 백작 영애라면 모든 것이 틀어진다. 그녀는 어디까지나 천한 평민 신관이어야 했다. 시골 남작가와는 비교할 수조차 없이 높은, 그것도 윈터힐의 영애면 안 된다. 그동안 그토록 공을 들여 쌓아 올렸던 중앙 사교계에서의 입지도, 르니에와의 혼담도 위태로워진다.

'르니에 님!'

로잘린느는 퍼뜩 정신을 차리고 주변을 두리번거렸다. 이렇게 멍하니 있을 때가 아니었다. 당장 르니에를 찾아 그 옆자리를 지켜야 했다.

"아……."

그녀의 입에서 허망한 신음 소리가 흘러나왔다. 로잘린느는 르니에를 금방 발견할 수 있었다. 그는 어디서나 눈에 띄는 존재였으니까.

음료를 가져온다던 르니에는 그녀에게로 돌아오고 있지 않았다. 가만히 선 채로 한 곳을 응시하고 있었다. 그 시선의 끝에는 윈터힐 백작에게서 마실 것을 받아 들고 웃는 엘레나가 있었다.

르니에를 주목하고 있었던 것은 로잘린느뿐만이 아니었다. 바로 등 뒤에서 작게 웃는 소리가 들려왔다.

돌아보니 부채 뒤에 얼굴을 가린 한 무리의 영애들이 그녀를 보며 킥킥거리고 있었다. 블룸버그 백작의 딸인 데이지와 친하게 지내며 줄곧 로잘린느를 눈꼴셔 하던 이들이었다.

"곤란하시겠어요, 프란시스 영애."

"그렇게 엘레나 신관이 천한 신분이라 흉을 보고 다니더니. 정말로 제 주제를 모르고 날뛴 게 누군지 몰라."

"베르너 후작 각하의 저 뜨거운 눈빛 좀 봐요. 엘레나 신관, 아니지 윈터힐 백작 영애에게서 눈을 떼질 못하시네요."

로잘린느는 결국 등을 돌려 연회장을 빠져나가기 시작했다. 그녀가 움직이자 더 많은 시선들이 등 뒤로 따라붙었다.

이를 악물어 입 안에 비릿한 맛이 맴돌았지만, 걸음은 더욱 빨라졌다. 이 수치스럽고 모욕적인 곳에서 달아나고 싶었다. 뛰듯이 연회장을 벗어나는 그녀를 향한 노골적이고 짙은 비웃음이 등을 떠밀었다.

"다들 정말 잔인하구나."

그 상황을 멀리서 지켜보던 엘레나가 중얼거렸다. 로잘린느를 도와주고 싶은 마음은 없었다. 갑자기 그녀에 대한 측은한 마음이 생긴 것도 아니었다.

지금은 위치가 바뀌었을 뿐, 바로 얼마 전까진 엘레나 자신도 이렇게 사람들의 흥밋거리로 쉽게 다뤄졌다는 것을 알았다. 로잘린느에 의해 평민이란 신분이 모두에게 알려졌을 때, 그리고 최근에는 선대 교황 성하의 장례식에 참석하지 않았다는 이유로.

"아가씨, 괜찮으십니까?"

마리안이 그녀의 안색을 살피며 물었다.

"응. 난 괜찮아요. 메리는요? 사람 많은 곳을 싫어한다고 했잖아요."

"저도 괜찮습니다. 어차피 오래 머물지 않을 것이니 버틸 만합니다."

엘레나가 고개를 끄덕였다. 다시 연회장 출입구 쪽을 바라봤지만, 로잘린느는 이미 모습을 감춘 뒤였다.

"그런데 지금 모두들 우릴 보고 있는 것 맞죠? 얼굴이 다 따갑네요."

"모두에게 네가 윈터힐의 딸이란 것을 보여 주기 위해 참석한 자리니 조금만 참거라."

윈터힐 백작의 말에 엘레나가 쓴웃음을 짓고 있을 때였다. 동행한 트리스탄과 에즈라가 다가와 물었다.

"아가씨, 음식을 좀 가져다드릴까요. 저쪽에 달콤한 것도 조금 보입니다."

"아발론의 디저트는 생긴 것도 참 예쁘네요."

자신이 달콤한 음식을 좋아하는 것에 콤플렉스가 있는 메이나드와는 다르게, 윈터힐의 기사들은 그런 것에 거리낌이 없었다. 아무래도 자유분방한 윈터힐의 분위기 덕인 듯했다.

"그럼 같이 먹어요. 단것을 먹으면 좀 힘이 날 것 같기도 해요!"

엘레나가 그렇게 말하자 트리스탄이 웃으며 디저트가 놓인 테이블 쪽으로 걸어갔다.

그런데 조금 이상한 점이 있었다. 아무렇지 않게 걸어가는 트리스탄 주변의 많은 사람들이 그를 호감 어린 눈으로 바라봤지만, 누구도 다가서지 않았다. 디저트를 담는 트리스탄 주변에서 젊은 영애들이 말을 걸까 싶다가도 얼굴을 붉히기만 할 뿐, 쭈뼛쭈뼛 망설이며 다가서지 못했다.

"이상하네."

엘레나는 고개를 갸웃하며 자신의 주변을 돌아보았다. 화제가 되는 사람이라면 눈에 불을 켜고 달려들어 친분을 쌓기를 좋아하는 귀족들이 아무도 말을 걸어오지 않았다. 모두들 지근거리에서 윈터힐 일행을 바라보기만 할 뿐이었다.

"혹시……."

우리가 냄새나나? 엘레나는 조심스레 킁킁 자신의 냄새를 맡아 보았다. 저택에서 출발하기 전, 마리안이 뿌려 준 향수의 향기밖에 나질 않았다.

그런데 왜 우리한테 다가오질 않지? 그녀의 고개가 갸웃했다.

"아버지."

결국 엘레나가 윈터힐 백작을 작게 불렀다.

"혹시 소문이 안 좋게 난 걸까요?"

"소문? 그게 무슨 말이냐. 혹시 누가 네게 안 좋은 소리를 하더냐."

아버지의 기세가 더 험악해지기 전에 엘레나는 얼른 두 손을 내저었다.

"아뇨, 그런 게 아니라. 어쩐지 사람들이 저희를 피하는 것 같아서요."

"흠."

윈터힐 백작은 엘레나가 그랬던 것처럼 주변을 한 번 보고는 대수롭지 않게 말했다.

"원래 작은 들짐승들은 겁이 많은 법이다. 신경 쓰지 말거라."

작은 들짐승? 하지만 여기에 있는 귀족들은 제국 귀족 중에서도 내로라하는 사람들인데?

엘레나의 머리 위에 더욱 커다란 물음표가 생겨나 버렸다. 하지만 백작은 주변을 맴돌기만 하는 귀족들보단 정성스레 차려진 음식에 더욱 많은 관심을 보였다. 북부인 윈터힐과 아발론은 같은 음식이라고 하여도 맛과 조리법이 조금씩 달랐다.

부녀의 대화를 곁에서 듣던 마리안은 어쩔 수 없다는 듯 웃었다. 원체 주변의 사람들이나 자신에 대한 평판에는 눈곱만큼도 관심이 없는 윈터힐 백작이었다.

마리안이 연회장 내부를 관상하듯이 주변을 돌아보며 사람들의 면면을 살폈다. 귀족들에게 지금 윈터힐의 일행은 매력적이지만 동시에 꽤나 위협적으로 보일 터였다.

'그래서 더 안달을 낼 테지만.'

마리안이 고소를 머금었다. 가진 게 많고 무엇이든 쉽게 얻는 것이 익숙한 족속일수록 가지기 어려운 것에 안달하고 열광하는 법이었다. 또한 약자 위에 강자로 서기 좋아하는 이들에게 쉽게 다가설 수 없는 대상이 되는 것은 유익한 일이기도 했다.

그때 한 쌍의 남녀가 엘레나 일행에게 다가왔다.

"블룸버그 백작 내외입니다."

마리안이 그들의 얼굴을 확인한 뒤 조용히 윈터힐 백작에게 일러주었다.

"처음 뵙겠소, 윈터힐 백작. 블룸버그 백작이오. 이쪽은 내 아내인 카멜라요."

"카멜라 폰 블룸버그입니다. 초대에 응해 주셔서 감사합니다, 윈터힐 백작님."

눈이 아프도록 화려한 치장을 한 부부가 먼저 말을 걸었다.

"성대한 연회에 초청해 주어 감사하오. 이쪽은 내 딸인 엘레나 폰 윈터힐이요."

"처음 뵙겠습니다, 블룸버그 백작님, 부인."

무릎을 살짝 굽히며 인사하는 엘레나에게서 블룸버그 백작 부인은 눈을 떼지 못했다.

"어머나, 소문이 사실일 줄이야. 저희의 놀라움을 용서하세요, 백작. 그 유명한 엘레나 신관이 사실은 오래전 명을 달리 한 줄 알았던 윈터힐 백작가의 영애라니. 아발론이 온통 그 이야기로 떠들썩하답니다."

"이해하오. 오히려 아름답기로 명성이 높은 블룸버그가의 연회에서 엘레나가 뒤늦은 사교 데뷔를 할 수 있어 기쁘게 생각하고 있소."

매끄럽고 예의 바른 귀족들의 대화였다. 윈터힐 백작과 블룸버그 백작은 이내 다른 주제로 넘어가 이야기를 이어 갔지만, 백작 부인은 엘레나에게서 시선을 떼지 못했다.

엘레나 신관이 퍽 고운 외모를 가졌다더니, 직접 본 그녀는 상상 이상이었다. 체구는 작았지만, 백옥같이 흰 피부와 커다란 눈망울이 같은 여성의 눈도 사로잡았다. 게다가 밝은 성격이 보이는 생기 있는 미소가 매력적이었다.

'로즈가 딱하게 되었네.'

블룸버그 백작 부인은 로잘린느를 떠올리곤 속으로 혀를 찼다. 명석하고 영악한 그 아이는 분명 아름다운 외모를 가진 여성이었지만 욕심이 너무 컸다.

귀족들은 열정을 좇아 결혼하지 않는다. 결혼은 어디까지나 가문과 가문 간의 계약이었다. 그런 의미에서 로잘린느는 가진 게 없는 것이나 마찬가지였다.

게다가 베르너 후작은 엘레나 신관에게 푹 빠져 있다지 않나. 그녀의 평민이란 신분이 커다란 걸림돌이었지만, 더 이상은 아니었다. 윈터힐의 하나뿐인 혈육이니 족하다 못해 넘쳤다. 엘레나의 아이는 윈터힐 백작 위를 물려받게 될 테니.

어디선가 음악이 흘러나오기 시작했다. 윈터힐 가족의 등장으로 잠시 어수선해졌던 연회장의 분위기가 경쾌한 노랫소리와 함께 다시 살아났다. 곧 사람들이 하나둘 짝을 지어 댄스 홀로 나오기 시작했다.

그 모습을 만족스럽게 보던 블룸버그 백작 내외는 사람들을 소개해 주겠다며 윈터힐 백작을 잠시 데려갔다. 물론 백작은 매우 귀찮아했지만, 이 기회에 전무하다시피 한 친분을 만들어 두시라는 마리안의 매서운 눈빛에 어쩔 수 없이 그 뒤를 따라 나섰다.

"가주께서 돌아오신 후에 첫 춤을 추시면 될 것 같습니다."

"아무리 연습을 해도 긴장이 되는 건 어쩔 수 없나 봐요."

여성의 사교계 첫 춤은 일반적으로 아버지와 추는 전통이 있었다. 오늘을 위해 엘레나는 마리안에게 꽤 혹독한 수업을 받았다.

"잘하실 수 있어요, 아가씨."

"연습한 대로 힘내 볼게요, 메리."

"그다음 춤은 제게 함께할 영광을 주시겠습니까."

깜짝 놀라 돌아보니 정중하게 인사를 하는 르니에가 보였다. 오늘따라 더욱 빛이 나는 외모였다. 르니에가 엘레나에게 다가가자 조금 흩어졌던 사람들의 시선이 다시 집중됐다.

"또 뵙네요, 베르너 후작님."

여기서 마주칠 건 또 뭐야. 블룸버그 백작가의 연회니 로잘린느와 마주칠지도 모르겠단 각오는 했지만, 르니에는 예상 밖이었다.

엘레나가 떨떠름한 얼굴로 마지못해 인사했다. 르니에는 기분이 상하기는커녕 그런 그녀의 모습이 귀엽다는 듯, 작게 웃으며 그녀의 손등에 입을 맞췄다.

"네가 아름다운 건 나만 알길 바랐는데."

은근한 목소리에 담긴 노골적인 욕망이 느껴졌다.

"아버지가 어디 계시더라……. 그럼 저는 이만 바빠서."

일단 자리를 피하려고 하는 그녀를 르니에가 그냥 보내 줄 리 없었다.

"첫 춤은 윈터힐 백작에게 양보해 드리지. 하지만 두 번째는 나야."

끈질긴 자식. 엘레나는 인상을 구기지 않으려고 안간힘을 쓰며 말했다.

"아뇨. 저는 괜찮으니까, 가서 다른 분들에게 후작님과 춤출 수 있는 기회를 주세요. 기다리시는 분들이 꽤 있는 것 같은데."

엘레나가 멀찍이서 르니에를 보며 웃는 여자들을 가리키며 말했다. 하지만 르니에는 그들은 안중에도 없다는 듯 돌아보지도 않았다.

"엘레나."

르니에의 미소가 더욱 짙어졌다. 동시에 그녀의 가슴이 덜컥 내려앉았다.

"내 말을 잘 듣는 것이 좋지 않을까 싶은데."

협박이었다. 엘레나는 르니에의 말이 가리키는 게 아드레이라는 것을 알았다. 하지만 이렇게 공개적인 자리에서 르니에와 춤을 추고 싶지는 않았다. 그랬다간 소문이 걷잡을 수 없이 퍼져 나갈 테다.

"제가 후작님과 춤을 추고 싶지 않은 것이 아니라요. 음, 그러니까 애석하게도 제가 이미 예약이 꽉 차서요."

"예약?"

르니에가 한쪽 눈썹을 위로 올렸다.

"누구지?"

"아, 그게……."

누구라고 둘러대지. 엘레나의 머리가 맹렬하게 굴러가기 시작했다. 하지만 적당한 후보가 떠오르지 않아 진땀이 흘렀다.

"접니다."

"그리고 그 뒤에는 저고요."

불쑥 끼어든 두 목소리에 르니에가 결국 눈썹을 찌푸렸다. 눈치 빠른 기사들이 나서 준 것이다.

"에즈라 경, 트리스탄 경……."

나이스 세이브! 엘레나는 순간 그들과 하이파이브라도 하고 싶었다.

"아가씨와 춤을 추고 싶으시다면 줄을 서시죠."

디저트가 가득 담긴 접시를 든 트리스탄이 생크림 케이크를 우물거리며 말했다.

"참고로 제가 세 번째입니다."

엘리엇이 한 손을 들어 올리며 말했다.

아발론의 귀족들과는 다르게 윈터힐의 기사들은 르니에를 어려워하지 않았다. 철저하게 윈터힐 가문에 의해 지배받고, 윈터힐 가문을 위해 살아가는 이들이었다. 그들에게 베르너 후작은 그저 멀고먼 땅의 귀족, 그리고 잠시 한 배를 탄 가문일 뿐이었다.

"보시다시피 제가 오늘은 좀 바쁠 것 같네요. 아쉬워서 어쩌죠, 베르너 후작님."

하나도 안 아쉬운 얼굴로 엘레나가 말했다.

"내 인내심을 시험해 봤자 득이 되는 게 없을 텐데. 너도, 너의 사람들도."

보자 보자 하니까 정말. 자신도 모자라 이제 다른 사람들까지 협박하는 르니에의 태도에 그녀도 더 이상 웃지 않았다.

"베르너 후작님, 다시 한번 잘 생각해 보세요."

"뭘 말이지?"

"제게 정말 그럴 만한 가치가 있나요?"

정말 싫기는 해도 춤 한 번 추는 것으로 아드레이의 신변에 아무 일이 없다면 백 번도 출 수 있었다. 그깟 자존심 따위, 잠깐 버리면 되는 일이었다.

하지만 르니에에게 이성적으로 생각할 힘이 아직 남아 있다고 생각했다.

"저는 몇 번이고 말씀드렸어요. 르니에 님의 마음을 받아들일 수 없어요. 이렇게 밀어붙여 봤자 달라지는 건 아무것도 없어요."

마음을 독하게 먹고 한 자 한 자 힘주어 내뱉었다.

"춤을 함께 추는 것은 어렵지 않은 일이에요. 이런 식으로 협박하신다면 저는 원하는 바를 들어드릴 수밖에 없겠죠. 하지만 그게 무슨 의미가 있어요? 저는 다른 사람을 사랑하고 있어요."

"사랑?"

사랑, 사랑이라. 한 단어를 몇 번이고 반복해서 중얼거리던 르니에가 물었다.

"아드레이도 널 사랑한다고 생각해? 그가 그렇게 말했어?"

"아직 말한 적은 없지만, 분명히 그 사람도……."

"사랑이란 건 한 사람을 위해 모든 것을 버릴 수 있는 마음이지. 아드레이는 널 위해 절대로 모든 것을 포기하지 못해. 그의 우선순위는 네가 아니거든."

"잘 알지도 못하면서 함부로 말하지 마세요."

르니에의 두 눈에 서린 강한 확신이 엘레나의 속을 뒤트는 것 같았다. 아드레이에 대해 잘 알지도 못하면서. 그저 그를 깎아내리기 위한 말들이겠지.

"네 생각보다 난 그를 잘 알고 있거든."

애써 다독였던 마음이 그 말 한마디에 덜컥 내려앉았다.

"레이한테 무슨 짓을 한 거죠?"

정색하며 아드레이를 걱정하는 그녀를 빤히 바라보던 르니에는 작은 목소리로 '거슬리는군.' 하고 중얼거렸다.

"아직은 딱히. 하지만 난 곧 그의 모든 것을 빼앗을 예정이야. 물론 너도 포함해서."

윈터힐, 귀족 연합, 그리고 마지막으로 르니에가 끌어들인 그들까지. 질 수 없는 전쟁이었다.

"넌 아직 모르겠지만 엘레나, 나에겐 네가 전부거든. 곧 보게 될 거야. 널 사랑하는 건 아드레이가 아니라 나란 걸."

도대체 알 수 없는 말만 늘어놓는 르니에에게 그녀가 막 다그쳐 물으려 할 때였다.

"무슨 일이지?"

블룸버그 백작과 이야기를 나누던 윈터힐 백작이 돌아왔다. 그는 심상치 않은 분위기를 읽고 엘레나를 지키듯 섰다.

"내가 분명히 경고하지 않았나, 베르너 후작."

"이런, 저는 그저 영애에게 춤을 신청한 것뿐입니다."

"그것이 춤이든 다른 무엇이든, 엘레나가 거절의 의사를 보였다면 물러나는 것이 예의가 아닌가, 후작."

"저는 괜찮아요, 아버지. 베르너 후작님께 좀 더 여쭤볼 게 있어요. 잠시 따로 이야기를 나누고 올게요."

엘레나는 조금 전의 그 말이 도대체 무슨 의미였는지 알아낼 생각이었다. 혹시 르니에가 이미 손을 쓴 것은 아닐까. 손끝이 차가워졌다.